Simon Wood

Was sie nicht tötet

amazon crossing

Das Buch

Für die Studentinnen Zoë und Holli wird der Roadtrip nach Las Vegas zum Albtraum: Sie geraten in die Gewalt eines sadistischen Killers. Zoë kann entkommen, doch ihre Freundin muss sie zurücklassen.

Ein Jahr später wird Zoë noch immer von ihren Schuldgefühlen gepeinigt. Dann passiert ein weiteres Verbrechen, das auf schaurige Weise ihrer Entführung ähnelt. Gemeinsam mit einem Ermittler der Polizei versucht sie, die schicksalhafte Nacht in der Wüste zu rekonstruieren, in der Hoffnung, dass die Tat endlich gesühnt wird. Ihr Entführer wartet jedoch bereits auf Zoë. Für ihn ist sie keine Überlebende, sondern nur ein Opfer, das ihm vorübergehend entkommen ist.

Der Autor

Simon Wood stammt aus England und lebt heute mit seiner Frau in Kalifornien. Er ist ehemaliger Rennfahrer, lizenzierter Pilot, ein ausdauernder Radfahrer und gelegentlich privater Ermittler.

Der mit dem Anthony Award ausgezeichnete Autor hat bereits über 150 Geschichten und Artikel veröffentlicht. In deutscher Sprache erschienen sind seine Werke »Abgezockt«, »Abwärtsfahrt« und »Die Abrechnung des Kinderfängers«.

SIMON WOOD

WAS SIE NICHT TÖTET

THRILLER

Aus dem Amerikanischen
von Kerstin Fricke

amazon crossing

Die Originalausgabe erschien 2015 unter dem Titel »The One That Got Away« bei Thomas & Mercer, Seattle.

Deutsche Erstveröffentlichung bei
AmazonCrossing, Amazon Media E.U. S.à.r.l.
5 Rue Plaetis, L-2338, Luxembourg
August 2016

Umschlaggestaltung: bürosüd° München, www.buerosued.de
Umschlagmotiv: © Michael Sayles / Alamy Stock Photo; © Rus Limon / Shutterstock
Lektorat: Judith Zimmer, Hamburg
Printed in Germany
By Amazon Distribution GmbH
Amazonstraße 1
04347 Leipzig, Germany

ISBN: 978-1-503-93993-6

www.amazon.de/amazoncrossing

Kapitel 1

Zoë schreckte aus dem Albtraum auf, nur um festzustellen, dass auch die reale Welt ein Albtraum war. Sie lag nackt auf dem Boden einer unerträglich heißen Hütte, Staub und Schmutz vermischten sich mit dem Schweiß auf ihrer Haut. Ihre Handgelenke waren vor ihrem Körper gefesselt, mit dicken Kabelbindern, ebenso wie ihre Fußknöchel. Die Fesseln waren so eng, dass ihre Hände und Füße bei der kleinsten Bewegung zu kribbeln begannen.

Wie war das überhaupt passiert? Sie versuchte, die Puzzleteile zusammenzufügen, aber irgendwie war alles völlig verschwommen. Immer wenn sie versuchte, sich auf einen einzigen Gedanken zu konzentrieren, legte sich Benommenheit wie ein feuchter, schwerer Nebel auf ihr Gehirn.

Von draußen drang ein gellender Schrei herein.

Holli! Der Name ihrer Freundin durchdrang den Nebel.

Nach und nach setzte sich ein Bild zusammen. Sie hatten zusammen ein langes Wochenende in Las Vegas verbracht. Da sie nicht genug Geld für ein Flugticket besaßen, hatten sie es *Thelma & Louise* nachgemacht und waren aus der Bay Area um San Francisco mit dem Auto hingefahren. Sie hatten geglaubt, so ein Roadtrip würde kitschig werden, dann jedoch herausgefunden, wie unglaublich monoton es war, mehrere Hundert Kilometer durch diverse Bundesstaaten zu fahren. Sobald sie in Las Vegas angekommen waren, hatten sie auf einen Schlag vergessen, dass sie eigentlich angesehene Studienabsolventinnen waren, und hemmungslos gespielt, getrunken und gefeiert. Das war genau das, was sie gebraucht hatten. Sie hatten mit der Rückfahrt bis zum Abend gewartet, um Verkehr und Hitze auszuweichen. Ab dem Zeitpunkt war ihre Erinnerung getrübt. Sie wusste noch, dass sie in irgendeiner Stadt, die nur ein Fleck auf der Landkarte war, angehalten hatten, um zu tanken und etwas zu essen. Eine weitere verschwommene Erinnerung an das Essen in einem Restaurant oder einer Bar. Das Klirren von Gläsern hallte durch ihren Kopf, begleitet von Gelächter. Und dann … dann … nichts. Was danach passiert war, wusste sie beim besten Willen nicht mehr.

Wieder ein Schrei. Zoë spürte, wie er in ihren Knochen vibrierte. Es war mehr als ein Hilfeschrei. So schrie jemand, der Schmerzen hatte, und das jagte Zoë eine Heidenangst ein. Wer immer Holli hatte, würde sich danach ihr widmen. Sie durfte auf keinen Fall noch hier sein, wenn er kam. Sie musste fliehen, um sich und Holli zu retten.

Mondlicht schien durch das Fenster herein und erhellte einen Teil des Raums. Sie konnte nicht alles sehen, aber zumindest erkennen, wo sie sich befand. Ihr Gefängnis war eine billig zusammengeschusterte Hütte aus Wellblech. Der Sperrholzboden gab unter ihrem Gewicht nach. Kisten, Kartons und Werkzeugkästen standen überall herum, stapelten sich an den Wänden und bildeten ein Gebirge aus Müll. Sah ihr Entführer sie so? Als Müll, den man einfach wegwerfen und vergessen konnte?

Sie ließ sich von diesem Gedanken nicht ablenken. Die Flucht war alles, was jetzt zählte, und das, was hier herumstand, stellte ihre Chance auf die Freiheit dar. Werkzeugkästen enthielten im Allgemeinen Werkzeug, und damit würde sie ihre Hände und Füße befreien können.

»Bitte mach, dass da ein Messer drin ist«, murmelte sie.

Ein weiterer Schrei, gefolgt von Schluchzen und leisem Flehen. Zoë hatte dummerweise geglaubt, sie würde sich in der schlimmsten Lage befinden, in der sie jemals gewesen war, aber gegen das, was Holli gerade durchmachen musste, war das vermutlich gar nichts. Sie wollte sich auch lieber gar nicht erst vorstellen, was Holli gerade erlebte.

»Ich komme, Holli«, sagte sie leise.

Ihr Entführer hatte einen Fehler gemacht. Da er ihr die Hände vor dem Bauch gefesselt hatte, war es ihr noch möglich, sie zu bewegen. Anscheinend hatte er nicht damit gerechnet, dass sie Gegenwehr leisten würde.

Sie drehte sich zur Seite, sodass sie auf allen vieren krabbeln konnte. Dank ihres schmalen Körperbaus war das kein Problem, auch wenn ihr sämtliche Muskeln wehtaten, als sie sich auf Ellbogen und Knie stützte. Sie versuchte, ihre Füße zu belasten, fiel jedoch nur wieder auf die Seite.

Sofort versuchte sie es erneut. Ihre Entschlossenheit war größer als der Schmerz und sie zwang sich, aufrecht stehen zu bleiben. Dieses Mal beugte sie sich allerdings vor, um das Gleichgewicht nicht wieder zu verlieren, und drückte die Beine durch. Ihr wurde schwindlig, als sie sich aufrichtete, und der Nebel, der ihr Gehirn umwölkte, tat sein Übriges, sodass sie doch wieder hinfiel. Sie merkte erst, dass sie stürzte, als sie bereits auf dem Boden landete.

Was auch immer man ihr für eine Droge gegeben hatte, sie beeinträchtigte eindeutig die Geschicklichkeit.

»Glaubst du etwa, du könntest mich aufhalten, du Mistkerl?«, fragte sie die Leere. »Das kannst du vergessen.«

Sie klammerte sich an ihren Wagemut, und es war völlig unwichtig, ob er deplatziert oder unrealistisch war, solange er ihre Angst in Schach hielt.

Wieder rollte sie sich herum, bis sie auf allen vieren hockte, und kroch auf Knien und Unterarmen vorwärts, während sie weiter Hollis Stöhnen und Wimmern im Ohr hatte, das durch die Wände hereindrang.

Arme Holli. Sie hatte das Pech gehabt, als Erste ausgewählt worden zu sein. Es hätte auch genauso gut andersherum laufen können. Dieser Gedanke ließ Zoë erschaudern, obwohl es in der Hütte schwül und stickig war. Aber die panischen Geräusche ihrer Freundin trieben sie an. Tränen liefen ihr jetzt über die Wangen, aber sie kroch schneller vorwärts.

»Genieß es, solange du kannst, du krankes Schwein«, murmelte sie.

Sie erreichte einen Werkzeugkasten, ging auf die Knie und lehnte sich an die Kisten, die daneben gestapelt waren. Dabei ermahnte sie sich, ruhig zu sein und keinen Krach zu machen. Wenn sie Hollis Schluchzen hören konnte, dann konnte man sie da draußen ebenfalls hören. Sie drehte den Werkzeugkasten mit beiden Händen zu sich herum. Er war schwer, was sie als gutes Zeichen wertete. Ein schwerer Werkzeugkasten war immer gut ausgestattet.

Sie hob den Deckel an. Schraubenzieher und -schlüssel sowie einige Zangen lagen im obersten Fach. Sie nahm es heraus und entdeckte, was sie gesucht hatte: einen Cutter. Mit einem schnellen Griff schnappte sie sich das Messer und drückte es an die Brust. »Danke, lieber Gott.«

Sie ließ sich auf den Hintern sinken und zog die Beine an die Brust. Ein stechender Schmerz zuckte durch ihren Unterbauch und als sie sich streckte, entdeckte sie an der linken Hüfte eine Wunde. Sie nahm sie genauer in Augenschein und stellte entsetzt fest, dass es keine zufällige Verletzung, sondern eine Markierung war. Ihr waren zwei Buchstaben in die Haut geritzt worden: I und V. Der Mistkerl hatte sie gebrandmarkt. Ihr wurde speiübel.

Wieder zog sie die Beine bis zum Kinn hoch, um ihre Verstümmelung zu verbergen, und spreizte die Knie, damit sie leichter an ihre Fußknöchel herankam. Ihre Füße kribbelten heftig. Sie schob die Klinge des Cuttermessers heraus und bearbeitete damit den dicken Kabelbinder. Die Klinge war stumpf und das Plastik zäh. Es ging nur langsam voran, aber nach und nach erzielte der Stahl Fortschritte. Jeder schnelle, effiziente Schnitt lockerte ihre Fesseln ein bisschen.

Ein schriller Schrei von Holli ließ Zoë zusammenzucken und sie rutschte ab, sodass sich die Klinge tief in ihr Sprungbein bohrte. Der Schmerz war scharf und beißend und sie musste mit aller Macht gegen die Pein ankämpfen, um nicht laut aufzuschreien.

Sie ignorierte die purpurrote Blutspur, die ihren Knöchel herunterlief, und sägte weiter. Endlich zerbrach der Kabelbinder. Die Durchblutung ihrer Füße kam wieder in Gang, was gleichzeitig schmerzhaft und wundervoll war. Zoë schloss für einen Moment die Augen, um die Erleichterung zu genießen.

Ihre Füße waren zwar frei, aber das war nicht einmal die halbe Miete. Es würde viel schwieriger werden, die Fesseln an ihren Handgelenken durchzuschneiden.

Sie drehte das Cuttermesser um und versuchte, die Klinge mit den Händen vor und zurück zu bewegen. Es gelang ihr, einen Sägerhythmus zu finden, aber ihre Bewegungen waren derart eingeschränkt, dass es eine Ewigkeit dauern würde, bis sie sich befreit hatte. Sie musste sich etwas anderes einfallen lassen.

Panisch kramte sie in der Werkzeugkiste nach etwas, das ihr helfen konnte. Sie versuchte es mit der Zange, hatte mit gefesselten Händen aber einfach nicht genug Bewegungsspielraum.

Dann entdeckte sie an einer der Wände eine verrostete alte Säge mit Holzgriff. Die gezackte Klinge war wenigstens fünfundvierzig Zentimeter lang. Das war ein richtiges Zimmermannswerkzeug – und vielleicht ihre Rettung. Sie packte es und ließ sich damit auf den Boden sinken. Vorsichtig drehte sie die Säge mit dem Schneidblatt nach oben, stemmte den Griff gegen ihre Leiste und stützte das andere Ende gegen die Füße.

Anstatt die Klinge über den Kabelbinder zu ziehen, so wie sie es bei ihren Füßen gemacht hatte, bewegte sie dieses Mal ihre gefesselten Handgelenke über der Säge. Die großen Sägezähne konnten das Plastik nur schwer durchschneiden, der Kabelbinder hüpfte über die breiten Lücken zwischen den Zähnen. Trotzdem nagten sie bei jedem Zug daran. Nach einigen Minuten war ihre Fessel endlich gelöst.

Grinsend massierte sie sich die Handgelenke. Sie war frei.

Aber ihr Grinsen verblasste schnell wieder. Nein, frei war sie nicht. Zuerst musste sie noch etwas anderes tun.

Sie griff nach dem Cuttermesser. Das war jetzt ihre Waffe.

Vorsichtig drückte sie die Tür der Hütte auf und linste nach draußen. Direkt gegenüber lag still und dunkel ein weiterer Schuppen und zu ihrer Rechten stand eine verwitterte Werkstatt. Dahinter war absolut nichts zu sehen. Die Wüste erstreckte sich in die Dunkelheit und die Berge verwandelten den Horizont in einen scharf gezackten Riss zwischen Landschaft und Himmel. Nirgendwo waren Straßenlaternen oder Lichter aus anderen Häusern zu sehen. Sie befand sich offenbar mitten im Nirgendwo. Kein Wunder, dass sich der Mistkerl keine Sorgen wegen des Lärms machte.

Von hier zu flüchten war gar nicht so einfach. Wo würde sie landen, wenn sie loslief? Ein Feldweg führte von der Werkstatt weg und verschwand in der Finsternis. Es schien der einzige Weg zu sein, der aus diesem Albtraum herausführte.

Zumindest musste sie die Flucht nicht zu Fuß antreten. Ihr VW Beetle stand gleich links von ihr. Sie konnte keinen zweiten Wagen entdecken, daher musste er sie in ihrem hergebracht haben. Wenn sie darin entkommen konnte, war ihr Entführer nicht in der Lage, sie zu verfolgen. Zum ersten Mal keimte Hoffnung in ihr auf.

Aber sie dachte schon viel zu weit. Das Wegfahren war der letzte Schritt. Zuerst musste sie Holli retten.

Holli. Ihr Herz schlug schneller, als sie an ihre Freundin dachte. Es dauerte einen Augenblick, bevor sie begriff, warum sie sich so unvermittelt fürchtete. Die Schreie hatten aufgehört. Sie versuchte, wenigstens ein Wimmern zu hören, aber alles blieb still. Niemand schien sich noch zu bewegen.

Bitte sei noch am Leben, flehte sie innerlich.

Sie musste die Wahrheit wissen – wie schlimm war es?

Aus den verdreckten Sprossenfenstern der Werkstatt drang Licht. Es drängte die Nacht zurück und flackerte, als sich im Inneren jemand bewegte.

Holli war da drin. Ebenso wie ihr Entführer. Zoë spürte, wie ihre Entschlossenheit ins Wanken geriet.

Da waren Bewegungen, aber sie konnte nichts hören. Es war schon einige Minuten her, dass Holli das letzte Mal geschrien hatte. War sie tot? Es gab nur einen Weg, das herauszufinden.

Sie schlich nach draußen und umklammerte das Cuttermesser. Die Hütte war eine richtige Sauna gewesen. Hier draußen in der Wüstenhitze trocknete ihr Schweiß augenblicklich, sodass ihr der Dreck an der Haut klebte. Wenn sie jetzt jemand sehen könnte, würde er vermutlich glauben, eine Kreatur aus der Jungsteinzeit vor sich zu haben.

Zoë hastete gebückt auf die Werkstatt zu. Wieder wurde ihr schwindlig, sie fiel auf die Knie und ließ ihre Waffe fallen. Die Droge, die dieser Mistkerl ihr verabreicht hatte, wirkte noch immer.

»Immer schön langsam«, sagte sie sich.

Sie hob das Messer wieder auf und schlich um die Werkstatt herum, um sich unter ein Fenster zu hocken. Dort lauschte sie, konnte aber keine Stimmen, sondern nur Bewegungen hören. Sie legte die Finger fester um den Plastikgriff des Cuttermessers.

»Entdeck mich nicht. Entdeck mich nicht«, murmelte sie und richtete sich langsam an der Wand auf, um in die Hütte zu blicken.

Der Anblick, der sich ihr bot, ließ ihr den Atem stocken. Sie schlug eine Hand vor den Mund, um den Schrei, der bereits in ihrer Kehle aufstieg, zu unterdrücken.

Holli hing an einem Haken von der Decke wie ein Stück Fleisch. Sie war nackt, wie Zoë, aber mit Ledermanschetten anstelle von Kabelbindern gefesselt. Zoë konnte auf den ersten Blick keine Verletzungen erkennen, doch Hollis Körper war von Kopf bis Fuß mit Blut und Dreck beschmiert. Sie ließ den Kopf hängen, ihr langes braunes Haar verdeckte ihr Gesicht. Und sie rührte sich nicht. Diese völlige Bewegungslosigkeit ängstigte Zoë mehr als alles andere.

Der Mann, der ihre Freundin in diese schreckliche Lage gebracht hatte, stand mit dem Rücken zu Zoë vor einer Werkbank. Sie konnte sehen, dass er blond, groß und breitschultrig war. Mehr ließ sich allerdings nicht erkennen. Die schmutzigen Fenster und die Droge, die sie noch immer einlullte, sorgten dafür, dass sie nur einen verschwommenen Fleck sah, wenn er sich bewegte. Er nahm etwas Kleines vom Tisch und ging damit auf Holli zu.

Dann hielt er ihr das Objekt vor die Nase und ließ es zusammenschnappen. Holli zuckte davor zurück, wovon ihr Körper am Haken hin und herschwang. Der Mann griff nach ihren Hüften und hielt sie fest.

Holli war noch am Leben. Wieder liefen Zoë Tränen über die Wangen.

»Nein, nein. Bitte nicht noch mal.« Er schlug sie mit dem Handrücken. Der Schlag war so heftig, dass Zoë ebenso zusammenzuckte wie Holli. Aber der Hieb erzielte die gewünschte Wirkung und brachte Holli zum Schweigen.

»Tut es dir leid, was du getan hast, Holli?«, fragte er sie.

»Ja.« Sie spie das Wort förmlich aus, noch bevor er seine Frage ganz ausgesprochen hatte.

»Ich weiß nicht, ob ich dir das glauben soll.«

»Ja, ja, ja. Es tut mir leid. Bitte lassen Sie mich gehen. Ich werde es auch niemandem sagen«, flehte Holli und fing dann an zu schluchzen.

Zoë glaubte, die Verzweiflung ihrer Freundin zu spüren. Es war alles so hoffnungslos. So unfair. Sie hatte das nicht verdient. Das hatten sie beide nicht.

Wütend wischte sich Zoë die feuchten Wangen ab. Sie durfte sich von Hollis Hoffnungslosigkeit nicht anstecken lassen. Sie konnte sie beide retten, wenn sie nur selbst daran glaubte.

Sie sah sich ihren Entführer genauer an und versuchte, eine Schwachstelle zu entdecken, die sie ausnutzen konnte. Er wirkte entspannt. Es würde niemand vorbeikommen oder zufällig etwas hören, was angesichts der Lage der Werkstatt auch nicht weiter verwunderlich war. Er hatte keinen Zeitdruck. Vielmehr wirkte er wie jemand, der sich alle Zeit der Welt lassen konnte. Er hielt sich für unverletzlich. Schließlich hatte er sie in einer nicht verriegelten Hütte voller Werkzeug zurückgelassen. Das konnte nur bedeuten, dass er entweder dumm oder arrogant war. *Das sind zwei Seiten derselben Medaille*, dachte sie.

Ihr Plan war einfach: Sie wollte das Überraschungsmoment ausnutzen. Er rechnete nicht mit einem Angriff. Sie konnte reinrennen, auf ihn einstechen und ihn blutend am Boden liegen lassen, während sie Holli von diesem Haken holte.

Doch all ihr Wagemut verschwand in dem Augenblick, in dem er an seine Werkbank zurückkehrte. Darauf lag eine Peitsche – eine richtige Peitsche, nicht nur ein Sexspielzeug. Es war ein Werkzeug. Eine Waffe.

Wie war sie nur auf die Idee gekommen, sie könnte es mit diesem Kerl aufnehmen? Er war größer und stärker als sie und stand nicht unter Drogen. Welche Fähigkeiten besaß sie denn schon? Keine. Und dieser Schweinehund war ein unbekannter Gegner. Vielleicht war er ein hervorragender Martial-Arts-Kämpfer oder vom Militär ausgebildet worden. Immerhin hatte er Holli und sie ohne große Probleme entführen können …

Wie sah ihr Plan aus? Sie wollte da reinrennen und auf ihn einstechen, bevor er sich wehren konnte? Das war doch völlig verrückt. Sie schaffte ja keine zwei Meter, ohne dabei auf die Nase zu fallen. Selbst wenn es ihr gelang, ihn zu überrumpeln, konnte er sie immer noch mit der Peitsche überwältigen. Wenn sie da reinging, dann würde sie nicht Holli retten, sondern dafür sorgen, dass sie beide umgebracht wurden.

Sie drehte sich zu ihrem Wagen um. Das war die bessere Waffe. Steig in den Wagen, fahr zur Polizei und lass sie die Werkstatt stürmen. Wenn sie Hilfe holte, konnte sie sie beide retten und dafür sorgen, dass dieses Schwein ins Gefängnis kam. Das war der beste Plan.

Aber für wen? Für sie beide oder nur für Zoë?

Sie schaute noch einmal durch das Fenster. Holli sah gar nicht gut aus. Zoë wusste, dass es ein Risiko war, ihre Freundin zurückzulassen. Möglicherweise war es schon jetzt zu spät für sie, aber das konnte sie sich nicht vorstellen. Holli blutete, aber ihre Wunden sahen alle nicht so gravierend aus. Wenn es Zoë gelang, sich unbemerkt wegzuschleichen, dann konnte sie etwas unternehmen.

Zoë hörte auf, sich etwas vorzumachen, und sackte in sich zusammen. Der Ernst der Lage war einfach zu viel für sie. Sie waren erledigt. Es gab in dieser Situation keine richtige Entscheidung. Was immer sie auch tat, es konnte sich als schlecht für sie beide herausstellen. Das Einzige, was sie mit Sicherheit wusste, war, dass sie beide sterben würden, wenn sie diese Werkstatt betrat.

Im nächsten Moment sah Holli mit glasigem, verschwommenem Blick auf und entdeckte Zoë. Sie riss die Augen auf und wirkte plötzlich ganz wach. Zoë glaubte, Hoffnung in der Miene ihrer Freundin zu erkennen. Holli sah einen Ausweg, wo Zoë nichts als eine Selbstmordmission erkennen konnte.

Zoë schüttelte den Kopf.

Die Hoffnung in Hollis Gesicht verschwand so schnell, wie sie aufgeflackert war, und Schrecken trat an ihre Stelle. Zoë erkannte Hollis Blick: Sie hatte begriffen, dass Zoë sie im Stich lassen würde, um ihre eigene Haut zu retten. Sie hatte begriffen, dass sie dem sicheren Tod überlassen wurde.

Zoë sagte lautlos *Tut mir leid* und verschwand vom Fenster. Als sie zu ihrem Wagen rannte, hörte sie Holli schreien: »Nein, nein, nein. Hilf mir, Zoë!«

Jedes Wort traf Zoë wie ein Schlag in die Magengrube und sie weinte hemmungslos.

»Es tut mir so leid«, flüsterte sie.

Sie zerrte am Türgriff und die Tür ging auf. Zum Glück steckten die Schlüssel. Sie setzte sich hinter das Lenkrad, drehte den Schlüssel im Zündschloss, legte den Gang ein und der Wagen machte einen Satz nach vorn.

»Ich komme wieder«, versprach sie, auch wenn sie genau wusste, dass sie ihre Freundin durch ihre Flucht zum Tode verdammte.

Kapitel 2

Fünfzehn Monate später

Das Behandlungszimmer des Therapeuten war vollgestopft und ungemütlich. Vielleicht hatte sie schon zu viele Filme gesehen, in denen Psychologen ihrer Arbeit in einer Umgebung nachgingen, die eher an einen Herrenklub erinnerte, mit deckenhohen Bücherregalen, dicken Teppichen und Ledercouch. Möglicherweise hatten ja manche Psychologen tatsächlich solche Büros, aber das galt nicht für diejenigen, die von wohltätigen Stiftungen für Opfer von Gewalttaten eingesetzt wurden. David Jarocki arbeitete in einem kleinen, unspektakulären Raum, dessen Möbel aus dem Schaufenster eines Büroeinrichters stammen konnten. Die Wände waren in einem deprimierenden schmutzigen Weißton gestrichen, der schon an Grau grenzte. Sie saß auf einem Sofa, das nicht im Geringsten bequem war, und Jarocki hatte ihr gegenüber auf einem Stuhl Platz genommen, der denen im Wartezimmer glich.

»Sie haben sich wieder die Haare geschnitten«, stellte er fest.

Sie trug jetzt schon seit etwa einem Jahr kurze Haare, zwar keine Männerfrisur, aber einen kurzen femininen Bob.

Reflexartig berührte sie ihren Nacken, der sich irgendwie entblößt anfühlte.

»Ich dachte, Sie wollen sie wachsen lassen.«

»Das wollte ich auch, aber lange Haare sind bei meinem Job nicht gern gesehen.«

Jarocki nickte, aber sein Gesichtsausdruck gab ihr zu verstehen, dass er ihr nicht glaubte. Wenn sie ihr Haar lang trug, machte sie sich angreifbar. Das hatte sie bei ihren Selbstverteidigungskursen gelernt. Sie hatte aus einem einzigen Grund derart kurze Haare: damit man sie daran nicht packen konnte. Das wusste sie ganz genau, und er wusste es auch.

»Vielleicht sollten wir erst mal einen Systemcheck machen«, schlug Jarocki vor.

Ein Systemcheck war Jarockis Bezeichnung für die Selbsteinschätzung, die er sie vor jeder Sitzung machen ließ. Zoë konnte es nicht leiden, wenn der Therapeut sie auf diese Weise gängelte, aber das war nun mal sein Job.

»Okay, kann losgehen.«

»Schlaf?«

»Gut.«

»Albträume?«

»Ja, einen. Letzten Sonntag.«

»Alkohol?«

»Ich war ein braves Mädchen und habe es nie übertrieben.«

Jarocki grinste. »Freut mich zu hören. Impulssteuerung?«

»Funktioniert. Keine Hals-über-Kopf-Aktionen.«

»Gut. Panikattacken? Angstzustände?«

»Nur einmal. Ich bin ein bisschen durchgedreht, habe dann aber Ihre Atemtechnik angewendet und mich wieder beruhigt.«

»Großartig. Wie war Ihre Woche?«

Auch wenn ihr Jarocki mit seinen strategischen Anflügen manchmal auf die Nerven ging, mochte sie ihn. Er drängte sie bei der Therapie zwar ziemlich, damit sie sich öffnete, aber er wertete nie – oder er ließ es sich zumindest nicht anmerken. Auf irgendeine Weise musste er sie jedoch beurteilen, schließlich war er Psychologe. Das Einschätzen und Beurteilen von Menschen war sein Job, aber er gab nie eine persönliche Meinung von sich. Er bemitleidete, verabscheute oder verunglimpfte sie nicht für das, was sie sagte, tat oder dachte. Vielmehr bot er ihr andere Perspektiven, Vorschläge und Einsichten, und das alles mit passivem, seelenruhigem Gesichtsausdruck. Sie staunte immer wieder über diese Fähigkeit. Ihre Gefühle schlummerten ständig dicht unter der Oberfläche. Seine waren stets verborgen. Nein, verborgen war der falsche Ausdruck. Sie waren ausgeblendet. Das war natürlich sinnvoll. Wie könnte einem ein Therapeut auch helfen, wenn er sich seinen Schreck, Ekel oder Abscheu anmerken lassen würde? Dennoch hatte sie seine Passivität anfangs irritiert. Damals hatte sie sich nach seiner Verachtung und seinem Abscheu gesehnt, aber heute sah das anders aus.

In dem einen Jahr, das sie jetzt schon seine Patientin war, hatte sie gelernt, ihm zu vertrauen. Sie fühlte sich mit ihren Gedanken sicher in diesem Raum, mit ihm als Schlichter. Dennoch gestattete sie ihm keinen gänzlich freien Zugang zu ihren Gefühlen. Auch wenn er in Bezug auf alles, was mit dem Verstand zu tun hatte, Experte war, fehlte ihm eines: Erfahrung. Er hatte keine Freundin dem sicheren Tod überlassen. Er hatte nicht gegen seine eigene Feigheit angekämpft und verloren. Er war kein wertloses Stück Dreck wie sie. Wenn er für das alles ebenfalls Diplome an der Wand hängen hätte, dann erst wäre sie bereit, vollkommen offen mit ihm zu reden.

»Okay.«

»Möchten Sie heute über ein bestimmtes Thema sprechen?«

»Nein, eigentlich nicht.«

»Dann werden wir heute keine großen Fortschritte machen können.«

»Das lässt sich leider nicht ändern.«

Jarocki zwang sich zu einem freudlosen Lächeln. Sie wusste, dass er sich ärgerte, wenn sie nicht offen zu ihm war. »Wir scheinen heute ein bisschen auf Krawall gebürstet zu sein.«

Das war seine Art zu sagen: »Sie bringen mich auf die Palme.«

Sie wünschte, Jarocki würde ihr zusetzen, sie zwingen, mit ihm zu reden, ihr zeigen, dass er ein wenig Feuer im Hintern hatte. Aber es stand vermutlich in irgendeinem Regelwerk für Therapeuten, dass man mit einem Patienten nie die Geduld verlieren durfte. Dabei hätte ein Aufblitzen von Emotionen wahre Wunder für ihre Beziehung wirken können. Seine Unerschütterlichkeit ging ihr auf die Nerven.

»Eigentlich nicht. Mir ist heute nur irgendwie nicht nach Reden.«

Er tippte sich an die Schläfe und deutete dann auf ihre. »Hat das vielleicht irgendetwas damit zu tun?«

Reflexartig strich sie mit dem Finger über die dicke Beule. »Nein. Das hat überhaupt nichts damit zu tun.«

»Wo haben Sie das her?«

»Aus dem Einkaufszentrum. Ich habe eine Ladendiebin an die Polizei überstellt. Sie hat mit dem Arm ausgeholt und mich mit dem Ellbogen erwischt.«

Jarocki zuckte zusammen. »Wie unangenehm.«

»Das gehört zum Job einer Mall-Sicherheitsbeamtin dazu.«

Sie versuchte, ihre Antwort unbeschwert klingen zu lassen, und erhielt als Dank für ihre Bemühungen ein höfliches Lächeln.

Jarocki blätterte in seinen Notizen herum. »Wo wir gerade von Ihrem Job reden: Heute ist ein ganz besonderer Tag.«

»Ach ja?«

»Oh ja. Genau heute vor einem Jahr haben Sie das Doktorandenprogramm verlassen. Sie sagten, Sie bräuchten Zeit, um sich zu erholen, und ich habe Ihre Entscheidung voll und ganz unterstützt. Wir hatten uns auf eine Auszeit von einem Jahr geeinigt, und dieses Jahr ist jetzt um. Sind Sie bereit, Ihr Studium wieder aufzunehmen?«

»Nein, dazu bin ich noch nicht bereit.« Sie konnte nur hoffen, dass ihre Antwort prägnant und endgültig genug klang, damit Jarocki nicht auf dumme Gedanken kam. Aber das schien nicht der Fall zu sein.

»Der Job im Einkaufszentrum sollte ja nur eine Übergangslösung sein – das haben Sie selbst gesagt –, während Sie versuchen, wieder auf die Beine zu kommen, um danach Ihr Umweltpolitikstudium zu beenden.«

Sie spürte, wie ihr Jarocki langsam unter die Haut ging. Er bahnte sich unauffällig einen Weg in ihre Gedanken, um dann jede ihrer Entscheidungen infrage zu stellen.

»So ist es auch. Ein Jahr ist keine so wahnsinnig lange Zeit.«

»Für mich klingt es eher so, als würden Sie Ihr Trauma bedienen. Wenn Sie beim Sicherheitsdienst arbeiten, bringen Sie sich erneut in gefährliche Situationen.«

»Mein Job hat nicht das Geringste mit dem zu tun, was mir passiert ist.« Sie konnte es nicht ausstehen, wenn ihre Stimme so schrill wurde. Das bewies nur, dass Jarocki einen wunden Punkt getroffen hatte.

»Nicht?«

»Nein.«

»Ich denke, wir wissen beide, dass das nicht stimmt. Sie waren das Opfer einer Gewalttat, und jetzt machen Sie einen Job, bei dem Sie immer wieder das Opfer von Gewalt werden können.«

»Das ist nicht dasselbe.«

Er deutete wieder auf ihre verletzte Schläfe. »Und was ist dann das?«

»Das ist eine Schramme und kaum mit dem zu vergleichen, was mir passiert ist.«

»Ach nein?«

»Nein, nicht im Entferntesten. Vor fünfzehn Monaten war ich ein Opfer. Jetzt bin ich eine Kriegerin und eine Beschützerin. Ich verhindere, dass andere Menschen zu Opfern werden.«

Schweigen breitete sich zwischen ihnen aus. Sie spürte, wie sich die Stimmung im Raum veränderte. Die Anspannung, die sich während ihres Schlagabtausches aufgebaut hatte, verflüchtigte sich langsam, und sie wurde wieder ruhiger.

»Das bestreite ich auch gar nicht, Zoë. Warum haben Sie den Job in der Golden Gate Mall angenommen?«

»Dort wurden gerade Leute gesucht.«

»Es hatte nichts damit zu tun, dass in dieser Mall die höchste Verbrechensrate der ganzen Bay Area verzeichnet wurde?«

Sie erwiderte nichts.

»Ich kann verstehen, dass Sie nicht mehr als Opfer gesehen werden möchten. Ich kann verstehen, dass Sie Verbrechen unterbinden und etwas Gutes tun möchten, aber ein Job beim Sicherheitsdienst eines Einkaufszentrums ist nicht die richtige Lösung. Sie setzen sich einem unnötigen Risiko aus. Diese Leute sind unbewaffnet und schlecht ausgebildet. Wenn Sie Verbrechen bekämpfen und andere Menschen beschützen möchten, warum machen Sie dann nicht eine Ausbildung bei der Polizei? So bekämen Sie wenigstens das richtige Training und hätten eine Infrastruktur, die Sie unterstützt. Mit Ihrem wissenschaftlichen Hintergrund wären Sie eine gute Kandidatin für die Forensikabteilung.«

»Ich weiß nicht. Vermutlich bin ich dafür noch nicht bereit.«

»Aber Sie sind bereit, beim Sicherheitsdienst zu arbeiten, wo die Chance, dass die Bösen besser bewaffnet sind als Sie, deutlich größer ist.«

»Hey, das ist nicht fair.«

»Sie bringen sich noch immer in Gefahr, Zoë. Während der Rest der Welt versucht, nicht ins Fadenkreuz zu gelangen, legen Sie es darauf an.«

Sie schüttelte den Kopf. »Das stimmt doch gar nicht.«

»Doch, und das aus einem sehr guten Grund: Er ist noch immer da draußen und kann ungestraft sein Leben weiterführen.«

Obwohl Jarocki ihr eigentlich helfen wollte, war er doch wirklich gut darin, alte Wunden wieder aufzureißen. Sie wischte sich eine Träne von der Wange, bevor sie herunterlaufen konnte und sie sich dafür schämen musste. »Warum sind Sie denn so gemein?«

»Ich lege es nicht darauf an, gemein zu sein. Ich versuche, Ihnen zu helfen. Eine posttraumatische Belastungsstörung kann große Auswirkungen haben und einen Menschen verändern. Selbst jemanden, der sehr stark ist. Dieser Flutwelle kann man einfach nicht entkommen. Sie bricht einfach über Sie herein und schleift Sie mit. Ich habe Ihnen bereits bei Ihrem ersten Besuch beschrieben, wie sich das auf Sie auswirken kann, und wir haben gemeinsam daran gearbeitet, die Anzeichen zu erkennen und zu bekämpfen.«

»Ich kann nicht einfach einen Schalter umlegen und das alles vergessen.«

Er lächelte sie an. »Das können Sie nicht, das ist richtig, aber die Zoë, die letztes Jahr zu mir gekommen ist, wusste das noch nicht, was beweist, dass Sie Fortschritte gemacht haben. Es gibt keinen Weg, eine posttraumatische Belastungsstörung einfach zu umgehen. Sie müssen daran arbeiten, um es durchzustehen, und das fällt einigen leichter als anderen. Es gibt keine zwei Menschen, die eine Sache auf genau dieselbe Weise oder über einen identischen Zeitraum erleben. Alles, was ich tun kann, ist, Sie zu unterstützen und anzuleiten, damit Sie die Probleme, vor denen Sie stehen, bewältigen können. Eine posttraumatische Belastungsstörung ist wie eine schwere Wunde. Es dauert seine Zeit, bis die Heilung abgeschlossen ist. Aber ich denke, dass Sie den Heilungsprozess hinauszögern.«

»Wie meinen Sie das?«

»Als Sie zu mir gekommen sind, standen Sie kurz davor, Ihren Abschluss zu machen, und hatten Aussichten auf einen guten Job. Ihnen standen alle Türen offen.«

»Daran hat sich nichts geändert.«

»Das höre ich gern. Was gedenken Sie, in dieser Hinsicht zu unternehmen?«

»Es ist Ihnen möglicherweise aufgefallen, dass wir mitten in einer weltweiten Rezession stecken. Jobs in der Umweltpolitik fallen einem momentan nicht gerade vor die Füße.«

»Aber Sie haben die Augen aufgehalten? Haben Sie Ihr Studium fortgesetzt?«

Sie dachte an ihre Dissertation, die auf ihrem Rechner schlummerte und digitalen Staub ansetzte. Nach Las Vegas hatte sie die Datei ein einziges Mal geöffnet und seitdem nie wieder angerührt. War der Umweltschutz nicht schon immer ihr Ziel gewesen? Was für eine armselige Zukunft stand ihr bloß bevor? Sie hatte ihr Studium abgebrochen und sogar ihre Bücher seit einer Ewigkeit nicht mehr angefasst. Außerdem hatte sie ihren Praktikumsplatz bei den Wasserwerken aufgegeben. Schon den ersten Tag nach ihrer Krankschreibung hatte sie kaum ausgehalten. Sie hatte die Blicke, die Fragen und die Vermutungen ihrer Kollegen nicht ertragen können. Schließlich konnte sie selbst ja kaum in den Spiegel schauen, wie sollte sie da anderen Menschen in die Augen sehen?

»Nein, ich habe mich nicht darum gekümmert.«

»Falls Sie Hilfe bei der Jobsuche brauchen, kann ich Ihnen jemanden empfehlen.«

Sie hob eine Hand. »Ich bin mir nicht mehr so sicher, ob der Umweltschutz wirklich etwas für mich ist.«

»Was möchten Sie dann machen?«

Das war eine verdammt gute Frage, aber sie hatte dummerweise keine Antwort darauf.

»Vielleicht sollten Sie erst mal Ideen dazu sammeln, was Sie mit Ihrem Leben anfangen möchten. Lassen Sie Ihrer Fantasie freien Lauf. Stellen Sie sich einen Beruf vor, der Ihnen Freude macht oder Sie zufriedenstellt.«

Zoë runzelte die Stirn.

»Denken Sie ernsthaft darüber nach, dann sprechen wir beim nächsten Mal darüber. Ich glaube nämlich nicht, dass Sie für den Rest Ihres Lebens beim Sicherheitsdienst eines Einkaufszentrums arbeiten möchten. Sie haben großes Potenzial und können alles erreichen, was Sie sich in den Kopf setzen.«

Himmel, das klang ja wie etwas, das einem der Karriereberater bei der Highschool sagte. Aber er hatte recht, sie musste das wirklich tun. Selbst wenn der Umweltschutz nichts mehr für sie war, konnte sie nicht ewig beim Sicherheitsdienst arbeiten. »Ich werde es versuchen.«

»Gut.«

Sie standen beide auf und er brachte sie zur Tür.

»Dann bis nächste Woche. Passen Sie auf sich auf und werden Sie nicht leichtsinnig.«

Das war Jarockis kleiner Witz. Geld war die Wurzel allen Übels und Leichtsinn die einer posttraumatischen Belastungsstörung.

»Ich werde mich bemühen«, erwiderte sie, »kann aber nichts versprechen.«

Kapitel 3

Kristi Thomas steckte den Kopf durch Marshall Becks Tür. »Die Kampfhunde sind hier, Marshall.«

Kristi war die Gründerin von »Urban Paws Animal Rescue« und die Rettung von Kampfhunden stellte eine der wichtigsten Aufgaben der Tierschutzorganisation dar. Die Polizei von Fremont hatte einen professionellen Hundekampfring auffliegen lassen und die verwundeten Hunde waren eingeschläfert worden. Dasselbe Schicksal drohte auch den anderen Tieren, aber Urban Paws hatte dagegen Beschwerde eingelegt und sich freiwillig gemeldet, um den Versuch zu unternehmen, diese Tiere wieder an ein normales Leben zu gewöhnen. Der Richter hatte ihnen das unter der Auflage gestattet, dass jeder Hund, der nicht zu rehabilitieren war, eingeschläfert werden musste. Urban Paws war nicht so bekannt wie die Tierschutzorganisation ASPCA, hatte jedoch einen guten Ruf und schon viele hoffnungslose Fälle gerettet. Die Publicity durch die richterliche Entscheidung hatte außerdem dafür gesorgt, dass sie eine Flut an Spenden erhalten hatten.

Beck stand von seinem Schreibtisch auf und folgte ihr auf den Flur. Mitarbeiter des Tierheims und Polizisten brachten soeben achtzehn Pitbulls und Pitbullmischlinge in ihren Käfigen auf Sackkarren herein und rollten sie in den Beurteilungsbereich. Dort wurden alle in Gewahrsam genommenen Tiere untersucht und Prüfungen unterzogen, bevor sie zur Vermittlung freigegeben wurden. Sämtliche Tiere, die zuvor in diesem Bereich untergebracht gewesen waren, hatte man im Schnellverfahren durchgeschleust, um Platz für die Kampfhunde zu machen, die allein dort untergebracht werden sollten.

Er sah zu, wie die Tiere an ihm vorbeigeschafft wurden. Einige kämpften gegen ihr stählernes Gefängnis an und kratzten an den Gittern oder bissen hinein. Andere lagen ganz still, wirkten besiegt und schienen sich in ihr Schicksal zu ergeben. Es war eine traurige Angelegenheit und ein weiteres Beispiel dafür, wie unmenschlich sich der Mensch gegenüber allem und jedem in seiner Umgebung verhalten konnte. In wenigen Monaten würde die Sache allerdings schon anders aussehen. Dank der Zuwendung und Unterstützung der Verhaltenstrainer, die hier arbeiteten, würden die meisten dieser Hunde, wenn nicht gar alle, ein völlig anderes Bild abgeben. Es erstaunte Beck immer wieder, dass Tiere die Fähigkeit besaßen, alles, was sie erlitten hatten, zu vergeben und zu vergessen, doch er hatte es in den acht Monaten, in denen er für die Tierschutzorganisation arbeitete, immer wieder gesehen. Allerdings wusste er auch, dass ihm selbst diese Fähigkeit völlig abging.

Auf dem Weg nach draußen sagte einer der Polizisten: »Sie leisten hier verdammt gute Arbeit.«

Nicht ich, dachte er. Er arbeitete nicht mit den Tieren, sondern verwaltete das Geld. Er kümmerte sich um die Gehälter, zahlte die Spenden auf das Konto ein, schrieb die Förderanträge, fand die Steuerschlupflöcher und handelte die Verträge und Rabatte aus. Das Problem vieler wohltätiger Stiftungen war, dass sie von Menschen gegründet und geführt wurden, die sich von ihren Gefühlen leiten ließen. Dadurch konnte man vielleicht viele Spenden erhalten, aber wenn es darum ging, sich mit dem Finanzamt oder anderen Behörden herumzuschlagen, half einem diese Leidenschaft nicht weiter. Genau an dem Punkt trat er auf den Plan. Er war ein reiner Bürokrat. Seine Sachlichkeit sorgte dafür, dass alle anderen ihrer Sache dienen konnten.

Er hielt Kristi auf, nachdem sie die Polizisten verabschiedet hatte. »Wie viele Hunde wirst du retten können?«

»Ich hoffe doch, dass wir alle retten können. Ich denke gern positiv«, antwortete sie lächelnd und lief dann einigen Trainern hinterher.

»Das Glas ist immer halb voll, was?«, rief er ihr nach.

»Ganz voll ist es mir am liebsten«, gab sie über die Schulter zurück.

Er kehrte in sein Büro zurück, einen großen Raum, den er ganz für sich allein hatte und von dem aus er auf die Straßenecke herabblicken konnte. Die vierspurige Kreuzung an der Fillmore Street und Washington Street gewährte ihm Einsicht in die Art, wie sich die Welt veränderte. Fußgänger liefen einfach über die Straße und zwangen die Autofahrer, auf die Bremse zu treten. Die wenigen, die an der Ampel warteten, schubsten andere beiseite, um als Erste über die Straße zu gelangen. Autofahrer ignorierten rote Ampeln, weil sie in ihrem Überholspurleben einfach keine Zeit hatten, davor anzuhalten. Penner bettelten, anstatt sich einen Job zu suchen. Menschen warfen ihren Müll einfach auf den Bürgersteig oder aus dem Wagenfenster. All das vermittelte nur eine einzige Botschaft: Mein Scheiß ist wichtiger als eurer. Die Welt war ein Ort voller Egoisten geworden, und er hasste sie dafür.

Diese Einstellung war auch der Grund dafür, dass ihn die Katzen und Hunde hier im Tierheim derart beeindruckten. Sie waren oft den widrigsten Umständen ausgesetzt gewesen und schenkten trotzdem dem ersten Menschen, der sie freundlich behandelte, all ihre Liebe. Wenn die Menschen das auch lernen könnten, gäbe es vielleicht noch Hoffnung, die Welt zu retten.

Sein Herz schlug schneller und er spürte, wie sein Blutdruck stieg. Aber er wollte sich jetzt nicht aufregen. Er atmete tief ein und ließ den Stress des Augenblicks beim Ausatmen entweichen.

Er verschaffte sich meist Abstand zu den alltäglichen Geschehnissen innerhalb des Tierheims, indem er seine Tür schloss und sich auf seine Arbeit konzentrierte. Wenn er ehrlich war, interessierte es ihn nicht besonders, ob das Ganze erfolgreich lief oder nicht. Er hatte den Job bei Urban Paws angenommen, weil er ihm Unabhängigkeit bot. Kristi und ihre Leute ließen ihn in Ruhe die finanziellen Belange regeln, was ihm viel Freiheit verschaffte.

Als er eine Stunde später mit einer Tasse Kaffee aus dem Pausenraum kam, wurde seine Ruhe jedoch gestört. Er hörte ein Stöhnen: »Großer Gott, da ist sie wieder.«

Er musste nicht nachfragen, wer damit gemeint war. Auch ohne seinen Schreibtisch zu verlassen, hätte er gewusst, dass es nur um Laurie Hernandez gehen konnte. Als er den Flur entlangschaute, sah er gerade noch, wie sie im Katzenzimmer verschwand.

Kristi lief an ihm vorbei und war schon auf Kollisionskurs.

Er hielt sie am Arm fest. »Ich kümmere mich darum. Du hast mit den Hunden Wichtigeres zu tun.«

»Bist du sicher?

»Aber natürlich.«

»Wenn sie auch nur eines der Tiere anfasst …«

»… dann werfe ich sie raus.«

»Danke, Marshall.«

Er wartete, bis Kristi in den Beurteilungstrakt zurückgekehrt war, bevor er zu Miss Hernandez ging. Normalerweise blieb er auf Abstand zu ihr, was aufgrund der Räumlichkeiten des Tierheims einfach war. Das Gebäude war in mehrere

Nebentrakte unterteilt, von denen zwei für Katzen, einer für kleine und einer für große Hunde sowie ein weiterer für Hasen, Hühner und exotischere Tiere gedacht war. Die Bereiche waren voneinander abgetrennt, um den Geräuschpegel zu minimieren, aber sie hatten große Glastüren, um Licht hereinzulassen und damit man hineinschauen konnte. Schließlich gab es immer wieder Besucher, die ein Tier stehlen wollten. Er lehnte sich an die Wand des für große Hunde vorgesehenen Trakts und beobachtete Laurie Hernandez.

Beck schätzte sie auf Ende zwanzig. Sie war recht attraktiv, aber auch ein wenig ungehobelt. Die dunklen Ringe unter ihren Augen und ihre ungesunde Gesichtsfarbe ließen sie deutlich älter erscheinen.

Sie hatte den zweiten Katzentrakt betreten und schien nicht zu bemerken, dass sie beobachtet wurde. Nicht, dass Beck glaubte, es würde sie groß stören. Dies war schließlich nicht ihr erster Besuch hier, sondern bereits der vierte in den vergangenen zwei Monaten. Auf den ersten Blick wirkte sie wie jeder andere Besucher, der ein Tier bei sich aufnehmen wollte. Sie bestaunte und bewunderte die Tiere und schob die Finger durch die Gitterstäbe, um sie von dem Tier beschnüffeln oder ablecken zu lassen. Aber dann wurde sie ohne jegliche Vorwarnung von der Tierfreundin zur Tierquälerin. Sobald sie das Vertrauen eines Tieres gewonnen hatte, schnippte sie mit dem Finger, stach mit irgendetwas nach dem Tier oder bespritzte es mit einer Wasserpistole. Dabei war sie nicht im Geringsten besorgt, dass jemand sie erwischen könnte. Beck vermutete fast, dass sie es darauf anlegte. Das gehörte für sie offenbar zum ganzen Spaß dazu.

Laurie Hernandez hockte sich vor eine Katze auf den Boden und lockte sie an. Das Tier kam in seinem Käfig langsam näher, als Miss Hernandez in ihre Tasche griff. Sie zog einen Zahnstocher heraus und stach damit nach der Katze, sobald sie in Reichweite war.

Beck öffnete die Glastür. »Ich denke, es wird Zeit, dass Sie gehen – mal wieder.«

Laurie Hernandez grinste. »Ich habe das Recht, mich hier aufzuhalten.«

»Nein, nicht mit diesem Zahnstocher in der Hand.«

»Was ist, wenn ich diese Katze haben will?«

»Ich bezweifle, dass wir Ihnen ein Tier geben würden. Schließlich sind wir hier, um Tiermisshandlungen zu verhindern und nicht etwa weiter zu fördern.«

»Okay, ich gehe ja schon.« Sie stand auf, bewarf die Katze zuvor jedoch noch mit dem Zahnstocher, der glücklicherweise vom Käfig abprallte. »Sie sind echt ein Langweiler.«

Er brachte sie nach draußen, holte seinen Mantel und folgte ihr. Bisher wusste er nur, dass ihr Name Laurie Hernandez war. Sie war immer abgehauen, bevor jemand die Polizei rufen konnte. Er hatte ihren Namen nur herausgefunden, indem er ihr gefolgt war.

In dem Augenblick, in dem sie auf die Straße hinaustrat, schloss sie auch schon ihre Kopfhörer an ihr iPhone an.

Beck folgte ihr über die Fillmore und hielt nur einen halben Block Abstand, während er beobachtete, wie sie sich durch die Welt bewegte. Sie war derart egozentrisch, dass er ganz in ihrer Nähe bleiben konnte, ohne befürchten zu müssen, entdeckt zu werden.

Er hatte diese Überwachungsmissionen nach ihrem zweiten Besuch im Tierheim begonnen. Beim ersten Mal hatte er sie einfach für einen gemeinen Menschen gehalten, aber als sie wiedergekommen war, hatte er Verdacht geschöpft. Das war eine Frau, die die Welt und jeden, der darin lebte, hasste. Ein solches Verhalten musste bestraft werden.

Bei seinen Beobachtungstouren waren interessante Dinge zutage getreten. Urban Paws war nicht das einzige Tierheim, das sie besuchte. Sie quälte die Tiere in fast allen Einrichtungen in der ganzen Stadt. An den Wochenenden ging sie gern in Klubs und bediente sich an Portemonnaies und Handtaschen, die unbeaufsichtigt herumlagen, um sich von dem geklauten Geld zu betrinken. Sie ging mit jedem Mann, der ihr auch nur ein Quäntchen Aufmerksamkeit schenkte, ins Bett und arbeitete in einem dieser Billigschmuckläden im Westfield Center. Beck hielt sie für eine verabscheuungswürdige Frau, die darauf stand, kleine Tiere zu quälen und anderen Menschen das Leben schwer zu machen. Er fragte sich, wie sie sich wohl fühlen würde, wenn man sie so behandelte. Eigentlich hatte er sich längst entschieden. Es wurde Zeit, dass man ihr mal ein wenig Respekt beibrachte. Er umfasste das Messer in seiner Tasche. Es war jetzt acht Monate her, dass er sein Zeichen auf jemandem hinterlassen hatte, und heute Nacht würde er es wieder tun.

»Bis später, Laurie«, murmelte er.

* * *

Abgesehen von ein paar Jugendlichen, die herumalberten, und einem Idioten, der versuchte, eine gestohlene Kreditkarte zu benutzen, verlief Zoës Schicht im Einkaufszentrum ereignislos. Das hatte den Nachteil, dass ihr genug Zeit blieb, um über all das nachzudenken, was Jarocki ihr bei der Sitzung an diesem Morgen gesagt hatte. Sie wusste, dass er sie herausfordern wollte, sie zwingen wollte, ihr Verhalten und ihre geistige Haltung unter die Lupe zu nehmen, aber es gefiel ihr trotzdem nicht. Bei Jarocki klang die Sache so einfach: Ereignis A führte zu Verhalten B, und wenn Verhalten B nicht geändert wurde, entstand daraus Resultat C. Doch sie war keine Maschine. Sie war ein Mensch und viel zu komplex, um sich einordnen zu lassen, wie Jarocki selbst gesagt hatte.

Aber bin ich das wirklich?

Sie machte vor ihrem Feierabend noch einen letzten Rundgang durch das Einkaufszentrum und zwang sich, ihren Arbeitsplatz mit anderen Augen zu betrachten. Hatte sie sich wirklich dafür entschieden, hier zu arbeiten, weil dies die gefährlichste Mall in der ganzen Bay Area war? War sie nur zum Sicherheitsdienst gegangen, weil sie das Gefühl ständiger Gefahr spüren wollte? Hatte sie all das nur getan, um sich selbst zu bestrafen? Diese Theorie ließ sie einfältig und kindisch erscheinen.

Aber sie kaufte Jarocki das Psychogelaber nicht ab. Sie hatte diesen Job aus guten Gründen angenommen. Als sie nach der Entführung an die Uni in Davis zurückgekehrt war, hatte man sie anders behandelt. Sie war als Opfer eingestuft worden. Alle wussten, was ihr zugestoßen war, und dieses Ereignis ließ sie in ihren Augen anders aussehen. Sie hatte all dem entfliehen müssen. Natürlich hätte sie auch die Uni wechseln können, aber sie hatte einen Neuanfang gebraucht und etwas ganz anderes tun wollen. So war sie dann hier gelandet. Der Job hatte sie auch angesprochen, weil er keine Qualifikationen erforderte und sie jederzeit wieder kündigen konnte. Es war einfach nur ein Job. Wenn ihre Schicht zu Ende war, brauchte sie sich keine weiteren Gedanken zu machen. Man warf Leute raus, wenn es nötig war, und wenn man jemanden beim Stehlen erwischte, rief man die Polizei. Ohne Wenn und Aber und ohne Verpflichtungen. Man musste nichts von sich investieren. Sie fand, dass dieser Job ihr wenig abverlangte, und um ehrlich zu sein, gefiel ihr die Vorstellung, Leute bestrafen zu können, die die Regeln brachen. Sie wusste genau, was Jarocki dazu gesagt hätte.

Dann fiel ihr wieder ein, dass er ihr vorgeschlagen hatte, zur Polizei zu gehen. Diese Idee hatte sie ins Spiel gebracht. Sie hatten sich schon einige Male darüber unterhalten, was sie mit ihrem Leben anfangen wollte, und da hatte sie ihr Interesse für diesen Bereich erwähnt. Sie wollte Menschen wie den Mann, der sie und Holli entführt hatte, aufhalten. Damit konnte sie zwar nicht wiedergutmachen, dass sie Holli zurückgelassen hatte, aber vielleicht verhindern, dass andere zu Opfern wurden.

Konnte sie wirklich Polizistin werden? Das würde Jahre dauern. So viel Zeit hatte sie nicht. Sie brauchte etwas, bei dem sie sofort zufriedengestellt wurde. Außerdem wusste sie nicht, wie lange ihr Interesse daran bestehen bleiben würde. Jarocki behauptete ja immer, die posttraumatische Belastungsstörung wäre nur eine vorübergehende Phase. Daher war es durchaus möglich, dass sie ihr Interesse an der Verbrechensbekämpfung verlor und es eine völlige Zeitverschwendung für alle Beteiligten wäre, wenn sie tatsächlich eine Ausbildung bei der Polizei begann.

Bei diesem Gedanken musste sie lächeln. Das würde sie Jarocki beim nächsten Mal sagen, wenn er dieses Argument erneut aus seinem Psychologenarsenal hervorholte.

Sie ging in die Mitarbeiterumkleide und zog ihre steife, unbequeme Uniform aus. Die Hose hängte sie auf einen Bügel. Das Ding blieb immer in Form, ob man es trug oder nicht. Der Segen von Polyester.

In ihrer eigenen Kleidung verließ sie unbemerkt das Einkaufszentrum und fuhr auf ihrem uralten Motorrad nach Hause. Den VW Beetle hatte sie nach der Entführung nicht mehr ertragen können. Ihn abzuschaffen war eine der zahlreichen Anpassungen, die sie vorgenommen hatte. Sie hatte das, was passiert war, nie als »ihre Flucht« oder »versuchten Mord« bezeichnet. Wirklich entkommen war sie dem Geschehenen nicht. Geflohen, ja, aber nicht entkommen. Und sie dachte nicht gern daran zurück, wie kurz sie davorgestanden hatte, ihr Leben zu verlieren. Sie dachte immer nur an »das Ereignis« oder, wenn sie ganz tapfer war, an »die Entführung«.

Das Motorrad war in der Rushhour auf dem Weg von Richmond nach San Francisco ausgesprochen praktisch. Während alle in ihren Autos im Verkehr festsaßen, konnte sie einfach die Spur wechseln. Sie kam vor acht Uhr in ihrer Wohnung an und sprang unter die Dusche. Während der nächsten Stunde frisierte und schminkte sie sich, um sich dann ein kirschrotes Cocktailkleid anzuziehen, das auf dem knappen Grad zwischen schick und nuttig einzuordnen war. Es war kurz und tief ausgeschnitten, um ihre körperlichen Vorzüge gut zur Geltung zu bringen, aber auch konservativ genug, um schmeichelhaft zu sitzen. Auf eine Strumpfhose verzichtete sie, obwohl der Abend kühl war. Sie wollte, dass man ihre nackte Haut sehen konnte.

Sie rief sich ein Taxi. Wenn sie etwas trinken wollte, fuhr sie nicht selbst. Außerdem machten sich ein Kleid und hochhackige Schuhe nicht gut auf einem Motorrad.

Während sie auf das Taxi wartete, musterte sie ihr Spiegelbild. Sie sah gut aus in dem Kleid, worüber sie sich sehr freute. Wenn sie es in Jarocki-typischen Begriffen ausdrücken wollte, dann stärkte ihr gutes Aussehen ihr Selbstwertgefühl, und das war doch etwas Gutes, oder etwa nicht?

Der Therapeut irrte sich. Sie ging nicht aus, um sich in Gefahr zu bringen oder dieselbe Situation heraufzubeschwören, die zu ihrer Entführung geführt hatte. Sie ging aus, um sich zu amüsieren. So einfach war das. Sie war am Leben, und allein diese Tatsache war es doch wert, dass man wenigstens einmal pro Woche und zweimal in den Ferien feierte.

Ihr Handy klingelte. Das Taxi wartete vor der Tür. Sie sagte dem Fahrer, dass sie gleich runterkommen würde.

Dann sah sie ein letztes Mal in den Spiegel und lächelte. Sie sah umwerfend aus.

Kapitel 4

Laurie Hernandez war tot. Sie baumelte an ihren Handgelenken von der Decke, ihr Körper war erschlafft und ihr Kopf nach vorn gesackt. Beck leuchtete ihr ins Gesicht. Ihre Miene sah friedlich aus. Die Schwerkraft sorgte dafür, dass ein Faden blutiger Spucke langsam aus ihrem Mundwinkel herabtropfte. Sie hatte sich zweifellos die Zunge durchgebissen. Er hatte sie nach einigen Stunden der Bestrafung von ihrem Leiden erlöst und ihr das Messer ins Herz gestochen. Er war schließlich kein Monster.

Die Entführung und Bestrafung waren perfekt gelaufen. Er hatte sich Laurie Hernandez nach der Arbeit geschnappt. Sie war so mit ihrem Handy beschäftigt gewesen, dass sie gar nicht gemerkt hatte, wie er ihr gefolgt war. Er kannte ihren Heimweg, und es war ein Kinderspiel gewesen, sich an sie heranzuschleichen, sie mit einem Anästhetikum zu betäuben, das er bei Urban Paws hatte mitgehen lassen, sie in einer Mülltonne zu deponieren, bis er seinen Honda geholt hatte, und sie dann zu seinem Ruderboot zu bringen, das am Pier lag. Jeder Schritt war genau geplant und berechnet gewesen.

»Ich hoffe, du hast deine Lektion gelernt.«

Die Tote antwortete ihm nicht, aber er ging davon aus. Sie hatte es zumindest behauptet, als er sie ausgepeitscht hatte, aber das taten die meisten. Sie waren bereit, alles zu sagen, nur damit der Schmerz aufhörte. Aber es kam immer ein Punkt, meist kurz bevor er die Bestrafung beendete, an dem der Sünder entweder seine Verbrechen gestand oder aber trotzig blieb. Laurie Hernandez hatte in ihren letzten Minuten um Vergebung für all das gebeten, was sie getan hatte.

Sie hatte ihm fast schon gedankt, als er die Peitsche weggelegt und sich mit dem Messer in der Hand vor sie gestellt hatte. Damit hatte sie ihn überrascht. Er hatte mit einem Kampf gerechnet, damit, dass sie um sich schlug, trat und schrie. Doch sie hatte einfach kapituliert. Sie hatte nur die Augen geschlossen und er hatte ihr die Klinge mit einem Hammerschlag gegen den Messergriff ins Herz getrieben.

»Menschen sind unvorhersehbare Kreaturen«, stellte er fest und reckte sich, um ihr mit seiner behandschuhten Hand die Wange zu tätscheln.

Er ließ Laurie Hernandez vorerst hängen, während er sich der wichtigen Aufgabe des Reinigens und Entsorgens widmete. Als er noch draußen auf dem Land in der Nähe von Bishop gelebt hatte, war das alles überhaupt kein Problem gewesen. Dort, weitab von jeder Siedlung, hatte er genug Zeit und Raum gehabt, um die Säuberung gelassen anzugehen. Hier in San Francisco musste er seine Bestrafungen genauer und raffinierter planen. Diese Fähigkeiten hatte er nach dem Debakel in Bishop lernen müssen. Nachdem ihm eines der beiden Partygirls, die er eingesammelt hatte, entwischt war, konnte er sich glücklich schätzen, davongekommen zu sein. Aber in der Stadt war es auch nicht so übel. San Francisco hatte durchaus Vorteile. Während zuvor die Wüste sein Freund gewesen war, hatte er sich inzwischen mit dem Meer angefreundet. Er konnte Laurie Hernandez einfach verschnüren und ihre Leiche hier draußen versenken. Falls sie jemals wieder auftauchte, hätte das Wasser bereits ganze Arbeit geleistet und man könnte sie nicht zu ihm zurückverfolgen.

Zwar gab es in der Stadt keine freien Flächen, an denen er relativ ungestört arbeiten konnte, dafür jedoch jede Menge Baustellen. Am Hafen war momentan einiges im Umbruch und zahlreiche Piers wurden umgebaut. Er staunte immer wieder darüber, dass viele der Bauplätze nachts nicht gesichert wurden. Es gab keine Wachleute und meist nur einen Maschendrahtzaun und ein paar Lampen. Die Leute vergaßen immer, wie leicht man vom Wasser aus an diese Stellen herankam. Es war kein Problem, mit einem Ruderboot hinzufahren und in Ruhe seiner Arbeit nachzugehen. Aus diesem Grund hatte er sich für Pier 25 als seine neue Wirkungsstätte entschieden. Nach dem *America's Cup*-Turnier sollte dort ein Kunst und Unterhaltungszentrum entstehen. Dort seine Bestrafungen durchzuführen, verschaffte ihm zusätzlichen Nervenkitzel. Es war höchst befriedigend zu wissen, dass am nächsten Morgen Dutzende von Bauarbeitern seine Spuren verwischen und den Tatort unkenntlich machen würden.

Er drückte eine behandschuhte Hand gegen Lauries Brust und zog mit der anderen das Messer heraus. Aus der Wunde quoll nur wenig Blut, da ihr Herz längst nicht mehr schlug, und das tropfte auf die Plastikplane, mit der er seinen Arbeitsbereich abgedeckt hatte. Er verpackte das Messer in einer Plastiktüte, die er in eine weitere stopfte, um das Bündel dann in seinen Rucksack zu legen. Danach hockte er sich vor die Peitsche auf die Plane. Im schwachen Licht sah sie so halb aufgerollt beinahe aus wie eine tote Schlange. Er mochte diese anspruchslose Waffe. Sie bestand nur aus geflochtenem Leder, doch man konnte dem menschlichen Körper damit beachtlichen Schaden zufügen. Zehn Schläge reichten aus, um den meisten Menschen den Rest zu geben. Es war eine elegante Waffe. Er hob sie auf, rollte sie sorgfältig zusammen und legte sie in eine weitere Plastiktüte. Die Peitsche würde er nicht wegwerfen, sondern säubern und für den nächsten Schuldigen bereithalten.

Abgesehen von der Plastikplane und den Fesseln waren die Peitsche und das Messer alles, was er für seine Arbeit benötigte. Er mochte dieses effiziente Vorgehen. Es war ordentlich. Sauber. Einfach. Auf diese Art lebte er sein Leben, und er war der Ansicht, dass es andere ebenso tun sollten. Seiner Meinung nach sollte man durchs Leben gehen und anderen so wenig wie möglich zur Last fallen. Leider war die Einstellung der meisten Menschen heutzutage eine andere. Der Welt musste ein Spiegel vorgehalten werden, damit sie diese Lektion lernte. Laurie Hernandez war dieser Spiegel.

Es wurde Zeit, sie abzunehmen, in die Plane einzuwickeln und an ihre letzte Ruhestätte zu schicken. Er hatte sie an einem einfachen Flaschenzug hochgezogen, den er hier auf dem Bauplatz entdeckt hatte. Als er Laurie Hernandez' Rücken und Hintern mit der Taschenlampe ableuchtete, stellte er fest, dass die Peitsche ganze Arbeit geleistet hatte. Jeder Schlag eine offene Wunde. Die Haut heruntergerissen. Das Fleisch freigelegt. Die Nervenenden wund. Er war beeindruckt von seinem Werk. Es war ihm gelungen, einen Großteil der Fläche zu treffen, ohne dass sich allzu viele Verletzungen überlappten. Wirklich beeindruckend, wenn man bedachte, dass er ihr mehr als vierzig Peitschenhiebe verpasst hatte.

Er versuchte immer, präzise vorzugehen und mit jedem Schlag unverletzte Haut zu treffen. Sobald der Schaden erst einmal angerichtet war, nutzten weitere Hiebe nichts mehr. Nach vierzig Schlägen war es nahezu aussichtslos, noch eine unberührte Stelle zu finden.

Ein plötzliches Geräusch vom Eingang des Bauplatzes ließ ihn zusammenzucken. Da waren Schritte auf dem Beton zu hören, die von den Wänden des skelettartigen Gebäudes widerhallten. Gefolgt von einem Lachen und weiteren Schritten.

Menschen. Kam da schon jemand zur Arbeit? War es ein Wachmann? Hatte er den Ort falsch eingeschätzt? Nein. Er hatte die Baustelle zwei Wochen lang beobachtet, bevor er sich dafür entschieden hatte. In einiger Entfernung war eine Bewegung zu erkennen. Es waren ein paar Jugendliche mit hochgeschlagenen Kapuzen. Beck hockte sich hinter einen Stahlträger.

Sein Herz raste. Es war völlig unwichtig, wer die Eindringlinge waren. Er durfte nicht gesehen werden und musste weg.

Er warf Laurie Hernandez einen kurzen Blick zu. Ihm blieb nicht genug Zeit, um sie mitzunehmen. Er musste sie hierlassen. Also schnappte er sich seinen Rucksack, in dem sich bereits das Messer und all ihre Habseligkeiten befanden, und schlang sich den Riemen über die Schulter. Aber er rannte nicht los. Er verschmolz mit dem Schatten und ging leise zurück zu seinem Ruderboot. Seine Bewegungen waren lautlos und präzise, als er die Steigleiter zur Kaimauer hinunterstieg und das Bugseil löste. Inzwischen war der Lärm der Jugendlichen lauter zu hören. Sie liefen herum und suchten nach etwas, was sie anstellen konnten. Doch sobald sie Laurie Hernandez gefunden hätten, würde sich für sie alles ändern. Die Lektion würde für sie genauso hart sein wie für ihn und lautete: In manchen Nächten läuft nichts so, wie du es geplant hast.

* * *

Zoë ließ sich vom Taxi nach Russian Hill fahren. In dieser Gegend gab es unzählige Restaurants und Bars. Sie zog alleine los, weil ihre Freunde ebenfalls »dem Ereignis« zum Opfer gefallen waren. Sie hatten sie danach nie mehr so wie früher behandelt. Einige hatten ihr Vorwürfe gemacht, weil sie Holli zurückgelassen hatte. Zwar tat sie das ebenfalls, aber sie hätte zu gern gewusst, wie sich ihre Freunde verhalten hätten, wenn sie in ihrer Lage gewesen wären. Andere schienen zu glauben, sie hätte auf einmal eine tödliche Krankheit. Nein, da war es weitaus besser, die Gesellschaft von Fremden zu suchen. Auf diese Weise konnte sie sich ohne Ballast auf etwas einlassen und sich ohne Verpflichtungen wieder verabschieden.

Sie betrat das *Ferdinand's*. Es war einer von einem Dutzend Läden in der Gegend, in denen sie regelmäßig verkehrte. Das schicke Restaurant wurde vor allem von Gutbetuchten besucht und entsprach ganz bestimmt nicht der Art von Lokal, die sie mit ihrem Mindestlohn frequentieren würde, aber sie war eine attraktive junge Frau. Wenn es ihr gelang, sich schnell mit jemandem »anzufreunden«, dann musste sie nur ihren ersten Drink oder ihr Essen selbst bezahlen.

Es war sehr voll, was für einen Dienstagabend ungewöhnlich war. Sie quetschte sich durch die Menschen hindurch zur Bar, bestellte sich einen Cosmopolitan und schnappte sich den ersten Barhocker, der frei wurde.

Schon kurz darauf nahm jemand den freien Platz neben ihr in Beschlag. Sie schätzte ihn auf Anfang dreißig. Er sah nicht schlecht aus, versuchte aber, durch seinen teuren Anzug seine Wichtigkeit zu betonen. Als wollte er beweisen, wie hart er arbeitete, hatte er seine Krawatte in die Knopfleiste gesteckt, aber ein Blick auf seine gepflegten Hände verriet ihr, dass er – außer beim Perfektionieren seines Erscheinungsbildes – ganz bestimmt keine körperliche Arbeit verrichtete.

»Ist der Platz noch frei?«, erkundigte er sich.

Sie musterte die Uhr an seinem Handgelenk. Erst vor drei Minuten hatte sie das Restaurant betreten. Das war schon fast eine persönliche Bestzeit beim Angebaggertwerden. »Ja, der ist noch frei.«

»Super. Ich war den ganzen Tag auf den Beinen und stehe auch bestimmt wieder auf, sobald Ihre Freunde da sind.«

»Ich bin später noch mit ein paar Freundinnen verabredet.« Sie lächelte, was ihr bei Fremden leichtfiel.

Es gefiel ihr, dass sein Grinsen breiter wurde, weil sie keinen Freund erwähnte. Männer waren so leicht zu durchschauen. Sie tat so, als hätte sie es nicht bemerkt, und sponn ihr Märchen weiter.

»Aber so, wie ich die beiden kenne, kommen sie wieder zu spät. Ich weiß gar nicht, warum wir uns überhaupt noch verabreden.«

Das Lügen fiel ihr ebenso leicht wie das Lächeln. Wenn sie sich mit Fremden unterhielt, war sie ein unbeschriebenes Blatt. Dann konnte sie alles sein, was sie wollte, und die Männer kauften es ihr ab.

»Hey, wir haben doch alle solche Freunde. Haben Sie Ihren Drink schon bezahlt?«

»Noch nicht.«

»Als Wiedergutmachung dafür, solche Freunde zu haben, geht dieser Drink auf mich.«

Er gab dem Barkeeper ein Zeichen, teilte ihm mit, dass er bezahlen würde, und bestellte ein japanisches Bier, von dem Zoë noch nie zuvor gehört hatte. Es gefiel ihr, dass er darauf bestand, aus der Flasche zu trinken, als würde er dadurch männlicher wirken. Sie stießen miteinander an und prosteten sich zu.

»Ich bin Zoë.«

»Rick«, erwiderte er und sie schüttelten sich die Hand. »Rick Sobona.«

»Sie haben gesagt, Sie wären den ganzen Tag auf den Beinen gewesen. Was machen Sie denn so?«

»Ich bin in der Werbebranche. Heute hatte ich den ganzen Tag Apple für einen Pitch bei mir im Büro sitzen. Und wenn ich ›ich‹ sage, meine ich eigentlich mich und mein Team.«

Sie vermutete, dass er mit diesem Spruch bei den meisten dummen Weibern landen konnte, aber sie hatte ihn durchschaut. Wenn sein Unternehmen wirklich Apple-Vertreter eingeladen hätte, dann würden sie jetzt alle fein essen gehen, und er wäre jetzt dort und nicht hier. Aber sie machte sich nicht die Mühe, ihn auf die Lücken in seiner Geschichte hinzuweisen. Es war ja nicht so, als hätte sie etwas gegen Übertreibungen.

»Und was machen Sie beruflich?«

»Ich arbeite in der Buchhaltung.«

Er musterte sie von Kopf bis Fuß. »Sie sehen gar nicht aus wie eine Erbsenzählerin.«

Sie schlug in gespielter Überraschung eine Hand vor den Mund. »Sollte ich jetzt beleidigt sein? Wollen Sie etwa sagen, ich sehe nicht klug genug aus, um Buchhalterin zu sein?«

»Oh nein, Sie sehen verdammt klug aus«, erwiderte er mit albernem Grinsen, das rasch lasziv wurde, »aber außerdem auch verdammt heiß.«

Mit diesem Kommentar war er bereits sehr weit gegangen, aber sie lockte wohl auch genau diese Typen an, indem sie allein und in diesem Kleid hergekommen war.

Sie nahm sein Kompliment lächelnd zur Kenntnis. »Das ist sehr süß von Ihnen.«

Der Barkeeper kam vorbei und wollte wissen, ob er ihnen die Speisekarte bringen sollte. Dieses Angebot ermöglichte es ihnen, ihre Beziehung von zwei Fremden in die von zwei Menschen, die etwas vorhatten, übergehen zu lassen. Sie bestellten sich etwas zu essen und eine zweite Runde Getränke, und noch eine dritte, als das Essen kam. Das Gericht half gegen den Alkohol, den sie meist schlecht vertrug. Schon jetzt spürte sie die Auswirkungen der drei Drinks.

Sobona erwies sich als ebenso wenig trinkfest wie sie. Das japanische Bier hatte dafür gesorgt, dass er ein wenig lallte und sie unter halb geschlossenen Lidern hindurch anstarrte.

Er beugte sich zu ihr herüber. »Ich wohne ganz in der Nähe und habe gerade überlegt, ob wir uns nicht einfach ein Taxi nehmen und zu mir fahren sollen. Was hältst du davon?«

Das war der Part, an dem es knifflig wurde – wenn sie dem

Mann eine Abfuhr erteilte. Rick Sobona war gut für ein paar kostenlose Drinks und um einen langweiligen Abend interessanter zu gestalten, doch das war auch schon alles. Trotz seiner Prahlerei und seines Verlangens war er nicht ihr Typ, und sie würde auf gar keinen Fall mit ihm nach Hause gehen. Sie ging mit keinem Mann mehr nach Hause. So etwas tat sie nicht mehr.

Einer der vielen Flachbildfernseher über der Bar erregte ihre Aufmerksamkeit. Es liefen gerade Nachrichten, aber die Lautstärke war so weit heruntergedreht, dass sie den Sprecher im Stimmengewirr an der Bar kaum verstehen konnte. *Eilmeldung* stand am unteren Bildschirmrand. Man sah eine Kolonne aus Streifenwagen vor einem der Piers am Embarcadero. Wie üblich bei Tatorten hatten uniformierte Beamte den Bereich abgesperrt, während sich davor Schaulustige ballten, die hofften, einen Blick auf das Geschehen werfen zu können. In einiger Entfernung liefen Männer in Anzügen, vermutlich Kriminalbeamte, vor dem Gebäude herum. In einer Einblendung war der Nachrichtensprecher zu sehen, der sich mit einem Reporter vor Ort unterhielt. Zoë hätte dem Ganzen keinen zweiten Blick gewidmet, wäre ihr nicht die Schlagzeile ins Auge gesprungen: *Mordopfer an Haken hängend aufgefunden.*

In Zoës Kopf schrillten Alarmsirenen. Ihr Brustkorb zog sich zusammen, das Atmen fiel ihr schwer. Der Sauerstoffmangel intensivierte die Wirkung des Alkohols, sie konnte nicht mehr klar denken. Sie versuchte zu begreifen, was gerade im Fernsehen zu sehen war, aber sie war zu benebelt und die Bruchstücke entglitten ihr. Sie holte mehrmals tief Luft, was gegen die aufsteigende Panik half, zumindest auf kurze Sicht.

Sie hielt den Barkeeper am Arm fest, als er an ihr vorbeilief. »Könnten Sie den Fernseher lauter stellen?«

Er sah sie an, als hätte sie den Verstand verloren.

»Ich muss das hören.«

»Hey, ich habe gerade was vorgeschlagen«, jammerte Sobona.

Sie ignorierte ihn. »Ich muss das hören«, wiederholte sie und sah den Barkeeper flehentlich an.

Er griff nach der Fernbedienung und stellte den Ton lauter. Die meisten anderen Gäste an der Bar stöhnten genervt auf und drehten sich um, weil sie wissen wollten, aus welchem Grund sie gestört wurden.

Zoë ballte die Fäuste und lockerte sie wieder. »Noch lauter, bitte.«

»Planet Erde an Zoë, Planet Erde an Zoë. Hier spricht Rick.«

»Fassen wir zusammen«, sagte der Reporter am Tatort gerade, »heute Abend wurde die Leiche einer Frau am Pier 25 gefunden. Bis jetzt kennen wir noch nicht viele Einzelheiten. Das San Francisco Police Department hat noch keine Informationen herausgegeben, aber laut Aussagen von Augenzeugen war das Opfer nackt, an den Handgelenken gefesselt und hing an einem Haken. Angeblich wurde die Frau auch ausgepeitscht.«

Die Angst traf Zoë wie ein Schlag in die Magengrube, sie musste sich an der Bar festhalten. Die Welt schien sich um sie herum zu drehen und als sie endlich wieder stillstand, befand sich Zoë nicht länger in der Bar in San Francisco, sondern war nackt und allein in einer Hütte in der Wüste gefangen. Es geschah erneut. Und es passierte hier.

Sie griff nach ihrer Handtasche. »Ich muss gehen.«

»Was?«, protestierte Sobona. »Was ist denn los? Bin ich auf einmal langweilig geworden? Ich dachte, wir gehen jetzt zu mir?«

»Tut mir leid. Ein anderes Mal vielleicht.«

Sie drehte sich auf dem Barhocker herum und stand auf. Als sie sich bereits zwischen den anderen Gästen bis fast zur Tür hindurchgezwängt hatte, wurde sie auf einmal am Arm festgehalten. Sie wirbelte herum und stellte fest, dass Sobona ihr Handgelenk gepackt hatte.

»Wir sind noch nicht fertig.«

Mit dem Festhalten hatte er einen Fehler begangen. Sie war nicht mehr das hilflose Opfer, das sie früher gewesen war. Inzwischen wusste sie sich zu verteidigen.

Zoë protestierte und schimpfte nicht. Sie handelte einfach instinktiv. Mit der freien Hand packte sie seinem Daumen und drückte ihn nach hinten. Sobona schrie auf und lockerte seinen Griff. Sie hielt den Druck aufrecht. Durch diesen simplen Handgriff wurde ihm der Arm gegen die Brust gedrückt und er musste auf die Knie gehen, um zu verhindern, dass sie ihm den Daumen brach. Zoë ließ ihn los.

»Du Schlampe.« Der Hass hinter diesen Worten schien eher der öffentlichen Bloßstellung als etwas anderem zu entspringen.

Sobona wollte sich auf Zoë stürzen, traf jedoch nur ihre Hand, die aus der entgegengesetzten Richtung kam. Der Aufprall war so kraftvoll, dass ihm die Tränen in die Augen stiegen, der Knochen jedoch nicht brach.

»Fass nie wieder eine Frau so an«, schrie sie ihm ins Gesicht. »Hast du mich verstanden?«

Kapitel 5

Weder Rick Sobona noch sonst jemand folgte Zoë aus dem *Ferdinand's*. Was natürlich nicht hieß, dass nicht einer die Polizei rief. Das konnte sie gerade nicht gebrauchen. In ihrem Kopf war sowieso schon viel zu viel los. Sie brauchte die Polizei, aber aus anderen Gründen. Sie musste wissen, ob die ermordete Frau etwas mit Holli zu tun hatte. Hatte sie Holli vielleicht gekannt?

Sie marschierte schnellen Schrittes über den Bürgersteig, nahm sich das erste Taxi, das vorbeikam, und bat den Fahrer, sie zum Pier 25 zu bringen. Gut, dass der Killer einen so auffälligen Tatort gewählt hatte, der leicht zu finden war.

Zoë beugte sich auf ihrem Sitz vor und ballte die Fäuste. Ihr Körper vibrierte förmlich, so viel Adrenalin schoss ihr durch die Adern. Sie wünschte sich, das wäre nur eine Nebenwirkung der Abfuhr, die sie Sobona erteilt hatte, aber es war nichts als Angst. Angst vor dem, was ihr und Holli zugestoßen war. Angst vor dem, was dieser ermordeten Frau passiert war. Angst davor, dass alles wieder von vorn anfangen könnte.

Angst ist der Feind, dachte sie. Das sagte Jarocki immer. Angst umnebelte den Verstand, trübte das Urteilsvermögen und schadete der Genesung. Sie war in einem panikartigen Zustand und musste sich unbedingt beruhigen. Vielleicht gelang ihr das mithilfe einer seiner Atemtechniken. Sie holte tief Luft, hielt sie eine Sekunde lang an und stieß sie wieder aus. Das wiederholte sie zehn Mal und spürte, wie die Furcht mit jedem Atemzug nachließ. Sie war sich nicht sicher, ob Jarockis Trick funktionierte, weil die erzwungene Sauerstoffzufuhr das Gehirn wieder normal arbeiten ließ oder weil die einfache Aufgabe, sich auf ihre Atmung zu konzentrieren, sie von der Panik ablenkte. Was immer es auch war, es erzielte die gewünschte Wirkung. Sie war nicht ruhig, hatte sich aber wieder unter Kontrolle.

Dann bemerkte sie, dass der Taxifahrer sie im Rückspiegel musterte. Sie musste auf ihn wie eine Verrückte wirken. War sie verrückt? Ihre Reaktion auf die Nachrichten kam ihr jedenfalls so vor. Sie hatte seit der Entführung Dutzende von Mordberichten gesehen und nie so reagiert wie heute Nacht, aber die Art, wie diese Frau aufgehängt worden war, ließ eine Verbindung zu ihrem eigenen Fall so offensichtlich erscheinen. Und jetzt musste sie unbedingt wissen, ob dem wirklich so war. Dabei war es ihr völlig egal, ob sie sich dafür lächerlich machen musste.

Das Taxi musste zwei Blocks von ihrem gewünschten Ziel entfernt halten. Da alles voller Polizisten, Reportern und Schaulustiger war, kamen sie nicht näher heran. Sie bezahlte und stieg aus.

Zoë lief zu der Menschenmenge, doch sie konnte so gut wie nichts von dem erkennen, was hinter der Absperrung vor sich ging.

»Hat die Polizei schon was gesagt?«, wollte sie von den Menschen um sich herum wissen.

»Uns hat man gar nichts erzählt«, antwortete der Mann, der neben ihr stand.

»Wir sehen nur Leute, die reingehen oder rauskommen«, meinte die Frau direkt vor Zoë. »Die Leiche muss immer noch da drin sein, da sie bis jetzt niemanden rausgebracht haben.«

»Hat schon jemand die Leiche gesehen?«

Alle verneinten und schüttelten den Kopf.

»Ob wir die Leiche gesehen haben?«, fauchte eine Frau. »Was stimmt denn nicht mit Ihnen? Haben Sie nichts Besseres zu tun?«

Zoë hätte sie genau dasselbe fragen können.

»Wo ist denn derjenige, der die Frau gefunden hat?«

»Die Polizei verhört sie noch«, erwiderte ein Mittzwanziger.

»Sie?«

»Ich glaube, es waren zwei«, warf jemand anderes ein.

Es war sinnlos. Niemand wusste etwas Genaues, und wer etwas anderes behauptete, stellte doch bestenfalls nur Spekulationen an.

Zoë bahnte sich einen Weg durch die Menge und winkte einen Polizisten hinter der Absperrung zu sich heran.

»Kann ich Ihnen helfen?«, fragte der Beamte.

»Ich möchte mit jemandem sprechen, der hier etwas zu sagen hat.«

»Warum?«

»Ich brauche ein paar Antworten.«

»Das mag ja sein, aber dies ist eine laufende Ermittlung. Sie müssen auf die Presseerklärungen warten.«

Sie hätte wissen müssen, dass sie nur auf eine Mauer des Schweigens stoßen würde. »Ich bitte Sie nicht darum, weil ich neugierig bin. Ich habe möglicherweise Informationen.«

Beinahe hätte sie gesagt, dass sie dem Mörder vielleicht schon einmal begegnet war, aber ihre Unterhaltung zog schon jetzt die Aufmerksamkeit der Umstehenden auf sich.

»Was denn für Informationen? Kennen Sie das Opfer?«

»Ja. Nein. Aus genau diesem Grund möchte ich mit jemandem reden. Ich weiß vielleicht etwas Wichtiges.«

Der Polizist bedachte sie mit einem Blick, der ihr sagte, dass er das alles schon oft genug gehört hatte. »Bitte treten Sie zurück, Miss.«

»Nein.«

Ihre Antwort überraschte ihn. Er schien einen Augenblick lang zu überlegen, was er jetzt tun sollte, erholte sich aber schnell wieder. Er musterte sie von Kopf bis Fuß, nahm ihr Kleid, die nackte Haut und das Make-up zur Kenntnis und beugte sich dann vor, um zu schnüffeln. »Haben Sie getrunken, Miss?«

Sie stöhnte innerlich auf. »Ja, aber was hat das mit alldem zu tun?«

»Hören Sie, wenn Sie jetzt nicht von der Absperrung weggehen, muss ich Sie wegen Trunkenheit in der Öffentlichkeit verhaften. Ich kann Ihnen gern ein Taxi rufen, wenn Sie das möchten.«

Der Mann vergeudete nur ihre Zeit. Sie wollte nicht nach Hause fahren und darauf warten, die Antworten aus den Nachrichten zu erfahren. Solange sie die Wahrheit nicht kannte, würde es sie innerlich zerfressen. Sie würde sich auf gar keinen Fall von diesem Polizisten aufhalten lassen.

Sie entdeckte zwei Männer in Anzügen, die das Gebäude verließen. Die beiden zogen sich gerade Einweghandschuhe aus. Vermutlich waren sie Kriminalbeamte oder wussten zumindest mehr über den Fall als dieser Polizist.

»Okay.«

Zoë tat so, als würde sie gehen, und als der Polizist ihr den Rücken zuwandte, duckte sie sich unter dem Absperrband hindurch und rannte auf die beiden Männer im Anzug zu. Die Menge hinter ihr schrie auf, ebenso wie der Polizist, der sie aufforderte, stehen zu bleiben. Sie hörte schnelle Schritte auf dem Asphalt hinter sich.

»Entschuldigung, haben Sie hier das Sagen?«, rief sie den beiden Männern zu.

Eine Sekunde später kamen bereits beide auf sie zugerannt.

»Ich muss mit Ihnen reden.«

»Halt!«, rief der Polizist hinter ihr.

Er klang, als wäre er dicht hinter ihr, und das war er auch. Im nächsten Augenblick rammte er sie schon und warf sie zu Boden. Allerdings federte er den Großteil des Aufpralls mit der Schulter ab und schützte sie, aber ihre Handtasche und ihr rechter Schuh segelten in hohem Bogen durch die Luft.

Der jüngere der beiden Anzugträger zerrte Zoë wieder auf die Beine.

»Was zum Teufel geht hier vor sich, Acosta?«, wollte der andere Inspector wissen.

Acosta rappelte sich vom Boden auf. »Sie ist betrunken.«

»Das bin ich nicht. Ich muss mit Ihnen über diesen Mord reden.«

Der Inspector, der ihr beim Aufstehen geholfen hatte, hielt sie noch immer fest. »Wissen Sie etwas darüber?«

»Das ist durchaus möglich. Ich muss nur zuerst einige Details wissen.«

»Gottverdammt«, murmelte der andere Inspector. »Sind Sie Reporterin oder Bloggerin?«

»Weder noch.«

»Wie heißen Sie?«

»Zoë Sutton. Vor fünfzehn Monaten wurden meine Freundin und ich von einem Mann entführt. Er hat sie ermordet. Ich habe eben die Nachrichten gesehen. Das muss derselbe Mann sein.«

Sie rechnete damit, dass diese Information ihr eine Tür öffnen und sie das Vertrauen der Männer gewinnen würde, doch stattdessen erntete sie nur leere Blicke. Mit Ehrlichkeit hätte sie sie eigentlich auf ihre Seite bringen müssen, aber es machte eher den Anschein, als hätte sie das genaue Gegenteil erreicht.

»Ich bin nicht verrückt.«

»Das hat auch niemand behauptet«, entgegnete der jüngere Inspector.

»Miss Sutton, ist Ihnen eigentlich klar, was Sie gerade getan haben?«, wollte der andere Mann wissen. »Sie haben soeben einen Tatort verunreinigt. Wissen Sie überhaupt, wie negativ sich das auf unsere Ermittlungen auswirken kann?«

»Ich versuche nur, Ihnen zu helfen.«

»Tja, das tun Sie aber nicht. Verhaften Sie sie, Acosta. Es ist mir völlig egal, was Sie ihr zur Last legen.«

Acosta holte seine Handschellen heraus und die Menge jubelte auf.

Nein, diese Männer würden nicht auf sie hören. Sie schüttelte den Arm des jüngeren Inspectors ab und griff nach dem Reißverschluss an der Seite ihres Kleides. Sofort zogen die beiden Inspectors ihre Waffen und Acosta machte einen Schritt nach hinten. Zoë ignorierte die Gefahr, in die sie sich selbst begeben hatte, und zog den Reißverschluss herunter. Sie zerrte den Stoff zur Seite und zeigte den Männern die Buchstaben IV, die in ihre Hüfte geritzt waren.

»Hat die Frau da drin auch so eine Wunde?«

Das erstaunte Schweigen verriet ihr, dass sie richtiglag.

* * *

Marshall Beck saß im Dunkeln im Beurteilungstrakt von Urban Paws. Nur das Licht der Straßenlaternen erhellte den Raum. Die Kampfhunde waren ruhig. Man hatte sie umgetauft. Viele hatten nie einen Namen bekommen, während andere idiotische Namen wie Killer, Beast oder Diablo trugen, die ihnen ihre ebenso idiotischen Besitzer gegeben hatten.

Er kam fast immer nachts hierher, wenn alle anderen längst nach Hause gegangen waren, weil er die Gesellschaft der Tiere genoss. Ebenso wie die Einsamkeit. Die Tiere halfen ihm dabei, sich zu entspannen, während die Menschen mit ihrer Einstellung ihn überforderten, sodass er eine Zuflucht brauchte. Wenn der Lärm, den seine Gedanken machten, ihm den Schädel zu spalten drohte, fand er hier Stille. Die Tiere bombardierten ihn nicht mit ihren Problemen und armseligen Streitigkeiten. Sie ließen ihm Raum. Das mochte er so an ihnen – sie waren nicht sentimental und sie urteilten nicht. Wenn ein anderes Tier starb, dann trauerten sie nicht. Sie machten einfach weiter. Er spürte eine besondere Verbindung zu diesen Kampfhunden, darum saß er heute auch hier und nicht in einem anderen Trakt. Leben und Tod, das war alles, was sie kannten. Sie begriffen das Ausmaß der Probleme, die sich ihm momentan stellten.

Beck lehnte sich mit dem Rücken an die Wand und beobachtete Brando, einen der Pitbulls, der in seinem Käfig hockte. Während alle anderen Hunde schliefen, war er wach. Er saß aufrecht in seinem Käfig und starrte Beck an. Von allen Kampfhunden, die das Tierheim aufgenommen hatte, war Brando der gewesen, zu dem Beck sofort einen Draht gehabt hatte. Das Leben hatte diesen Hunden übel mitgespielt. Das Martyrium hatte einige gebrochen, andere in den Wahnsinn getrieben oder völlig verängstigt, aber all das traf nicht auf Brando zu. Er besaß noch immer die Seele, mit der er geboren worden war. Die Verhaltenstrainer im Tierheim würden die anderen Hunde umerziehen können, aber nicht ihn. Brando gehörte nicht zu denen, die sich änderten. Er war eine universelle Konstante. Die anderen hatten es nicht sehen können oder wollen, aber Beck erkannte es. Unter den Wunden und Narben schimmerte die Wahrheit über Brando durch, die man auch in seinen Augen sah. Und das, was er in dem Hund erkannte, konnte dieser auch in Beck erkennen. Sie waren beide Überlebende. Sie hatten beide gelitten, sich aber nicht unterkriegen lassen.

Blitzartig sah er ein Bild aus seiner Vergangenheit vor seinem inneren Auge: er als Kind bei Pflegeeltern, wie er wieder einmal wegen eines Verstoßes ausgepeitscht wurde.

Bei der Erinnerung zuckte er zusammen. Brando ging bei diesem Anzeichen von Schwäche in Drohhaltung und knurrte. Beck grinste. »Eine solche Reaktion wird dir noch den Tod bringen«, ermahnte er den Hund.

Brando hörte auf zu knurren.

»Nicht, dass das von Bedeutung wäre. Du weißt, dass sie dich so oder so einschläfern werden, nicht wahr?«

Brando starrte ihn einfach nur an.

Einer der anderen Hunde wimmerte, als er Brandos Knurren hörte, und zog sich in die hinterste Ecke seines Käfigs zurück. Abgesehen davon, dass er das rechte Ohr kurz in die entsprechende Richtung bewegte, blieb Brando ruhig wie eine Statue sitzen.

»Es ist schon armselig, dass du den Preis bezahlen musst, obwohl dich ein Mensch in diese missliche Lage gebracht hat.«

Der Hund zeigte keinerlei Reaktion.

»Das erscheint mir nicht fair zu sein. Aber so ist das Leben nun mal.«

Der wimmernde Hund beruhigte sich wieder.

»Ich wette, du wünschst dir, du könntest es ihm heimzahlen, nicht wahr, Brando? Natürlich tust du das. Wenn du Glück hast, bekommst du sogar die Gelegenheit dazu.« Er seufzte. »Aber ich bin mir nicht sicher, ob ich meine Arbeit fortsetzen kann.«

Nach dem Fiasko der heutigen Nacht wusste er nicht mehr weiter. So etwas war ihm noch nie passiert. Sein Werk war entdeckt worden. Was sollte er jetzt machen? Er fühlte sich ebenso gefangen, wie es diese Hunde waren.

»Ich habe Mist gebaut, Brando. Ich habe wieder was falsch gemacht. Jetzt könnte es sogar passieren, dass ich ebenfalls in einem Käfig ende.«

Der Schaden war angerichtet. Er hatte den Polizisten etwas zurückgelassen. Laurie Hernandez war ein verdammt großes Beweisstück, ebenso wie die ganze Baustelle. Sie hatten den Anfang einer Spur.

Aber konnten sie ihn darüber finden?

Er bezweifelte es. Anfangs hatte er in seiner Panik geglaubt, es könnte gar nicht anders laufen, als dass die Polizei bald vor seiner Tür stand, aber dieses Gefühl hatte sich in der beruhigenden Umgebung des Tierheims geändert. Die Panik war von Logik ersetzt worden, was er auch Brandos wohltuendem Einfluss zu verdanken hatte. Wenn er jetzt über den Verlauf des Abends nachdachte, wusste er, dass er in Sicherheit war. Er hatte sich vorgesehen. Die Polizei konnte unmöglich eine Verbindung zwischen ihm und Laurie Hernandez herstellen. Er hatte am Tatort keine Fingerabdrücke hinterlassen, und selbst wenn sie DNA-Spuren fanden, gab es nichts, womit sie sie vergleichen konnten. Abgesehen von der Plastikplane und Laurie Hernandez' Leiche hatte er nichts zurückgelassen. Er hatte noch immer seine Peitsche und das Messer. Die Polizei hatte nur eine Leiche, nichts weiter. Obwohl an diesem Abend vieles schiefgelaufen war, schwebte er nicht in Gefahr. Er lächelte.

Brando versteifte sich.

Beck nickte. »Man darf bei diesen Dingen nicht übermütig werden. Vielleicht sollte ich mir mal ansehen, wie die Lage momentan aussieht.«

Er stand auf und die plötzliche Bewegung löste eine Kettenreaktion bei den Hunden aus. Dann ließ er sie allein.

In seinem Büro schaltete er den Computer ein. Er rief die Seiten aller lokalen Nachrichtensender im Internet auf. Laurie Hernandez war überall die Hauptnachricht.

»Ich bin gespannt, wie schlimm es ist«, sagte er und klickte einen Videolink an.

Es war ein typischer Nachrichtenbericht. Dinah Ortiz, die Reporterin vor Ort, stand im Vordergrund und hinter ihr arbeiteten zahlreiche Polizisten am Tatort, während eine Menge aus Schaulustigen zusah und sich darum drängelte, eine Sekunde lang im Bild zu sein. Die Reporterin nannte nur die kargen Fakten: Die Leiche einer bisher noch nicht identifizierten Frau war nackt und an den Handgelenken hängend auf der Baustelle gefunden worden. Außerdem deutete sie an, dass das Opfer verstümmelt worden war. Dummerweise war es Miss Ortiz nicht gelungen, einen Kommentar von der Polizei zu erhalten.

Der dreiminütige Bericht verriet ihm wenig. Das war gut. Seine Einschätzung, dass die Ermittlungen die Polizei nicht direkt zu seiner Haustür führen würden, bestätigte sich.

Er spielte das Video noch einmal ab und richtete seine Aufmerksamkeit dieses Mal nicht auf die Reporterin, sondern auf die Umgebung. Die ganze Szene war von angespannter Intensität beherrscht, die von den Spekulationen der Reporterin und dem Eifer der Zuschauer angeheizt wurde. Diese Reaktion auf sein Werk überraschte ihn. Bisher hatte er immer danach gestrebt, das, was er tat, vor der Öffentlichkeit und der Polizei zu verbergen. Dass auf einmal ein solches Interesse an seiner Tat herrschte, verblüffte und faszinierte ihn.

Heimlichkeit war stets seine Devise gewesen. Aber war das wirklich ratsam? Was er tat, hatte einen guten Grund: Er wollte Menschen bestrafen, deren Benehmen inakzeptabel war. Bis heute hatte er seine Botschaft auf jene begrenzt, denen er eine Lektion erteilte. Aber das war unbedeutend. Das Medieninteresse an Laurie Hernandez' Tod würde alles verändern. Es würde Diskussionen heraufbeschwören, Spekulationen und zahlreiche Debatten. Das könnte eine wirkliche Veränderung bewirken. Er lächelte. Bisher hatte er den heutigen Abend als Fiasko eingestuft, aber er stellte sich mehr und mehr als Glücksfall heraus. Von jetzt an würde er nicht mehr versuchen, sein Werk zu verstecken. Er würde es an die Öffentlichkeit bringen, damit es anderen eine Warnung war, dass ihr schlechtes Verhalten nicht länger hingenommen wurde.

Er beugte sich auf seinem Stuhl vor und sah sich die Videoberichte der anderen Sender an. Überall Reporter, die vor demselben Hintergrund standen. Er nahm das alles voller Stolz zur Kenntnis.

Der Sender ABC hatte angeblich Neuigkeiten und er klickte den Link an. Das Video begann mit einem Intro der Nachrichtensprecher im Studio.

»Am Tatort an Pier 25, an dem eine Frau brutal ermordet worden ist, hat sich an diesem Abend etwas Interessantes abgespielt, als eine Zuschauerin die Absperrung der Polizei durchbrochen hat. Unser Team vor Ort kann uns genauer berichten, was sich dort ereignet hat«, sagte Mick Tolley. »Wir geben ab an Dinah Ortiz, die das Ganze mit angesehen hat.«

Dinah Ortiz stand jetzt an einer anderen Stelle als bei ihrem vorherigen Bericht, auch wenn die Schaulustigen die gleichen zu sein schienen. »Ja, Mick. Während wir gerade nicht auf Sendung waren, hat sich nach einer verbalen Auseinandersetzung zwischen einer Passantin und einem Polizisten Folgendes abgespielt.«

Es wurde ein Video eingeblendet. Eine blonde junge Frau in einem hautengen Minikleid duckte sich unter dem Absperrband hindurch. Die Kamera folgte der Blondine, die laut rufend auf zwei Männer zulief, bei denen es sich zweifellos um Inspectors handelte, die gerade das Gebäude verließen. Sie war zu weit weg, als dass das Mikrofon auffangen konnte, was sie da schrie. Die Frau schien völlig durchgedreht zu sein und kam nicht weit. Ein uniformierter Beamter riss sie zu Boden. Die Kamera blieb weiterhin auf sie gerichtet, als die Inspectors sie erreichten und ihr beim Aufstehen halfen.

Sie kam Beck irgendwie bekannt vor.

Jetzt war eine Auseinandersetzung zwischen ihr und den Inspectors zu sehen. Als es gerade so aussah, als würde die Blondine wegen Trunkenheit verhaftet werden, zog sie den Reißverschluss ihres Kleides herunter und deutete aufgebracht auf eine Stelle an ihrer Hüfte gleich oberhalb ihres Höschens.

Ein Kribbeln durchzuckte Becks Körper. Er wusste, wer sie war.

Nahezu quälend langsam zoomte die Kamera näher an die Stelle heran, auf die die Frau zeigte.

Aber Beck wusste längst, was dort zu sehen war: seine Markierung.

Er ließ sich auf seinem Stuhl zurücksinken und bekam den Rest von Dinah Ortiz' Bericht gar nicht mehr mit. Das war auch nicht weiter wichtig. Etwas Unglaubliches war gerade passiert. *Sie ist es, das Vegas-Mädchen*, dachte er. *Die, die entkommen ist.*

Kapitel 6

Dass die Polizisten ihr keine Handschellen anlegten, wertete Zoë als gutes Zeichen. Es bedeutete, dass sie ihr glaubten oder ihre Behauptung zumindest ernst nahmen. Die Inspectors setzten sie einfach auf die Rückbank ihres Wagens und fuhren sie zum Polizeipräsidium. Sie sprachen während der kurzen Fahrt kein Wort, weder mit ihr noch miteinander. Zoë vermutete, dass sie alles, was sie ihnen zu sagen hatte, auf Band aufnehmen wollten.

Sie führten sie durch das Gebäude und verfrachteten sie in einen Verhörraum. Dort nahmen sie ihr den Führerschein ab, schossen ein Foto von der Narbe an ihrer Hüfte und gaben ihr eine Flasche Wasser. Sie kannte die Routine bereits. Als Nächstes würden sie sie überprüfen. Das war gut. Genau das wollte sie auch. Danach konnten sie diesen ganzen Mist ignorieren und sich auf den Fall konzentrieren.

Natürlich würde ihre Überprüfung auch andere Probleme zutage treten lassen. Sie würden die Bestätigung dafür finden, dass sie entführt worden war, aber auch sehen, dass sie damals betrunken gewesen war und unter Drogeneinfluss gestanden hatte. Glaubwürdigkeit war sehr wichtig und ihre stand auf wackligen Beinen. Vielleicht ließen sie ihr aber auch ein wenig

Zeit zum Runterkommen. Sie hatte schließlich einen Tatort gestürmt. Das war ihr nur recht. Sie holte tief und beruhigend Luft, wie Jarocki es sie gelehrt hatte, und spürte, wie sie sich beim Warten entspannte.

Nach fast einer Stunde betrat der jüngere der beiden Inspectors das Verhörzimmer.

»Hallo, Miss Sutton. Ich bin Inspector Ryan Greening. Entschuldigen Sie, dass Sie so lange warten mussten. Ich hoffe, Sie sind bereit, uns jetzt ein paar Fragen zu beantworten.«

»Ja, das bin ich, und ich würde Sie auch gern einiges fragen.«

Greening setzte sich ihr gegenüber. »Und ich werde Ihre Fragen beantworten, soweit es mir möglich ist.«

Sie fand es interessant, dass sie nur von einem der beiden Inspectors verhört wurde, und dann auch noch von dem jüngeren. Glaubten sie etwa, sie würde sich eher jemandem anvertrauen, der ihr altersmäßig näherstand? Vielleicht interpretierte sie aber auch nur zu viel in die Sache hinein. *Sei nicht so misstrauisch, Zoë*, sagte sie sich.

Er gab ihr ihren Ausweis zurück und lächelte sie an. »Ihr Haar war länger, als das Foto geschossen wurde.«

Sie strich sich reflexartig über den Hinterkopf und den bloßen Nacken. »Ja, aber ich trage es jetzt kurz. Gefällt es Ihnen nicht?«

»Doch, aber Sie sehen irgendwie anders aus. Bevor wir anfangen, möchte ich Sie darauf hinweisen, dass unser Gespräch aufgezeichnet wird. Geht das für Sie in Ordnung?«

»Ja.«

Er beäugte die Kratzer und blauen Flecken an ihrem Ellbogen und ihrer Schulter, die sie sich bei dem Sturz zugezogen hatte. »Das, was Sie heute Abend gemacht haben, war nicht besonders clever. Sie hätten sich dabei schwer verletzen können.«

»Ich musste mit jemandem sprechen, der das Sagen hatte.«

»Es gibt bessere Methoden, das zu bewerkstelligen, als eine Polizeiabsperrung zu durchbrechen und einen Tatort zu verunreinigen. Sie hätten anrufen oder auf dem Revier vorbeikommen können.«

Es gefiel ihr gar nicht, von Greening derart zurechtgewiesen zu werden. Polizisten wollten immer, dass man alles auf ihre Weise machte. Aber, oh Wunder, die Welt lief nun einmal nicht so, wie sie sich das vorstellten, sonst wäre sie nicht entführt worden und sonst hätte man in dieser Nacht keine tote Frau gefunden. »Das mag sein, aber dann hätte ich von Pontius zu Pilatus laufen müssen.«

Anscheinend wusste Greening nicht, was er dazu sagen sollte. Stattdessen musterte er ihre linke Schläfe und zuckte zusammen. »Das sieht ganz danach aus, als würden Sie da einen blauen Fleck bekommen.«

Sie vermutete, dass die Schminke, mit der sie die Stelle überdeckt hatte, abgegangen war. »Daran tragen Sie keine Schuld. Das ist mir bei der Arbeit passiert.«

»Ach ja? Was machen Sie denn beruflich?«

»Ich arbeite beim Sicherheitsdienst eines Einkaufszentrums.«

Ihre Antwort bewirkte, dass er eine Augenbraue hochzog. »Damit hätte ich jetzt nicht gerechnet. Wie lange machen Sie das schon?«

»Seit etwa einem Jahr. Können wir jetzt bitte wieder über das sprechen, was heute passiert ist?«

»Klar. Können Sie mir sagen, was Sie zwischen zweiundzwanzig Uhr und Mitternacht getan haben?«

»Ich war in einer Bar«, antwortete sie und bereute es sofort wieder. »Im *Ferdinand's*.«

Er deutete mit dem Kinn auf ihr Kleid. »Mit Freunden?«

Sie ließ sich mit ihrer Antwort Zeit. »Nein.«

»Allein?«

Zoë nickte.

Dann beobachtete sie, wie sich seine Miene veränderte, während er darüber nachdachte. Aber sie hoffte, dass er nicht weiter nachfragen würde, schließlich hatte sie Informationen, die ihnen bei ihren Ermittlungen weiterhelfen konnten. Es war doch völlig unwichtig, ob sie allein in einer Bar gewesen war, wenn sie ihnen helfen konnte, einen Mörder zu finden. Glücklicherweise schien Greening ihrem inneren Drängen nachzukommen, da er das Thema fallen ließ.

»Kann irgendjemand bestätigen, dass Sie um diese Zeit im *Ferdinand's* gewesen sind?«

Sie war sich sicher, dass Rick Sobona und auch einige andere ihr ein Alibi geben könnten, aber keines, das ihr jetzt weiterhelfen würde. »Es war ziemlich voll. Ich weiß nicht, ob sich jemand an mich erinnern würde.«

»Dann waren Sie also in der Stadt unterwegs und sind zufällig zum Tatort gekommen.«

Der nächste Glaubwürdigkeitstest, dachte sie. »Nein. Ich war in der Bar und habe es in den Nachrichten gesehen. In dem Augenblick wurde mir klar, dass es einen Zusammenhang gibt, daher bin ich hingefahren.«

»Was für einen Zusammenhang?«

»Dass die Person, die diese Frau getötet hat, dieselbe ist, die meine Freundin Holli umgebracht hat und … die mich entführt hat.«

»Was macht Sie so sicher, dass die heutigen Ereignisse mit Ihrer Entführung zu tun haben?«

Himmel, reicht die Narbe denn nicht aus? Er stellte sie auf die Probe. Wenn er sie überprüft hatte, wusste er, was ihr zugestoßen war. Offenbar blieb ihr nichts anderes übrig, als sein Spiel mitzuspielen. »In den Nachrichten hieß es, die Frau wäre nackt und an den Handgelenken aufgehängt gewesen. Dasselbe hat er auch mit Holli gemacht.«

Das Bild von Holli, die an dem verdammten Haken baumelte, blitzte vor ihrem inneren Auge auf. Jetzt war eine andere Frau tot, und dieses Mal in der Stadt, in der sie lebte. Der Zustand, in dem sie sich eingerichtet hatte, war brüchig geworden. Ihre Zukunft war unsicher geworden, weil ihre Sicherheit nicht mehr gewährleistet war.

Auf einmal wurde sie sich bewusst, dass Greening sie ansah. Seine Miene war mitfühlend, aber sie fühlte sich dennoch nicht wohl dabei.

»Erzählen Sie mir von Ihrer Entführung, Miss Sutton«, bat Greening sie.

Und noch ein Cop, der die Geschichte hören will, schoss es ihr durch den Kopf. Abgesehen von Jarocki waren Polizisten die Einzigen, denen sie es jemals erzählt hatte. Sie war sich nicht sicher, ob es der Alkohol war, der das abflauende Adrenalin in ihrem Körper übertrumpfte, aber ihr wurde plötzlich schwindlig, und sie bat Greening um mehr Wasser.

Als er rausging, um es zu holen, versuchte sie, ihre Fassung wiederzugewinnen. Sie musste das durchstehen.

Greening kehrte mit einer Wasserflasche zurück und schraubte sie auf, bevor er sie ihr reichte.

Sie trank einen Schluck und erschauderte, ohne recht zu wissen, warum.

»Okay, Miss Sutton. Ich habe mit den Sheriffs vom Mono County gesprochen und mir im Groben erzählen lassen, was passiert ist, würde es aber gern noch genauer von Ihnen hören. Sie sind zusammen mit Miss Buckner nach Las Vegas gefahren.«

Zoë schwieg einen Augenblick lang. Sie spürte Greenings durchdringenden Blick, während sie sich gegen die Vergangenheit wappnete, bevor sie den Mund aufmachte.

»Holli und ich sind für ein langes Wochenende hingefahren. Sonntagabend haben wir den Rückweg angetreten. Die

Klimaanlage in meinem Wagen war nicht besonders gut, daher sind wir erst sehr spät losgefahren. Wir haben in einer Kleinstadt angehalten, um etwas zu essen, und da hat er uns dann entführt.«

Es fiel ihr dieses Mal schon leichter, das Wort auszusprechen.

»Und das war im Mono County?«

Zoë verfiel wieder in Schweigen.

»Miss Sutton?«

Sie ballte die Fäuste.

»Zoë?«

Sie rammte die Fäuste auf den Tisch, sodass die Wasserflasche umfiel. »Ich weiß es nicht«, brüllte sie. »Ich weiß es nicht, okay? Es ist passiert, aber ich habe nicht die geringste Ahnung, wo es war. Und ich weiß auch nicht, mit wem wir zusammen waren.«

Zoë lehnte sich wieder zurück, und als sie Greenings erschrockene Miene sah, bereute sie ihren Ausbruch sofort. Jetzt wirkte sie auch noch, als wäre sie labil. Und um ihren Fehler noch zu untermauern, war alles auf Band, damit es jeder sehen konnte. Sie konnte sich Jarockis Missbilligung bildlich vorstellen.

»Es ist alles gut, Miss Sutton. Sie müssen sich nicht aufregen. Wir unterhalten uns ja nur.«

»Es tut mir leid. Es tut mir wirklich leid. Ich wollte Sie nicht so anschreien. Aber ich erinnere mich an so wenig aus dieser Nacht und das macht mich so wütend. Dieser Mistkerl ist noch immer da draußen, und ich habe ihn gesehen, aber wenn ich versuche, mich an ihn zu erinnern, sehe ich nur einen verschwommenen Fleck. Hätte ich ihn damals identifizieren können, wäre diese Frau jetzt nicht tot.«

»Das wissen Sie nicht sicher, und Sie sind nicht für die Taten anderer verantwortlich.«

»Sie haben gut reden«, entgegnete Zoë.

Greening wandte sich seinen Notizen zu. »Der Officer, mit dem ich gesprochen habe, sagte, man hätte Ihnen K.-o.-Tropfen ins Getränk gemischt. Daher ist es nicht überraschend, dass Sie sich an kaum etwas erinnern. Diese Droge wird aus gutem Grund benutzt, denn sie ist effektiv. Warum erzählen Sie mir nicht einfach alles, an das Sie sich erinnern?«

Sie schüttelte den Kopf. »Das sind nur Bruchstücke. Ich weiß noch, dass wir in einer Kleinstadt angehalten haben, aber ich habe keine Ahnung, welche es gewesen sein könnte. Vielleicht war es im Mono County, vielleicht auch irgendwo anders. Wir haben etwas getrunken. Wir haben mit Männern geflirtet. Mit wem, weiß ich nicht mehr. Ich weiß nur noch, dass ich in einem Schuppen aufgewacht bin, nackt, gefesselt und blutend, weil er mich geschnitten hatte.« Sie berührte die Stelle an ihrer Hüfte, an der sich die Narbe befand. »Wo das war, weiß ich auch nicht.«

»Aber irgendetwas muss passiert sein, da man Sie nackt und bewusstlos am Straßenrand der US 395 in Ihrem Wagen gefunden hat.«

»Ich bin entkommen und wollte Hilfe holen.« Sie war nicht mutig genug, um ihm zu gestehen, dass sie weggelaufen war wie ein armseliger Feigling und ihre Freundin im Stich gelassen hatte.

»Was glauben Sie, wie weit Sie gefahren sind?«

»Es hätte gleich neben der Bar oder auch hundert Kilometer weit weg sein können. Ich habe keine Ahnung.«

»Holli wurde nie gefunden?«

»Nein.«

»Was ist ihr Ihrer Meinung nach zugestoßen?«

»Er hat sie umgebracht.« Die Worte schienen gegen die Wände des kleinen Raums zu prallen und mit dumpfem Knall auf dem Boden aufzukommen. »Als ich meine Freundin das letzte Mal gesehen habe, hing sie in irgendeinem Loch mit Blechdach an einem Haken von der Decke wie eine Rinderhälfte, nackt und blutend, während dieser Scheißkerl sie mit einer Peitsche in der Hand umkreist hat, und wissen Sie, was ich gemacht habe? Habe ich ihr geholfen? Habe ich gekämpft? Nein. Ich bin weggelaufen. Ich habe meine erbärmliche Haut gerettet und sie sterben lassen.«

Zoë ließ den Kopf in die Hände sinken und schloss die Augen. Bilder von Holli füllten die Leere in ihrem Geist und sie sah sie erneut an dem Haken von der Decke hängen, dieser Kerl mit der Peitsche in der Hand vor ihr.

»Was glauben Sie, was er mit ihr gemacht hat?«

Sie war das schon unzählige Male im Kopf durchgegangen, und nichts von dem, was ihr einfiel, war angenehm oder respektvoll den Toten gegenüber. »Was denken Sie denn? Er hat sie vergraben. Wir waren am Arsch der Welt. Niemand hätte sie dort finden können. Sie vergeuden hier nur Ihre Zeit.«

Greening hob die Hände. »Es tut mir leid, Miss Sutton. Wir können gern eine Pause machen, damit Sie frische Luft schnappen können.«

Sie schüttelte den Kopf. »Nein, es geht schon. Es geht mir gut. Entschuldigen Sie, dass ich das gesagt habe. Der heutige Abend war ein Schock für mich.«

»Das kann ich nachvollziehen, aber wenn Sie eine Pause machen möchten, dann sagen Sie es einfach, okay?«

Sie nickte.

»Wohin hat er Sie und Holli gebracht?«

»Das weiß ich nicht. Ich erinnere mich daran, dass er mit der Peitsche in der Hand vor Holli stand und sie gefragt hat, ob es ihr leidtut, was sie getan hat.«

»Was hat sie denn getan?«

»Wenn ich das wüsste. Das müssen Sie schon ihn fragen.«

»Diese Narbe an Ihrer Hüfte. Sagen Ihnen diese Zeichen

irgendetwas?«

Sie blickte an sich herab. »Das hat er gemacht, nicht ich. Wahrscheinlich hat es für ihn eine Bedeutung.«

»Das ist mir klar, aber ich wüsste gern, was Sie darüber denken.«

»Ich dachte immer, es wären seine Initialen: IV. Dass er mich damit als sein Eigentum gebrandmarkt hat.«

Greening nickte. »Erinnern Sie sich, ob Miss Buckner eine ähnliche Verletzung hatte?«

Zoë schloss die Augen und schüttelte dann den Kopf. »Ich bin mir sicher, dass er sie ebenfalls geschnitten hat, aber ich kann mich nicht daran erinnern, ob es dieselben Buchstaben waren. Diese Frau, die Sie heute gefunden haben, wurde sie auf dieselbe Weise markiert? Mir ist klar, dass Sie mir nicht alles sagen können, aber das muss ich wissen. Sonst werde ich nicht mehr schlafen können. Ich werde auch mit niemandem darüber reden, das verspreche ich Ihnen.«

»Sie hat ebenfalls eine Wunde an der linken Hüfte, genau wie Sie, aber bei ihr steht nicht IV, sondern VI.«

»Er hat seine eigene Markierung vermasselt? Das ist ja verrückt.« Sie stockte. Dieser Kerl würde keinen solchen Fehler machen. »Das sind keine Buchstaben, richtig?«

Greening schüttelte den Kopf. »Wir denken, es sind römische Zahlen.«

Zoë drehte sich der Magen um, als ihr die Bedeutung seiner Worte bewusst wurde. »Das heißt, sie war Nummer sechs.«

* * *

Ryan Greening ließ Zoë Sutton erneut allein und ging nach nebenan in den Beobachtungsraum. Edward Ogawa stand vor dem Monitor, auf dem Verhörzimmer drei zu sehen war. Zoë saß noch immer mit dem Kopf in den Händen da, richtete sich dann plötzlich auf, starrte die Wasserflasche vor sich auf dem Tisch an und fegte sie zu Boden.

»Das ist wirklich eine wütende junge Frau«, meinte Ogawa.

»Eine verletzte Frau«, erwiderte Greening.

Greening hatte Zoë Sutton zuerst als betrunkenes Partymädchen eingestuft, als sie die Absperrung durchbrochen hatte. Doch dank der Narbe wurde sie von einer beschwipsten Frau zu jemandem von großem Interesse. Sie konnte alles verändern. Ihre ganze Ermittlung hatte ihretwegen eine neue Richtung eingeschlagen. Sie hatten es hier nicht mit einem Einzelfall zu tun.

Er ging seine Notizen über Zoë Sutton durch und sah sich die knappen Details an, die er aus den Mono-County-Sheriffs herausbekommen hatte. In den frühen Morgenstunden war es dem diensthabenden Officer gelungen, eine Fallnummer zu beschaffen, aber er konnte die Akte ohne die Zustimmung des zuständigen Ermittlers nicht freigeben. Greening hatte Glück gehabt, dass es sich bei dem Mann, mit dem er gesprochen hatte, um einen der Männer handelte, die zu der Stelle gerufen worden waren, an der man die nackte, halb bewusstlose Zoë am Straßenrand gefunden hatte. Der Officer hatte ihm kurz berichten können, was Zoë und ihrer Freundin zugestoßen war, und das ließ nur vermuten, dass es eine Verbindung zwischen ihr und der unbekannten Toten von Pier 25 gab.

»Was denken Sie?«, wollte Greening wissen.

Ogawa schüttelte den Kopf. »Irgendetwas stimmt hier nicht. Die Mono-Sheriffs haben weder den Ort, an dem die Mädchen festgehalten wurden, noch die Leiche oder irgendetwas anderes, das ihre Aussage bestätigen könnte, gefunden. Es gab auch keine Anzeichen für Geschlechtsverkehr, weder einvernehmlichen noch nicht einvernehmlichen.«

»Sie stand unter Drogen, da kann man nicht erwarten, dass sie sich an alle Fakten erinnert.«

»Genau das ist mein Problem.« Ogawa tippte mit einem Finger auf die Unterlagen. »Wenn ich in diesem Bericht zwischen den Zeilen lese, komme ich zu dem Schluss, dass die ermittelnden Beamten sich nicht sicher waren, was Fakt und was Fiktion gewesen ist.«

Greening hatte dasselbe Gefühl gehabt. »Ich werde mal mit dem leitenden Ermittler in diesem Fall telefonieren. Hoffentlich kann er etwas Licht in die Angelegenheit bringen. In der Zwischenzeit lassen die Ähnlichkeiten zwischen den beiden Fällen keinen anderen Schluss zu, als dass sie zusammenhängen. Ihre Narbe passt zu der Wunde an unserer Toten, und niemand, der nicht mit den Ermittlungen zu tun hat, wusste von diesem Detail. Ihre Freundin wurde angeblich aufgehängt und ausgepeitscht, und dasselbe hat unsere Unbekannte durchmachen müssen. Außerdem gibt es in beiden Fällen keine Hinweise auf sexuellen Missbrauch.«

»Der Großteil ihrer Geschichte wurde niemals bestätigt. Es könnte alles Mögliche passiert sein.«

»Aber ein paar Dinge sprechen für ihre Geschichte. Zum einen ist ihre Freundin verschwunden. Seit dieser Reise hat sie niemand mehr gesehen und sie taucht auch in keinen Akten oder Datenbanken mehr auf. Wo steckt sie also? Zum anderen haben die Mono-Sheriffs Zoë zwar als unzuverlässige Zeugin eingestuft, aber sie haben auch Rückstände von K.-o.-Tropfen in ihrem Blut gefunden, was nur bedeuten kann, dass definitiv etwas passiert ist. Und sie hat noch dazu diese Narbe an der Hüfte, die für mich momentan der aussagekräftigste Punkt ist.«

Ogawa lehnte sich an die Wand des vollgestellten Zimmers und starrte den Monitor an, auf dem Zoë Sutton zu sehen war. »Diese Narbe. Diese gottverdammte Narbe.«

Das war nicht die Reaktion, mit der Greening gerechnet hatte. »Warum bringt Sie das so aus der Fassung?«

»Wenn diese Narbe von Bedeutung ist, dann haben wir es

mit einem Serienmörder zu tun, und das würde ich zu gern vermeiden.«

Wenn der Fall mehrere Staaten betraf, dann mussten sie ihn an das FBI abgeben, aber Greening arbeitete schon lange genug mit Ogawa zusammen, um zu wissen, dass er sich nicht deswegen aufregte. Zuständigkeiten und wer wofür den Ruhm einstrich, das alles war ihm ziemlich egal. Ihn interessierte es nur, die Verbrecher hinter Gitter zu bekommen, und ein Serienmörder würde schwer zu fassen sein und Tausende von Einsatzstunden beanspruchen. Ein solcher Fall konnte einen die Karriereleiter nach oben befördern – oder einen vernichten.

»Diese überraschende Wendung gefällt mir gar nicht«, erklärte Ogawa. »Zoë Sutton könnte der Durchbruch sein, den wir brauchen, oder aber ein Klotz am Bein. Wenn sie wirklich etwas damit zu tun hat, dann haben wir nicht die geringste Ahnung, auf welche Weise sie in der Sache drinsteckt.«

»Sie könnte unsere beste Spur sein.«

»Oder unsere Hauptverdächtige.«

Das war eine Theorie, an die Greening einfach nicht glauben konnte. Ogawa wog nur alle Möglichkeiten ab und sie durften keine außer Acht lassen, aber Greening glaubte nicht, dass sie die Mörderin war.

»Im Moment ist sie vor allem eine Ablenkung. Zoë Sutton ist nicht unser Fall, sondern diese Unbekannte, und die Uhr tickt. Darauf muss mein Hauptaugenmerk liegen. Daher möchte ich, dass Sie der Sache auf den Grund gehen und herausfinden, ob es wirklich eine Verbindung gibt. Konzentrieren Sie sich vorerst ganz darauf, okay?«

»Geht klar.«

»Ich fahre zurück zum Tatort. Reden Sie noch mal mit ihr. Holen Sie so viel aus ihr raus, wie Sie nur können, und melden Sie sich dann wieder bei mir.«

»Mache ich.«

Auf dem Weg nach draußen klopfte Ogawa Greening auf die Schulter. »Ich glaube, dieser Fall könnte sehr unangenehm werden.«

* * *

Marshall Beck saß in seinem SUV und wartete auf Nummer IV. Er hatte zwischen zwei Kautionsbüros geparkt und einen guten Blick auf das Justizgebäude, in dem sich unter anderem das Gericht, die Staatsanwaltschaft sowie das Polizeipräsidium befanden. Auch wenn er nicht genau wusste, ob sie sich in dem Gebäude aufhielt, standen die Chancen doch sehr gut, da die Mordkommission hier ihre Büros hatte. Am Tatort hielt sie sich jedenfalls nicht mehr auf, das hatte er überprüft. Da waren nur noch Polizisten und machten ihre Arbeit, aber Nummer IV war weg. Möglicherweise hatte die Polizei sie auch weggeschickt, aber das bezweifelte er. Sie würden sie auf jeden Fall befragen wollen, selbst wenn sie sich dabei als völlig durchgeknallt herausstellte.

Seitdem er Nummer IV in den Nachrichten gesehen hatte, zermarterte er sich das Gehirn, aber ihr Name wollte ihm einfach nicht einfallen. Die Entführung von ihr und Nummer III war eine spontane Idee gewesen, daher hatte er sich nicht wie sonst immer vorher genau über sie erkundigt. Damals hatte er das nicht für notwendig gehalten. Die beiden waren ohnehin nur auf der Durchreise gewesen, Fremde, die nicht die geringste Verbindung zu ihm hatten. Er hatte die Sache für narrensicher gehalten, bis Nummer IV entkommen war. Auch wenn er sich ihre Ausweise vor dem Wegwerfen kurz angesehen hatte, fiel ihm nur noch der Name von Nummer III ein: Holli Buckner. Der von Nummer IV war ihm entfallen. Er schloss die Augen und stellte sich vor, wie er ihren Ausweis damals in den Händen gehalten hatte. So langsam tauchte ein Name vor seinem inneren Auge auf.

»Zoë Sutton«, murmelte er. »Wie schön, erneut deine Bekanntschaft zu machen.«

Er war nicht besorgt, dass Zoë der Polizei alles erzählen könnte. Sie wusste nichts, was ihn in Gefahr bringen konnte. Andernfalls hätte sie das gleich nach ihrer Flucht ausgeplaudert. Der einzige Schaden, den sie anrichten konnte, bestand darin, dass sie der Polizei einen zweiten Datenpunkt lieferte. Danach wäre ihnen klar, dass sie es nicht mit einem Einzelfall zu tun hatten, sondern mit zweien oder sogar noch mehr. Selbst dieser zweite Datenpunkt half den Ermittlern nicht wirklich weiter. Man brauchte drei oder vier, um eine Richtung zu bestimmen, und die konnte ihnen Zoë nun mal nicht liefern.

Nein, sein Interesse an Zoë beruhte allein auf seinem persönlichen Stolz. Sie stellte eine Angelegenheit dar, die noch zum Abschluss gebracht werden musste. Er war nachlässig gewesen und deshalb hatte sie entkommen können. Sie hatte ihre Schuld noch nicht bezahlt und erst einen Vorgeschmack von dem erhalten, was sie erwartete. Es wurde höchste Zeit, dass er ihr die ganze wohlverdiente Strafe zukommen ließ.

Doch er durfte nichts überstürzen und sich nicht von seinen Gefühlen den gesunden Menschenverstand durcheinanderbringen lassen. Er hatte bei Laurie Hernandez alle Vorsichtsmaßnahmen getroffen und dennoch war etwas schiefgelaufen. Wenn er die Sache mit Zoë zum Abschluss bringen wollte, musste er sehr geschickt und heimlich vorgehen. Er musste sie verfolgen und beobachten. Aber dafür benötigte er eigene Datenpunkte, und im Augenblick hatte er nicht einmal einen. Er kannte nur ihren Namen und wusste, dass sie hier in der Gegend wohnen musste. Eine schnelle Suche im Internet und dem Telefonbuch hatte ihm keine Adresse oder aktiven Social-Media-Konten geliefert. Falls sie geheiratet hatte, trug sie jetzt vielleicht einen anderen Nachnamen, allerdings konnte er sich das nicht vorstellen. Eine verheiratete Frau zog kein solches Kleid an. Nein, Zoë Sutton war Single. Und das sagte ihm eine Menge. Sie lebte so unauffällig, wie es heutzutage nur möglich war. Wer war denn nicht auf Facebook und Twitter und stand auch nicht im Telefonbuch? Das taten doch nur Technikfeinde wie der Unabomber, und die waren selten. Ganz genau. Oder Menschen, die sich vor der Welt verstecken wollten. Zoë versteckte sich eindeutig, und zwar vor ihm. Er hätte sie gleich, nachdem sie ihm ausgebüxt war, aufspüren müssen, aber damals hatte er ganz andere Sorgen gehabt, ihre Flucht einfach akzeptiert und nach vorn gesehen. Zoë hatte das offenbar nicht getan. Das musste er ihr lassen: Sie hatte aus ihrer vorherigen Begegnung gelernt.

Er sah auf die Uhr am Armaturenbrett. Inzwischen wartete er schon seit zwei Stunden. Hatte er sie verfehlt? Hoffentlich nicht. Inzwischen hatte er sich den zeitlichen Ablauf halbwegs zusammengereimt. Wenn er die Uhrzeit des Nachrichtenvideos zugrunde legte, musste Zoë die Polizisten vor etwa dreieinhalb Stunden angesprochen haben. Sie vom Pier 25 hierherzubringen, dauerte nicht lange, aber sie hatten sie vermutlich erst einmal schmoren lassen, um sie zu überprüfen. Vielleicht war er ja zu optimistisch, aber er konnte sich gut vorstellen, dass sie sie ein paar Stunden lang in die Mangel nahmen, falls sie ihnen etwas Wertvolles erzählt hatte. Daher war es gut möglich, dass sie immer noch da drin war. Dieser Gedanke stimmte ihn zuversichtlich, und er beschloss, noch zwei Stunden zu warten, bevor er sich in dieser Nacht geschlagen gab.

Doch so lange musste er gar nicht ausharren. Vierzig Minuten später trat Zoë aus dem mit grauen Steinplatten verkleideten Gebäude. Ein Mann von Anfang dreißig in einem Anzug brachte sie die Stufen hinunter zur Straße. Beck vermutete, dass es entweder ein Polizist in Zivil oder ein Staatsanwalt war. Zoë unterhielt sich mit dem Mann, aber sie waren zu weit von Beck entfernt, als dass er etwas verstehen konnte.

Ein Wagen fuhr vor, bei dem es sich nur um ein Zivilfahrzeug der Polizei handeln konnte. Der Mann hielt Zoë die Tür auf und sie setzte sich auf die Rückbank.

Beck ließ seinen Honda an und folgte dem Wagen über die Bryant Street. Einem Zivilfahrzeug zu folgen, war gar nicht so einfach. Jetzt, in den frühen Morgenstunden, herrschte nur wenig Verkehr, sodass er sich kaum hinter anderen Fahrzeugen verstecken konnte. Daher blieb er auf Abstand und hoffte, den Wagen nicht aus den Augen zu verlieren. Er bildete sich immer ein, es wäre seiner Sache dienlich, dass er diesen stinknormalen Honda fuhr, der im Stadtverkehr nicht weiter auffiel. Aber er fragte sich schon, ob die Polizisten nicht routinemäßig nach Verfolgern Ausschau hielten. Sicherlich achteten sie aus Gewohnheit auf illegale Aktivitäten, aber er bezweifelte, dass sie damit rechneten, selbst überwacht zu werden. Dafür waren sie viel zu arrogant. Die Polizei hielt sich für unangreifbar, wenn nicht sogar für kugelsicher. Vermutlich würde er bald merken, ob man ihn entdeckt hatte. Der Polizist, der Zoë fuhr, würde die Drecksarbeit zwar nicht selbst machen, zumindest nicht mit ihr im Wagen. Nein, er würde es melden, und ein anderer Wagen würde Beck dann anhalten.

Das Zivilfahrzeug fuhr quer durch die Stadt. Beck hakte innerlich die Stadtviertel ab, die sie passierten. Als er sich schon fragte, ob man ihn in die Irre führen wollte, wurde der Wagen langsamer und bog in die Zufahrt eines Apartmentkomplexes ein. Das Sicherheitstor wurde geöffnet, als er Wagen näher kam. Es war nur ein kleines Gelände mit vielleicht dreißig Wohneinheiten und Beck beschloss, nicht hinterherzufahren. Er hielt stattdessen am Straßenrand, lief auf die andere Straßenseite und blieb vor dem Tor stehen, das sich gerade wieder schloss. So konnte er sehen, wie der uniformierte Polizist Zoë zu ihrer Wohnungstür im ersten Stock der Anlage brachte. Es war zu dunkel, um die Nummer zu erkennen, aber er merkte sich den Standort. Er würde tagsüber wiederkommen und es herausfinden. Als Zoë ihre Wohnungstür aufschloss, drehte er sich grinsend um. Jetzt wusste er, wo Zoë Sutton lebte. Er hatte seinen ersten Datenpunkt und konnte damit anfangen, ihre erneute Entführung zu planen.

Kapitel 7

Am folgenden Morgen blieb Greening am Schreibtisch, während Ogawa zur Autopsie der unbekannten Toten ging. Er arbeitete weiter an der Überprüfung von Zoë Sutton. Die Datenbankeinträge setzten sich zu einem Bild zusammen, mit dem er nicht gerechnet hatte. Er fand einige Verwarnungen wegen kleinerer Vergehen. In den letzten fünfzehn Monaten war sie zweimal wegen Störung der öffentlichen Ordnung in San Francisco und einmal wegen leichter Körperverletzung in Oakland festgenommen worden. In den Polizeiberichten tauchte immer wieder Zoës aufbrausendes Temperament auf. Sie war in Bars und Klubs in Auseinandersetzungen verwickelt worden, bei denen erst wütende Worte und dann auch Handgreiflichkeiten ausgetauscht worden waren. In allen drei Fällen hatte sie ihre Schuld eingestanden und gemeinnützige Arbeit geleistet.

All das hatte sich innerhalb von sieben Monaten abgespielt. Anscheinend war sie in den vergangenen sechs Monaten nicht weiter aufgefallen und hatte nicht vor Gericht erscheinen müssen. Aber ihr Name tauchte auf einigen Einsatzberichten auf, bei denen nur Verwarnungen ausgesprochen worden waren. Davon hatte es in den letzten Monaten vier gegeben, und die Vorfälle hatten alle in ihrer Wohngegend stattgefunden. Das

Interessante daran war der Name des Officers. Officer Javier Martinez war in drei der vier Fälle vor Ort gewesen und hatte auch eine der früheren Verhaftungen durchgeführt. Außerdem hatte er Zoës Namen markiert und darum gebeten, informiert zu werden, wenn sie erneut festgenommen wurde. Es sah ganz danach aus, als hätte sie einen Schutzengel. Greening griff zum Telefon und hinterließ Martinez eine Nachricht, in der er ihn um einen Rückruf bat.

Er ließ Zoës Namen auch durch die bundesstaatenübergreifenden Datenbanken laufen, fand dort aber nur den Eintrag über ihre und Hollis Entführung. Aber Datenbanken gaben nur ein eingeschränktes Bild wieder, da sie nur die offiziellen Informationen über einen Menschen enthielten – Vorstrafen, Einkommen, Vermögensverhältnisse –, aber sie verrieten nichts über die Person dahinter. Da waren die sozialen Medien deutlich hilfreicher. Einige Menschen sahen sie zwar als die Geißel des einundzwanzigsten Jahrhunderts an, aber für die Verbrechensbekämpfung waren sie ein wahrer Segen. Viele Menschen dachten gar nicht mehr darüber nach, wie öffentlich sie über ihr Leben berichteten, und das galt auch für Kriminelle. Man war das, was man postete, im Guten wie im Schlechten.

Greening gab Zoës Namen bei Facebook, Pinterest, Tumblr, Google+, Twitter und all den anderen üblichen Seiten ein. Sie hatte ein Konto bei Facebook und Twitter, aber bei beiden seit einer Ewigkeit nichts mehr gepostet. Dabei war sie bis vor fünfzehn Monaten dort sehr aktiv gewesen. Zoës letzter Eintrag bei Facebook besagte schlicht: *Las Vegas, Baby!* Unter den Antworten befand sich auch ein Kommentar von Holli mit den Worten: *Was in Vegas passiert, bleibt auch in Vegas.*

Und damit hatte sie recht behalten, dachte er traurig.

Seitdem hatte Zoë nichts mehr geschrieben. Andere schon. Da waren zwei Kommentare von Freunden, die sich danach erkundigten, wo sie steckte und was passiert war, doch Zoë hatte nie darauf geantwortet. Michaela Shannon schien eine hartnäckige Freundin zu sein. Bis vor drei Monaten hatte sie ein Jahr lang alle paar Wochen etwas auf Zoës Seite geschrieben, darunter Nachrichten wie: *Wie geht es dir?*, *Ich hoffe, es geht dir gut*, *Ruf mich an* und *Wo bist du?* Ihr letzter Eintrag lautete: *Ich mache mir Sorgen um dich. Bitte ruf mich an.* Doch all ihr Flehen war unbeantwortet geblieben.

Greening schrieb Michaela Shannon von seinem Konto eine private Nachricht, stellte sich vor und bat sie, wegen Zoë mit ihm Kontakt aufzunehmen.

Auf einmal fiel ein Schatten auf seinen Schreibtisch. Er blickte auf und stellte fest, dass ein uniformierter Mann von Mitte fünfzig mit breiter Brust und grau meliertem Haar vor ihm stand und ihn angrinste.

»Ich könnte Sie dafür melden, dass Sie während der Dienstzeit bei Facebook herumstöbern.«

Greening grinste zurück. »Das ist dienstlich. Ganz im Ernst.«

»Javier Martinez. Sie wollten mich sprechen?«

Greening stand auf und schüttelte Martinez die Hand. Dann deutete er auf seinen einzigen Besucherstuhl und Martinez setzte sich.

Auch wenn Greening Martinez nicht kannte, war ihm der Mann sofort sympathisch. Sein freundliches Benehmen wirkte ungemein beruhigend. Das war eine sehr gute Eigenschaft für einen Streifenpolizisten. Meist bekam man es im ungünstigsten Augenblick mit der Polizei zu tun, und da war es von entscheidender Bedeutung, ob man den Beamten, der dann erschien, auch als jemanden ansah, der einem helfen wollte.

»Was kann ich für Sie tun, Inspector?«

»Es geht um Zoë Sutton.«

Martinez' Lächeln verblasste. »Steckt sie wieder in Schwierigkeiten?«

»Ja, aber nicht so, wie Sie denken«, erwiderte Greening und berichtete kurz von den Ereignissen des vergangenen Abends.

»Das arme Mädchen. Gibt es zwischen den Fällen eine Verbindung?«

»Das ist gut möglich. Ich bin gerade dabei, sie zu überprüfen, und habe festgestellt, dass Sie darum gebeten haben, kontaktiert zu werden, falls sie Ärger bekommt. Warum haben Sie das getan?«

»Ich habe sie vor einem Jahr wegen Störung der öffentlichen Ordnung festgenommen. Eigentlich hätte ich sie wegen Körperverletzung einbuchten müssen. Sie hat sich mit einem Typen angelegt, der sie in einer Bar angebaggert hat, und ihn geschlagen, als er sie nicht in Ruhe lassen wollte.«

»Warum haben Sie die Körperverletzung fallen gelassen?«

»Sie hat mir leidgetan. Mir war sofort klar, dass da mehr dahintersteckt als ein Mädchen, das zu schnell handgreiflich wird. Ich habe sie dazu gebracht, mit mir zu reden, und sie hat mir erzählt, was ihrer Freundin zugestoßen ist. Damals war das alles noch ganz frisch für sie, und sie hat es wohl bis heute nicht verarbeitet. Die Kleine brauchte Hilfe und keinen Gefängnisaufenthalt, daher habe ich ein wenig eingegriffen. Ich habe den Kerl, der übrigens ein richtiges Arschloch war, gefragt, ob er wirklich vor Gericht aussagen wollte, dass ein Mädchen, das halb so groß ist wie er, ihn geschlagen hat. Da wurde er auf einmal ganz kleinlaut und die Sache mit der Körperverletzung war erledigt.«

»Ich habe auch gesehen, dass es ein paar Einsatzberichte gibt, bei denen keine Anzeige erstattet wurde.«

Martinez rutschte auf seinem Stuhl herum. »Ja, ich habe versucht, sie vor Ärger zu bewahren. Sie hat eine Menge durchgemacht und sie hat überlebt, aber es war niemand da, der ihr danach helfen konnte. Sie hat wirklich eine kurze Lunte. Ich versuche immer, sie wieder zu beruhigen, wenn sie rotsieht, und helfe ihr bei den Arschlöchern, die es nicht wert sind, dass sie für sie ins Gefängnis geht.«

»Wie reagiert ihre Familie auf all das?«

»Ich habe mit ihren Eltern gesprochen. Es sind gute Leute, die ihr Bestes geben, um sie zu unterstützen. Sie haben sogar ihren jüngeren Bruder gebeten, zwischen ihnen zu vermitteln, aber sie hat den Kontakt einfach abgebrochen. Ich vermute, dass sie sich schämt und mit ihren Schuldgefühlen nicht fertig wird. Aus diesem Grund habe ich ihr auch Hilfe besorgt. Es gibt da ein Zentrum für weibliche Gewaltopfer, das kostenlose Therapien anbietet. Ich habe sie dahin geschickt und die haben ihr einen Therapeuten besorgt.«

Greening klappte sein Notizbuch auf und suchte nach einer leeren Seite. »Kennen Sie seinen Namen?«

»Ja, es ist ein Dr. David Jarocki.« Martinez zog sein Handy aus der Tasche und ging die Kontaktliste durch. »Er hat ein Büro an der Spear Street, aber ich kann Ihnen auch seine Nummer geben.«

Greening nahm das Handy, schrieb sich die Nummer auf und gab es dem Officer zurück.

»Läuft die Therapie gut?«

»Das weiß ich nicht, aber sie scheint jetzt stabiler zu sein als bei unserer ersten Begegnung. Sie hat einige schreckliche Dinge durchmachen müssen, so etwas vergisst man nicht einfach so wieder.«

Greening lächelte sein Gegenüber an. »Sind Sie der Ritter in weißer Rüstung für Jungfrauen in Not?«

Martinez errötete. »Ich tue mein Bestes für jeden, der mir begegnet, aber bei Zoë liegt die Sache etwas anders. Mit ein wenig Hilfe kann sie ihr Leben wieder auf die richtige Spur bringen. Wussten Sie, dass sie schon fast ihren Doktor in der Tasche hatte, als das passiert ist? Sie wollte für die Umweltschutzbehörde arbeiten und unseren Planeten retten.«

»Und jetzt arbeitet sie beim Sicherheitsdienst eines Einkaufszentrums.«

»Ja, ich weiß. Sie hat ihrem früheren Leben den Rücken zugewandt, ihren Freunden, ihrer Karriere, ihren Träumen – einfach allem. Es ist wirklich eine Schande.«

Martinez hatte Greening gerade bestätigt, was er selbst längst geahnt hatte. Alles deutete darauf hin, dass Zoës Leben nach der Entführung völlig auf den Kopf gestellt worden war. Doch das eigentliche Problem war nicht, dass sich Zoës Leben geändert hatte, sondern sie selbst. Es war, als wäre sie zusammen mit Holli Buckner gestorben und jemand anderes gerettet worden.

»Was glauben Sie, was ihr in der Wüste zugestoßen ist?«, wollte Greening wissen.

»Sie und Holli haben vom Leben die Arschkarte gezeigt bekommen.«

»Dann glauben Sie, dass sie dort dem großen Unbekannten begegnet ist?«

Martinez' Miene verhärtete sich und er saß auf einmal ganz steif auf seinem Stuhl. Greening hatte einen wunden Punkt getroffen und Martinez machte dicht. Das kannte er von Verdächtigen und Zeugen, aber bei einem Polizisten erstaunte es ihn doch. »Worauf wollen Sie hinaus?«

Martinez mochte ein Kollege sein, aber in solchen Situationen musste man nachtreten, um die Wahrheit herauszubekommen. Greening berief sich auf seine gesunde Polizistenskepsis und sprach die zahlreichen Einsatzberichte an. »Zoë Sutton ist schon öfter gewalttätig geworden. Halten Sie es für möglich, dass sie Holli Buckner etwas angetan und diese Entführung nur erfunden hat?«

Im nächsten Augenblick war Martinez auch schon aufgesprungen. »Wie ich bereits sagte, braucht Zoë Sutton unsere Hilfe. Sie ist hier das Opfer.«

Greening sah Martinez nach, der hinausstürmte, und schalt sich innerlich für seine Vorgehensweise. Wahrscheinlich hatte er sich dadurch keinen Freund gemacht. Hoffentlich lief es beim nächsten Kollegen besser. Er ging seine Nachrichten durch und suchte die Nachricht von Deputy Greg Solis. Solis war der ermittelnde Officer im Entführungsfall im Mono County gewesen. Nach Greenings Gespräch mit dem diensthabenden Officer in der vergangenen Nacht hatte ihm Solis den kompletten Bericht durchgefaxt und auch seine Nummer dazugeschrieben.

Greening rief ihn an.

»Deputy Greg Solis, Mono.«

»Hi, hier spricht Inspector Ryan Greening vom San Francisco Police Department. Ich wollte mit Ihnen über einen Ihrer Fälle reden.« Er nannte die Fallnummer. »Zoë Sutton und Holli Buckner.«

»Ich weiß Bescheid. Haben Sie etwas für mich?«

»Das weiß ich ehrlich gesagt nicht. Zoë Sutton behauptet, ihr Fall stünde mit einem Mord in Verbindung, der sich gestern Abend hier in der Stadt ereignet hat.«

»Wirklich?« Solis klang nicht gerade beeindruckt. »Und, ist da was dran?«

»Um das herauszufinden, rufe ich an. Wenn es möglich wäre, hätte ich von Ihnen gern eine Kopie der vollständigen Akte.«

»Das dürfte kein Problem sein, aber bevor ich meine Zeit verschwende, würde ich gern wissen, was Sie da zu haben glauben.«

Seinem Tonfall nach zu urteilen, hielt Solis entweder nicht viel von der Polizei in San Francisco oder von Zoë Sutton. »Hier wurde letzte Nacht eine noch nicht identifizierte Frau von circa Mitte zwanzig ermordet. Sie wurde auf einer Baustelle gefunden, wo sie nackt an den Handgelenken aufgehängt worden war. Man hat sie wiederholt ausgepeitscht und ihr dann ins Herz gestochen.«

»Sie wurde ausgepeitscht?«

Greening hörte zum ersten Mal Überraschung und Interesse in Solis' Stimme. Er hatte ihn schon fast am Haken. »Ja. Unserem Opfer wurde außerdem die römische Zahl VI in die Hüfte geritzt. Wir glauben, dass er seine Opfer nummeriert.«

Schweigen. Das sagte auch eine Menge.

»Ich habe bereits mit Miss Sutton gesprochen, aber könnten Sie mir Ihre Sicht des Falls schildern, Deputy?«

»Wir haben auf den Notruf eines Truckers reagiert, der sagte, er hätte eine Frau bewusstlos in ihrem Wagen am Straßenrand gefunden, nachdem ihr Wagen außer Kontrolle geraten war. Als wir dort ankamen, war Miss Sutton nackt und nur halb bei Bewusstsein. Wir dachten zuerst, sie wäre betrunken gefahren, doch bei der Blutuntersuchung wurde nicht Alkohol, sondern Flunitrazepam festgestellt. Das passte zu ihrer Behauptung, dass sie und ihre Freundin, Miss Buckner, entführt und gefangen gehalten worden waren.«

Es gefiel Greening gar nicht, wie Solis seinen Bericht abspulte. Er klang wie bei einer Zeugenaussage vor Gericht und nicht, als würde er mit einem Kollegen sprechen. Irgendetwas stimmte da nicht.

»Was haben Sie über die Entführung herausgefunden?«

Greening hörte, wie Solis ausatmete.

»Nicht viel. Miss Sutton konnte uns so gut wie keine Details nennen. Sie wusste nicht, wo sie sich vor oder während der Entführung aufgehalten hatte. Sie konnte uns den Mann, der sie entführt hatte, auch nur sehr vage beschreiben. Außerdem gab es niemanden, der ihre Aussage bestätigen konnte. Daher wurden die Ermittlungen irgendwann eingestellt.«

Eigentlich konnte Greening Solis' Frustration nachvollziehen. Es gab nichts Schlimmeres, als einen Fall zu bearbeiten, bei dem es keine Spuren gab. Das war, als würde man versuchen, eine Wolke in einem Glas zu fangen. Was Greening allerdings nicht verstand, war der abweisende Tonfall, der da durch die Leitung kam.

»Hat die Spurensicherung etwas in Miss Suttons Wagen gefunden?«

»Wir fanden Fasern und Haare von Miss Sutton, Miss Buckner und einem unbekannten Mann.«

Derartiges Beweismaterial konnte Greening nicht vorweisen. Das zeigte ihm, dass der Kerl seit Zoës Entführung vorsichtiger geworden war. Aber falls doch noch Spuren auftauchten, konnte man ihn durch einen Vergleich für beide Verbrechen drankriegen. »Sollten wir irgendetwas herausfinden, dann lassen wir es Sie wissen. Haben Sie jemals diese Werkstatt gefunden, in die die beiden Frauen gebracht wurden?«

»Wir haben das ganze Gebiet abgesucht, aber wir konnten kein Gebäude finden, auf das ihre Beschreibung gepasst hätte. Falls sie sich überhaupt richtig daran erinnert hat.«

Das war das Problem bei Zoë: Ihre Erinnerung war von den K.-o.-Tropfen getrübt worden. Die von ihr beschriebene Werkstatt hätte auch ein Bürogebäude oder der Keller einer Kirche sein können. »Und was ist mit Holli Buckner? Haben Sie sie überprüft?«

»Natürlich. Miss Buckner hatte anscheinend zusammen mit Miss Sutton ein Zimmer in Las Vegas reserviert, aber wir konnten nie einen Beweis dafür finden, dass sie tatsächlich mit Miss Sutton dorthin gereist war. Eigentlich konnten wir keine ihrer Behauptungen bestätigen. Es gab auch keine Augenzeugen, die aussagen konnten, dass Miss Buckner mit ihr dort gewesen ist, was bei ihrem Aussehen verwunderlich war.«

Die Worte »anscheinend« und »Behauptungen« irritierten Greening und er hatte den Eindruck, dass Solis Zoë kein Wort geglaubt hatte.

»Holli Buckner wurde seit diesem Zwischenfall nicht mehr gesehen.«

»Das weiß ich.« Die Erwiderung klang sehr kurz angebunden.

»Was ist Ihrer Meinung nach in jener Nacht passiert?«

»Ich habe nicht die geringste Ahnung«, antwortete Solis etwas weniger gereizt. »Miss Sutton war keine zuverlässige Zeugin. Sie hat uns einen verwirrenden Bericht abgeliefert, auf dem wir unmöglich einen Fall aufbauen konnten.«

Da Zoë unter Drogen gesetzt worden war, ließ sich ihre Ungenauigkeit allerdings erklären.

»Wie ist der Status des Falls?«

»Er ist noch offen.«

Das war unter diesen Umständen nicht erstaunlich, aber Greening wusste auch, dass die Mono-County-Polizei nicht genug getan hatte. Das hätte er Solis unter die Nase reiben können, stattdessen warf er ihm einen Knochen hin.

»Mal ganz unter uns: Was sagt Ihnen Ihr Instinkt?«

»Es könnte sich so abgespielt haben, wie Miss Sutton behauptet.«

»Höre ich da ein Aber?«

Solis knurrte zustimmend. »Es könnte auch eine erfundene Geschichte sein, um einen Streit unter Frauen zu vertuschen, der unschön geendet ist. Oder Holli Buckner wollte untertauchen und die Story ist ihr Deckmantel.«

Zoë als Täterin. Das war eine interessante Theorie. Solis war ebenso misstrauisch wie Ogawa. »Und was ist mit ihren Verletzungen?«

»Die hätte sie sich auch problemlos selbst zufügen können.«

»Und das Flunitrazepam?«

»Kann sie auch selbst genommen haben.«

»Ziemlich verworren.«

»Es ist nur eine Theorie. Bei so wenig Beweisen können wir nichts ausschließen.«

Der hat nichts für die Kleine übrig, dachte Greening. Zoë musste einen sehr schlechten Eindruck auf die dortige Polizei gemacht haben, da sie nicht den geringsten Vertrauensbonus bekam. Eigentlich hätte er Solis' missliche Lage und seine daraus resultierende Abneigung verstehen müssen. Der Mann hatte einen Fall, der auf nichts als Luft aufgebaut war. Es gab keine konkreten Hinweise, die seine Ermittlung voranbringen konnten. Er hatte keinen Tatort und er hatte kein Opfer, da alles auf der Aussage einer einzigen, unzuverlässigen Zeugin basierte. Holli Buckners Verschwinden ließ vermuten, dass in jener Nacht irgendetwas passiert war, aber ohne handfeste Beweise war der Fall im Sand verlaufen.

»Was sagen Sie in Anbetracht eines potenziellen weiteren Opfers zu der Sache?«

»Für mich hat sich bisher nichts geändert.«

Greening lächelte. »Wenn ich zu Ihnen rauskomme, könnten Sie mir ein bisschen die Gegend zeigen?«

»Ich bin mir nicht sicher, ob ich Ihnen irgendetwas zeigen kann, das Ihnen bei Ihrem Fall weiterhilft, aber Sie können gern vorbeikommen.«

In diesem Moment betrat Ogawa das Büro mit einer Zeitung unter dem Arm und einer wütenden Miene. Greening bedankte sich bei Solis und sagte ihm, dass er sich wieder melden würde.

Ogawa hockte sich auf eine Ecke des Schreibtischs. »Ich habe gute Nachrichten und ganz beschissene.«

Greening lehnte sich auf seinem Stuhl zurück. »Fangen Sie mit der guten an.«

»Wir haben unsere Unbekannte identifiziert. Sie heißt Laurie Hernandez. Sie hat es uns leicht gemacht, sie ist mehrfach vorbestraft. Finden Sie bitte mehr über sie heraus.«

»Und was ist die schlechte Nachricht?«

Ogawa ließ die Zeitung auf Greenings Schreibtisch fallen. »Irgendjemand hat geplaudert und die Presse hat unserem Mann einen Namen gegeben.«

Greening entdeckte den Namen in dem Bericht sehr schnell. Weil der Täter die Opfer durchnummeriert hatte, nannte man ihn »den Zähler«.

Kapitel 8

Bei Urban Paws las sich Marshall Beck in seinem Büro gerade die Morgennachrichten durch und hielt in den Schlagzeilen Ausschau nach Neuigkeiten über Laurie Hernandez. Er rechnete zwar nicht damit, dass sich die Polizei in die Karten gucken ließ, aber sie würde schon einige Details veröffentlichen, um die Neugier der Bevölkerung zu befriedigen. Bisher war weder die Identität von Laurie Hernandez noch die seiner kleinen Ausreißerin Zoë Sutton veröffentlicht worden. Er fand es interessant, dass weder ihr Name noch sonst etwas über sie bekannt geworden war. Keine der relevanten Internetseiten hatte weiter darüber berichtet, dass sie vergangene Nacht die Polizeiabsperrung durchbrochen hatte, und sie wurde auch in keiner Presseerklärung der Polizei erwähnt. Beck sah die Funkstille als Zeichen dafür, dass man ihr glaubte. Sie hatte die Beamten davon überzeugt, dass sie ihnen weiterhelfen konnte. Kurz überkam ihn Angst, auch wenn er wusste, dass er nichts zu befürchten hatte. Sie konnte ihnen nicht das Geringste sagen. Wenn sie dazu in der Lage gewesen wäre, dann hätte die Polizei ihn schon vor langer Zeit aufgespürt.

Auf SFGate.com wurde Zoë nicht erwähnt, aber er schon – und zwar mit seinem neuen Spitznamen. Wegen der Zahlen, die er den Frauen eingeritzt hatte, nannte die Presse ihn jetzt den Zähler.

Einfallslose Schreiberlinge, dachte er. Sie hatten das, was er tat, auf einen schmissigen Spitznamen heruntergebrochen, um mehr Zeitungen verkaufen zu können. *Wenn ihr immer so fantasielos seid, ist es kein Wunder, dass der Journalismus in der Bredouille steckt.*

Er zügelte seine Verachtung. So sehr ihn diese dumme Bezeichnung auch wurmte, so fand er die Enthüllung, dass jemand das System, nach dem er die Frauen markierte, durchschaut hatte, noch viel ärgerlicher. Der Name »Zähler« war eine Erfindung der Medien, aber er bezweifelte, dass die Journalisten zu dieser Erkenntnis gelangt waren. Das war das Werk der Polizei, und das wiederum bedeutete, dass sie die Information über die Durchnummerierung der Bestraften an die Presse weitergegeben hatte. Das war nicht besonders klug gewesen. Jetzt wusste er, dass sie ihm in dieser Hinsicht auf die Schliche gekommen waren. Doch eigentlich war das unwichtig und würde nichts ändern. Er würde seine Opfer weiterhin nummerieren. Jetzt, wo das bekannt geworden war, begriff die Öffentlichkeit vielleicht, was er damit bezweckte.

Er roch Kristi Thomas' Parfum eine Sekunde, bevor sie sich über seine Schulter beugte. Das konnte er auf den Tod nicht ausstehen. Er mochte es nicht, wenn andere Menschen ihm zu nahe kamen. Das war aber nur eine geringfügige Übertretung und nicht so schwerwiegend, dass sie sich damit eine Nummer einhandelte. Die Frau hatte ihr Leben schließlich der Rettung von Tieren gewidmet.

»Ist es nicht furchtbar, was dieser Frau passiert ist?«, fragte Kristi.

»Ja, schrecklich.«

»Es heißt, sie wurde ausgepeitscht und gebrandmarkt.«

Es heißt. Was für ein Blödsinn. Die ungenannten Quellen wussten immer mehr als alle anderen. Er hatte niemanden gebrandmarkt.

»Weiß man schon, wer sie ist?«, erkundigte sich Kristi.

»Nein, noch nicht. Wolltest du irgendetwas von mir?«

»Es ist wieder diese ganz besondere Zeit des Monats: Abrechnungszeit«, erwiderte sie lächelnd. »Hast du schon alles fertig, damit ich unterschreiben kann?«

»Noch nicht, aber gegen Mittag bin ich so weit.«

»Gegen Mittag.« Sie stieß ihn mit dem Ellbogen an, was er gar nicht leiden konnte. »Du wirst nachlässig.«

Mit einem Mal hallte eine Kakofonie aus Gebell durch das Tierheim. Die Hunde klangen wütend und feindselig, und Kristi rannte sofort aus dem Raum. Beck stürzte ihr hinterher.

Die Hunde im Besucherbereich bellten in ihren Käfigen, aber hier war die Unruhe nicht entstanden. Das Problem lag im Beurteilungstrakt. Es klang fast so, als wäre da drin ein Krieg ausgebrochen. Beck musste sofort an Brando denken. War er provoziert worden?

Kristi klopfte an die Tür. »Ist da drin alles okay?«

Das war klug. Falls sich einer der Kampfhunde losgerissen hatte, durften sie auf keinen Fall riskieren, dass er in den Besucherbereich gelangte.

»Ja«, rief Tom Fisher zurück.

Kristi öffnete die Tür und ging hinein. Beck folgte ihr und schloss die Tür hinter sich.

Tom und Judy King versuchten gerade mit vereinten Kräften, Nero wieder in seinen Käfig zu bekommen. Er knurrte, kratzte und versuchte, alles zu beißen, das in seine Nähe kam. Sie benutzten eine Dressurstange und rohe Gewalt, um das Tier wieder hinter Gitter zu bekommen.

Beck war überrascht, dass ausgerechnet dieser Hund im Zentrum des Geschehens stand. Er hatte ihn immer als einen der gefügigen eingeschätzt. Andererseits war er aber auch ein Kampfhund und tat genau das, wofür er ausgebildet worden war.

In einer Ecke hielt Bonnie Moebeck einen anderen Pitbull namens Lilith mit einer weiteren Stange fest und Kristi eilte ihr zu Hilfe.

Alle Kampfhunde standen bellend und geifernd in ihren Käfigen, mit Ausnahme von Brando. So wie er in seinem engen Bereich hin und her lief, merkte man zwar, dass auch er aufgeregt war, aber er schien zu begreifen, dass er doch nichts an der Situation ändern konnte. Beck war beinahe stolz auf Brandos Intelligenz.

Endlich gelang es Tom und Judy, Nero in seinen Käfig zu befördern und die Tür zu schließen. Danach halfen sie Kristi und Bonnie, auch den anderen Hund einzusperren.

»Was zum Teufel ist hier passiert?«, fragte Kristi.

»Wir haben Nero für seinen Umgangstest rausgeholt und er hat auch gut abgeschnitten«, antwortete Tom Fisher. »Dann haben wir Lilith für ihren Test geholt, und als wir ihn wieder reinbringen wollten, ist er auf sie losgegangen.«

»Gottverdammt«, schimpfte Kristi. »Ihr wisst doch ganz genau, dass ihr bei diesen Hunden kein Risiko eingehen dürft, solange ihre Beurteilung nicht abgeschlossen ist. Holt niemals zwei Hunde gleichzeitig raus, so lautet die Regel.«

Die Tierverhaltenstrainer ließen die Köpfe sinken und sahen betreten zu Boden.

»Das heißt dann also, dass Neros Beurteilung doch negativ ausgefallen ist.« Kristi schlug mit einer Faust gegen die Wand. »Verdammt.«

Beck wusste, was das für Nero und vermutlich auch für Lilith bedeutete – sie mussten eingeschläfert werden. Das war ein trauriges Ende ihres zum Scheitern verurteilten Lebens.

»Okay, wir sehen das als Warnung. Leistet einfach weiterhin gute Arbeit«, meinte Kristi mit sarkastischem Unterton.

Beck begriff, dass sie frustriert war, weil ihr auf einmal alles so sinnlos vorkam.

Kristi ging zurück zur Tür und Beck trat ihr in den Weg.

»Wie sieht es denn für diese Hunde aus?«

»Gar nicht gut.« Sie musterte ihre Schützlinge über die Schulter hinweg. »Ich bezweifle, dass viele von ihnen lange bei uns bleiben werden.«

»Was ist mit Brando?«

Sie musterte ihn fragend. »Das weiß ich noch nicht. Warum fragst du?«

Er wurde unter ihrem durchdringenden Blick rot. »Ich mag ihn. Er wirkt auf mich, als hätte er Potenzial.«

»Wie kommst du darauf?«, wollte sie wissen und schien ehrlich an seiner Antwort interessiert zu sein.

»Ich habe öfter mal vorbeigeschaut, da ich wissen wollte, wie sie so klarkommen. Er ist anders als die anderen. Stolz, vielleicht sogar majestätisch.«

Kristi lächelte. »Denkst du etwa darüber nach, ihn aufzunehmen?«

Wieder wurde er rot, auch wenn er sich das selbst nicht erklären konnte. »Irgendwie schon.«

»Haben wir aus dir einen Tierfreund gemacht?«, spottete sie.

Er erinnerte sich an ihre Unterhaltung während seines Vorstellungsgesprächs, als Kristi ihn gefragt hatte, was er von Tieren hielt. Damals hatte er gesagt, dass er sich kaum für sie interessierte, aber die Arbeit des Tierheims respektierte, und dass sein Hauptanliegen wäre, aus diesem Grund gute Arbeit zu leisten.

»Das weiß ich nicht so genau, aber Brando liegt mir am Herzen«, gestand er.

»Lass uns in mein Büro gehen.«

Beck warf Brando noch einen letzten Blick zu und folgte ihr dann.

Kristi setzte sich hinter ihren Schreibtisch, aber Beck blieb stehen.

»Marshall, hast du schon mal einen Hund gehabt?«

»Wir hatten immer mal wieder einen, als ich noch ein Kind war«, log er, obwohl es in seinem Leben keine *Ein Junge und sein Hund*-Momente gegeben hatte. Auf Jessicas Palomino-Ranch, dem Kinderheim, in dem er aufgewachsen war, hatte er kein Haustier halten dürfen.

»Brando ist kein gewöhnlicher Hund. Er ist ein Kampfhund und wird für einen erfahrenen Hundehalter schon eine Herausforderung sein, und erst recht für einen Anfänger. Falls er überhaupt jemals für die Vermittlung freigegeben wird.«

»Glaubst du, er kann es schaffen?«

»Das ist schwer zu sagen, aber ich denke, die Chancen stehen bei unter fünfzig Prozent.«

Beck wollte sich gar nicht vorstellen, dass Brando möglicherweise eingeschläfert werden musste. Das Tier besaß so viel Kraft und Ausstrahlung und verdiente es, weiterzuleben. Er würde nicht zulassen, dass sie Brando einschläferten. Auf die eine oder andere Weise würde er ihn hier rausholen.

»Dieser Hund bedeutet dir sehr viel, nicht wahr?«

»Ich habe da etwas in ihm gesehen, das ich gern fördern würde.«

Wieder lächelte Kristi ihn an. »Hör mal, wenn dir das wirklich ernst ist, dann musst du mit Tom zusammenarbeiten. Er wird dir zeigen, wie du mit einem Hund wie Brando umzugehen hast.«

»Danke.«

»Aber ich kann dir nichts versprechen. Wenn Brando bei der Beurteilung durchfällt, sind mir die Hände gebunden und ich kann nichts mehr für ihn tun.«

Ich kann dir versichern, dass dir die Hände gebunden sein werden, wenn Brando stirbt, dachte er.

Kapitel 9

Zoë saß auf ihrem Platz am Informationsstand und starrte mit leerem Blick ins Einkaufszentrum. Ständig liefen Menschen an ihr vorbei, die ihre Einkäufe machten, aber sie nahm sie kaum zur Kenntnis. Ein einziger, immer wiederkehrender Gedanke beherrschte sie: *Er ist da draußen.* Derselbe Gedanke hatte sie schon die ganze Nacht wachgehalten und er beschäftigte sie schon, seitdem sie zur Arbeit gekommen war. Sie hatte immer gewusst, dass der Mann, der sie und Holli entführt hatte, noch irgendwo da draußen sein musste, aber sie hatte nicht die geringste Ahnung gehabt, wo er sich aufhalten mochte. Er existierte für sie als verschwommene Gestalt an einem nicht näher bestimmten Ort. Doch das hatte sich letzte Nacht geändert. Jetzt wusste sie, dass er sich in der Bay Area aufhielt. Sie war wieder in seiner Reichweite. Sie hatte lange Zeit gebraucht, um das Gefühl loszuwerden, dass er sie sich jederzeit schnappen konnte, aber mit einem Mal war es wieder da. Sie strich mit einer Hand über die Gänsehaut an ihrem Arm, die gar nicht mehr weggehen wollte, seitdem sie das Polizeirevier verlassen hatte und ihr das ganze Ausmaß der Situation bewusst geworden war.

Jeff Hall, ihr Kollege, sagte etwas und riss sie aus ihren Gedanken. »Was hast du gesagt?«

Er tippte auf seine Armbanduhr. »Es wird Zeit, mal einen Rundgang zu machen. Willst du das übernehmen?«

Das waren die ersten Worte, die er seit über einer Stunde zu ihr gesagt hatte, was ihr nur recht war. Sie hatte keine Lust auf eine Unterhaltung und Jeff schien damit kein Problem zu haben. Er hatte das Gemüt eines Steins, war nur deutlich weniger gesprächig. Normalerweise nervte sie sein Schweigen, aber heute war er der perfekte Partner.

Zoë sah auf ihre Uhr. In dreißig Minuten war ihre Schicht vorbei. Wenn sie den Rundgang abgeschlossen hatte, konnte sie gleich Feierabend machen.

»Klar, mach ich.«

Sie rutschte von ihrem Stuhl, ging los und tat eher so, als wäre sie auf Kontrollrundgang, als dass sie sich wirklich gründlich umsah. Sie lief durch alle Stockwerke und wanderte durch die Geschäfte. Ihre Anwesenheit reichte im Allgemeinen schon aus, damit sich Angestellte und Kunden sicherer fühlten und jeder, der Unheil im Sinn hatte, abgeschreckt wurde.

Im Gehen schossen ihr zahlreiche Fragen durch den Kopf. Warum war ihr Entführer hier in der Gegend? War er auf der Suche nach ihr hierhergekommen? Wusste er, wo sie wohnte? Sie hatte keine Antworten. Möglicherweise hielt er sich in der Bay Area auf, um das zu Ende zu bringen, was er angefangen hatte. Aber sie war nach ihrer Flucht umgezogen. Der Mietvertrag für ihre Wohnung lief auf den Namen ihrer Eltern, da diese auch als Bürgen gedient hatten. Und wenn er die Sache mit ihr zu Ende bringen wollte, warum hatte er dann so lange gewartet? Hätte er sie dann nicht gleich nach ihrer Flucht aufgespürt? Warum also jetzt? Es konnte auch reiner Zufall sein. *Zufall* – dieses Wort hielt einer genaueren Betrachtung einfach nicht stand. Fakt war nun einmal, dass er ganz in der Nähe war.

Wie nah genau, war nicht weiter wichtig, sie musste sich auf jeden Fall vor der Möglichkeit eines weiteren Angriffs schützen.

Als sie ihre Runde fast abgeschlossen hatte, kam eine kleine Frau, die nicht älter als dreißig sein konnte, von rechts auf Zoë zu und verstellte ihr den Weg.

»Hi«, sagte die Frau lächelnd. »Können Sie mir vielleicht helfen? Ich suche den Starbucks. Können Sie mir sagen, in welche Richtung ich gehen muss?«

Eigentlich hatte Zoë gar keine Lust dazu. Sie hatte Feierabend und war keine fünfzig Meter mehr vom Umkleideraum entfernt. Dort drin musste sie niemandem mehr helfen, keine Streits schlichten oder Diebe aufhalten. Dort drin interessierte sie sich nur noch für sich selbst. Aber auch wenn sie nicht wollte, es war nun einmal ihr Job.

»Aber klar«, erwiderte Zoë. »Sie müssen ein Stockwerk weiter nach oben.« Sie deutete in die Richtung, in der das Café zu finden war. »Sehen Sie das *Claire's*-Geschäft da vorne? Dahinter müssen Sie nach links.«

»Danke, das ist sehr nett von Ihnen.«

»Kein Problem«, meinte Zoë und wollte schon an der Frau vorbeigehen, aber sie hielt sie am Arm fest.

»Sie sind Zoë Sutton, nicht wahr?«

Zoë erkannte die Frau nicht und starrte sie einfach nur schweigend an.

»Sie waren gestern Abend am Tatort an Pier 25 und haben behauptet, den Killer zu kennen.«

»Was?« Zoë musterte die kleine Hand, die ihren Oberarm umklammerte. Obwohl sie nicht fest zufasste, konnte sie sie nicht einfach so abschütteln.

»Ich bin Lara Finz vom *Chronicle* und würde mich gern mit Ihnen unterhalten.« Die Frau lächelte noch etwas einnehmender. »Ich gebe Ihnen auch einen Kaffee aus.«

Auf einmal bekam es Zoë mit der Angst zu tun. Sie fürchtete sich nicht vor Lara Finz, sondern weil diese Reporterin sie so leicht hatte finden können. Wenn ihr das gelang, dann würde *er* das auch können.

Zoë machte einen Schritt nach hinten und entzog der Frau ihren Arm. »Lassen Sie mich gefälligst in Ruhe.«

»Ich möchte nur Ihre Version der Geschichte hören, Zoë.«

»Ich habe keine Geschichte.« Zoë hörte die Panik in ihrer Stimme. Sie konnte es nicht leiden, wenn sie so verletzlich klang.

»Doch, die haben Sie, und ich will sie veröffentlichen.«

Zoë rückte immer weiter von der Reporterin ab.

Dann machte die Reporterin einen Fehler. Sie trat vor und packte Zoës Handgelenk. Die Dreistigkeit dieser Frau löste einen urtümlichen Instinkt in Zoë aus. Sie dachte nicht weiter nach, sondern reagierte einfach. Sie rammte den Handballen der anderen Hand auf Lara Finz' Schulter, sodass die Reporterin das Gleichgewicht verlor. Nicht einmal die Tatsache, dass sie Zoës Handgelenk weiter umklammerte, konnte verhindern, dass sie rücklings zu Boden stürzte. Der Inhalt ihrer Handtasche flog durch die Gegend, und alle in der Nähe drehten sich um und starrten die beiden Frauen an.

Zoë stand wie erstarrt da. Sie wusste nicht, ob sie der Journalistin beim Aufstehen helfen oder lieber weglaufen sollte. Die Umstehenden kamen langsam näher. Innerlich verfluchte sie die Frau, die sie derart in die Ecke gedrängt hatte. Das war alles ihre Schuld.

Aber jetzt spürte sie die Blicke der Leute und ihr wurde heiß. Sie ging langsam ein paar Schritte rückwärts und rannte dann zur Umkleide. Dort zog sie schnell ihre Schlüsselkarte über das Lesegerät und stürzte hinein. Die Tür hatte ein Pneumatikscharnier und ging nur langsam und mit leisem Pfeifen zu, sodass sich Zoë dagegen warf, um die Sache zu beschleunigen. Sie stieß die Luft aus, als die Tür endlich ins Schloss gefallen war.

Dann taumelte sie zu der Bank vor ihrem Spind und ließ sich darauf fallen. Ihre Hände zitterten. Sie verschränkte die Finger, um sich zu beruhigen, aber es funktionierte nicht.

»Ach, Scheiße«, murmelte sie.

Sie hätte nicht zuschlagen dürfen, auch wenn diese Frau es noch so sehr verdient hatte. Zoë konzentrierte sich auf eine ihrer Atemübungen. Sie zeigte Wirkung, aber das Zittern ließ erst nach einigen Minuten nach. Dann endlich öffnete sie ihren Spind und holte ihre Tasche heraus, um ihre Uniform aus und eine Jogginghose und ein TShirt anzuziehen.

Als sie sich gerade den Kapuzenpullover über den Kopf zog, wurde die Tür der Umkleide erneut geöffnet. Jared Mills kam herein. Mit seinen eins neunzig und einhundert Kilo fiel es ihm nicht schwer, den Türrahmen auszufüllen. Er war hier, um sie abzulösen. Dieser Mann wurde mit jedem der Arschlöcher fertig, die aus dem Einkaufszentrum geworfen werden mussten. Er lächelte sie an und sie erwiderte sein Lächeln. Sie mochte Jared. Er war ein netter Kerl und ein witziger Zeitgenosse. Mit ihm als Partner verging ihre Schicht immer schnell. Leider arbeiteten sie bei Weitem nicht so oft zusammen, wie sie es gern hätte.

»Hey, Kleine.« Er musterte sie von Kopf bis Fuß. »Hast du heute Abend wieder deinen Selbstverteidigungskurs?«

»Ja.«

»Sei vorsichtig. Da draußen ist irgendwas los. Eine Frau ist hingefallen oder wurde geschubst. Jeff kümmert sich bereits darum, aber du solltest dich auf dem Weg nach draußen nicht in die Sache verwickeln lassen.«

Sie schulterte ihre Sporttasche und knallte die Spindtür zu. »Ich werde mich einfach rausschleichen.«

Jared lachte. »Pass auf dich auf.«

Wenn das doch nur so einfach wäre.

Zoë schlüpfte aus der Umkleide. Um Lara Finz hatte sich ein kleiner Pulk gebildet, und auch Jeff stand bei ihr. Zoë vermutete, dass sie sich keine großen Sorgen machen musste, da Miss Finz bestimmt nicht verraten würde, warum sie hier war, aber sie wollte lieber kein Risiko eingehen. Während sich alle auf die Reporterin konzentrierten, ging sie in die entgegengesetzte Richtung.

Auf dem Parkplatz atmete sie erleichtert auf. Zweifellos würde dieser Zwischenfall einige Auswirkungen haben, doch darum konnte sie sich morgen noch kümmern. Wichtig war jetzt nur noch, dass sie zu ihrem Kurs kam.

Sie stieg auf ihr Motorrad und fädelte sich in den dichten Verkehr auf dem Freeway in Richtung San Francisco ein. Es war mehr los als sonst, aber sie kam noch rechtzeitig bei *The Female Warrior* an. Das Studio lag im SoMa-Bezirk an der Howard Street. Nachts war das Viertel dunkel und verlassen, vermutlich nicht der beste Platz für ein Selbstverteidigungsstudio für Frauen. Andererseits bekam man hier möglicherweise die Gelegenheit, seine Kenntnisse auch gleich anzuwenden. Erstaunlicherweise fand sie einen Parkplatz in der Nähe des Eingangs. Sie lief über die Straße und drückte auf die Klingel.

Das Studio stand nur Mitgliedern offen. Viele der Frauen, die hier Kurse besuchten, waren Opfer von Gewalttaten oder hatten Freundinnen, denen etwas Schlimmes zugestoßen war. Hier fand kein lässiges und entspanntes Training statt. Vielmehr lernten Frauen hier, sich zu verteidigen, was unter Umständen den Unterschied zwischen Leben und Tod ausmachen konnte.

Die Kurse hatten maximal zwanzig Teilnehmer, und Zoë war die Letzte, die eintraf, während sich die anderen bereits im Übungsraum warm machten. Eilig zog sie sich den Pullover aus und verstaute ihn zusammen mit ihrer Sporttasche und dem Helm.

Karen Haldane war die Besitzerin des Studios und leitete auch die Kurse. Sie baute sich an einem Ende des Raumes auf und rief alle zur Ordnung. »Meine Damen, wir fangen in fünf Minuten an, also wärmt euch bitte alle auf.«

Während sich einige Frauen dehnten, übten andere in Zweierteams einige Techniken. Zoë steuerte direkt auf den »Bob« zu. Bob war ein lebensgroßer Übungsdummy mit Kopf und Torso aus Plastik und Schaumstoff auf einer Stange. Der Dummy starrte sie aus seinen leeren Augen an. Genau so sah sie auch ihren Entführer, kaum vorhandene Gesichtszüge, nur Konturen. Die Drogen, die er ihr verabreicht hatte, hatten dafür gesorgt, dass sie ihn nicht genau beschreiben konnte, sondern sich nur an ein verschwommenes Gesicht erinnerte, das jedermann gehören konnte. Das hatte ihr dieser Mistkerl angetan. Holli und jetzt diese arme Frau hatten Schlimmeres erleiden müssen. Wie konnte er es wagen, so etwas mit einem anderen Menschen zu machen? Wie konnte er ihr Leben einfach so ruinieren? Früher hatte sie so vieles erreichen wollen und er hatte all das kaputtgemacht. Ihre Hoffnungen und ihre Träume waren in dieser Wüste gestorben. Seinetwegen war ihr nichts als dieses halbherzig gelebte Leben geblieben. Ach, verdammt. Sie schlug mit dem Handballen von unten gegen Bobs Kinn, sodass der Dummy auf der Stange nach hinten wackelte. Als er wieder nach vorn schwang, hieb sie ihm den Handballen gegen die Nase, die kurzzeitig platt wurde. Bei einem echten Gegner wäre die Nase mit zufriedenstellendem Knacken gebrochen.

Sie bearbeitete den Dummy mit einer Kombination, die *ichi roku* genannt wurde. Zuerst rammte sie ihm die Faust von unten gegen den Solarplexus. Sie nutzte den Schwung ihres Körpers und die Nähe zum Dummy aus, drehte sich und hieb ihm den Ellbogen in dieselbe Stelle. Jetzt war sie Bob so nah, dass sie den seltsamen Gummigeruch riechen konnte. In einer weiteren Drehung schlug sie ihm mit derselben Hand gegen den Hals. Das Ganze war eine geschmeidige Bewegung, die nur wenige Sekunden in Anspruch nahm, aber so gut wie jeden Angreifer ausschalten konnte.

Wieder und wieder führte sie diese Kombination aus und wurde dabei immer schneller. Mit dem Tempo steigerte sie auch den Schwierigkeitsgrad der Übung. Aus den vier Schritten der Kombination wurden fünf, sechs, sieben, acht und noch mehr, die sie nach und nach in den Ablauf einbaute: ein Handkantenschlag unter das Kinn, ein Schwinger an die Kopfseite, mehrere schnelle Schläge in die Magengrube und ein Knietritt gegen den Brustkorb. Während sie weiterhin ihre Defensive aufrecht hielt, so wie Karen es sie gelehrt hatte, traf sie alle wunden Punkte. Aber Bob erholte sich immer wieder. Ein richtiger Mann hätte das nicht getan. Er wäre jetzt krankenhausreif.

»Okay, Mädels, fangen wir an.«

Als Zoë von Bob abließ und in die Mitte des Trainingsraums ging, bemerkte sie, wie Karen sie beobachtete.

Dies war ein Fortgeschrittenenkurs und die meisten der anwesenden Frauen trainierten bereits seit über einem Jahr hier. Zoë kam erst seit knapp zwölf Monaten her, aber sie hatte größere Fortschritte gemacht als viele der Frauen, die schon weitaus länger dabei waren.

Ungeachtet der Art des Kurses begann Karen immer auf dieselbe Weise und ließ sie sich zehn Minuten lang strecken und dehnen, um den Körper aufzuwärmen und die Muskeln zu lockern. Danach folgten ein paar Trockenübungen im Kumite, bei denen jeder gegen einen unsichtbaren Gegner kämpfte und Schläge und Gegenschläge einsetzte. Durch diese Form des Aufwärmens wurden die grundlegenden Bewegungsabläufe im Muskelgedächtnis verankert.

Zoë machte die Übungen mit, aber sie ärgerte sich über ihre Leistung an diesem Abend. Sie bewegte sich unkonzentriert und unbeholfen. Sie kam nicht in den Flow und gab Lara Finz die Schuld daran, die sie aus dem Konzept gebracht hatte.

Zur vollen Stunde versammelte Karen alle Teilnehmerinnen um sich. »Okay, Mädels. In den vergangenen Wochen haben wir Szenarien geübt, bei denen ihr von hinten angegriffen werdet. Heute werden wir uns mit einer Übung beschäftigen, bei der man euch von vorn attackiert. Jennifer, könntest du mir dabei zur Hand gehen?«

Jennifer nickte und trat vor.

Da Jennifer Karens Kurse schon seit sehr langer Zeit besuchte, wusste Zoë sofort, dass es sich um eine schwierige Kombination handeln musste.

»Okay, Jen, bleib bitte so stehen, als wärst du bei einem Angriff in der Bewegung erstarrt.«

Jennifer machte mit gehobenem Arm einen großen Ausfallschritt, als würde sie laufen.

Karen stellte sich neben sie und simulierte einen Seitwärtstritt gegen Jennifers Knie, woraufhin diese so tat, als würde ihr Knie nachgeben. Karen deutete einen Schlag mit beiden Handflächen gegen Jennifers Nase an und beendete die Kombination mit einer Drehung und einem zweiten Seitwärtstritt mit dem hinteren Bein gegen dasselbe Knie. Dann demonstrierte Karen das Ganze noch einmal, dieses Mal jedoch als flüssigen Bewegungsablauf. Jennifer griff sie in Zeitlupe an und Karen wiederholte die Dreipunktetechnik. Sie führte es noch mehrmals vor, wobei sie jedes Mal etwas schneller wurde und ein paar Optionen einfließen ließ.

»Wenn ihr das richtig macht, kann ich euch garantieren, dass euer Angreifer ein zertrümmertes Knie und eine gebrochene Nase davonträgt. Okay, haben alle gesehen, wie diese Kombination funktioniert?«

Alle bejahten.

»Gut. Jetzt bildet Zweierteams und versucht euch selbst daran.«

Zoë tat sich mit einer Frau zusammen, die ihres Wissens nach Monica hieß. Monica kam schon etwas länger her als sie, aber Zoë wusste nur wenig mehr über ihre Partnerin als die Tatsache, dass sie vor ein paar Jahren überfallen worden war.

»Was möchtest du zuerst machen, angreifen oder verteidigen?«, wollte Monica wissen.

»Entscheide du.«

»Dann verteidige ich mich. Ich möchte das unbedingt sofort ausprobieren.«

Zoë nickte und ging in Angriffsposition, die allerdings statisch blieb. Karen sagte die einzelnen Schritte an und Monica wiederholte die Kombination, bis sie glaubte, sie halbwegs zu beherrschen.

»Okay, probieren wir es mal in echt aus«, verlangte Monica.

Zoë bewegte sich langsam auf Monica zu. Diese befolgte die drei Schritte und warf Zoë auf die Matte, um danach mehrere Versuche mit demselben Ergebnis abzuschließen.

Karen ging zwischen den Paaren hin und her und gab hilfreiche Tipps. Sie blieb stehen, um Zoës und Monicas Fortschritte zu begutachten. Sie gab Monica einige Ratschläge und ließ Zoë schneller angreifen. Das Endresultat blieb immer dasselbe: Zoë landete auf der Matte. Sie wusste, dass sie als Angreifer unterliegen musste, aber sie war auch keine würdige Gegnerin. Eigentlich hätte sie Monica die Sache erschweren sollen, aber sie war an diesem Abend nicht richtig bei der Sache.

Lara Finz hatte sie so leicht reinlegen können und all das, was Zoë in diesem Kurs lernte, ad absurdum geführt. Sie sollte immer wachsam bleiben, aber sie war schon beim ersten Test gescheitert. Dabei war die Journalistin noch gar nichts im Vergleich zu einem richtigen Gegner. Zoë musste sich zusammenreißen, vor allem jetzt, wo sich dieser Mistkerl in der Stadt herumtrieb.

»Ich glaube, ich habe den Dreh raus«, meinte Monica schließlich. »Möchtest du es jetzt versuchen?«

Zoë nickte.

Monica spielte die Statue, während Zoë die einzelnen Schritte durchging. Karen korrigierte sie zwischendurch, bis Zoë den Ablauf im Griff hatte, und ging dann zum nächsten Paar weiter.

»Versuchen wir es mal in Bewegung«, schlug Zoë vor.

Monica kam langsam auf Zoë zu, doch in Bewegung wollte es irgendwie nicht klappen. Sie setzte den Seitwärtstritt falsch an, verlor das Gleichgewicht und fiel hin.

»Verdammt«, zischte Zoë.

»Keine Panik. Versuchen wir es einfach noch mal.«

Auch beim zweiten Mal schaffte es Zoë nicht, sich richtig zu positionieren und Monica abzuwehren.

»Komm schon, Zoë. Du schaffst das.«

Zoë hätte Monica beinahe gesagt, wohin sie sich ihre Aufmunterung stecken konnte. Die Frau wusste nicht das Geringste über sie.

»Soll ich es dir noch einmal zeigen?«

»Nein«, fauchte Zoë.

Monica sah sie überrascht an.

»Nein. Entschuldige. Ich krieg das schon hin.«

»Okay«, erwiderte Monica. »Versuchen wir es einfach noch mal. Sag Bescheid, wenn du so weit bist.«

Zoë nickte und Monica ging auf sie los. Erneut reagierte Zoë zu langsam und schwerfällig, sodass es Monica gelang, sie aus dem Gleichgewicht zu bringen und auf die Matte zu schleudern.

»Scheiße.«

»Schon okay«, erklärte Monica und reichte Zoë eine Hand, um ihr beim Aufstehen zu helfen.

Wiederstrebend griff Zoë nach der Hand ihrer Partnerin. »Gleich noch mal.«

»Okay.«

Wieder versuchten sie es und dieses Mal gelang Zoë die Bewegung, aber auch nur, weil Monica ein Stück zurückgewichen war, um Zoë die Verteidigung zu erleichtern.

»Ihr habt noch einen Versuch, dann sehen wir uns die Kombination noch einmal an«, kündigte Karen an. »Also hängt euch rein.«

»Du hast die Lady gehört«, meinte Monica.

»Dieses Mal machen wir es richtig.«

Monica grinste sie an. »Geht klar.«

Sie griff an. Zoë sah die Gelegenheit, den ersten Seitwärtstritt anzusetzen, und konnte sie dennoch nicht nutzen. Monica stach mit einem imaginären Messer zu und erwischte Zoë am Unterkiefer. Das war so nicht beabsichtigt gewesen und das wusste Zoë ganz genau. Aber ihre Reaktion erfolgte sofort und impulsiv. Sie traf Monica mit dem Handrücken und ihre Partnerin erstarrte augenblicklich. Das war alles, was Zoë brauchte. Sie schlug mit der Handfläche fest gegen Monicas Sternum und schickte sie schreiend auf die Matte. Zoë ballte eine Faust, falls Monica sich wehren würde.

»Zoë!«, schrie Karen.

Karens Schrei riss Zoë aus ihrer Benommenheit. Alle starrten sie an und auf ihren Gesichtern spiegelte sich Schreck und Empörung wider. Monica weinte. Zwei Frauen eilten herbei und halfen ihr beim Aufstehen.

Zoë klappte den Mund auf, um sich zu entschuldigen, aber es kam kein Ton heraus. Sie war ebenso schockiert von dem, was sie getan hatte, wie alle anderen.

Karen deutete zur Tür. »Mach, dass du verschwindest, Zoë.«

Zoë nickte. Etwas anderes konnte sie jetzt auch gar nicht tun. Sie stand auf und drehte sich um, nur um dann festzustellen, dass Inspector Ryan Greening am Empfang stand.

Scheiße, dachte sie.

Als sie an ihm vorbeiging, um ihre Sachen zu holen, sagte er: »Ich denke, wir sollten uns mal unterhalten.«

Kapitel 10

Inspector Greening hielt Zoë die Tür auf und sie gingen in die Nacht hinaus. Die empörten Stimmen der entsetzten Kursteilnehmerinnen drangen durch die Milchglasfenster nach draußen. Sie ging über die Straße zu ihrem Motorrad, um alldem zu entkommen, und Greening folgte ihr.

»Wie haben Sie mich gefunden?«, wollte sie wissen.

»Ich war im Einkaufszentrum, aber Sie hatten schon Feierabend gemacht. Einer Ihrer Kollegen hat mir verraten, wo Sie zu finden sind.«

Greening hätte sie auch einfach anrufen und etwas mit ihr ausmachen können, aber er war unangekündigt vorbeigekommen, um sie in ihrer normalen Umgebung zu beobachten. Sie musste ihn nicht fragen, ob sie verdächtigt wurde. Die Tatsache, dass er ihren kleinen Ausraster mit angesehen hatte, würde sein Misstrauen vermutlich eher noch steigern. Wenn sie schon Mist baute, dann auch richtig.

»Wollen Sie mir erzählen, was da drin gerade passiert ist?«, fragte er.

»Nichts. Ich wurde einfach mitgerissen. So was kann schon mal passieren. Was wollen Sie von mir?«

»Ich wollte Ihnen ein paar Dinge über unsere Ermittlung erzählen, Ihnen aber auch ein paar Fragen stellen. Haben Sie einen Moment Zeit, um sich mit mir zu unterhalten?«

Die Frage klang eher nach einer Aufforderung. »Sicher. Wo soll das Gespräch denn stattfinden?«

»Ich würde gern einige der Ereignisse des gestrigen Abends mit Ihnen durchgehen, daher dachte ich, wir gehen in die Bar, in der Sie sich aufgehalten haben. Das *Ferdinand's*, richtig?«

Zoë stöhnte innerlich auf. Das Letzte, was sie jetzt wollte, war, an den Schauplatz ihres letzten Vergehens zurückzukehren. Sie versuchte, sich eine Ausrede einfallen zu lassen, aber ihr Kopf war wie leer gefegt. Schließlich gab sie nach und murmelte: »Okay. Wie Sie wollen.«

Er bestand darauf, sie hinzufahren, daher ließ sie ihr Motorrad stehen. Sie hatte das unbestimmte Gefühl, manipuliert zu werden. Aber so waren Polizisten nun mal – man glaubte immer, dass man eine Wahl hatte, auch wenn dem gar nicht so war.

In Russian Hill war wieder einmal viel los. Die nähere Umgebung des *Ferdinand's* war völlig überfüllt und Greening musste drei Blocks entfernt parken. Sie gingen nebeneinander her zum Klub, und ein beiläufiger Passant hätte sie glatt für ein Paar halten können, wenn er nicht so genau hinsah.

Auch im *Ferdinand's* war es so voll wie am Vorabend. Die Gäste drängten sich bis zur Tür und im Restaurant gab es nicht besonders viele Tische.

»Da drin ist die Hölle los«, erkannte Zoë. »Wollen Sie wirklich mit mir über polizeiliche Angelegenheiten sprechen, wenn uns so viele Leute zuhören können?«

»Das dürfte kein Problem sein.«

Sie begriff, dass sie aus der Sache nicht mehr rauskommen würde, und ging zusammen mit ihm hinein.

Sobald sie das Restaurant betreten hatte, fühlte sie sich unwohl. Es gab hier zwar keinen Dresscode, aber sie war die

Einzige in Sportklamotten. Greenings Anzug und Dienstmarke mussten das eben ausgleichen.

Doch die Jogginghose und der Kapuzenpullover waren nicht unbedingt zu ihrem Nachteil. Sie erkannte einige der Angestellten, die sie jedoch keines Blickes würdigten. Am Vorabend hatte sie heiß ausgesehen, doch heute stellte sie das genaue Gegenteil dar. Kein Wunder, dass sie niemand wiedererkannte. Auf einmal war ihr, als wäre ihr eine Last von den Schultern genommen worden.

Greening bat die Kellnerin, ihnen einen Tisch zu geben, und als sie nach dem Klemmbrett griff, um seinen Namen auf die Liste zu schreiben, zeigte er ihr beiläufig seine Dienstmarke. Im nächsten Augenblick saßen sie auch schon, was jedoch noch lange nicht bedeutete, dass sie gut saßen. Vielmehr bekamen sie den winzigen Tisch am Fenster neben dem Eingang. Greening setzte sich so hin, dass er die Tür im Auge behalten konnte, auch wenn sie lieber dort gesessen hätte. Sie hatte die Tür nicht gern im Rücken. Man wusste nie, wer sich an einen anschleichen wollte. An so etwas hatte sie vor ihrer Entführung nie gedacht.

»Kommen Sie oft her?«, erkundigte er sich und sah sich um, bevor er die Speisekarte aufklappte.

»Hin und wieder.«

Ist es wirklich erst einen Tag her, dass ich das letzte Mal hier gewesen bin? Es kam ihr wie eine Ewigkeit vor und sie wünschte sich, sie könnte ebenso sorglos sein wie die anderen Gäste. Sie wirkten glücklich, lachten und alberten herum, als wäre nicht in wenigen Kilometern Entfernung ein Mord passiert. Aber für sie hatte das auch keine Bedeutung, nicht wahr? Ein Mensch nahm den Tod erst zur Kenntnis, wenn er ihn persönlich berührte. Sie konnte sich gut vorstellen, dass kaum einer der Anwesenden den Mord vom Vorabend überhaupt zur Kenntnis genommen hatte. Es betraf sie nicht weiter. Da war es doch kein Wunder, dass Mörder so lange straffrei davonkommen konnten.

»Haben Sie schon etwas gegessen?«, fragte Greening.

»Nein.«

»Ich auch nicht und ich bin am Verhungern. Bestellen Sie sich, was Sie möchten. Ich lade Sie ein.«

Ihr gefiel die Vorstellung, sich von einem Polizisten zum Essen einladen zu lassen, nicht besonders, denn das musste doch Konsequenzen haben. »Wir können uns die Rechnung auch teilen.«

»Nein, ich zahle.« Er schenkte ihr ein Lächeln. »Lassen Sie mich das korrigieren: Die Polizei bezahlt.«

Sie wusste so gut wie nichts über Spesen bei der Polizei, konnte sich aber irgendwie nicht vorstellen, dass Abendessen mit Verdächtigen darunterfielen. »Schon okay. Ich habe keinen Hunger.«

Er runzelte die Stirn. »Wie Sie wollen.«

Ihr Kellner stellte sich vor und brachte eine Flasche Wasser an ihren Tisch. Dann erkundigte er sich, ob er ihnen etwas von der Bar bringen dürfe, was beide verneinten. Greening bestellte mehrere Vorspeisen.

»Sie können sich gern bedienen.«

Sie war sich nicht sicher, ob das ein Verhör oder eine Verabredung sein sollte. Letzteres war eigentlich undenkbar, aber Greening schien sie aus irgendeinem Grund milde stimmen zu wollen – und das hatte garantiert nichts Gutes zu bedeuten.

»Sie sagten, es gäbe Neuigkeiten.«

»Stimmt.« Er setzte sich etwas gerader hin und beugte sich vor. »Es hat sich einiges getan.«

»Was denn zum Beispiel?«

»Wir haben die Frau von letzter Nacht identifiziert. Ihr Name ist Laurie Hernandez. Kannten Sie sie?«

Zoë schüttelte den Kopf.

»Das habe ich mir beinahe gedacht. Es war ein Schuss ins Blaue«, erwiderte er. »Aber ich habe auch eine weitaus ernstere

Frage. Haben Sie mit der Presse gesprochen?«

»Nein«, log sie. Es war eine Notlüge. Und eigentlich hatte die Presse ja auch versucht, mit ihr zu sprechen. Sie hatte nicht mit der Reporterin reden wollen. So gern sie Greening auch auf Lara Finz angesetzt hätte, so fürchtete sie sich doch vor den möglichen Konsequenzen, die ihr Angriff auf die Frau haben konnte.

»Wirklich nicht? Das ist sehr wichtig, Zoë.«

»Nein. Warum fragen Sie mich das?«

Er holte eine Ausgabe des *Chronicle* hervor und legte sie auf den Tisch. »Sie haben ihm einen Namen gegeben.«

Sie überflog den Artikel und stellte fest, dass er von Lara Finz geschrieben worden war. *Blöde Kuh*, dachte sie.

Dann las sie den Rest und stutzte, als sie zu der Stelle kam, an der der Spitzname des Killers erwähnt wurde. Er hatte immer noch kein Gesicht, aber jetzt hatte er einen Namen: der Zähler. Sie atmete aus.

»Ja, es ist nicht besonders originell, aber möglicherweise auf den Punkt getroffen.«

»Wie konnte das passieren?«

»Sie wurden letzte Nacht gefilmt, als Sie uns Ihre Narbe gezeigt haben.«

Sie fasste sich reflexartig an die Stelle und errötete.

»Aber Sie haben doch die Theorie aufgestellt, dass er seine Opfer durchnummeriert.«

Greening seufzte. »Wir vermuten, dass jemand vom Revier dieses Detail hat durchsickern lassen. Es ist schon früher vorgekommen, dass Polizisten Informationen an die Medien verkauft haben. Aber ich kann Ihnen versichern, dass wir demjenigen die Hölle heißmachen werden, sobald wir ihn erwischen.«

Er versichert es mir? Soll das ein Witz sein?, dachte sie. *Was hatte Greenings Abteilung denn noch durchsickern lassen? War das der Grund dafür, dass Lara Finz sie so schnell aufgespürt hatte?*

»Mein Name darf nicht an die Presse gelangen. Er könnte mich wiedererkennen.«

»Ja, das ist mir klar. Inspector Ogawa hat sich in dieser Sache mit dem *Chronicle* in Verbindung gesetzt. Machen Sie sich bitte keine Sorgen.«

»Sie haben gut reden.« Sie schlug mit der Hand auf den Tisch und einige der anderen Gäste drehten sich zu ihnen um. »Mit Ihnen hat er ja auch keine offene Rechnung zu begleichen«, fügte sie deutlich leiser hinzu.

»Ich weiß. Es tut mir sehr leid.«

»Verraten Sie mir wenigstens, ob es derselbe ist.«

»Wir gehen davon aus. Laurie Hernandez wurde ausgezogen, an den Handgelenken aufgehängt und brutal ausgepeitscht, bevor dieser Kerl sie erstochen hat. Wir können natürlich keinen Handschriftenvergleich machen, aber es sieht ganz so aus, als stammten ihre Wunde und Ihre Narbe von demselben Mann.«

Irgendwie erleichterte es sie, das zu hören. Lange Zeit war sie von anderen für ein Partygirl gehalten worden, das so viel getrunken hatte, dass es Realität und Einbildung nicht mehr voneinander unterscheiden konnte. Aber sie war in dieser Sache das Opfer, und jetzt konnte es keiner mehr leugnen. Es kam ihr nur falsch vor, dass für ihre Ehrenrettung erst ein anderer Mensch hatte sterben müssen. Das war ein trauriger Sieg.

Aber es war wirklich *er*. Der Zähler hielt sich in derselben Stadt auf wie sie. Es war völlig unwichtig, ob ihr Name in der Zeitung stand oder im Fernsehen erwähnt wurde, da sie am Tatort bereits aufgefallen war. Er musste sich nur die Nachrichten ansehen, um zu wissen, dass sie ganz in der Nähe war. Dieser Mistkerl war ihr gegenüber im Vorteil. Er wusste, wie sie aussah. Aber sie würde ihn nicht erkennen, selbst wenn er vor ihr stand.

»Dann war Laurie Hernandez also Nummer sechs, Holli war Nummer drei und ich Nummer vier. Was ist mit eins, zwei und fünf?«

»Wir suchen noch nach ihnen. Momentan durchforsten wir die Datenbank nach Fällen mit ähnlichem Tathergang.«

Zoë zuckte zusammen. Tathergang war kein schönes Wort, wenn man selbst ein Opfer war.

»Entschuldigung. Die Polizistensprache klingt für Unbeteiligte oftmals sehr hart.«

»Ist schon okay.«

»Das Problem ist der Suchradius. Der Verdächtige stammt wahrscheinlich nicht von hier, wenn man bedenkt, wo er Sie entführt hat. Die anderen Opfer könnten irgendwo im ganzen Land zu finden sein. Es wird verdammt schwer, das einzugrenzen, und bestimmt auch eine Weile dauern. Unsere Maschinerie ist gründlich, aber langsam.«

Die Vorspeisen, die Greening bestellt hatte, wurden auf den Tisch gestellt. Er wählte sich einige Happen aus und ermutigte sie, dasselbe zu tun. Trotz ihrer schlechten Stimmung stellte sie fest, dass sie Hunger hatte. Anscheinend war es appetitanregend, seine Partnerin im Selbstverteidigungskurs zu verprügeln. Sie nahm sich ein paar Minifrühlingsrollen.

»Ich bezweifle, dass Sie andere Opfer finden werden«, sagte sie.

»Warum?«

»Holli wurde auch nie gefunden, und ich war dabei und habe die Entführung angezeigt. Ich glaube fast, er will nicht, dass seine Opfer gefunden werden. Vermutlich hätten Sie Laurie Hernandez auch nie entdeckt, wenn er nicht gestört worden wäre.«

»Das mag sein, aber dank solcher Fehler wurde schon so mancher Fall gelöst«, entgegnete Greening. »Die meisten Verbrechen sind Affekthandlungen und improvisiert. Ich bezweifle, dass viele Verbrecher mehr als ein paar Stunden im Voraus planen. Selbst jemand, der so gut organisiert ist wie dieser Kerl, kann nicht an alles denken. Das kann keiner. Er ist ganz allein und bekommt es mit der Polizei in der gesamten Bay Area und im ganzen Land zu tun. Haben Sie ein wenig Vertrauen in uns. Dieser Zähler hat bei Ihnen und auch letzte Nacht einen Fehler gemacht. Daher schätze ich unsere Chancen als relativ gut ein.«

Ihr gefiel seine Analyse, obwohl sie ihr etwas zu optimistisch daherkam. Es war dem Zähler jahrelang gelungen, unentdeckt zu bleiben, daher war es durchaus möglich, dass er auch in den nächsten Jahren nicht gefasst wurde. Greening mochte damit recht haben, dass ein einzelner Mensch einer Polizeibehörde von der Größe des San Francisco Police Department nicht gewachsen war, aber der Zähler hatte einen entscheidenden Vorteil: Er konnte unbemerkt bleiben und war flexibel genug, um schnell zu agieren und seine Pläne zu ändern. Diese Agilität war schwer zu toppen.

Aber sie behielt ihre Gedanken für sich. Sie wollte ja auch nicht unhöflich sein. Schließlich musste sie an das SFPD glauben, weil sie verzweifelt darauf hoffte, dass der Zähler tatsächlich gefasst wurde. Der Bann, mit dem er sie belegt zu haben schien, musste gebrochen werden.

Greening nahm sich noch einige Häppchen von den Vorspeisentellern, bevor er meinte: »Ich habe gestern mit einigen Ihrer Freunde gesprochen.«

Er hatte mit ihren Freunden gesprochen? Ihr war gar nicht bewusst gewesen, dass sie welche hatte.

»Mit Dr. Jarocki und Officer Martinez.«

Zählten ihr Therapeut und ein Polizist als Freunde? Wenn sie nicht mehr zu bieten hatte, steckte sie wirklich in ernsthaften Schwierigkeiten.

»Was hat Dr. Jarocki gesagt?«

»Nicht viel, da er sich auf seine Verschwiegenheitspflicht berufen hat. Aber ich habe ihm von letzter Nacht erzählt.«

Das war gut. Sie hatte Jarocki anrufen wollen, sich aber nicht dazu überwinden können.

»Scharfmacherin«, schrie jemand vor der Tür.

Weder Zoë noch Greening nahmen es zur Kenntnis, bis direkt neben Zoës Kopf jemand mit der Faust gegen die Scheibe schlug. Sie zuckte vor Schreck zusammen.

Vor dem Fenster stand dieser Idiot Rick Sobona, der angeblich so wichtige Werbefuzzi. Er hatte ein blaues Auge und die Schwellung reichte bis zur Nase.

»Scharfmacherin«, schrie er noch mal und deutete mit einem Finger auf sie.

Zoë schüttelte den Kopf.

»Was zum Teufel …?«, rief Greening.

Sobona starrte Zoë an und wartete darauf, dass sie ihn zur Kenntnis nahm. Als sie weiter schwieg, stürmte er ins Restaurant. Die Frau am Eingang hob die Hände und wollte ihn nicht hereinlassen, aber er stürmte einfach an ihr vorbei.

Er baute sich vor Zoë auf und starrte sie über den Tisch hinweg an. Ihr kribbelte die Haut am ganzen Körper, als er ihr derart nahe kam. Aber da Greening da war, unterdrückte sie den Impuls, ihm mit der Faust in die Eier zu schlagen. Sie hätte zwar freie Bahn gehabt, aber Greening hatte an diesem Abend schon einmal mit angesehen, wie sie jemanden angegriffen hatte.

»Ich kann es nicht fassen, dass du wieder hier bist, nachdem du mich gestern Abend so ausgetrickst hast«, knurrte Sobona. »Wie ich sehe, ziehst du wieder die alten Tricks ab, nicht wahr, du Schlampe?«

»Passen Sie auf, was Sie da sagen.«

»Was hat sie Ihnen versprochen? Was immer es ist, fallen Sie ja nicht darauf rein. Sie flirtet mit einem und macht einem schöne Augen, aber das ist alles nur Show. Wenn sie genug hat, macht sie das hier.« Er deutete auf das, was ihr Schlag ihm zugefügt hatte.

Zoë spürte, wie Greening sie anstarrte.

Dann stand der Polizist auf und sah Sobona an. »Okay, Sie haben gesagt, was Sie sagen wollten. Jetzt ist es Zeit zu gehen.«

Sobona schnaubte abwertend. »Wir sind noch lange nicht fertig, sondern werden die Sache hier und jetzt zu Ende bringen.«

Greening zog seine Dienstmarke aus der Tasche. »Nein, wir sind hier fertig, es sei denn, Sie möchten die Sache für sich noch viel schlimmer machen.«

Sobona verdrehte die Augen und klatschte dramatisch in die Hände. »Na großartig. Ein Bulle. So kommst du also damit durch, du lässt dich von der Polizei beschützen. Du bist echt ein Miststück.«

Er hätte kaum abfälliger klingen können. Falls er beabsichtigt hatte, sie zu beschämen, war ihm das voll und ganz geglückt. Sie wäre am liebsten im Erdboden versunken.

Die Frau, die zuvor versucht hatte, Sobona aufzuhalten, kehrte mit dem Koch und zwei Kellnern wieder zurück, die Sobona umringten.

»Sir, Sie sind hier kein Gast und müssen jetzt gehen.«

»Diese Schlampe hätte mir gestern beinahe die Nase und den Daumen gebrochen.«

»Das geht uns nichts an. Bitte gehen Sie jetzt.«

Einer der Kellner, ein breitschultriger Kerl, legte eine Hand auf Sobonas Arm, um die Worte des Kochs zu untermauern.

Sobona hob geschlagen die Arme und stieß die Hand des Kellners weg. »Okay, okay, ich gehe ja schon. Ich bin nicht blöd und merke, wenn ich verarscht werde.«

Der Kellner scheuchte Sobona zur Tür und vergewisserte sich, dass er auch wirklich ging. Greening blieb stehen und schien abzuwarten, ob er eingreifen musste.

»Sir, Sie sind hier in Zukunft nicht mehr willkommen«, sagte der Koch.

»Ich würde diesen Laden auch nicht noch einmal freiwillig betreten. Das Essen schmeckt scheiße.« Sobona konnte nicht gehen, ohne durch das Fenster zu deuten und »Schlampe!« zu brüllen.

Der Koch ging in die Mitte des Restaurants und hob die Hände. »Bitte entschuldigen Sie den Aufruhr. Wir sind leider nicht dagegen gefeit, dass Betrunkene hin und wieder Ärger machen. Ich hoffe, das hat Ihnen nicht den Abend verdorben.«

Er wurde von Applaus begleitet, als er wieder in die Küche ging.

Greening setzte sich. »Mit Ihnen wird es einem wohl nie langweilig.«

Die Frau vom Eingang trat noch einmal an Zoës und Greenings Tisch. »Das tut mir sehr leid. Ist bei Ihnen alles in Ordnung? Kann ich Ihnen noch irgendetwas bringen?«

»Nein, und entschuldigen Sie bitte«, sagte Zoë. »Das ist mir schrecklich unangenehm.«

Die Frau legte ihr eine Hand auf die Schulter. »Das muss es nicht. Was immer Sie auch getan haben, er hat es bestimmt verdient.«

»Wir hätten dann gern die Rechnung«, bat Greening.

Als sie wieder ging, beugte er sich vor. »Und Sie haben gesagt, hier würde sich niemand an Sie erinnern. Möchten Sie Ihre Aussage vielleicht noch einmal korrigieren, Miss Sutton?«

* * *

Von der anderen Straßenseite aus beobachtete Marshall Beck, wie Zoë den Ausbruch des Mannes hinnahm. Der Kerl benahm sich ziemlich daneben und das konnte Beck nicht leiden. Emotionale Ausbrüche in der Öffentlichkeit widerten ihn an.

Aber obwohl er mit dem Mann eigentlich nichts zu tun haben wollte, schien es hier doch eine Geschichte zu geben, die ihm einen Vorteil Zoë gegenüber verschaffen konnte. Wenn er es auf jemanden abgesehen hatte, dann zog er möglichst viele Erkundigungen ein. Je mehr man wusste, desto wahrscheinlicher war es, dass man die Oberhand behielt.

Jetzt, wo er wusste, wo Zoë wohnte, war es überhaupt kein Problem mehr, ihr zu folgen. Zu den Vorteilen seiner Arbeit bei Urban Paws gehörte, dass er seine Arbeitszeit relativ frei festlegen konnte. Anstatt heute früh zur Arbeit zu gehen, hatte er vor Zoës Apartmenthaus ausgeharrt. Er hatte gewartet, bis sie losgefahren war, und sie bis zur Golden Gate Mall verfolgt. Danach hatte er herausgefunden, welche Schicht sie machte, indem er so tat, als wollte er sich ebenfalls beim Sicherheitsdienst bewerben. Er war zur Arbeit gefahren und hatte früh genug Feierabend gemacht, um Zoë auf dem Heimweg abzupassen. Da sie Motorrad fuhr, fiel es ihm während der Rushhour nicht immer leicht, sie nicht aus den Augen zu verlieren. Sie hatte einen ziemlich rasanten Fahrstil drauf und er hatte sich ganz schön ranhalten müssen, um sie nicht zu verlieren. Er hatte schon geglaubt, sie hätte ihn abgehängt, dann aber ihr Motorrad vor dem Selbstverteidigungsstudio entdeckt. Sie war inzwischen eine richtige G.I. Jane, was vermutlich an seinem Einfluss lag. Jetzt hatten ihn seine Fähigkeiten als Verfolger hierhergeführt. Er war Zoë und diesem Polizisten gefolgt, der sie am Vorabend vor dem Polizeirevier zum Wagen gebracht hatte, und der verärgerte Mann war ein weiterer Erfolg bei seinen Überwachungsbemühungen.

Das wird ein Kinderspiel, dachte Beck. Er überquerte die Straße und ging direkt auf den erzürnten Kerl zu, der immer noch fluchte und leise vor sich hinmurmelte, ohne seine Umgebung zur Kenntnis zu nehmen. Beck gab sich lässig, eher um bei den Passanten keinen Verdacht aufkommen zu lassen als wegen seiner Zielperson.

Er ging weiter auf den Mann zu. Der sah ihn zwar an, bekam aber aufgrund seines Zorns gar nicht mit, was sich vor ihm befand. Beck zog sein Handy aus der Tasche und tat so, als würde er im Gehen eine SMS lesen. Er hielt sich so, dass er den Mann mit der Schulter anstoßen würde. Bei der Berührung ließ er das Handy fallen, das über den Bürgersteig rutschte.

»Passen Sie gefälligst auf, wo Sie langgehen«, fauchte der Mann.

Zoës wütender Angreifer war gute fünfzehn Zentimeter kleiner als Beck, und er stellte sich auf die Zehenspitzen, um halbwegs auf Augenhöhe mit ihm zu sein. Der Mann mochte zornig und aufgestachelt sein, aber Beck war größer, kräftiger und fähiger. Er hätte dem Mann auf der Stelle das Genick brechen können, wenn er das gewollt hätte.

Doch Beck hob nur die Hände. »Entschuldigen Sie, Sir, das war ein Versehen. Wir haben einander nur angerempelt. Es ist doch gar nichts passiert.«

»Falsch, es ist sehr wohl etwas passiert.«

Beck runzelte in gespielter Sorge die Stirn. »Geht es Ihnen gut? Wir haben uns doch nur ein bisschen berührt. Das war doch keine große Sache.«

»Es wäre mir lieber, wenn Arschlöcher wie Sie aufpassen würden, wohin sie gehen.«

»Okay. Es tut mir leid. Sie müssen nicht gleich in die Luft gehen. Ich wollte mich nur vergewissern, dass Ihnen nichts passiert ist.«

Eine Frau hob Becks Handy auf und reichte es ihm. »Hier ist Ihr Handy.« Sie starrte den anderen Mann an. »Ich glaube, es ist kaputt.«

Beck untersuchte sein Handy. Das Display wies tatsächlich einen Riss auf. Im Großen und Ganzen war das aber nur ein geringer Preis, den er nur zu gern bereit war zu zahlen.

Der Mann starrte den Schaden an und klappte schon den Mund auf, um weitere Beleidigungen abzusondern, als er mit einem Mal erschlaffte. »Hey, verdammt, es tut mir wirklich leid.

Ich bin nicht sauer auf Sie, sondern auf jemand anderen.« Er deutete mit einem Daumen über die Schulter in Richtung des Restaurants, in dem Zoë und der Polizist noch immer saßen.

Beck musterte das angeschlagene Gesicht des Mannes. »Es sieht eher so aus, als wäre da jemand sauer auf Sie gewesen.«

Der Mann berührte seine angeschwollene und verfärbte Nase. »Ja. Darum bin ich auch so wütend. Einigen wir uns doch einfach darauf, dass ich hier das Arschloch bin. Ich werde Ihnen das Handy bezahlen. Das ist das Mindeste, das ich unter diesen Umständen tun kann.«

In diesem Augenblick wusste Beck, dass er den Kerl am Haken hatte.

»Ach, vergessen Sie doch das Handy. Ich habe mir eine dieser Versicherungen aufschwatzen lassen, bei denen man immer gratis die neueste Handygeneration bekommt. Daher haben Sie mir eigentlich einen Gefallen getan.«

Der Mann lachte. »Dann habe ich heute wenigstens etwas richtig gemacht.«

»Hören Sie, wenn Sie es wirklich wiedergutmachen wollen, dann geben Sie mir einfach einen aus.«

»Das ist eine gute Idee, aber machen wir gleich zwei daraus.«

Beck reichte ihm die Hand. »Brad Ellis.«

Der andere Mann schüttelte sie. »Rick Sobona.«

Sie gingen sechs Blocks weiter zum *Poison*, einer Bar, von der Sobona behauptete, dass Beck sie »lieben« würde.

Allerdings hatte er sich da gewaltig geirrt. Die Bar war ihm viel zu protzig. Die Lampen hinter der Bar ließen die Flaschen namhafter Hersteller noch auffälliger wirken, als würden sie magische Kräfte besitzen. Es gab auch keine Barkeeper, sondern Mixologen. Die Art, wie die Gäste jubelten und einander abschlugen, wenn einer der Mixologen einen Cocktail zubereitet hatte, erinnerte ihn an die Verzweiflung von Menschen, die sich zu sehr anstrengten, um sich zu amüsieren.

»Eine coole Bar, was?«, meinte Sobona.

»Sehr cool«, log Beck.

Sobona bahnte sich einen Weg zwischen den Menschen hindurch, die an der Bar standen, und winkte Nick, einen der Mixologen, zu sich, der mit seinem nach hinten gegelten Haar und dem dünnen Schnurrbart aussah, als wäre er der Prohibitionszeit entsprungen.

»Was ist euer Gift, meine Herren?«, wollte Nick wissen.

Beck vermutete, dass man das hier so fragen musste.

»Der Mann ist ein Cocktailgenie. Bringen Sie uns den, den Sie mir am Wochenende gemacht haben.«

»Das war dann bestimmt ein John Gotti«, meinte Nick.

Beck trank nur selten Alkohol. Eigentlich schmeckte er ihm gar nicht, daher trank er nur, wenn es die Etikette erforderte, so wie jetzt.

»Das klingt ganz nach einem Drink, den ich unbedingt probieren muss«, behauptete er.

Nick klopfte auf die Bar. »Zwei Gottis, kommen sofort.«

Während Nick eine Show abzog und die Cocktails unter Zuhilfenahme mehrerer Shaker auf einmal zubereitete, machten Beck und Sobona Small Talk und unterhielten sich darüber, wo sie wohnten, arbeiteten, ihre Freizeit verbrachten und so weiter. Beck musste bei den meisten Themen lügen, da sich seine sozialen Kontakte darauf beschränkten, dass er unverantwortlichen Menschen eine Lektion erteilte. So sah er sich gezwungen, Dinge einfließen zu lassen, die er aus den Unterhaltungen mit seinen geselligeren Kollegen aufgeschnappt hatte.

Als Nick mit seiner Darbietung fertig war, stellte er zwei Drinks vor sie auf die Bar. Beck bat noch um ein Glas Wasser zum Nachspülen und nippte an seinem Cocktail, der gleichzeitig aufdringlich süß und sauer schmeckte. Er vermutete, dass das bei einem John Gotti so sein musste.

»Darf ich Ihnen eine persönliche Frage stellen?«, wollte Beck dann wissen.

»Klar. Wir sind doch jetzt Freunde.«

»Warum waren Sie vorhin auf der Straße so wütend?«

Sobona runzelte die Stirn und schüttelte den Kopf. »Ich hatte kurz zuvor eine Schlampe getroffen, die mich auf die Palme gebracht hat.«

Beck gefiel das Wort Schlampe als Schimpfwort überhaupt nicht. Tatsächlich verabscheute er Beschimpfungen im Allgemeinen. Manche Leute hatten eine derart abfällige Bezeichnung vielleicht verdient, aber sie ließ denjenigen, der sie aussprach, ebenfalls in einem schlechten Licht dastehen. Wenn jemand sich nicht benehmen konnte, war die entsprechende Reaktion darauf, dass man ihm eine Lektion erteilte. Beleidigungen waren etwas für Kinder. Erwachsene übten Vergeltung.

»Sie hat mir gestern Abend das hier angetan«, fuhr Sobona fort und deutete auf sein Gesicht. »Ich wollte sie heute zur Rede stellen, aber sie hatte einen Bullen dabei, der ihr Rückendeckung gegeben hat.«

Beck musste es Sobona zugutehalten, dass er zugab, von Zoë verprügelt worden zu sein. Die meisten Männer hätten geleugnet, dass eine Frau sie geschlagen hatte. Vielleicht war Sobona ja doch nicht so ein Angeber, wie Beck zuerst gedacht hatte.

»Diese Schlampe …«, das Wort schmeckte ebenso sauer wie der John Gotti. »Erzählen Sie doch mal mehr über sie.«

Kapitel 11

Zoë hatte eine Nachricht von David Jarocki auf ihrem Anrufbeantworter, als sie nach der seltsamen Mischung aus Abendessen und Verhör mit Inspector Ryan Greening nach Hause kam. »Zoë, heute war ein Polizist bei mir und hat Fragen über einen Zwischenfall gestellt, in den Sie angeblich verwickelt sind. Könnten Sie vielleicht morgen in meinem Büro vorbeikommen? Ich habe tagsüber Termine, aber nach neunzehn Uhr hätte ich Zeit. Kommen Sie einfach, wann es Ihnen passt. Ich hoffe, es geht Ihnen gut.«

Sie hatte das Gefühl, als wäre sie ins Büro des Schuldirektors zitiert worden. Zwar konnte sie Jarockis Nachricht einfach ignorieren, aber dann würde er sie bei der Arbeit anrufen, wie er es schon einmal gemacht hatte.

Nach einem ruhigen Tag im Einkaufszentrum, bei dem sich die Kunden benommen hatten und Lara Finz sie nicht wegen der Tätlichkeit gemeldet hatte, traf sie um halb acht in Jarockis Büro ein. Der Psychologe war allein, saß an seinem Schreibtisch und schrieb Patientenberichte, zumindest vermutete sie das, da er den Computerbildschirm ausschaltete, als sie hereinkam.

»Danke, dass Sie gekommen sind. Bitte setzen Sie sich.«

Zoë ließ sich auf das Sofa sinken und er wechselte von seinem Schreibtischstuhl zum Ohrensessel.

Dann verschränkte er die Finger im Schoß und beugte sich vor. »Die Polizei war gestern hier und hat mir Fragen über Sie gestellt. Ich habe ihnen natürlich nichts erzählt, aber sie haben mir von dem Zwischenfall an Pier 25 berichtet. Ich habe das auch auf Video im Internet gesehen.«

»Das war nicht gerade eine meiner Glanzstunden.«

»Das ist doch unwichtig. Ich habe mir Sorgen um Sie gemacht. Wie geht es Ihnen? Möchten Sie mit mir darüber reden?«

Die Antwort darauf lautete Nein, aber nachdem er sie schon so lange behandelte, ließ Jarocki ein Nein von ihr nicht mehr gelten. »Ich war in einer Bar etwas trinken und habe in den Nachrichten einen Bericht über den Mord gesehen. Irgendetwas sagte mir sofort, dass es meiner Entführung ähnelte. Also fuhr ich zum Tatort, da ich ein paar Antworten haben wollte, aber der Polizist wollte mich einfach wieder wegschicken. Das konnte ich nicht akzeptieren, daher habe ich die Absperrung durchbrochen.«

»Wie sind Sie auf den Gedanken gekommen, dass dieser Mord mit Ihnen und Holli in Verbindung stehen könnte?«

Sie schüttelte den Kopf. »Das sagten mir mein Instinkt und die Umstände. Die Tatsache, dass diese Frau nackt aufgehängt und ausgepeitscht worden war. Das hat mich sofort an damals erinnert. Es klang genau wie das, was mit Holli passiert ist. Ich musste einfach wissen, ob die Frau von demselben Mann ermordet worden ist. Wenn es derselbe war, dann habe ich schließlich Informationen für sie, die ihnen helfen können, den Kerl zu schnappen. Ich kann etwas bewirken.«

»Und?«

Jarocki hatte sie durchschaut. Er wusste, dass sie nicht nur aus reiner Nächstenliebe zum Pier gefahren war, sondern auch sehr egoistische Gründe dafür gehabt hatte. »Und dann kann ich dafür sorgen, dass Hollis Mörder für das bezahlen muss, was er getan hat.«

»Und?«

»Mehr Unds gibt es nicht.«

»Sind Sie sicher?

Zoë ballte die Fäuste, beugte sich vor und wippte aufgeregt mit den Füßen.

»Zoë?«

»Und wenn sie diesen Mistkerl fangen, dann kann er ihnen sagen, was er mit Holli gemacht hat.«

»Sie sind auf der Suche nach Antworten. Einige Leute mögen das für egoistisch oder eigennützig halten, aber das ist nicht weiter wichtig. Sie brauchen diese Antworten, damit Ihr Leben weitergehen kann. Sie sollten nicht das Gefühl haben, dass Sie das verschweigen müssen, Zoë.«

Sie atmete bei seinen Worten erleichtert auf.

»Gibt es eine Verbindung zwischen dieser Frau und Ihnen?«

»Ihr Name ist Laurie Hernandez.« Sie wollte nicht, dass die Frau länger als anonymes Opfer angesehen wurde. Anonyme Personen wurden zu schnell vergessen.

»Ja, entschuldigen Sie bitte. Laurie Hernandez. Gibt es eine Verbindung zwischen Ihnen und Laurie?«

»Ich kannte sie nicht, aber ihr wurden genau wie mir Buchstaben in die Hüfte geritzt. Genauer gesagt römische Ziffern. Die Presse nennt ihn jetzt den Zähler, weil er seine Opfer durchnummeriert.«

»Ja, das habe ich im *Chronicle* gelesen. Was denken Sie darüber?«

Was glauben Sie denn?, hätte sie am liebsten erwidert. Das war eine dumme Frage, aber so arbeitete Jarocki nun mal. Er stellte anscheinend dumme Frage, um sie so zu einer Antwort zu provozieren und ihr Raum zu lassen, damit sie sich öffnen konnte.

»Ich habe Angst. Bin nervös. Aufgebracht. Wütend.« Sie starrte ihre geballten Fäuste an und lockerte sie. »Der Mistkerl, der versucht hat, mich umzubringen, hält sich hier in der Bay Area auf. Das jagt mir eine Heidenangst ein. Er war für mich die ganze Zeit der schwarze Mann, der irgendwo im Ungewissen existiert hat, aber jetzt ist er real, und das bringt mich völlig aus der Fassung. Ich bin wütend, weil er noch jemandem dasselbe angetan hat wie Holli und mir. Ich bin wütend, weil er weiterhin glaubt, er könnte einfach Frauen umbringen. Ich bin wütend, weil Laurie Hernandez vielleicht nicht tot wäre, wenn ich damals etwas unternommen hätte, als ich die Gelegenheit dazu hatte. Und das ärgert mich am meisten.«

Jarocki schwieg einen Moment lang. »Sie sind nicht für seine Taten verantwortlich.«

»Nur für meine eigenen, aber die haben auch Konsequenzen.«

»Was für Konsequenzen?«

»Ich habe Holli zurückgelassen. Niemand weiß, ob sie noch am Leben oder tot ist. Weil ich die Polizei nicht zu seinem Versteck führen konnte, haben sie ihn nie gefunden. Er blieb weiterhin auf freiem Fuß und konnte weiter morden, und das ist zum Teil auch meine Schuld. Und jetzt erzählen Sie mir nicht, dass ich mir das nur einbilde.«

»Und da ist dann noch dieses verschwundene Flugzeug, die neue Bay Bridge, die einen Riss hat, und das Staatsdefizit, das immer größer wird. Das ist vermutlich auch alles Ihre Schuld.«

»Nein, natürlich nicht.«

»Sind Sie sicher? Solche Dinge passieren, und Sie haben nichts getan, um sie zu verhindern oder abzuschwächen, daher müssen Sie, Ihrer Logik zufolge, ebenfalls dafür verantwortlich sein.«

»Das ist doch lächerlich.«

»Das mag sein, aber ich möchte Ihnen damit nur aufzeigen, dass Sie nicht die Schuld an allem tragen, was auf der Welt

Schlimmes passiert. Sie können nicht die Verantwortung für andere oder die zukünftigen Konsequenzen übernehmen. Das kann keiner von uns. Dieser Weg führt nur zur Selbstzerstörung. Wir haben schon sehr oft während unserer Sitzungen darüber gesprochen, und ich weiß, dass es schwer ist, aber Sie müssen sich selbst vergeben. Ohne Vergebung kann ein Mensch nun einmal nicht funktionieren. Aus diesem Grund gehen die Katholiken zur Beichte und die Juden haben ihr Yom Kippur. Man erkennt seine Verfehlungen an und schaut dann nach vorn.«

»Das klingt für mich nach einem schuldfreien Leben.«

»Nein, es ist nur vernünftig.«

»Das ist ja schön und gut, aber Sie vergessen die Bestrafung. Wenn ich zur Beichte gehe, bin ich noch lange nicht geläutert. Ich muss Buße tun, indem ich Ave Marias oder was auch immer spreche. Es gibt eine Strafe, die man abbüßen muss. Wie sieht meine Bestrafung aus?«

»Haben Sie sich nicht schon genug bestraft?«

Das war ein Schlag unter die Gürtellinie, der zwar gesessen hatte, aber auch wehtat.

Jarocki stand auf. »Ich gehe mir eben einen Kaffee holen. Möchten Sie auch einen?«

Zoë nickte, und sie gingen zusammen zum Pausenraum, der nicht größer als ein Wandschrank war. Er nahm zwei Kaffeepads und stellte die Maschine an.

»Ich habe den ganzen Tag im Büro gesessen. Hätten Sie etwas dagegen, wenn wir ein wenig herumlaufen und uns dabei unterhalten? Alle anderen sind längst nach Hause gegangen, es kann uns also keiner belauschen.«

»Kein Problem.«

Sie wanderten durch die ruhigen, schmalen Flure. Das erinnerte sie an die Runden, die sie im Einkaufszentrum drehte. Sie widerstand dem Drang, Türklinken herunterzudrücken und zu überprüfen, ob abgeschlossen war.

»Wie hat die Polizei Sie nach Ihrem unorthodoxen Auftreten behandelt?«

»Wie es Polizisten nun einmal tun.«

Er lächelte und nickte. »Diesen Eindruck hat mir auch der Inspector vermittelt, der heute bei mir war. Er wusste genau, dass ich ihm nichts sagen kann, aber er war dennoch hier, um sein Glück zu versuchen.«

»Eigentlich waren sie sogar sehr nett zu mir. Nachdem ich sie erst einmal dazu gebracht hatte, mir zuzuhören, hat mir das sogar geholfen, mich zu beruhigen. Ich würde zwar nicht so weit gehen zu behaupten, dass sie mir das Gefühl gegeben haben, ich hätte ihnen geholfen, auch wenn ich genau weiß, dass es so gewesen ist. Nur dank meiner Einmischung wissen sie jetzt, dass es kein Einzelfall ist.«

»Ist das nicht großartig? Sie haben gesagt, dass Sie ihnen helfen wollten, und genau das haben Sie auch getan. Sie haben die Polizei auf die richtige Spur gebracht und vermutlich dabei unterstützt, dass sie den Mörder zu fassen kriegen.«

»Aber ich kann noch mehr tun.«

»Da bin ich mir sicher, aber das ist nicht Ihre Aufgabe. Sie sind nicht die Polizei. Sie haben getan, was Sie tun konnten. Jetzt müssen Sie die Beamten ihren Job machen lassen.«

Das war leichter gesagt als getan. Es fiel ihr schwer, am Spielfeldrand zu sitzen, wo die Sache doch sie betraf. Außerdem gab es in ihrem Kopf noch immer Antworten, an die sie noch nicht herankam. Sie musste sie hervorholen, und das nicht nur um ihrer selbst willen. Sie musste wissen, was mit ihr und Holli passiert war, nachdem sie Las Vegas verlassen hatten. Sie war nicht länger bereit, im Trüben zu fischen.

Sie hatten das Ende eines Gangs erreicht und blieben stehen, um aus dem Fenster zu schauen. Von hier aus konnten sie noch nicht das ganze Panorama der Stadt sehen, dafür waren sie nicht hoch genug, aber man erkannte Alcatraz, die Golden-

Gate-Brücke und sogar einen Teil von Pier 25. Zoë nippte an ihrem Kaffee und fand, dass er viel bitterer schmeckte als noch vor einem Augenblick.

Eigentlich mochte sie es nicht, wenn Jarocki so väterlich wurde und versuchte, ihr eine Lektion fürs Leben zu erteilen, aber seine aufrichtige Sorge um ihr Wohlergehen nahm seinem sanften Drängen die Schärfe.

»Ihnen ist doch klar, dass ich Sie tadeln muss?«, fragte Jarocki. »Als Sie zu diesem Tatort gefahren sind, waren Sie in höchstem Aufruhr und haben mich nicht angerufen.«

Sie sah vor ihrem inneren Auge erneut, wie sie durch die Polizeiabsperrung gelaufen war. Es war ziemlich lange her, dass sie zuletzt derart die Kontrolle verloren hatte. Sie holte tief Luft und stieß sie wieder aus. »Dafür war keine Zeit. Die Polizei hat mich sehr lange verhört.«

»Was hätte vermieden werden können, wenn Sie nicht so impulsiv gehandelt hätten. Sie hätten mich zuerst anrufen sollen, dann hätte ich Sie begleitet. Wir haben doch schon so oft darüber gesprochen, dass impulsives Verhalten nicht gut für uns ist. Denken Sie, Sie hätten die Situation anders in Angriff nehmen und dasselbe erreichen können?«

Die Impulskontrolle war eines von Jarockis Lieblingsthemen, aber für Zoë glich das einer emotionalen Unterdrückung. Sie wusste natürlich, dass dem nicht so war. Man konnte nicht verhindern, dass man gelegentlich Angst bekam, aber man durfte sein Verhalten nicht davon bestimmen lassen. Es hatte ein ganzes Jahr gedauert, bis sie das begriffen hatte. In der Hitze des Augenblicks dachte sie nicht immer rational.

»Ich bin in Panik geraten, als ich die Nachrichten gesehen habe. Auf einmal war ich wieder in dieser Hütte. Ich musste wissen, ob er es gewesen ist, und es war mir völlig egal, wie ich das anstelle. Ich habe mir nicht genug Zeit gelassen, um den Schock erst einmal zu verarbeiten, auch wenn das klüger gewesen wäre.«

»Ich bin eine Ressource, auf die Sie jederzeit zurückgreifen können.«

»Beim nächsten Mal werde ich bestimmt daran denken.«

»Einige andere Aspekte der letzten Nacht bereiten mir ebenfalls Sorgen. Fangen wir damit an, dass Sie sagten, Sie wären vorher in einer Bar gewesen.«

»Ach, kommen Sie, Dr. Jarocki. Ich bin keine Alkoholikerin.«

»Das habe ich auch nie behauptet. Es ist nichts falsch daran, gelegentlich etwas Alkohol zu trinken, aber wir haben auch schon häufig darüber gesprochen, dass Alkohol bei einer posttraumatischen Belastungsstörung nicht gerade hilfreich ist.«

»Was noch?«, fragte Zoë.

»Sie waren sehr provokativ gekleidet.«

Sie hatte ihm schon früher davon erzählt, dass sie sich gern sexy anzog und ausging, um Männer kennenzulernen. Das war eine Nebenwirkung ihres Traumas. Sie musste sich immer wieder in Gefahr bringen, indem sie dieselbe Situation heraufbeschwor, die zu ihrer Entführung geführt hatte. Das war ihre Bestrafung dafür, dass sie entkommen war, Holli jedoch nicht. Anfangs hatte sie das nicht einmal bewusst getan, bis Jarocki ihr diese Information bei einer ihrer Sitzungen entlockt hatte. Und selbst jetzt, wo sie es verstand, tat sie es weiterhin.

»Ich bin bloß ausgegangen. Das war nicht geplant. Mir war einfach danach. Und Sie wollen mir doch jetzt nicht erzählen, dass Miniröcke bei einer posttraumatischen Belastungsstörung ebenfalls kontraproduktiv sind?«

»Nein, und Sie werden gerade sehr aggressiv, Zoë.«

»Wo liegt das Problem, Doktor? Wenn Sie etwas zu sagen haben, dann spucken Sie es doch einfach aus.«

»Sie waren unter der Woche in einer Bar und so gekleidet, als wollten Sie einen Mann aufreißen. Sie haben das Szenario neu geschaffen, das zu Ihrer Entführung geführt hat, und sich wieder einmal in Gefahr gebracht. Sie wollten sich auf die Probe stellen. Haben auf eine Konfrontation gehofft. Ich hatte gedacht, Sie hätten dieses Verhaltensmuster schon vor Monaten überwunden. Wann sind Sie da wieder reingerutscht – oder sind Sie einfach nur besser darin geworden, mich anzulügen?«

Zoë merkte genau, dass Jarocki wütend war, aber es gelang ihm, wie ein enttäuschter Vater zu klingen.

»Sie stellen hier ziemlich viele Vermutungen an, dabei wissen Sie doch nicht einmal, ob ich nicht einfach nur den Geburtstag einer Freundin gefeiert habe.«

»Haben Sie das denn? Dann korrigieren Sie mich bitte. Sagen Sie mir, dass ich mich geirrt habe. Wie heißt diese Freundin?«

Zoë gab ihm keine Antwort.

»Zoë, ich bin jetzt schon seit über einem Jahr Ihr Therapeut und Vertrauter. Ich kenne Sie. Ich kenne die Situation und weiß, welchen Schmerz Sie mit sich herumtragen, und ich werde Sie nicht im Stich lassen. Es ist mir egal, ob es ein Jahr oder ein Jahrzehnt dauert, Ihnen zu helfen, ich werde da sein und Sie unterstützen. Sie müssen mich nicht anlügen. Sie werden mich nie enttäuschen, aber wenn Sie weiterhin falsche Entscheidungen treffen, dann enttäuschen Sie sich selbst.«

Ja, er war ihr Vertrauter. Vertraute waren gute Zuhörer und boten einem eine Schulter, an der man sich ausweinen konnte, aber das war auch schon alles. Sie waren nie da, um einem konkrete Hilfe anzubieten, Hilfe, mit der man etwas verändern konnte. Und Therapeuten waren die schlimmsten Vertrauten, die es gab. Sie warfen einem das Material vor die Füße, das man brauchte, um eine Brücke zu bauen, gaben einem aber keinen Bauplan. All das wollte sie ihm gerade vorwerfen, als sie auf einmal der Kampfgeist verließ.

Sie konnte ihn nicht für das ausschimpfen, was er gesagt hatte, weil er damit nicht falschlag. Sie brachte sich wirklich in Gefahr. Sie stellte sich auf die Probe. Sie wollte sehen, ob sie mit jemandem wie dem Zähler fertig werden konnte. Immerhin besaß sie jetzt Fähigkeiten, die sie beim letzten Mal nicht gehabt hatte. Wenn sie dem Zähler heute begegnete, würde er sie dann erneut entführen können? Sie wollte gewinnen, sie wollte einen Sieg für die Opfer erringen. Und wenn sie verlor, dann ging das für sie auch in Ordnung. Das war der Preis, den sie dafür zahlen musste, dass sie die Entführung überlebt hatte und Holli nicht. Das waren verrückte Gedanken. *Was stimmt denn nicht mit mir?* Anfangs war sie sich gar nicht bewusst gewesen, was sie da tat und wie gefährlich das war. Aber jetzt wusste sie es. Sie wusste Bescheid und machte trotzdem so weiter.

Zoë sackte mit dem Rücken an die Wand und merkte gar nicht, dass sie Kaffee auf dem Boden verschüttete. »Ich weiß nicht, warum ich das tue«, gab sie zu.

Jarocki nahm ihr die halb leere Tasse ab. »Wir sind komplexe Organismen. Es dauert ziemlich lange, bis wir herausgefunden haben, warum wir die Dinge so machen, wie wir sie tun, aber sobald wir das erst einmal wissen, geht es uns besser.«

Sie gingen zurück zu seinem Büro. »Wie geht es Ihnen jetzt, nachdem so viel passiert ist?«

Sie hätte ihn am liebsten angelogen und behauptet, dass es ihr gut ging, aber das konnte sie nicht. Während der letzten Tage hatte sie drei Menschen angegriffen, weil sie ständig an diesen Mörder denken musste. Also erzählte sie Jarocki, wie sie Monica in ihrem Selbstverteidigungskurs attackiert hatte, und sie erwähnte auch die Zwischenfälle mit Rick Sobona und der Journalistin.

»Das waren unglückliche Vorfälle, aber ich hoffe, dass Ihnen Ihre Situation jetzt klarer ist. Sie sind sehr verletzlich und müssen gut auf sich aufpassen. Verzetteln Sie sich nicht. Behandeln Sie sich gut und umgeben Sie sich mit Freunden, die Sie unterstützen.«

Das waren gute Ratschläge, die sich jedoch wie immer nicht so leicht umsetzen ließen. Wenn sie gut zu sich selbst war, half ihr das nicht dabei, den Killer zu bezwingen. Freunde wären vermutlich hilfreich, aber letzten Endes konnte sie sich nur auf sich selbst verlassen. Das war die traurige Realität.

»Hat die Polizei Ihnen Schutz angeboten?«

»Nein. Warum?«

»Ich will Ihnen keine Angst machen, aber wenn ich Sie im Fernsehen gesehen habe, stehen die Chancen gut, dass der Mörder das auch getan hat, und vermutlich hat er Sie erkannt. Das ist nicht gut. Passen Sie auf sich auf.«

Kapitel 12

Am folgenden Tag saß Zoë am Informationsstand und dachte nach. Seit dem Treffen mit Jarocki am Vorabend hörte sie mit dem Nachdenken gar nicht mehr auf. Ihr ging so vieles durch den Kopf. Am schrecklichsten war die Vorstellung, dass der Zähler sie erkannt haben könnte. Ihre Impulsivität hatte möglicherweise dafür gesorgt, dass sie zur Zielscheibe geworden war.

Manchmal bist du nicht besonders clever, Zoë, dachte sie.

Was ihren persönlichen Freiraum und ihre Sicherheit anging, war sie jetzt besonders wachsam. Aber einfach jeder konnte der Zähler sein und das war das Problem. Für sie war er wie ein Geist, und es war unglaublich anstrengend, sich gegen einen Schatten zu verteidigen.

Das andere Problem, das ihr auf der Seele lag, war Jarockis Annahme, sie hätte der Polizei geholfen, so gut sie konnte, und müsste jetzt Abstand halten und sie ihre Arbeit machen lassen. Jarocki hatte recht, aber nicht in jeder Hinsicht. Sie würde der Polizei noch besser helfen können, wenn sie genau berichten konnte, was ihr und Holli passiert war. Doch die einzige Möglichkeit dazu war ihrer Meinung nach, die Route, auf der sie Las Vegas verlassen hatten, noch einmal abzufahren.

Sie hatte bereits einen solchen Versuch gewagt, kurz nachdem sie Jarocki das erste Mal aufgesucht hatte, war aber nur bis nach Livermore gekommen. In dem Augenblick, in dem sie die Schilder gesehen hatte, die auf die I5 in Richtung Süden hinwiesen, war sie in Panik geraten. Sie hatte angefangen zu schwitzen, hyperventiliert und am Straßenrand anhalten müssen, da sie beim besten Willen nicht weiterfahren konnte. Irgendwann hatte sie einen Abschleppwagen gerufen, der sie nach Hause brachte.

Damals war sie nicht bereit dazu gewesen, aber jetzt war sie es. Es war wichtig, dass sie das für Holli, Laurie Hernandez und all die anderen Opfer tat – und auch für sich selbst. Jarocki schlug ihr doch ständig vor, sie solle etwas Konstruktives und Positives machen. Zurück nach Vegas zu fahren, fiel gleich aus mehreren Gründen in diese Kategorie. Sie würde dadurch nicht nur der Polizei helfen, sondern sich auch einem alten Dämon stellen, was wiederum ihrem Selbstwertgefühl zugutekam. Außerdem wäre sie auf Abstand zum Zähler, wenn sie die Stadt verließ. Also war es doch eine gute Idee, die Reise von damals nachzustellen.

Wenn sie nicht gerade Kundenanfragen beantwortete, spielte sie auf dem Computerterminal mit Google Maps herum. Eigentlich durfte sie den Computer nicht für Privatangelegenheiten benutzen, aber trotz des zweifelhaften Rufs des Einkaufszentrums gab es immer wieder längere Zeiten, in denen sie nichts zu tun hatte. Zum Glück hatte sie heute mit Jared Dienst, er würde sie deswegen nicht anschwärzen. Er hatte gleich gemerkt, dass sie mit den Gedanken woanders war, und freiwillig die Rundgänge übernommen, während sie am Infostand geblieben war.

Sie sah sich die möglichen Routen an, die nach Las Vegas und zurück führten. Ihre Hinfahrt ließ sich leicht nachvollziehen. Sie und Holli hatten die Freeways genommen, erst den

I580 und dann den I80, waren bei Bakersfield links abgebogen, über den CA 58 bis Barstow gefahren und dann dem I15 bis nach Las Vegas gefolgt. Die Fahrt war in etwa so aufregend wie Fahrstuhlmusik. Es war ihre Idee gewesen, den Rückweg etwas spannender zu gestalten, indem sie die Freeways mieden, aber sie konnte sich nicht mehr an die komplizierte Route erinnern, die sie dann ausgeheckt hatten. Die Sheriffs vom Mono County hatten sie später zwischen Bishop und Mammoth Lakes aufgelesen, was bedeutete, dass Holli und sie anscheinend über den Yosemite-Nationalpark nach Hause fahren wollten. Das schränkte die möglichen Routen auf wenige Optionen ein. Sie waren entweder den Straßen nach Carson City gefolgt oder durch das Death Valley gefahren.

Sie zoomte das Satellitenbild näher heran. Irgendwo entlang dieser Straßen hatte er sie gefangen gehalten. Sie wusste nicht, ob sie ihn finden würde, aber seine Werkstatt würde sie entdecken. Vor Wut und Aufregung schlug ihr Herz schneller.

Auf einmal drang ein Knistern aus ihrem Funkgerät. Es war Jared. Sie konnte hören, dass er schwer atmete und rannte.

»Zoë, brauche Hilfe. Dieb, oberstes Stockwerk, kommt in deine Richtung. Niners-Pulli.«

Jareds knappe Informationen waren alles, was sie brauchte. Sie griff nach dem Funkgerät. »Bin unterwegs.«

Sie rannte zur Rolltreppe, nahm immer zwei Stufen auf einmal und hatte innerhalb weniger Sekunden die oberste Etage erreicht. Oben angekommen, geriet sie erst ins Straucheln, hatte sich jedoch nach einigen Schritten wieder gefangen und rannte weiter.

Zoë musste den Leuten nicht einmal zurufen, dass sie aus dem Weg gehen sollten. Sie machten ihr schon freiwillig Platz und warteten gespannt auf das Spektakel.

Es dauerte nur einen Augenblick, bis sie den Täter in seinem 49ers-Kapuzenpullover entdeckt hatte, der durch die Menge auf sie zugerannt kam, während Jared ihm auf den Fersen war. Die beiden waren keine zweihundert Meter mehr von ihr entfernt und der Dieb lief etwa zehn Meter vor Jared, der jedoch aufzuholen schien.

Wenn Jared ihn nicht fing, würde sie ihn aufhalten. Der Kerl saß in der Klemme. Sie stand jetzt zwischen ihm und dem Ausgang auf dieser Etage. Wenn er umkehrte, lief er Jared direkt in die Arme. Zoë wurde schneller, was in der steifen Uniform nicht unbedingt einfach war.

Es sah ganz so aus, als wäre das Problem bereits gelöst. Jared hatte den Dieb eingeholt. Er stieß ihn mit einer Hand von hinten an, sodass er auf den Boden stürzte. Als Jared ihn packen wollte, griff der Dieb jedoch in seine Tasche und zog ein Messer. Er schwang es in weitem Bogen durch die Luft und erwischte Jared an der Brust, wo sich sofort eine lange rote Spur abzeichnete. Jared drückte mit einer Hand auf die Wunde und ging in die Knie.

»Du Wichser«, schnaubte Zoë und rannte weiter.

Der Dieb sprang wieder auf. Er brauchte nur eine Sekunde, um zu begreifen, dass er auf sie zulief, dann blieb er stehen. Zoë tat es ihm nach. Sie waren noch etwa zehn Meter voneinander entfernt. Die Schaulustigen verzogen sich in die Geschäfte oder drückten sich an das Geländer.

Aus dieser Entfernung konnte Zoë den Mann genauer unter die Lupe nehmen. Er war nicht viel älter als zwanzig und größer als sie, vielleicht etwas über einen Meter siebzig groß, aber sehr dünn. Sie bezweifelte, dass er mehr als siebzig Kilogramm wog.

Sein Blick wanderte zwischen Zoë und dem Ausgang hinter ihr hin und her. Sie konnte ihm im Gesicht ablesen, was er dachte: *Der Ausgang ist gleich da vorn und sie ist nur eine Frau. Mit der werde ich fertig.*

Er fuchtelte mit dem Messer vor sich herum. Sie hatte mit einem Schnappmesser gerechnet, aber es war nur ein billig aussehendes Steakmesser mit einer zwölf Zentimeter langen Klinge. Das machte es allerdings nicht weniger tödlich.

»Geh mir aus dem Weg, verdammt«, schnaubte er, wobei jedes Wort von einem leichten Stottern begleitet war.

Der Diebstahl war nun das kleinste seiner Probleme. Er hatte Jared verletzt. Zoë würde ihn auf gar keinen Fall entkommen lassen. Niemand, der anderen ein Leid zufügte, durfte davonkommen. Weder dieser Kerl noch Laurie Hernandez' und Hollis Mörder. Sie hielt die Stellung. »Lass das Messer fallen.«

»Du bist doch verrückt. Die zahlen dir niemals genug für diesen Scheiß.«

»Süße, das ist die Sache nicht wert«, rief einer der Umstehenden.

Sie machte bewusst einen Schritt nach vorn und der Kerl stürmte auf sie los. Die Schaulustigen stoben auseinander und keuchten überrascht auf.

Der Kerl war schnell. Er überbrückte die Entfernung in kürzester Zeit und mit erhobenem Messer, aber Zoë geriet nicht in Panik. Genau das hatte sie bei ihrem Selbstverteidigungskurs geübt. Die Kombination, die Karen ihnen erst beim letzten Mal gezeigt hatte, fiel Zoë wieder ein. Sie machte einen Schritt zur Seite und setzte einen Seitwärtskick an. Auch wenn sie ihn nicht ganz richtig traf, war ihr Tritt fest genug, damit er auf ein Knie ging. Sie schlug ihm mit beiden Handballen ins Gesicht und erwischte ihn hart auf dem Nasenrücken. Er schrie auf, aber war hartnäckiger als gedacht. Er ging nicht zu Boden.

Schon schwang er das Messer. Der Holzgriff traf sie an der linken Wange. Der Schmerz tobte wild durch ihren Schädel. Sie taumelte nach hinten und stieß gegen das Geländer, das verhinderte, dass sie nach unten stürzte.

Der Dieb sprang auf und rannte unsicher auf den Ausgang zu. Zoë hatte ihn mit dem Tritt offensichtlich wehgetan. Sie lief ihm hinterher und überraschte ihn, indem sie ihm gegen den Unterarm schlug, sodass das Steakmesser über den blank polierten Boden schlitterte. Bevor er es erreichen konnte, trat sie ihm von hinten gegen ein Bein, wodurch er wieder auf die Knie ging. Jetzt hatte sie die Oberhand gewonnen und legte ihm die Arme um den Hals, um ihn in den Schwitzkasten zu nehmen.

Er beugte sich nach vorn, entweder vor Überraschung oder um zu versuchen, sie abzuschütteln, aber sie hielt ihn weiterhin fest. Sie gingen beide zu Boden. Er schlug um sich, aber sie ließ nicht locker. Dann drehte er sie beide um, sodass er auf ihr zum Liegen kam, doch sein geringes Gewicht war keine besonders große Last. Sie wusste, dass sie ihn jetzt hatte, und legte ihm die Beine um die Taille. Er hieb ihr mit einem Ellbogen in die Rippen, aber sie unterdrückte den Schmerzensschrei. Ihm schien langsam die Kraft auszugehen, und sie konnte spüren, wie er immer mehr erschlaffte. Jetzt war es nur noch eine Frage der Zeit. Er stieß ein gequältes Gurgeln aus und sackte dann in sich zusammen.

Jared tauchte hinter ihr auf und hielt sich mit einer Hand die Schnittwunde an seiner Brust. Er grinste breit und zog den Dieb von ihr herunter. »Du hast den Wichser erwischt, Zoë.«

Sie stand unter dem Jubel und Applaus der Umstehenden auf und blickte auf den Dieb in seinem Niners-Kapuzenpullover herab. *Ja, den Wichser habe ich erwischt*, dachte sie. *Jetzt muss ich nur noch den kriegen, der weitaus wichtiger ist.*

* * *

Das Einkaufszentrum verwandelte sich in einen wahren Zirkus, als die Polizei, Rettungssanitäter, weitere Angestellte, Passanten sowie einige Medienvertreter am Schauplatz des Geschehens eintrafen. Marshall Beck hatte etwas abseits Position bezogen und sah sich alles genau an. Als er angekommen war, legte die Polizei dem Verdächtigen gerade Handschellen an. Außerdem wurden einige Augenzeugen verhört und man hatte das Gebiet abgesperrt, in dem Zoë den Kerl mit dem 49ers-Kapuzenpullover in den Schwitzkasten genommen hatte. Rettungssanitäter verarzteten sowohl Zoë als auch ihren Kollegen, während zwei Polizisten gleichzeitig versuchten, die Aussagen der beiden aufzunehmen. Vertreter der Verwaltung des Einkaufszentrums blieben die ganze Zeit in ihrer Nähe. Mehrere Dutzend Schaulustige hatten sich inzwischen ringsum versammelt. Einige Reporter interviewten die Kunden und einen Sprecher der Mall. Von Becks Standpunkt aus lief alles höchst befriedigend, schließlich hatte er die ganze Sache geplant und in Gang gesetzt.

Nachdem er herausgefunden hatte, dass Zoë Selbstverteidigungskurse nahm, hatte er beschlossen herauszufinden, wie gut sie wirklich war. Es machte ganz den Anschein, als hätte sie sich einige nützliche Fähigkeiten angeeignet. So hatte sie bei ihrer Entführung noch nicht kämpfen können. Offensichtlich hatte sie ihre Fehler eingesehen und sich seinetwegen verändert. Das gefiel ihm. Er hatte das Leben eines anderen Menschen zum Besseren gewendet und fragte sich, welche anderen Veränderungen Zoë wohl in ihrem Leben vorgenommen hatte. Wenn es genug waren, wäre er vielleicht sogar bereit, sie in Ruhe zu lassen und sich jemand anderem zuzuwenden, der eine Umerziehung benötigte.

Bei dem Zwischenfall hatte es einiges an Gerangel gegeben, aber im Großen und Ganzen war er reibungslos verlaufen. Beck hatte Zoë testen wollen, aber nicht gewusst, wie er das anstellen sollte, bis er herausgefunden hatte, dass sie in der Golden Gate Mall arbeitete. Das Einkaufszentrum war bekannt dafür, dass hier viele Taschen- und Ladendiebe ihr Unwesen trieben, und bot die beste Umgebung, um sie auf die Probe zu stellen. Er konnte es sich nicht erlauben, hier lange herumzulaufen und darauf zu warten, dass irgendein Krimineller auf dumme Gedanken kam, daher hatte er indirekt dazu aufgefordert, ihn zu bestehlen, indem er sein Portemonnaie und sein iPhone nicht besonders gut schützte. Er hatte sich zu einem offensichtlichen Ziel gemacht und das hatte sich ausgezahlt. Als er im *Macy's* sein Handy zur Seite gelegt hatte, um ein Hemd hochzuheben, hatte es sich der Junge in dem 49ers-Sweatshirt geschnappt. Es hätte kaum besser laufen können.

Zoë hatte den Test mit Bravour bestanden. Jetzt war er an der Reihe. Er musste wissen, an wie viel sie sich erinnerte. Dabei riskierte er zwar alles, aber es war ein kalkuliertes Risiko, da er sich ziemlich sicher war, dass sie sich an kaum etwas aus dieser Nacht erinnern konnte. Daher drängte er sich jetzt durch die Menschenmenge und sprach den ersten Polizisten an, der ihm über den Weg lief.

»Hallo, es war mein Handy, das dieser Kerl gestohlen hat. An wen muss ich mich deswegen wenden?«

»Kommen Sie mit«, erwiderte der Officer und winkte ihn durch.

Der Polizist brachte ihn zu einem Sergeant, bei dem er seine Aussage machen konnte. Beck spielte seine Rolle, wie es von ihm erwartet wurde, und sorgte dafür, entsprechend schockiert und entsetzt zu wirken. Er durfte nicht nur die Fakten wiedergeben, schließlich war er soeben beraubt worden. So etwas war ein lebensverändernder Moment und er musste sich dementsprechend verhalten.

Der Sergeant wirkte hingegen eher gelangweilt und unzufrieden. Er schien nicht im Geringsten aufgeregt zu sein, dass ein Verbrecher verhaftet worden war. Für ihn war das nur ein weiterer Fall für die Verbrechensstatistik. Beck konnte es ihm nicht verdenken. Er vermutete, dass der Polizist so etwas schon unzählige Male erlebt hatte. Für ihn war es wahrscheinlich nur ein weiterer trauriger Vertreter der menschlichen Gesellschaft.

Während der Sergeant ihm Fragen stellte, warf Beck Zoë immer mal wieder einen kurzen Blick zu. Da war sie – die eine, die ihm entkommen war. Er erwischte sie nie dabei, dass sie in seine Richtung schaute. Sie war viel zu sehr mit den Polizisten und Rettungssanitätern beschäftigt.

»Wir müssen das Handy vorerst als Beweisstück behalten.«

»Wirklich? Na, wenn es unbedingt sein muss.«

»Sie bekommen es vermutlich in ein paar Tagen zurück.«

»Okay. Wie Sie meinen. Und was passiert jetzt? Muss ich noch länger hierbleiben?«

»Nein, wir haben ja Ihre Daten. Sie können gehen und wir melden uns in den nächsten Tagen wegen Ihres Handys bei Ihnen.«

»Danke. Wäre es in Ordnung, wenn ich mich kurz bei den beiden Leuten vom Sicherheitsdienst bedanke? Sie haben sich wirklich sehr bemüht, und das ist doch das Mindeste, was ich tun kann.«

»Kein Problem.«

Beck konnte nicht leugnen, dass er ein bisschen aufgeregt war, als er die paar Schritte zu seinen Möchtegernhelden ging. Der Augenblick der Wahrheit stand bevor.

Die Rettungssanitäter hatten Zoë verarztet, waren mit ihrem Kollegen jedoch noch nicht fertig. Zaghaft trat Beck an die Gruppe heran.

»Hallo. Entschuldigen Sie die Störung, aber ich wollte mich zumindest bedanken. Der Kerl hat mein Handy gestohlen, aber Sie haben es mir wiederbeschafft.«

Er sah Zoë absichtlich in die Augen, registrierte jedoch keine Reaktion. Ihm war nicht klar, ob sie sich nur gut verstellen konnte oder ihn wirklich nicht erkannte.

»Ich weiß wirklich nicht, was ich noch sagen soll, außer danke. Sie beide waren einfach großartig.«

»Das ist unser Job«, erwiderte Zoë. »Er hat das Gesetz gebrochen und durfte damit nicht durchkommen.«

Ihre Stimme klang hart und unerbittlich.

Bravo, dachte Beck. Er hatte eine Frau aus ihr gemacht, fragte sich aber, ob sie ihm mit ihren Worten eine verschlüsselte Botschaft übermitteln wollte.

»Es mag Ihr Job sein, aber es tut mir trotzdem leid, dass Sie verletzt worden sind. Wird es wieder?«

Zoë berührte ihre Wange, wo der Kerl sie getroffen hatte. Sie sah aus wie ein Vorher-Nachher-Foto für Implantate, da eine Seite ihres Gesichts angeschwollen und doppelt so dick wie die andere war. Ihre Wange war rot angelaufen, und er vermutete, dass sie dort bald einen heftigen Bluterguss bekommen würde.

»Es geht uns bald wieder gut«, versicherte ihm Zoës Kollege in wahrer Superheldenmanier.

Beck vermutete, dass der Mann noch immer voller Adrenalin war. Zoë wirkte stattdessen eher benommen. Ihr Blick war glasig und unfokussiert. Wo ihr Kollege überschwänglich wirkte, war sie eher zurückhaltend. Hatte sie ihn aus diesem Grund nicht erkannt?

»Was ist mit der Schnittwunde?«, erkundigte sich Beck und deutete auf die Brust des Wachmanns.

»Das sieht schlimmer aus, als es ist«, antwortete der Sanitäter, der sich um Zoës Kollegen kümmerte. »Es wurde glücklicherweise kein Muskel verletzt und das Messer war nicht scharf genug, um ernsthafte Schäden anzurichten. Wir nehmen die beiden aber trotzdem mit in die Notaufnahme, um sie gründlich durchzuchecken.«

»Wir sollten jetzt losfahren«, meinte der andere Rettungssanitäter.

»Ich kann Ihnen gar nicht genug danken für das, was Sie heute getan haben. Mein Name ist Brad Ellis«, sagte Beck und reichte Zoës Kollegen die Hand.

»Jared Mills«, entgegnete dieser und schüttelte Becks Hand kraftvoll.

»Freut mich, Sie kennenzulernen, Jared.«

Dann reichte er Zoë die Hand und sie ergriff sie. Ihre Haut fühlte sich warm und trocken an. Kein Anzeichen von Angstschweiß. »Zoë Sutton.«

»Freut mich, Zoë.« Er sah ihr in die Augen und wartete darauf, dass darin etwas aufflackerte, aber das geschah nicht. Zoë erkannte ihn nicht wieder. Seine Lippen umspielte ein Grinsen.

Kapitel 13

Greening stand vor dem Whiteboard, an dem sie die Fakten über den Laurie-Hernandez-Fall sammelten, und ergänzte einige Informationen über das Opfer. Am Anfang jeder Ermittlung, insbesondere in einem Mordfall, hatte er meist nichts als ein Foto. Es gab keine Hintergrundgeschichte, keine Informationen, nur die Umstände. In Laurie Hernandez' Fall hatte er eine Leiche, einen Tatort und die Todesursache. Aber bevor Ogawa und er weitermachen konnten, mussten sie erst einmal zurückblicken und mehr über die Vergangenheit der Frau in Erfahrung bringen.

Er urteilte nicht gern über ein Opfer. Seiner Meinung nach hatte es niemand »verdient« oder »darauf angelegt« und es hatte auch keiner »bekommen, was er verdient hat«. Opfer hatten ungeachtet ihres Charakters Gerechtigkeit verdient und er gab in jedem Fall einhundert Prozent. Das bedeutete allerdings nicht, dass seine persönlichen Gefühle nicht mit einflossen. Nach einem langen und deprimierenden Tag, an dem er mit Kollegen, Familienangehörigen und Freunden über Laurie Hernandez gesprochen hatte, war er zu dem Schluss gekommen, dass sie kein besonders netter Mensch gewesen war.

Ihre Kollegen, sowohl jetzige als auch ehemalige, von denen es sehr viele gab, da sie anscheinend keinen Job lange behalten hatte, konnten nur mit Mühe etwas Nettes über sie sagen. »Schwierig« war wohl noch die freundlichste Bezeichnung gewesen. Sie hatte ihre Pflichten vernachlässigt, es anderen überlassen, ihre Aufgaben mit zu erledigen, und war unfreundlich zu Kunden gewesen. Es gab Gerüchte, sie hätte Geld aus den Handtaschen und Portemonnaies in der Angestelltenumkleide gestohlen, allerdings hatte ihr nie etwas nachgewiesen werden können. Sie schien aus demselben Holz geschnitzt gewesen zu sein wie ihre Geschwister und ihre Eltern, die alle mehrfach wegen kleinerer Vergehen aufgefallen waren, vom Aushändigen falscher Schecks bis zu Trunkenheit am Steuer. Ihr Vater hatte ihn gefragt, ob es eine Entschädigung von der Stadt oder dem Bauherren gäbe, da sie an Pier 25 ermordet worden war. Ihre Freunde hatten Krokodilstränen über ihre Mutter-Teresa-artige Freundin vergossen, aber ihre lange Liste an Vergehen unerwähnt gelassen, die von Ladendiebstahl über Störung der öffentlichen Ordnung bis hin zu Trinken in der Öffentlichkeit reichte.

Das Bild, das er von ihr erhielt, war das einer jungen Frau, die mit wenig Antrieb durchs Leben schlitterte und sich für niemanden außer sich selbst interessierte. Aber sie hatte trotz ihrer Fehler den brutalen Tod nicht verdient, den sie erlitten hatte – und sie hatte wirklich sehr leiden müssen. Der vorläufige Bericht des Gerichtsmediziners besagte, dass sie vierzig Peitschenschläge bekommen hatte. Man sollte zwar meinen, dass dieses Auspeitschen schon ausgereicht hätte, um sie umzubringen, aber die Todesursache war ein Messerstich ins Herz. Der Gerichtsmediziner vermutete, dass sie irgendwann während des Auspeitschens das Bewusstsein verloren haben musste. Er mochte sich den Schmerz und die Qualen, die sie erlitten hatte, gar nicht ausmalen.

Armes Mädchen, dachte Greening.

Der Zähler war ein sadistischer Mistkerl. Er konnte es kaum abwarten, den Schweinehund zu verhaften. Der Nachteil ihres Rechtssystems war, dass der Zähler niemals denselben Schmerz wie seine Opfer würde erleiden müssen. Die Gesellschaft sollte besser sein als ihre Verbrecher und sich niemals auf ihre Stufe herablassen. Im Fall des Zählers hätte Greening kein Problem damit gehabt, wenn die Gesellschaft mal eine Ausnahme machen würde. Dieser Kerl hatte es verdient, ebenso zu leiden wie seine Opfer.

Greening trat vom Whiteboard zurück und setzte sich auf eine Ecke von Ogawas Schreibtisch, um sich das große Ganze anzusehen. Irgendwie schien an der Tafel ein Ungleichgewicht zu herrschen. Sie hatten die Informationen in Abschnitte über die verschiedenen Personen von besonderem Interesse unterteilt. Es gab Spalten für Zoë Sutton, Holli Buckner und Laurie Hernandez, in denen einiges zusammengekommen war. Über den Zähler hatten sie nur wenig, da sie gerade mal seine Mordwaffe und seine Vorgehensweise kannten. Die Spalten der Opfer I, II und V waren leer. Es hatte Ogawa nicht gefallen, dass es Abschnitte für Opfer gab, mit denen ihre Ermittlungen nichts zu tun hatten und die vermutlich nicht einmal in ihren Zuständigkeitsbereich fielen, aber Greening war der Ansicht, dass sie zumindest erwähnt werden mussten. Wenn es ihnen gelang, den Zahlen Namen zuzuweisen, dann konnten die möglichen Querverbindungen ihnen vielleicht dabei helfen, den Zähler zu finden.

Ogawa kam herein. »Hey. Ich dachte, Sie wollten noch zu den Mono-County-Sheriffs.«

»Da fahre ich auch gleich hin, wenn ich hier fertig bin.«

Ogawa zog sich seinen Stuhl heran und setzte sich neben Greening. Dann starrten sie beide die Tafel an.

»Der Zähler? Mussten Sie wirklich den Namen benutzen, den die Presse ihm gegeben hat?«

Greening war es leid gewesen, da immer nur »Täter« stehen zu sehen. In den meisten Fällen hatten sie Verdächtige mit Namen und Identitäten, die sie ans Whiteboard schreiben konnten, aber hier hatten sie nichts außer einem Spitznamen. Der mochte zwar geschmacklos sein, aber er erinnerte ihn daran, mit was für einem Mörder sie es zu tun hatten – einem, der eine Liste führte.

»Was wäre Ihnen denn lieber? Täter? Oder Übeltäter?«

Ogawa schnaubte. »Ich wäre ja für Arschloch, aber eigentlich würde ich alles bevorzugen, was nicht von einem Journalisten erfunden wurde.«

»Haben Sie Neuigkeiten für das Whiteboard?«

»Unser Kerl ist verdammt vorsichtig gewesen«, antwortete Ogawa kopfschüttelnd. »Er hat außer Laurie Hernandez nichts am Tatort zurückgelassen.«

Da sie schon sein sechstes Opfer war, ohne dass man ihn erwischt hatte, war das nicht weiter überraschend. Er war richtig gut in dem geworden, was er tat.

»Er hat sich vom Wasser aus Zugang zu Pier 25 verschafft«, berichtete Ogawa. »Da gibt es keine Sicherheitskameras. Auch die Mordwaffe bringt uns nicht weiter. Für Peitschen gibt es bisher keine Datenbank, und bei dem Messer, das er benutzt hat, handelt es sich um ein stinknormales Jagdmesser. Wenn er eine Pistole benutzt hätte, wären wir über die Ballistik vielleicht weitergekommen.«

»Er ist nicht unfehlbar. Der Sutton/Buckner-Mord ist ihm bereits misslungen, da Zoë ihm entkommen ist. Er wird wieder etwas falsch machen.«

»Dann hoffen wir jetzt auf die Glückszahl sieben, wollen Sie das damit sagen?«

Tatsächlich würde ihnen ein siebtes Opfer dabei helfen, den Kerl zu fassen, aber das wäre ein zu hoher Preis. »Nein. Ich will damit nur sagen, dass es da draußen Spuren gibt, die uns zu ihm führen können, und seine Fehler spielen uns in die Hände.«

Ogawa schwieg einen Augenblick. »Ich habe versucht, mir ein Bild von diesem Mistkerl zu machen. Diese Zahlen – warum macht er das wohl?«

»Mörder wie er haben oft das Bedürfnis, ihr Werk irgendwie zu kennzeichnen, entweder indem sie etwas sammeln oder indem sie eine Markierung anbringen. Unser Täter fällt in die zweite Kategorie.«

»Ich wünschte, er wäre ein Sammler. Wenn er Souvenirs von seinen Opfern aufheben würde, könnten wir ihn viel leichter festnageln. Aber warum nummeriert er sie durch? Es ist ja nicht so, als würde er die Leichen so zurücklassen, dass wir sie finden können.«

Da hat Ogawa recht, dachte Greening. Sie hatten die Markierungen durch jede nationale und lokale Datenbank gejagt und keinen Treffer gefunden, der zur Vorgehensweise des Zählers passte. »Er hat eine Zwangsstörung und zählt sie, auch wenn er der Einzige ist, der von ihnen weiß.«

»Wir brauchen irgendetwas anderes.« Ogawa trat vor die Tafel und begutachtete die Informationen.

»Seine Opfer müssen irgendetwas an sich haben. Männer wie er haben einen bestimmten Typ und töten dieselbe Person dann wieder und wieder.«

»Und, was ist sein Typ?«

Frauen, so weit war Greening inzwischen. Seitdem Zoë Sutton auf sie zugekommen war, konnten sie die Situation zumindest besser einschätzen. Ansonsten hätten sie noch immer im Trüben gefischt. Er stieß sich von Ogawas Schreibtisch ab und ging zur Tafel.

»Die drei Frauen haben nicht viel gemeinsam. Sie können alle drei als attraktiv eingestuft werden und sind zwischen zwanzig und dreißig, aber da enden die Ähnlichkeiten auch schon. Laurie Hernandez hat keinen Highschoolabschluss, während Zoë Sutton und Holli Buckner ihren Doktor machen wollten. Zoë und Holli standen in keiner Verbindung zu Laurie Hernandez. Zoë ist blond, Holli und Laurie waren brünett. Zoë ist eher klein, Holli war groß und Laurie hatte eine Durchschnittsgröße. Laurie und Zoë haben beide eine Polizeiakte, allerdings wegen geringfügiger Vergehen, während Holli keine hatte.«

Ogawa tippte auf die Vergehen unter Zoës Namen. »Aber Zoë hat all das erst nach ihrer Entführung getan, daher hat das nichts mit der Sache zu tun.«

Greening nickte. Falls der Zähler einen Typ hatte, dann war sein Typ, dass er keinen Typ hatte. Wenn sie doch nur Informationen über die Opfer I, II und V gehabt hätten, dann ließe sich diese Theorie wenigstens bestätigen oder ausschließen.

»Der Zähler ist ein Gelegenheitsmörder und hat es auf die braven und die ungezogenen Mädchen abgesehen.«

Da klickte es in Greenings Kopf. »Das ist nicht ganz richtig. Soweit es ihn betrifft, sind sie keine braven Mädchen. Er hat sich Zoë und Holli geschnappt, als sie in einem Restaurant getrunken und geflirtet haben, und Laurie Hernandez schien jedem in ihrer Umgebung irgendwann ans Bein zu pinkeln.«

Greening schüttelte bei seiner Schlussfolgerung den Kopf. Als es ihm durch den Kopf geschossen war, hatte es sich nach einer vernünftigen Theorie angehört, aber jetzt, wo er es ausgesprochen hatte, war er sich nicht mehr so sicher. »Vielleicht ist es das. Vielleicht hat er es auf böse Mädchen abgesehen. Zoë sagte, sie erinnert sich daran, dass der Zähler Holli gefragt hat, ob es ihr leidtut.«

»Da kommen mir ein paar interessante Ideen«, erwiderte Ogawa. »Wenn wir Zoë und Holli als Vorbild für alle Opfer nehmen, dann könnte es in etwa so abgelaufen sein: Er sieht mit an, wie sich eine Frau unangemessen benimmt, setzt sie unter Drogen, entführt sie und bringt sie an einem vorher festgelegten Tatort um. Wenn wir diese Theorie auf Laurie Hernandez anwenden, was haben wir dann? Wir wissen, wo er sie umgebracht hat. Der Gerichtsmediziner hat eine Einstichwunde gefunden, und die Blutuntersuchung wird uns vermutlich bestätigen, dass sie unter Drogen stand. Was wir noch nicht wissen, ist, wo er ihr Fehlverhalten mit angesehen hat.«

»Sie hat in diesem Schmuckladen in Westfield gearbeitet, und ich kann mir nicht vorstellen, dass der Zähler dort verkehrt. Da sie nach ihrem Feierabend niemand mehr gesehen hat, ist es sehr wahrscheinlich, dass er sie sich auf dem Heimweg geholt hat. Das bedeutet, er wusste, wo sie gearbeitet hat.«

»Was wiederum heißt, dass er sie vor der Entführung eine Zeit lang beobachtet hat. Das war bei Zoë und Holli nicht so. Anscheinend hat er damals einfach die Gelegenheit genutzt. Was auch immer Laurie Hernandez Geschmackloses getan hat, es muss an einem Ort passiert sein, den sie beide frequentierten. Versuchen Sie, eine Liste der Orte zusammenzustellen, die sie regelmäßig aufgesucht hat, und dann überprüfen wir, ob dort irgendetwas vorgefallen ist.« Ogawa faltete die Hände. »Hoffentlich wurde es von einer Sicherheitskamera aufgezeichnet, dann hätten wir was in der Hand.«

»Wir konzentrieren uns hier auf die Opfer, aber was ist mit ihm? Wenn dieser Kerl so empfindlich auf Fehlverhalten reagiert, dann muss doch in seiner Vergangenheit irgendwann einmal etwas vorgefallen sein, das zu einem Anruf bei der Polizei geführt hat.«

»Ja, das ist naheliegend«, meinte Ogawa lächelnd. »Ich werde mal die Berichte durchgehen. Immerhin haben sie Son of Sam, diesen Serienmörder aus den Siebzigern, aufgrund eines Parkzettels drangekriegt. Es wäre doch großartig, wenn wir so ein Arschloch wie dieses hier zu fassen kriegen, weil er uns bei einem Einsatz seine Daten gegeben hat.«

Greening sah sich an, was sie bisher hatten, und schüttelte den Kopf. »Ich kann es nicht fassen, dass dieser Kerl einen Kreuzzug gegen ungezogene Mädchen führt.«

»Dann ist er bestimmt auch kein Fan von *Sex and the City.*« Ogawa zuckte mit den Achseln. »Hatten Sie etwa mehr von ihm erwartet?«

Kapitel 14

Zoës Herz schlug schneller, als Las Vegas am Horizont auftauchte. Es leuchtete in der Nacht dank der Million Lampen und unendlich vieler Neonschilder. Der Anblick der Stadt am Ende des Freeways sagte ihr, dass ihre Aufgabe gerade erst begann. Bis jetzt war sie nur gefahren, der Strecke gefolgt, bloß gereist. Nun lag ihr Ziel direkt vor ihr und stellte den eigentlichen Beginn ihrer Reise dar. Die Aussicht auf das, was sie möglicherweise herausfinden würde, war aufregend und beängstigend. Sie hatte Jarockis Nummer auf einer Kurzwahltaste gespeichert, falls sie von allem überfordert war.

Zumindest war sie schon mal weitergekommen als im letzten Jahr. Sobald sie San Francisco verlassen hatte, war ihr Mut ins Wanken geraten, aber die wahre Prüfung war erst beim Erreichen von Livermore eingetreten. Die Unverwundbarkeit, die sie in Jarockis Büro an den Tag gelegt hatte, schien sie zu verlassen, als sie an der Stelle ankam, an der sie beim letzten Mal nicht hatte weiterfahren können – und auch jetzt hatte sie schweißnasse Hände und ein Flattern in der Magengrube bekommen. Aber sie hatte tief durchgeatmet, Gas gegeben, war an der Stelle vorbeigefahren und hatte versucht, nicht darüber nachzudenken. Sobald sie diesen Punkt passiert hatte, war ihre Zuversicht zurückgekehrt. Sie hatte die Barriere durchbrochen, was ihr sagte, dass sie nicht mehr derselbe Mensch war wie vor einem Jahr. Sie war jetzt besser, stärker, hatte ein Zielbewusstsein entwickelt. Das Monster, das ihr Leben, ihre Hoffnungen und ihre Träume zerstört hatte, kontrollierte nicht länger ihr Leben. Sie würde sich zwar erst wieder richtig frei bewegen können, wenn der Kerl hinter Gittern saß, aber dies war der entscheidende Punkt, der Moment, an dem sie ihr Leben wieder selbst in die Hand nahm.

»Deine Tage sind gezählt«, murmelte sie.

Als sie die Außenbezirke von Las Vegas erreichte, sah sie auf die Uhr. Es war kurz vor elf. Die Fahrt hatte beinahe zehn Stunden gedauert. Sie hatte wieder einmal festgestellt, dass knapp eintausend Kilometer unglaublich langweilig werden konnten. Beim letzten Mal hatte sie zumindest Holli neben sich gehabt und sich mit ihr unterhalten können. Dieses Mal war sie ganz allein mit ihren Gedanken. Erinnerungen an die letzte Reise drangen auf sie ein – an die Gespräche, die Spielkasinos, die Nachtklubs und den Alkohol. Tränen stiegen ihr in die Augen, als sie an die dunkle Stelle dachte, an der ihre Erinnerungen sich auflösten und der Albtraum begann. Die Wunden schmerzten noch immer. Wenn sie sie bluten ließ, bevor sie bereit war, sich ihnen zu stellen, dann würde sie Las Vegas niemals erreichen. Sie aktivierte den Tempomat und schaltete ihre Gedanken ab. Dann konzentrierte sie sich nur noch auf die Straße und die wechselnde Szenerie, lauschte dem Radio und sang die verschiedenen Lieder mit. Sie zwang sich dazu, im Augenblick und nicht in der Vergangenheit zu leben. Und es funktionierte. Sie war hier, sie hatte den halben Weg geschafft.

Zoë fuhr den Las Vegas Strip entlang und bog in die Parkgarage des *Caesar's Palace* ein, in dem sie auch beim letzten Mal abgestiegen waren. Wenn sie schon alles so machte wie bei der letzten Reise, dann musste sie auch hier übernachten.

»Wir haben ein Zimmer für eine Nacht für Sie reserviert«, sagte der Rezeptionist.

Die Verwaltung des Einkaufszentrums hatte ihr eine ganze Woche freigegeben, nachdem sie den Dieb von Brad Ellis' iPhone geschnappt hatte, aber für diesen Ausflug brauchte sie nicht mehr als eine Nacht.

»Das ist bei Weitem nicht genug Zeit, um sich in dieser wundervollen Stadt zu amüsieren«, fügte er augenzwinkernd hinzu.

Zoë hätte beinahe erwidert, dass sie gar nicht hier war, um sich zu amüsieren, aber das wäre eine impulsive Antwort gewesen, die Jarocki nicht gefallen hätte. »Ich bin nur auf der Durchreise und eigentlich auf dem Heimweg.«

Der Rezeptionist lächelte sie an. »Dann haben Sie sich dazu aber einen guten Ort ausgesucht. Eine Nacht reicht hier locker aus, um sich jede Menge Ärger einzuhandeln.«

»Ich bin aber gar nicht auf Ärger aus.«

Der Blick des Mannes verharrte auf der Prellung in ihrem Gesicht. Zoë konnte seiner Miene ansehen, was ihm gerade durch den Kopf ging. *Eine misshandelte Ehefrau? Eine Nutte, die ihrem Zuhälter abgehauen ist?* Bei dieser Vorstellung hätte sie beinahe gelächelt. Sein freundliches Benehmen wich einem rein geschäftsmäßigen Verhalten. Er reichte ihr zwei Schlüsselkarten, nannte ihr die Zimmernummer und wünschte ihr einen angenehmen Aufenthalt.

Ihr Zimmer war klein und mit zwei Betten fast schon überfüllt. Genauso war es auch beim letzten Mal gewesen. Sie schaute aus dem Fenster und stellte fest, dass die Aussicht auf das Parkhaus hinausging und dahinter das *Palms* und das *Rio* zu sehen waren. Da draußen amüsierten sich Tausende von Menschen. Dieser Gedanke deprimierte sie.

»Reiß dich zusammen, Zoë.«

Sie fühlte sich schlecht, weil sie nicht gerade nett zu dem Rezeptionisten gewesen war. Vielleicht sollte sie sich wirklich amüsieren. Sie hatte es sich verdient und Grund zum Feiern. Jarocki sprach gern von Durchbrüchen und dass sie sie erst erkannte, wenn sie längst geschehen waren. Aber jetzt war es so weit, sie eroberte sich ihr Leben zurück.

Also warf sie ihre Reisetasche auf das nächste Bett, holte ihre Sachen heraus und hängte das rote Minikleid auf, das sie seit dem Abend mit Rick Sobona nicht mehr getragen hatte. Sie ging unter die Dusche und wusch sich die zehn Stunden der klimatisierten Luft im Auto von der Haut. Sie schamponierte ihr Haar und frisierte es so, dass sie interessant und gefährlich aussah. Danach schminkte sie sich gründlich, um die Prellung abzudecken, und betonte ihre Wangenknochen mit Rouge, bis sie umwerfend aussah.

Bevor sie das Kleid anzog, untersuchte sie die blauen Flecken, die sich an beiden Seiten ihres Brustkorbs abzeichneten, wo der dilettantische iPhone-Dieb sie geschlagen hatte. Sie starrte die Wunden an und überdeckte sie dann mit Make-up. Wie oft hatte sie sich im letzten Jahr derartige Verletzungen zugezogen? Fünfmal? Sechsmal? Vermutlich waren es eher neunmal gewesen. Es waren keine ernsten Wunden, sondern nur oberflächliche Blessuren, aber Jarocki hatte trotzdem recht. Sie begab sich absichtlich in Gefahr. Sie kannte niemand anderen, der so oft verletzt wurde wie sie. Sie schob das auf die Tatsache, dass andere Menschen sie oft unterschätzten. Sie war eine kleine, schlanke Frau, sodass man sie für leicht besiegbar hielt. Aber diese Leute lernten schnell, dass sie eine nicht zu unterschätzende Gegnerin abgab, und würden diesen Fehler kein zweites Mal machen. Sie zog den Reißverschluss zu und strich das Kleid über den Hüften glatt.

Inzwischen war es Mitternacht und sie ging hinunter ins Kasino. Obwohl es mitten in der Woche war, herrschte hier reger Betrieb. Sie vermutete, dass man in Las Vegas vermutlich keinen Job ausübte, bei dem man frühmorgens aufstehen musste.

Sie tauschte zweihundert Dollar in Spielchips, obwohl sie eigentlich nicht einmal die Hälfte davon ausgeben wollte. Sie konnte es sich nicht leisten, so viel zu verlieren.

Dann ging sie an einen vollen Craps-Tisch. Sie mochte dieses Spiel, weil die Gewinnchancen recht gut waren und die Stimmung an diesen Tischen angenehm war. Kurz darauf hatte sie vierzig Dollar gesetzt und einen Cosmopolitan in der einen und die Würfel in der anderen Hand. Die anderen feuerten sie an, wenn sie würfelte, und wünschten ihr Glück. Ihr gefiel dieser Thrill des Unbekannten und die unvorhersehbaren Konsequenzen. Jeder Würfelwurf konnte einem ein Vermögen oder den Ruin einbringen.

Sie nutzte ihre Glückssträhne aus, solange es ging, aber dann würfelte sie viel zu früh eine Sieben und der Spaß war vorbei. Die anderen Spieler waren enttäuscht, und der Geber sammelte das Geld wieder ein, das alle während ihres Laufs gewonnen hatten. Aber es war nicht alles verloren, da sie dreihundertundfünfzig Dollar eingeheimst hatte, bevor die Sieben gekommen war. Das Geld reichte aus, um die Kosten dieser Reise zu decken.

Als sie gerade den Tisch verlassen wollte, setzten sich zwei Mittvierziger rechts und links neben sie. Die beiden Männer trugen denselben Kaufhauslook aus einfachen Oberhemden und Hosen. Sie sahen zwar nicht gerade aus wie Brad Pitt, waren aber auch nicht unattraktiv.

»Hey, du willst doch nicht etwa schon gehen?«, fragte der eine. »Die Nacht ist noch jung.«

Sie sah auf die Uhr und stellte fest, dass es fast zwei Uhr war. »Tja, ich brauche eben meinen Schönheitsschlaf.«

»Trink zuerst noch was mit uns«, bat der andere.

»Warum sollte ich mit zwei Fremden etwas trinken?« Sie lächelte bei ihren Worten, um ihnen die Schärfe zu nehmen.

Die Männer erwiderten ihr Lächeln.

»Ein Fremder ist nur ein Freund, den man noch nicht kennengelernt hat«, meinte der Zweite.

Ein Fremder ist auch jemand, der dich entführt, an einem Haken aufhängt und auspeitscht, dachte sie.

»Ich bin Jack«, stellte sich der Erste vor, »und das ist Rob.«

»Und wie heißt du?«, wollte Rob wissen.

»Zoë.«

»So, jetzt sind wir keine Fremden mehr«, meinte Jack. »Und als neue Freunde sollten wir auf diesen Umstand anstoßen.«

Sie spürte, wie die beiden ihren Körper musterten. »Warum wollt ihr was mit mir trinken?«

Rob hielt eine Handvoll Chips hoch. »Du hast uns sehr viel Geld eingebracht und wir möchten uns auf diese Weise bei dir bedanken. Ich komme aus Texas, da macht man das nun mal so.«

»Und, was sagst du?«, fragte Jack.

Sie wollte schon ablehnen, musste dann aber daran denken, wie anstrengend der kommende Tag sein würde – falls sie die Orte fand, an denen sich ihr Leben ebenso wie Hollis entscheidend verändert hatte. Was auch immer sie dort finden würde, es würde ihre Seele schwer belasten. Ein Cocktail mit zwei Fremden wäre da eine nette Ablenkung.

»Warum nicht?«

Sie gingen zu dritt durch das Kasino ins *Mark Anthony's*. Die beiden wollten ihr anscheinend imponieren, denn in der Bar wurde die extravagante Einrichtung durch die komplexe Beleuchtung akzentuiert, als wollte man die hohen Preise auf diese Weise rechtfertigen, und zwei Türsteher bewachten den Eingang. Sie setzten sich an einen hohen Tisch mitten im Raum.

Kaum dass sie saßen, kam auch schon eine Kellnerin an ihren Tisch. Sie stellte sich als Jade vor, aber Zoë vermutete, dass das nicht ihr richtiger Name war. Sie musste etwa in Zoës Alter sein, war jedoch so stark geschminkt, dass man das nicht so genau erkennen konnte. Ihr schwarzes Cocktailkleid hatte einen tiefen Ausschnitt, ließ den Rücken frei und war hoch geschlitzt. Damit wollte sie bewirken, dass sich die Männer wie Idioten aufführten und sehr viel Geld ausgaben, um sie zu beeindrucken. Zoë konnte es ihr eigentlich nicht verdenken, schließlich war sie doch aus ähnlichen Gründen auch so gekleidet.

»Wie sieht es aus, kann ich euch einen Cocktail bringen? Unsere Barkeeper mixen euch alles, was einen Namen hat. Oder wie wäre es gleich mit einer ganzen Flasche?«

»Champagner«, bestellte Jack. »Wir haben was zu feiern.«

»Gute Idee«, stimmte Rob ihm zu. »Was meinst du, Zoë?«

Die beiden Männer wirkten auf sie nicht wie Typen, die regelmäßig Champagner tranken, und sie stand auch nicht besonders darauf. Sie zuckte mit den Achseln. »Ihr habt gesagt, dass ihr mich einladen wollt, daher überlasse ich die Entscheidung euch.«

»Also eine Flasche Champagner«, erklärte Jack.

»Kommt sofort«, erwiderte Jade.

»Und ein Glas Wasser«, fügte Zoë hinzu.

Sie hatte während der Fahrt nur kleinere Snacks zu sich genommen, aber nichts Richtiges gegessen, und spürte schon jetzt die Wirkung der beiden Cosmopolitans, die sie an diesem Abend getrunken hatte.

»Wir sind wegen der Fachmesse für medizinische Geräte hier«, berichtete Jack. »Du auch? Für mich siehst du aus wie eine Firmenvertreterin. Habe ich recht?«

Sie überlegte, ob sie das einfach behaupten sollte. Das wäre nicht das erste Mal, dass sie einen Mann wegen ihres Berufs anlog. Dass sie beim Sicherheitsdienst arbeitete, wollte doch eigentlich keiner hören. Aber sie erzählte ihnen stattdessen, dass sie hier einen Kurzurlaub machte.

Bei dieser Enthüllung strahlten die beiden Männer. Zoë wusste, was sie dachten – keine Nachwirkungen. Falls sie miteinander ins Bett gingen, würde sich das nicht auf ihre Arbeit auswirken. Sie hätte ihnen doch lieber sagen sollen, dass sie auch auf der Messe arbeitete, dann hätte sie sich die beiden besser vom Hals halten können.

Der Champagner kam und Jade schenkte ihnen übertrieben aufwendig ein. Sie stießen auf ihr Glück im Spiel an. Die Männer leerten ihre Gläser, während Zoë an ihrem nur nippte. Rob füllte sofort wieder nach.

Zoë trank im Verlauf der nächsten zehn Minuten mehr Wasser als Champagner. Sie wusste nicht, was an diesem Abend mit ihr los war. Normalerweise hätte sie mit den Männern mitgehalten, aber heute hatte sie irgendwie keine Lust auf all diese Spielchen. Sie wusste nicht, ob es daran lag, dass Jack und Rob auf armselige Weise versuchten, sie mit ihren Jobs und tollen Männerspielzeugen zu Hause zu beeindrucken, oder ob der Grund für diese Reise sie deprimierte. Vorhin hatte sie noch geglaubt, ein sorgenfreier Abend im Kasino würde sie auf andere Gedanken bringen und ein wenig entspannen, doch da hatte sie sich geirrt. Jetzt kam ihr alles so geschmacklos und bedeutungslos vor. Sie war hier, um das Versteck eines Killers zu finden, da konnte sie sich nicht einfach von zwei Zufallsbekanntschaften anbaggern lassen. Sie kam sich auf einmal unglaublich dumm vor.

Sei klug, dachte sie. *Genau dieser Mist hat dich doch damals erst in die Bredouille gebracht.*

»Wisst ihr was, Männer?«, meinte sie und fiel Jack ins Wort, der gerade von seinem Boot erzählte. »Ich werde jetzt mal lieber ins Bett gehen.«

Jack und Rob protestierten und brachten ihre Enttäuschung zum Ausdruck.

Sie stand auf. »Die Pflicht ruft.«

Rob hielt sie am Handgelenk fest. »Bleib doch noch ein bisschen. Wir bestellen eine zweite Flasche, amüsieren uns und sehen, was die Nacht noch so bringt.«

Er sagte noch mehr, aber sie konnte ihn nicht mehr hören, da das Blut auf einmal in ihren Ohren rauschte. Auf einen Schlag wurde sie stinksauer. Sie sah nur noch, wie er ihr Handgelenk umklammerte. Wie er versuchte, sie festzuhalten. Seine törichte Überzeugung, er hätte Kontrolle über sie. Sie musste ihm nur mit der freien Hand gegen die Kehle schlagen, um ihm zu zeigen, wie falsch er damit lag.

Diese simple Verteidigungsstrategie ging ihr bereits durch den Kopf, und sie war kurz davor, sie einzusetzen, tat es dann aber doch nicht. Diese Kerle waren die Sache nicht wert und sie wollte sich keinen Ärger einhandeln. Vielmehr musste sie ihren ursprünglichen Plan wieder aufnehmen und die Schritte ihrer ersten Reise nachvollziehen. Sie stieß die Luft aus und ihr Zorn verrauchte.

»Die Sache muss doch jetzt nicht unschön enden, Rob. Wir haben alle etwas Geld gewonnen und zusammen was getrunken. Und jetzt möchte ich gehen.«

Er schnaubte. »Und was, wenn ich dich nicht gehen lasse?«

Wieder wallte die Wut in ihr auf, aber sie kämpfte dagegen an. »Wenn du mich nicht gehen lässt, schreie ich, und dann kommen die Türsteher und die Cops, und du kannst den Rest der Nacht in einer Zelle verbringen.«

Rob erstarrte.

»Mir ist wirklich nach Schreien.«

»Mann, Rob, jetzt lass sie endlich los«, verlangte Jack.

Rob gab sie frei, und sie ging aus der Bar, ohne sich noch einmal umzudrehen.

Auf dem Weg zurück in ihr Zimmer analysierte sie die Situation. Sie hatte sich in eine bedrohliche Lage gebracht, sich aber daraus befreien können, ohne jemanden zu verletzen. Ihr schoss durch den Kopf, dass Jarocki das als Fortschritt bezeichnet hätte.

* * *

Marshall Beck betrat im Schutz der Nacht unbemerkt den Apartmentkomplex, in dem Zoë lebte. Er hatte während der letzten Stunden Beobachtungsposten vor dem Gebäude bezogen und war sich ziemlich sicher, dass Zoë nicht zu Hause war. In ihrer Wohnung brannte kein Licht und es war niemand reingegangen oder rausgekommen.

Er erklomm die Treppe in den ersten Stock und ging zu Zoës Wohnungstür, als hätte er einen guten Grund dafür, sich hier aufzuhalten. Das war der Fehler, den die meisten Menschen machten: Sie erweckten den Anschein, als hätten sie kein Recht, da zu sein, wo sie sich aufhielten. Ihm fiel es nicht schwer, sich so zu verhalten, da er ja auch nichts Schlimmes vorhatte. Er war in guter Absicht hier.

Den Schlagschlüssel, den er ins Türschloss steckte, hatte er selbst hergestellt und an den Türen seiner Wohnung erprobt. Zwar hatte er auch einen Dietrich dabei, doch den brauchte er nicht. Der Schlüssel funktionierte und er öffnete die Tür.

Er schaltete das Licht ein. Die Wohnung hatte einen schlichten Grundriss: Schlafzimmer, Badezimmer und ein Wohnzimmer mit offener Küche und angrenzendem Essbereich. Die Möbel oder vielmehr das Fehlen dieser ließen die Wohnung ungemütlich erscheinen. Zoë besaß gerade mal ein

Minimum der Dinge, die ein Zuhause ausmachten. Im Wohnzimmer standen ein kleines Sofa und ein Ohrensessel vor einem Wohnzimmertisch. Der Fernseher, noch ein altes Röhrengerät, war auf einem schlichten Regal aufgestellt worden. Im Schlafzimmer gab es nur ein Bett ohne Kopfbrett in einer Ecke des Raumes und daneben einen Nachttisch.

Das ist nicht das Liebesnest einer Singlefrau, dachte er.

Die Wohnung wirkte nicht im Geringsten feminin. Auch die Möbel hatten nichts Frauliches an sich, sondern waren rein funktional. Und es fehlte noch etwas anderes. Er brauchte einen Augenblick, bis er begriff, was das war: Bilder. An den Wänden hingen keine Bilder oder Fotos, die etwas Persönlichkeit ins Spiel gebracht hätten oder Menschen zeigten, die Zoë am Herzen lagen. Das war nur eine Kleinigkeit, die jedoch eine Menge aussagte.

Er konnte sich nicht entscheiden, ob diese Nüchternheit nun dafürsprach, dass sich Zoë geändert hatte. Als er ihr letztes Jahr begegnet war, war sie ein lautes und schamloses Partygirl gewesen. Jetzt lebte sie wie eine Nonne, arbeitete jedoch beim Sicherheitsdienst und war bereit, ihr Leben für ein gestohlenes Handy zu riskieren. Aber das stimmte nicht ganz, denn Rick Sobonas Konfrontation mit ihr zerstörte ihr Bild als Nonne ebenso wie dieses kurze Kleid, das sie am Abend von Laurie Hernandez' Tod getragen hatte.

Als er im Schlafzimmer die Schranktür öffnete, hingen zwischen den Uniformen mehrere Jeans und TShirts, Sportklamotten sowie vier hautenge Kleider, die nur eine Schlampe tragen würde. Er befühlte eines davon.

»Du bist mir ein Rätsel, Zoë Sutton«, sagte er und schloss die Schranktür wieder.

Er setzte sich auf die Bettkante und dachte über das nach, was er über Zoës Leben wusste. Auch wenn er ihre Wohnung nur betreten hatte, um mehr über sie in Erfahrung zu bringen, hatte er auch alles dabei, um die Sache bei Bedarf zu einem endgültigen Abschluss zu bringen. In einer Jackentasche steckten sein Taser und ein mit Chloroform getränkter Lappen. Er konnte sie in dem Augenblick, in dem sie hereinkam, überraschen und ausschalten.

Aber sollte ich das auch tun?

Das war die große Frage, die ihn schon marterte, seitdem er sie im Fernsehen gesehen hatte. Bei seinen Nachforschungen hatte sich ergeben, dass sie sich drastisch verändert hatte. Ein Teil von ihm war der Ansicht, dass er sie laufen lassen konnte. Er hatte bei ihr etwas bewirkt, sie geläutert. Außerdem gab es da draußen schlimmere Menschen, die eine Umerziehung dringender nötig hatten.

Aber … Es gab immer ein Aber. Da waren diese Hurenkleider in ihrem Schrank. Darüber konnte er einfach nicht hinwegsehen. Sie schienen förmlich in die Welt hinauszuschreien, dass sich Zoë nicht geändert hatte. Wenn dem wirklich so war, obwohl sie eine zweite Chance bekommen hatte, um ihr Leben in den Griff zu kriegen, tja, dann hätte sie das, was er ursprünglich für sie geplant hatte, noch immer verdient.

Es war jedoch sehr riskant, sie sich zu schnappen. Immerhin hatte die Polizei sie im Auge. Er konnte sich bei ihr nicht dieselben Freiheiten lassen wie bei den anderen und es würde keine glatte Sache werden. Vermutlich war es wirklich besser, sie in Ruhe zu lassen. Immerhin hatte er sein Zeichen auf ihr hinterlassen, und das war mehr als nur eine Narbe. Es wäre das Klügste, sie einfach zu vergessen, aber sein Stolz nagte an ihm. Er hatte damals Mist gebaut, sodass sie entkommen war. Jetzt galt es, das zu beenden, was er angefangen hatte. Das war sein Versagen und auch seine Stärke.

Daher ging er ins Wohnzimmer und wartete auf Zoë. Er wartete und wartete. Der Zeiger an der Uhr bewegte sich von Mitternacht auf ein Uhr und schließlich auf zwei. Um drei war ihm klar, dass sie in dieser Nacht nicht nach Hause kommen würde. Er stellte sich vor, wie sie in einem dieser Kleider mit jemandem wie Rick Sobona zusammen war. Das rote Kleid, das er bereits an ihr gesehen hatte, hing nicht im Schrank.

»Wo steckst du, Zoë?«, fragte er voller Abscheu. Er hatte irgendwie das Gefühl, dass sie weggefahren war. Hatte sie die Stadt verlassen? Das fehlende rote Kleid sprach dagegen. Niemand verließ die Stadt und ließ alles bis auf ein rotes Partykleid zurück.

Inzwischen war ihm klar, dass er sie auf gar keinen Fall verschonen konnte. Er verließ die Wohnung in der Gewissheit, dass er bald wieder zurückkehren würde.

Kapitel 15

Zoë wartete den nächsten Tag ab und verließ Las Vegas wenige Stunden vor Sonnenaufgang. Um diese Zeit waren Holli und sie damals auch aufgebrochen. Zwar hatte sie so den ganzen Tag am Strip verbringen müssen, aber das ging schon in Ordnung. In Las Vegas gab es genug, womit sie sich beschäftigen konnte, bevor sie ihre lange Entdeckungsreise begann.

Sie erinnerte sich noch an den ersten Teil der Route, die sie damals für ihre Heimreise gefahren waren. Das gehörte zu den wenigen Dingen, die sie noch wusste. Sie hatten die US 95 genommen, die nach Indian Springs führte, und waren dann zwischen der Creech Air Force Base und dem Death Valley auf kleineren Straßen gefahren. Irgendwann hatten sie nach Westen abbiegen und durch den Yosemite-Park nach San Francisco zurückkehren wollen, um sich unterwegs die Landschaft zwischen Kalifornien und Nevada anzusehen. Es sollte eine vergnügliche Fahrt werden, stattdessen war es in einen Albtraum ausgeartet.

Sie musste nur die ersten dreihundertzwanzig der fast eintausend Kilometer fahren, weil die Polizei sie in ihrem kaputten Beetle auf der US 395 auf halbem Weg zwischen Mammoth Lakes und Bishop gefunden hatte. Seltsamerweise war sie in die falsche Richtung gefahren, weg von San Francisco.

Was hat das zu bedeuten?

Vermutlich bedeutete es nur, dass sie derart unter Drogeneinfluss stand, dass sie nicht rechts von links oder Norden von Süden hatte unterscheiden können. Sie ging die verschwommenen Erinnerungen an jene Nacht noch einmal durch, wusste aber nur noch, dass sie einfach dort wegkommen wollte. Bei diesem beschämenden Gedanken stiegen ihr die Tränen in die Augen.

Sie nutzte die Stelle, an der sie den Unfall gebaut hatte, als Ausgangspunkt. Das, was ihr und Holli zugestoßen war, musste irgendwo in der Nähe der Stelle passiert sein, an der die Polizei sie gefunden hatte. Wie groß der Radius war, mit dem sie es zu tun hatte, ließ sich schwer sagen. Es gab da einige Faktoren zu bedenken. Wie weit war sie in ihrem benommenen Zustand gefahren? Wohin hatte sie der Entführer gebracht, nachdem er sie aus der Bar geholt hatte? Wo befand sich diese Bar? Sie vermutete, dass sie es mit einem Radius von sechzig bis einhundert Kilometern zu tun hatte, und sie hatte auf der Karte, die sie zusammen mit dem Mietwagen abgeholt hatte, einen entsprechenden Kreis gemalt. Auf diesen Bereich wollte sie ihre Suche konzentrieren. Das war eine verdammt lange Strecke, aber ihr kam dabei zugute, dass diese Gegend nicht besonders dicht besiedelt war. Es gab hier nur wenige Städte und dazwischen große Landflächen. Das machte die Aufgabe allerdings nicht weniger beängstigend.

Da sie sich nicht darauf verlassen konnte, dass sie die Bar von außen wiedererkannte, würde sie in jeder Stadt innerhalb des Radius an jeder Bar und jedem Restaurant anhalten müssen. Die erste Stadt, in die sie gelangte, war Big Pine und stellte sich als Indianerreservat heraus. Sie bog an jedem Straßenschild ab, das sie auf eine Bar oder ein Restaurant hinwies, und kam nur langsam voran. Die Stunden vergingen, aber sie ließ sich nicht entmutigen. Alles andere konnte warten. Das hier war alles, was noch zählte.

Schließlich gelangte sie nach Bishop, eine Kleinstadt, die dennoch größer war als jeder Ort, an dem sie seit Las Vegas angehalten hatte. Der Kilometerzähler besagte, dass sie seitdem vierhundertundzwanzig Kilometer gefahren war. Holli und sie hatten bestimmt Hunger gehabt, tanken müssen und erst die Hälfte der Strecke zurückgelegt. Es war durchaus denkbar, dass sie hier angehalten hatten.

Sie wurde langsamer. Bishop wirkte wie eine Stadt aus einer anderen Zeit. Die US 395 war gleichzeitig die Hauptstraße, von der alles andere abging. Nach allem, was sie erkennen konnte, wurde die Stadt von vielen Touristen besucht, die die Sierras erkunden wollten. Sie konnte sich gut vorstellen, dass Holli und sie hier eine Pause gemacht hatten. Alles sah so kitschig aus, dass es sie einfach angesprochen haben musste.

Doch erinnerte sie sich nicht. Hier sah alles ebenso unbekannt aus wie bisher auf ihrer Fahrt. Aber sie ließ sich davon nicht abschrecken. Sie hatte von Anfang an gewusst, dass sich diese Reise durchaus als Reinfall herausstellen konnte, und das wäre dann auch in Ordnung. Für sie war es das Wichtigste, dass sie es überhaupt versuchte und sich nicht davon abhalten ließ, die Wahrheit herauszufinden. Bishop mochte ihr zwar nichts sagen, aber sie würde dennoch unter jedem Stein nachsehen.

Sie hielt vor einem Laden, der angeblich gleichzeitig Bar, Restaurant und Souvenirshop war. Dort bat sie darum, den Chef sprechen zu können, und wurde zu einem Paar geführt, das über sechzig und ebenso rund wie groß war.

Wie üblich begann sie mit derselben Frage: »Erinnern Sie sich an mich?«

Fremde das zu fragen war etwas merkwürdig, aber es erregte auf jeden Fall Aufmerksamkeit. Anfangs hatte sie es als peinlich und erniedrigend empfunden, aber nach einem Dutzend Versuchen spürte sie das schon gar nicht mehr.

Martha und Fred Blanco schüttelten den Kopf. Zoë erklärte ihnen die Situation und zeigte ihnen ein Foto von Holli, erntete aber nur erneutes Kopfschütteln.

Die Blancos boten ihr an, sie zum Essen einzuladen, aber Zoë lehnte ab. Die Zeit arbeitete gegen sie. In wenigen Stunden würde man überall Feierabend machen. Daher bat sie stattdessen um die Adressen der anderen Restaurants der Stadt und die beiden zeichneten ihr die Standorte in eine Karte ein.

Sie fuhr zu *The Alley*, einer Bowlingbahn mit angeschlossenem Restaurant, *La Hacienda*, einer großen mexikanischen Cantina, *Lucia's*, einem Italiener, einem deutschen Hofbräuhaus und drei anderen Restaurants, hatte aber nirgendwo Glück. Keiner erinnerte sich an sie und sie erkannte auch nichts wieder.

Das änderte sich allerdings, als sie zum *Smokehouse* kam, einem Steakhaus, das für diese kleine Stadt wahrhaft riesig war. Vom Aufbau her erinnerte es sie an ein Lagerhaus, doch die verputzte Fassade und die farbenfrohen Wandmalereien schwächten den Eindruck ein wenig ab. Auch wenn sie sich nicht wirklich daran erinnerte, schon einmal hier gewesen zu sein, passierte irgendetwas in ihrem Unterbewusstsein. Sie hatte auf einmal schweißnasse Hände und ihr Körper gab ihr zu verstehen, dass dieser Ort eine Bedeutung hatte.

»Bitte mach, dass ich mich nicht täusche«, flehte sie und stieg aus dem Wagen.

Sie ging hinein. Das *Smokehouse* war wie ein Wildwest-Saloon eingerichtet, mit kargen Holzböden und einer langen Bar. An einer Wand verlief ein fußhohes Messingrohr, vor dem hohe Tische standen. Nischen, die an Pferdeboxen erinnerten und von hohen Holzwänden umgeben waren, füllten die andere Hälfte des Restaurants. An den Wänden hingen Geweihe, Longhornhörner und Cowboyhüte. Zoë glaubte, sich vage an all das zu erinnern, wusste jedoch nicht, ob es wirklich eine Erinnerung war oder ob das Restaurant nur genauso aussah wie andere Steakhäuser, die sie schon besucht hatte.

Eine Kellnerin entdeckte Zoë und trat auf sie zu. Sie war klein und Ende vierzig.

»Wie viele Personen?«

»Nur eine, aber zuerst habe ich noch eine Frage.«

»Klar. Immer heraus damit.«

»Mein Name ist Zoë Sutton. Erinnern Sie sich vielleicht an mich?«

Die Kellnerin sah sie irritiert an und schüttelte dann den Kopf.

Zoë ignorierte die Miene der Frau und sprach schnell weiter. »Ich bin vor fünfzehn Monaten schon einmal mit meiner Freundin hier gewesen.« Sie hielt ein Foto von Holli hoch. »Damals hatte ich noch längere Haare.«

Aber die Kellnerin schüttelte weiterhin den Kopf. »Süße, wissen Sie eigentlich, wie viele Gäste ich in der Zeit bedient habe?«

»Ich könnte mir vorstellen, dass wir nicht gerade unauffällig gewesen sind.«

»Das mag ja sein, aber ich erinnere mich trotzdem nicht an Sie.«

»Aber Sie haben damals schon hier gearbeitet«, vermutete Zoë, denn das gehörte zu den Dingen, die zu ihrem Vorteil waren: In Kleinstädten wie dieser behielt man seinen Job meist sehr lange.

Die Kellnerin stemmte die Hände in die Hüften und runzelte die Stirn. »Ich möchte ja nicht unhöflich sein, aber wollen Sie jetzt einen Tisch oder nicht?«

Zoë merkte, dass sie den Draht zu dieser Frau langsam verlor und jetzt nicht nachlassen durfte. »Ich möchte Ihnen auch nicht zu viel Ihrer Zeit stehlen, aber es ist wirklich wichtig.

Meine Freundin und ich wurden auf dem Heimweg entführt. Ich kann mich an nichts von dem, was passiert ist, erinnern und versuche, unseren Weg für die Polizei zu rekonstruieren.«

Sie entdeckte einen stämmigen Mann in einem *Smokehouse*-Poloshirt, der ein halbes Dutzend schmutziger Teller in die Küche trug und in ihre Richtung blickte. Er gab seine Last weiter und kam auf sie zu. Seine finstere Miene verriet ihr, dass er vorhatte, sie hinauszuwerfen, und sie sich schnell eine Verbündete verschaffen musste.

Daher zog sie einen Zeitungsausschnitt aus der Tasche und zeigte ihn der Kellnerin. »Ich bin entkommen, aber meine Freundin wurde ermordet. Sind Sie sich ganz sicher, dass Sie sich nicht an uns erinnern?«

Die Kellnerin sah sie erschrocken an.

»Gibt es ein Problem, Karalee?«, wollte der stämmige Mann wissen.

»Nein, Tom«, antwortete Karalee. »Sie braucht nur Hilfe, das ist alles.«

Zoë war sich nicht sicher, ob die Frau sich damit auf allgemeine Hilfe bezog oder meinte, dass sie nicht alle Tassen im Schrank hätte.

»Sind Sie der Besitzer?«, erkundigte sich Zoë.

»Nein, der Geschäftsführer.«

Sie reichte Tom Hollis Foto und den Zeitungsausschnitt und nannte ihm die nackten Fakten. Er wandte den Blick nicht von dem Artikel ab, und sie wusste selbst, dass sie wie eine Verrückte klang. Allerdings war das keine Geschichte, die man so einfach abtun konnte.

»Was wollen Sie?«, fragte Tom, der gleichzeitig misstrauisch und hilfsbereit klang.

»Ich würde mich gern hier umhören, ob sich jemand an mich oder Holli erinnert. Gibt es noch jemanden, der schon vor fünfzehn Monaten hier gearbeitet hat?«

»Drei oder vier Angestellte. Aber ich möchte nicht, dass Sie unsere Kunden belästigen. Wie Sie ja selbst sehen können, ist hier eine Menge los.«

Obwohl das Restaurant riesig war, schienen zwei Drittel der Tische besetzt zu sein.

»Ich verspreche Ihnen, dass ich diskret bin und mich beeilen werde.«

Tom stieß die Luft aus und meinte zu Karalee: »Setz sie hier an die Bar, dann schicke ich alle nach und nach zu ihr.«

Zoë nahm Toms Hand. »Vielen Dank. Sie wissen ja gar nicht, wie viel mir das bedeutet.«

»Ja. Okay.«

Karalee wies Zoë einen Platz am Ende der Bar zu. Der Barkeeper kam zu ihr und legte eine Serviette und die Speisekarte vor sie hin.

»Das ist Andrew. Er war damals auch schon hier«, sagte Karalee. »Andrew, das ist Zoë. Sie würde dir gern ein paar Fragen stellen. Bitte hilf ihr doch, falls du kannst.«

Andrew nahm diese kryptische Bitte gelassen hin. »Klar, kein Problem. Kann ich Ihnen etwas zu trinken bringen, Zoë?«

»Einen Kaffee. Ich habe noch eine lange Fahrt vor mir.«

»Ein Kaffee, kommt sofort«, erwiderte er und ging zur Kaffeemaschine.

Andrew musste Mitte dreißig sein und war recht attraktiv. Er hatte zerzaustes blondes Haar, das mal gekämmt werden musste, aber die Frisur stand ihm. Zoë fand, dass sie zu seiner lässigen Art passte.

Er stellte eine Kaffeetasse vor ihr ab. »Was haben Sie denn für Fragen?«

Sie legte den Zeitungsausschnitt auf die Bar. »Ich versuche herauszufinden, ob ich vor fünfzehn Monaten schon einmal hier war. Damals war ich zusammen mit meiner Freundin Holli unterwegs.« Sie reichte ihm das Foto. »Jemand hat uns an dem

Abend entführt und Holli ermordet.«

»Hier steht, dass sie vermisst wird«, meinte Andrew, ohne dabei tadelnd oder besorgt zu klingen.

»Sie können mir glauben, dass sie tot ist. Die Polizei hat sie nur noch nicht gefunden.«

Er gab ihr das Foto und den Artikel zurück. »Und Sie versuchen jetzt, sie zu finden?«

»Wenn ich kann, ja, aber eigentlich möchte ich der Polizei genauer erzählen können, was damals passiert ist. Ich möchte sie zu dem Mistkerl führen können, der uns das angetan hat, oder irgendwie anders behilflich sein.«

Andrew starrte sie mit emotionsloser Miene an.

»Damals hatte ich längere Haare und fuhr einen VW Beetle.«

»Ich erinnere mich an Sie.«

Diese Bemerkung überraschte sie. Sie war so daran gewöhnt, dass sich niemand an sie erinnerte, dass sie schon gar nicht mehr damit gerechnet hatte, jemandem zu begegnen, der es doch tat.

»Wirklich?«

»Ich kann mich nicht an das genaue Datum oder an Einzelheiten erinnern, aber ich weiß, dass Sie und Ihre Freundin hier gewesen sind.«

Mit einem Mal war sie unglaublich erleichtert. Das war ein Anfang. Nein, es war mehr als das: Es war der Anfang *seines* Endes – sie würde ihrem Entführer und Hollis Mörder den Garaus machen.

Zoë konnte nur hoffen, dass Andrew sie nicht gerade veräppelte.

»Wie kommt es, dass Sie sich an uns erinnern?«

»Sie beide haben hier einen ziemlichen Aufstand gemacht.«

Zoë wurde puterrot.

»Sie waren auf dem Rückweg von Las Vegas, hatten dort ziemlich viel Geld gewonnen, und legten richtig schlechte

Manieren an den Tag. Sie waren in Feierlaune, haben jeden Mann, der allein hier war, angebaggert, und auch ein paar, die in Begleitung gekommen waren. An dem Abend hat hier eine Band gespielt, und Sie beide haben die Bühne gestürmt und eine spontane Karaokeeinlage hingelegt.«

Sie schaute über die Schulter zu der kleinen Bühne und der Tanzfläche und versuchte sich vorzustellen, was Andrew gerade beschrieben hatte, aber sie konnte sich nicht daran erinnern. Es fiel ihr allerdings nicht schwer sich vorzustellen, wie Holli und sie die Dinge taten, die er beschrieben hatte. Sie hatten sich in Las Vegas so richtig gehen lassen, denn genau das war auch das Ziel ihrer Reise gewesen: sich zu amüsieren und Dampf abzulassen.

»Es tut mir sehr leid, wenn wir uns wie Idioten benommen haben.«

Andrew zuckte mit den Achseln. »So schlimm war es gar nicht. Für mich waren Sie nur zwei Mädels, die ihren Spaß hatten. Einige der anderen Gäste haben sich zwar über Sie aufgeregt, aber das hielt sich in Grenzen. Da Sie die anderen Gäste dazu angeregt haben, mehr Geld auszugeben, hatte auch der Geschäftsführer kein Problem damit.«

»War das Tom?«

»Nein, Tom ist erst seit drei Monaten hier.«

Sie dachte an die Leute, die sich über sie aufgeregt hatten. »Gab es jemanden, der richtig sauer auf uns gewesen ist?«

»Ein paar Familien mit Kindern und einige ältere Leute.« Andrew tippte auf den Zeitungsausschnitt. »Aber so wütend, dass er Ihnen das angetan hat, war keiner von denen.«

Ihre Gedanken wanderten zum anderen Ende der Skala. »Hat sich denn jemand mit uns angefreundet?«

»Sie hatten mehrere Bewunderer.«

»Jemand Spezielles?«

»Ja, einer: Craig Cook.«

Der Name sagte ihr nichts. »Wohnt er hier in der Gegend? Glauben Sie, ich könnte mich mal mit ihm unterhalten?«

»Ja und ja.«

Craig Cook … Ob er das wohl ist? Sie ließ sich den Namen wieder und wieder durch den Kopf gehen. Hatten sie und Holli ihn vielleicht angemacht, und als er nicht bekommen hatte, was er wollte, hatte er es sich trotzdem genommen? Hatte er dasselbe auch noch bei vier anderen Frauen getan? Sie ballte die Fäuste.

»Wo kann ich ihn finden?«

»Ich werde Ihnen einen Gefallen tun und ihn herbitten.« Andrew zog sein Handy aus der Tasche und wählte eine Nummer. »Craig, hier ist Andrew. Bist du gerade beschäftigt? Nein? Gut. Komm doch mal rüber ins *Smokehouse*, hier ist eine Lady, die gern mit dir sprechen möchte. Nein, darum geht es nicht, Mann. Komm einfach schnellstmöglich her.« Andrew legte auf. »Er ist unterwegs. Kann ich Ihnen solange etwas zu essen bringen?«

Sie bestellte eine Vorspeise, da sie eigentlich gar keinen richtigen Hunger hatte.

Während sie Andrew beobachtete, wie er die anderen Gäste an der Bar bediente, machte sich auf einmal ein seltsames Gefühl in ihr breit. Andrew war aalglatt und lässig. Ihn brachte nichts aus der Ruhe. Normalerweise waren die Menschen schockiert, wenn sie ihnen von der Entführung erzählte, aber Andrew hatte nicht so gewirkt. An ihm war das einfach abgeprallt. Das Bild des Zählers aus der Nacht damals tauchte vor ihrem inneren Auge auf. Eine Gestalt mit einer Peitsche vor der aufgehängten Holli, groß und blond. Auf Andrew traf dieses von den Drogen beeinflusste Bild nicht zu. Er war nicht groß genug, aber in der Hinsicht konnte sie sich auch irren. Vielleicht hatte der Mann aufgrund ihrer Angst überlebensgroß gewirkt. Das Erinnerungsvermögen konnte trügerisch sein, und sie konnte sich wegen der Drogen auf ihres überhaupt nicht verlassen. War es wirklich nur ein Mann gewesen? Hätten es nicht auch zwei sein können? Wie leicht fiel es einem einzelnen Mann, mit zwei benommenen Frauen fertigzuwerden? Nicht besonders leicht. Und wie hatte man ihnen die Drogen überhaupt verabreicht? Hatte man ihnen was in die Drinks getan? Das wäre für einen anderen Gast nicht ganz einfach, aber für den Barkeeper ein Kinderspiel. Sie schaute in ihre Kaffeetasse. *Ist da wirklich nur Kaffee drin?*

Möglicherweise hatte sie sich gerade erneut in Gefahr gebracht, aber damit konnte sie leben. Sie wollte ja, dass die Polizei herausfand, wer sie entführt hatte, und es war ihr im Grunde genommen egal, wie das passierte. Wenn diese Kerle glaubten, dass sie noch dieselbe Zoë war wie damals, dann hatten sie sich geirrt. Jetzt besaß sie einige Fähigkeiten, mit denen sie nicht rechneten. Sie war eine Kämpferin und kein Opfer mehr.

Ein Mann betrat das Restaurant und Andrew winkte ihm zu. Der Mann winkte zurück und Andrew kam zu Zoë herüber.

»Das ist Craig. Erinnern Sie sich an ihn?«

Ob ich mich an ihn erinnere? Nein. Aber an seine Gestalt schon. Er war groß, über eins fünfundachtzig, hatte breite Schultern, einen kräftigen Körperbau und dichtes blondes Haar. Dieser Mann passte genau auf die mentale Skizze des Entführers aus der heruntergekommenen Werkstatt.

Heftiger Zorn wallte in ihr auf, gleichzeitig bekam sie es aber auch mit der Angst zu tun, was sich zu einer Panik vermischte. Ihr Atem ging schneller. Sie stand kurz vor einem Zusammenbruch, wusste aber, dass sie sich zusammenreißen musste. Sie durfte diese Kerle nicht wissen lassen, dass sie ihnen auf der Spur war.

Atme, dachte sie. *Atme. Lass dir nichts anmerken. Sie müssen glauben, dass sie noch immer die Oberhand haben. Lass dich nicht von deiner Angst kontrollieren. Atme einfach weiter.*

Craig lächelte sie an und setzte sich neben sie auf einen Barhocker. Sie schaffte es, sein Lächeln zu erwidern.

»Das ist Zoë«, sagte Andrew. »Sie und Holli waren vor einer Weile schon einmal hier. Ihr drei hattet euch damals angefreundet.«

Craig verzog nachdenklich das Gesicht und sah nicht so aus, als würde er sich an sie erinnern. Doch nach einigen Sekunden veränderte sich seine Miene und er grinste sie an.

Ist das alles nur ein Spiel?, fragte sie sich.

»Zoë und Holli. Jetzt fällt es mir wieder ein. Du hast dir die Haare geschnitten. Wir hatten einen tollen Abend.«

Holli und ich nicht, dachte sie und hoffte, dass ihre Fassade nicht bröckelte.

»Ist Holli auch hier?«, wollte er wissen.

»Nein.«

»Schade. Bist du aus einem besonderen Grund in der Stadt?«

»Ja. Ich wollte dich sehen.«

Sie reichte ihm die Hand. Als er seine ausstreckte, packte sie sein Handgelenk und sprang vom Barhocker, der dabei umfiel. Sie zerrte ihm den Arm auf den Rücken und drückte ihn dann nach oben.

»Hey«, schrie er auf. »Was soll der Scheiß?«

Alle Gäste um sie herum blickten erschrocken und überrascht auf.

»Großer Gott, Zoë«, sagte Andrew.

Tom hatte die Unruhe bemerkt und kam auf sie zu. Zoë brachte ihn mit einem Blick zum Stehen.

»Rufen Sie die Polizei«, verlangte sie.

»Ich wusste, dass Sie nur Ärger machen.«

»Tun Sie es einfach.«

Kapitel 16

Das Polizeirevier von Bishop war winzig. Zoë hatte schon Arztpraxen gesehen, die größer waren. Verdammt, sogar das *Smokehouse* war größer. Sie vermutete, dass hier nicht mehr als fünf oder sechs Polizisten arbeiteten, was angesichts der Stadtgröße auch nicht weiter überraschend war. Hier war man bestimmt nicht erfahren genug oder dafür ausgerüstet, sich mit einem Mörder zu befassen. Als sie das dem Beamten gesagt hatte, war sie in einen kleinen Warteraum verfrachtet worden, in dem sie jetzt schon seit Stunden saß.

Auf einmal kam Inspector Ryan Greening aus einer Tür, auf der »Nur für Mitarbeiter« stand. Er trug Jeans und T-Shirt statt seiner üblichen Uniform, des Anzugs.

Zoë sprang von der Bank auf. »Und?«

Er runzelte bei ihrer Frage die Stirn.

Sie durfte nicht zu wütend auf ihn sein. Er hatte sie schließlich gerettet. Im *Smokehouse* hatten chaotische Zustände geherrscht, als die Polizei eingetroffen war und feststellte, dass sie Craig Cook an der Bar festhielt. Sie, Cook, Andrew und Tom hatten gleichzeitig Anschuldigungen ausgesprochen. Die einfachste Lösung war, dass alle mit aufs Revier genommen wurden, um die Sache hier zu klären. Ihre Behauptungen wurden nicht gerade freundlich aufgenommen, vielmehr warf man ihr unter anderem Ruhestörung und Körperverletzung vor. Glücklicherweise wurde sie nicht mehr als Täterin eingestuft, nachdem sie die Beamten davon überzeugt hatte, Greening anzurufen. Er hatte ihnen gesagt, dass er sofort herkommen würde, und man hatte sie in den Warteraum gebracht und mit Schweigen gestraft. Erstaunlicherweise hatte Greening es geschafft, in nicht einmal einer Stunde aus der Bay Area hierherzukommen.

»Okay, entschuldigen Sie. Könnten Sie mir bitte verraten, was jetzt passiert?«

»Wie wäre es, wenn wir für einen Moment nach draußen gehen?«

Sie traten auf die Straße hinaus. Die Nacht war ruhig und friedlich. Es war, als würde die Stadt den Atem anhalten.

»Was ist denn los?« Dieses Mal gelang es ihr, den vorwurfsvollen Unterton aus ihrer Stimme herauszuhalten.

»Nichts. Das sind nicht die Killer.«

»Sie müssen es aber sein. Craig Cook war in der Nacht mit uns zusammen, in der wir entführt wurden. Wir haben uns mit ihm unterhalten. Er war uns nah genug, um uns etwas ins Glas zu schütten. Er sieht sogar aus wie der Mann, an den ich mich erinnere.«

Greening hob die Hände, um sie zum Schweigen zu bringen.

»Entschuldigung. Tut mir leid. Was ist denn? Bitte, sagen Sie es mir doch einfach.«

»Okay, die Sache ist recht einfach. Craig Cook erinnert sich an Sie und Holli. Er hat Sie beide angebaggert und Sie sind darauf eingestiegen. Seinen Worten zufolge haben Sie drei sich gut amüsiert, dann sind Holli und Sie aber aus eigenem Antrieb gegangen und haben Cook mit dicken Eiern zurückgelassen. Das waren seine Worte, nicht meine.«

»Das ist alles?«

Greening sah sie mit einer Miene, die väterliche Enttäuschung widerspiegelte, an. »Ich sollte hinzufügen, dass Holli und Sie ziemlich betrunken waren, als Sie zu Ihrem Wagen gegangen sind.«

»Nein. Das kann nicht sein. Ich gebe ja zu, dass wir manchmal angetrunken gefahren sind, aber wir waren nie richtig betrunken – vor allem dann nicht, wenn wir wie in dieser Nacht noch einen weiten Weg vor uns hatten. Er war es. Das weiß ich ganz genau.«

Greening hob die Hände. »Glauben Sie mir, er war es nicht.«

»Woher wollen Sie das wissen? Es steht sein Wort gegen das meine.«

»Da irren Sie sich«, erwiderte Greening kopfschüttelnd. »Er hat ein wasserdichtes Alibi. Er ist nicht einmal eine Stunde, nachdem Sie und Holli das *Smokehouse* verlassen hatten, wegen Trunkenheit am Steuer verhaftet worden.«

Sie konnte es nicht fassen. Und sie wollte es auch nicht glauben. Jetzt war sie der Wahrheit noch immer keinen Schritt näher gekommen. Am liebsten hätte sie gleichzeitig geschrien, geweint und hysterisch gelacht.

»Dann war das alles nichts als eine unglaubliche Zeitverschwendung.«

»Nein. Immerhin kennen wir jetzt einen weiteren Punkt im zeitlichen Ablauf. Der Barkeeper hat ausgesagt, dass Sie und Holli eine halbe Stunde vor Geschäftsschluss gegangen sind. Das muss gegen halb elf gewesen sein. Die Mono-County-Sheriffs haben Sie um 5.47 Uhr gefunden. Die Entführung muss sich in der Zeit dazwischen abgespielt haben. Das wussten wir bisher noch nicht, daher haben Sie durchaus etwas erreicht.«

»Bitte behandeln Sie mich nicht so herablassend. Es war ein langer Tag.«

»Das tue ich doch gar nicht. Ich habe mir Ihren Fall angesehen, und wir haben so wenig Details, dass etwas, das auf den ersten Blick derart unwichtig erscheint wie ein zeitlicher Ablauf, ein großer Schritt nach vorn ist.«

Zoë lächelte und schüttelte dann den Kopf, als ihr auf einmal etwas klar wurde. Es hätte ihr schon eher auffallen können, aber es war spät und sie hatte sich auf Craig Cook und auf nichts anderes konzentriert.

»Sie waren verdammt schnell hier. Sind Sie mir etwa gefolgt und haben Nachforschungen über mich angestellt?«

»In gewisser Hinsicht schon. Das ist Teil meiner Arbeit.«

»Und, habe ich Ihren Test bestanden?«

»Es ist schon spät, Zoë. Ich werde Ihre Fragen morgen beantworten, aber jetzt möchte Craig Cook noch mit Ihnen sprechen.«

»Wirklich?«

Greening nickte und führte sie wieder ins Polizeirevier. Während sie zum Verhörraum gingen, brachte ein uniformierter Beamter gerade Andrew zur Tür. Der Barkeeper sah sie mit demselben unerschütterlichen Gesichtsausdruck wie zuvor an. Bei dem Polizisten sah die Sache allerdings anders aus, er starrte sie wütend an. Vermutlich hatte sie ihm einen ruhigen Abend ruiniert.

Als Greening an die Tür des Verhörzimmers klopfte, ließ der Polizeichef ihn und Zoë herein. Craig Cook saß in der hintersten Ecke an einem Tisch. Aufgrund seiner Größe und des kleinen Raums wirkte er wie ein zu groß geratenes Kind in der Grundschule. Er sah aufgewühlt aus. Zoë vermutete, dass man ihm beim Verhör ganz schön zugesetzt hatte. Der Polizeichef deutete auf den Stuhl Cook gegenüber und sie setzte sich. Falls Cook allerdings damit gerechnet hatte, dass man sie allein ließ, so hatte er sich geirrt. Der Polizeichef und Greening blieben im Türrahmen stehen.

»Zoë, man hat mir erzählt, was euch zugestoßen ist, und

ich wollte dir nur sagen, wie leid mir das tut. Ich kann mir nicht einmal ausmalen, was Holli und du durchgemacht habt. Wenn ich damals davon erfahren hätte, wäre ich sofort zur Polizei gegangen und hätte bestätigt, dass ich euch in jener Nacht gesehen habe.«

Sein großspuriges Auftreten war völlig verschwunden und Zoë tat es leid, dass sie ihn in diese Lage gebracht hatte. »Schon okay. Entschuldige, dass ich dich beschuldigt habe.«

»Das kann ich dir nicht verdenken. Ich hätte an deiner Stelle dasselbe vermutet. Ich wünschte nur, ich wüsste etwas, das bei den Ermittlungen weiterhelfen kann.«

»Weißt du wirklich nicht mehr? Kannst du dich nicht noch an irgendetwas anderes aus dieser Nacht erinnern?«

Er schüttelte den Kopf. »Ich war ziemlich betrunken und weiß nur noch, dass ich mich prächtig amüsiert habe.«

Sie griff über den Tisch und nahm seine riesige Hand. Er verspannte sich kurz und drückte ihre Hand dann. »Bitte denk nach. Irgendjemand hat uns unter Drogen gesetzt, und ich glaube, dass das im *Smokehouse* passiert ist. Hat sich noch jemand an unseren Tisch gesetzt oder versucht, dich zu vertreiben? Oder … war irgendjemand zu sehr an uns interessiert? Hast du jemanden gesehen, der zur gleichen Zeit wie wir gegangen ist?«

Aber Cook schüttelte nur den Kopf. »Nein. Mir will einfach nichts einfallen. Ehrlich gesagt glaube ich, dass wir es nicht einmal mitbekommen hätten, wenn Elvis einen Überraschungsauftritt gemacht hätte. Aber ich verspreche dir, dass ich mit Andrew und allen anderen reden werde, die an dem Abend da gewesen sind, und wenn ich irgendetwas Hilfreiches erfahre, dann teile ich es der Polizei mit. Ich möchte wirklich, dass dieses Arschloch geschnappt wird.«

Craig Cook war doch ein süßer Kerl. »Danke.«

Greening bedeutete ihr, dass sie gehen sollten. Er gab dem Polizeichef die Hand, der versprach, sich zu melden, falls neue Hinweise auftauchten. Dann fanden sich Greening und Zoë auf der Straße wieder.

»Steht Ihr Wagen noch vor dem *Smokehouse?*«

»Ja.«

»Ich fahre Sie hin.«

Bishop war klein und so hielt Greening schon wenige Minuten später hinter ihrem Mietwagen.

»Kann ich aus der Tatsache, dass Sie hier sind, schließen, dass Sie eine Reise in die Vergangenheit machen?«

Zoë war nicht in der Stimmung, sich belehren zu lassen. »Ja, ich weiß. Tut mir leid.«

»Da gibt es nichts, das Ihnen leidtun muss. Ich kann das verstehen. Was haben Sie als Nächstes vor?«

»Ich fahre nach Hause.«

»Jetzt?«

Laut der Uhr am Armaturenbrett war es drei. Wenn sie jetzt losfuhr, kam sie pünktlich zur morgendlichen Rushhour in San Francisco an.

»Ja.«

»Müssen Sie morgen wieder zurück sein?«

Sie sah Greening an und hatte nicht die geringste Ahnung, worauf er hinauswollte. »Es wäre besser, ist aber kein Muss. Warum fragen Sie?«

»Na ja, wir sind beide hier, weil wir herausfinden wollen, was Ihnen und Holli damals zugestoßen ist, und dann könnten wir uns doch auch gleich zusammentun. Versuchen wir doch gemeinsam, Ihre Heimreise nachzuvollziehen, vielleicht finden wir ja irgendetwas heraus.«

* * *

Marshall Beck schloss die Tür von Urban Paws auf, um Brando seinen nächtlichen Besuch abzustatten. Er genoss es sehr, dem Hund seine Gefühle mitzuteilen. Die Tatsache, dass Brando sein Vertrauen niemals verraten würde, sorgte dafür, dass Beck ihm seine geheimsten Gedanken gestehen konnte. Gedanken, denen er sich bisher noch nie gestellt hatte. Eine solche Beziehung hatte er bis jetzt noch zu niemandem aufgebaut. Es hatte nie einen Freund oder Partner gegeben, dem er sich auf diese Weise hatte öffnen können. Dies war Neuland für ihn, und es gefiel ihm.

Er betrat den Beurteilungstrakt und die ehemaligen Kampfhunde regten sich. Zwei bellten kurz, waren aber gleich wieder still. Inzwischen hatten sie sich an seine nächtlichen Besuche gewöhnt. Selbstverständlich reagierte Brando nicht auf Becks Eintreffen.

»Hey, Brando«, begrüßte er den Hund. »Geht's dir gut?«

Er sprach mit dem Tier wie mit einem Menschen und nicht wie mit einem Kleinkind. Es wäre eine Beleidigung gewesen, ihn nicht wie einen Erwachsenen zu behandeln. Beck hatte nie verstanden, warum Menschen mit ihren Haustieren wie mit Babys sprachen. Da war es doch kein Wunder, dass so viele Tiere in Tierheimen landeten.

Er öffnete die Tür von Brandos Käfig. Der Hund blieb reglos sitzen. Das war in Ordnung. Er würde schon aus freien Stücken herauskommen, sobald er so weit war. Dieser Tag war nicht mehr fern, da war sich Beck ganz sicher. Heute hatte man ihm zum ersten Mal erlaubt, mit Brando direkt zu arbeiten. Tom Fisher und er hatten Techniken ausprobiert, mit denen sie Brandos Temperament testen und versuchen wollten, ihn zu zähmen. Brando war so cool und distanziert wie immer geblieben. Tom hatte das als Problem eingestuft und gesagt, dieses Verhalten würde es erschweren, den Hund zu durchschauen, während es für Beck ein Zeichen für Brandos Selbstbeherrschung war.

»Ich bewundere dich, Brando. Du hast Geduld. Ich wünschte, ich wäre so geduldig wie du, aber ich wette, du bist es leid, ständig in diesem Käfig zu hocken. Du willst doch bestimmt auch mal für eine Weile da raus, oder nicht? Ich an deiner Stelle wäre heilfroh, wenn ich mal hier wegkönnte.«

Er griff nach einer der Schleppleinen, die an der Wand hingen. Sie wurden von den Tiertrainern benutzt, wenn sie die Hunde von einem Zwinger in den anderen brachten oder sie Interessenten übergaben, damit sie einen Spaziergang mit ihnen machen konnten, bevor sie sich entschieden, ob sie den Hund nehmen wollten.

Beck kniete sich vor Brando auf den Boden und der Hund saß ganz still da.

Vorsichtig legte er Brando die Leine um den Hals, stand auf und zog vorsichtig daran. Der Hund kam langsam aus seinem Käfig.

Beck lächelte. »Sehr schön. Dann lass uns gehen.«

Sie gingen in die Nacht hinaus. Es war spät, die Straßen waren leer und er war müde, aber der Spaziergang mit Brando an seiner Seite wirkte belebend. Es war ein Vergnügen, mit dem Hund umherzulaufen, der bei Fuß ging. Nein, das stimmte nicht ganz, vielmehr lief Brando neben Beck her, wie es ein Freund oder Gleichgestellter tun würde. Ja, er konnte sich gut vorstellen, dass Brando begnadigt wurde. Der Hund war eine bemerkenswerte Kreatur. Beck war sich nicht sicher, ob er ebenso versöhnlich gewesen wäre, wenn er dasselbe wie Brando hätte durchmachen müssen.

Lange Zeit sagte er keinen Ton. Er wollte, dass der Hund seine Freiheit genoss und die Welt um sich herum in sich aufnehmen konnte, die ihm so lange Zeit verwehrt worden war. *Gewöhn dich daran, Kumpel*, dachte er.

Nach zwanzig Minuten begann er seine Unterhaltung mit seinem Freund.

»Zoë war heute Abend nicht zu Hause. Ich bin besorgt, dass sie möglicherweise die Stadt verlassen hat. Aber irgendwie kann ich mir das nicht vorstellen. Der Großteil ihrer Sachen ist noch in ihrer Wohnung. Sie kommt garantiert zurück, und wenn auch nur, um den Rest abzuholen, doch ich frage mich, was ich jetzt machen soll. Halte ich mich weiter an Zoë oder schaue ich nach vorn?«

Er machte eine Pause, als würde er eine Reaktion von Brando erwarten, aber der Hund lief einfach weiter.

»Ein Teil von mir ist der Ansicht, dass ich nach vorn schauen sollte. Es ist bestimmt viel schöner, sich auf jemand anderen zu konzentrieren und Zoë in der Ungewissheit schmoren zu lassen, ob ich sie noch immer holen werde oder nicht.«

Ein Paar, das ihnen entgegenkam, machte einen großen Bogen um Beck und Brando. Ihre Reaktion enttäuschte ihn. Sahen sie ihn und Brando etwa als Bedrohung an? Das war nicht der Fall, zumindest so lange nicht, wie sie sich ehrenhaft und respektvoll verhielten. Möglicherweise hatte das Paar sie aber auch als Alphatiere erkannt. Diese Vorstellung gefiel ihm.

»Es wird Zeit, dich wieder nach Hause zu bringen«, meinte er und bog ab, um sich auf den Rückweg zum Tierheim zu machen.

»Ich kann es mir leisten, Zoë Sutton eine Zeit lang auf Eis zu legen. Wenn sie sich für eine Weile verstecken will, dann soll sie das tun. Ich kann warten. Bis dahin muss ich mich auf jemand anderen konzentrieren. Aber auf wen?«

Bei Laurie Hernandez hatte er Glück gehabt. Sie war ihm förmlich in den Schoß gefallen, so wie sie an seinem Arbeitsplatz ihren Hass auf Tiere zur Schau gestellt hatte. Aber ansonsten hatte er niemanden auf dem Radar. Daher würde er tun, was er bei den anderen gemacht hatte. Er würde mit dem Hintergrund verschmelzen und die Welt um sich herum beobachten. Er würde in Bars und Klubs gehen und in der Zeitung nach Hinweisen auf Übeltäter Ausschau halten. Er würde die Schuldigen jagen und ihnen eine Lektion erteilen. Er würde ihnen zeigen, dass man für schlechtes Benehmen einen Preis bezahlen musste.

Er sah Brando an, um eine Idee zu bekommen, und es funktionierte. Sie eilten zurück ins Tierheim und er schaltete den Computer in seinem Büro ein. Er rief die Akten zu dem Kampfhundefall auf und entdeckte den Namen Javier Muñoz. Das war der mutmaßliche Leiter des Kampfhunderings und er hatte die Hundekämpfe professionell organisiert, nicht nur als Hobby. Den neuesten Berichten zufolge war Muñoz auf Kaution freigelassen worden. Das war alles, was Beck wissen musste. Er grinste Brando an.

Nachdem er zwanzig Minuten lang im Internet gesucht hatte, kannte Beck Muñoz' Adresse in Hayward sowie einige andere wichtige Fakten über den Mann. Es war immer wieder spannend, wie viel man heutzutage über einen anderen Menschen herausfinden konnte. Das erleichterte Becks Arbeit ungemein.

»Na komm, Brando. Wir müssen noch mal los.«

Er ging mit ihm zu seinem Honda, und der Hund saß auf dem Beifahrersitz, als sie nach Hayward fuhren.

Muñoz lebte in einer überfüllten und heruntergekommenen Gegend, was Beck überraschte. Laut der Medienberichte hatte der Mann Zehntausende Dollar pro Jahr mit seinen Hundekämpfen gemacht. Aber vielleicht wohnte er ja auch nur aus Imagegründen in dieser Gegend.

Er parkte einen halben Block von Muñoz' Haus, einem kleinen, im Ranchstil gebauten Flachdachgebäude, entfernt. Abgesehen von der Musik, die aus diesem Haus drang, war alles ruhig. Die meisten Häuser lagen im Dunkeln, nur bei Muñoz brannte noch Licht.

Beck hätte am liebsten einen Blick ins Haus geworfen, aber er musste erst einmal die Umgebung in Augenschein nehmen.

Es gefiel ihm gar nicht, dass die Häuser so dicht beieinanderstanden. So konnte man sich nur schwer unbemerkt anschleichen. An Orten, wo immer irgendetwas in Bewegung war, hatten die Menschen zu viel um die Ohren, um sich auf eine Einzelperson zu konzentrieren. In ruhigen Gegenden war das anders, da fielen unbekannte Gesichter immer auf.

Doch das war kein Problem. Eine genauere Beobachtung des Hauses war nicht weiter wichtig. Beck musste nur wissen, wie Muñoz seine Zeit verbrachte, eine Gelegenheit entdecken und zuschlagen, wenn der Mann am verletzlichsten war. Im Moment hatte er zumindest einen Ausgangspunkt: Muñoz' Haus. Von hier aus würde sich alles Weitere ergeben.

Ein weißer Dodge Challenger fuhr an ihnen vorbei auf die Auffahrt. Ein kleiner gedrungener Mann von etwa Ende dreißig stieg aus. Es war Muñoz. Beck, der sein Foto in den Nachrichten gesehen hatte, erkannte ihn wieder.

Plötzlich war vom Beifahrersitz ein tiefes Knurren zu hören. Beck drehte sich zu Brando um. Der Hund war im Tierheim immer so cool und ruhig, aber als er hier seinen Peiniger erblickte, wirkte er auf einmal unfassbar wütend. Beck grinste.

»Keine Sorge, mein Freund. Du bekommst deine Rache schon noch. Wir müssen uns nur etwas Zeit lassen.«

Kapitel 17

Zoë und Greening blieben den Rest der Nacht in Mammoth Lakes. Greening hatte sich schon ein Motelzimmer gemietet und sie fuhr ihm von Bishop aus hinterher. Als sie dort ankamen, nahm sie sich ebenfalls ein Zimmer, legte sich aufs Bett und war innerhalb weniger Minuten eingeschlafen. Greening weckte sie am nächsten Morgen um neun Uhr, indem er bei ihr anrief. Dreißig Minuten später kam sie aus ihrem Zimmer und stellte fest, dass Greening neben ihrem Wagen auf sie wartete. Er trug seinen Anzug, und sie vermutete, dass er jetzt wieder offiziell Inspector war.

»Sie fahren heute mit mir. Ihren Wagen können Sie hier stehen lassen. Das habe ich mit dem Hotel geklärt.«

Zoë warf ihre Reisetasche in den Kofferraum ihres Mietwagens.

»Haben Sie Hunger?«

Sie nickte.

»Super. Ich habe gestern einen Diner gefunden, in dem man gut frühstücken kann.«

Sie fuhren dorthin, bekamen eine Nische mit Blick auf den Mammoth Mountain und bestellten Frühstück. Zoë hatte das Gefühl, dass Greening schon einige Stunden gearbeitet hatte, bevor er sie geweckt hatte. Er hatte die Ereignisse der letzten Nacht bestimmt schon weitergegeben.

»Dann sind Sie also hier rausgefahren, um Nachforschungen über mich anzustellen?«, wollte sie wissen.

»Ich sehe mir Ihren Fall genauer an. Das kann uns bei unserem Fall mit Laurie Hernandez helfen, und vielleicht finden wir auch was, das Ihnen weiterhilft.«

»Wann sind Sie hergekommen?«

»Gestern.«

»Haben Sie schon etwas in Erfahrung gebracht?«

»Nicht viel. Ich hatte gehofft, dass ich heute mehr Glück habe.«

Die Kellnerin schenkte ihnen Kaffee nach und ging dann weiter zum nächsten Tisch.

»Warum ist das so wichtig für Sie, dass Sie hierherkommen und sich quälen?«

Zoë zuckte mit den Achseln. »Weil ich mich an das erinnern muss, was mit mir passiert ist. Diese Nacht ist für mich einfach nicht vorhanden. Jeder andere kann Ihnen darüber vermutlich mehr erzählen als ich und das macht mich wütend. Ich wollte schon seit einiger Zeit herkommen und den Weg zurückverfolgen. Einmal habe ich es schon probiert, aber damals fehlte mir der Mut, um die Sache durchzuziehen. Ich dachte, wenn ich wieder herkomme und das alles sehe, könnte ich mich dem stellen, was ich getan habe – oder nicht getan habe.«

»Und das wäre?«

»Dass ich weggelaufen bin, obwohl ich hätte bleiben sollen.«

»Dann wären Sie jetzt auch tot und das wissen Sie.«

»Es ist ja nicht so, als wäre mein Leben seitdem eitel Sonnenschein gewesen. Zu sterben, um Holli zu retten, hätte mir besser gefallen.«

»So ein Blödsinn.« Greenings Bemerkung klang spitz und

mitleidslos. »Jetzt erzählen Sie mir bloß nicht, Holli hätte das bessere Los gezogen. Wenn sie hier wäre, würde Sie Ihnen diese Worte um die Ohren hauen. Wenn ich mir ansehe, was man mit Laurie Hernandez gemacht hat, dann ist Ihre Freundin einen qualvollen Tod gestorben, den niemand einem anderen Menschen wünschen sollte. Sie haben überlebt. Akzeptieren Sie es und lieben Sie das Leben aus diesem Grund umso mehr.«

Für Menschen wie ihn war es ja so unglaublich einfach. Sie begriffen einfach nicht, was Zoë durchgemacht hatte. Sie verstanden nicht, wie tief die Scham reichte und wie sehr sie einen beeinflusste. Und wie sollten sie auch, wenn sie nicht selbst etwas ähnlich Verwerfliches getan hatten? Selbst Jarocki begriff es nicht wirklich. Er lebte ein entrücktes Leben. Alles, was er über Scham wusste, hatte er aus Büchern gelernt oder von den Menschen, die er studierte. Greening, Jarocki und auch alle anderen sahen die Sache auf dieselbe Weise: als wäre es ein oberflächliches Problem. *Oh, schau an, Sie haben etwas Schande an sich. Keine Sorge, mit ein bisschen Wasser und Seife geht sie schon wieder ab.* Aber Schande war etwas, das wie ein Krebsgeschwür ausgemerzt werden musste, doch das war nicht gerade einfach, wenn sie sich um das Herz gelegt hatte.

»Sind Sie in der Hoffnung hergekommen, dass Sie ihm ein weiteres Mal begegnen?«

»Nein, das hier ist keine Selbstmordmission. Ich versuche nur zu helfen, Holli, Laurie Hernandez und den anderen Opfern.«

»Und Ihnen selbst?«

»Ja, und mir selbst. Ich habe mich viel zu lange vor diesem Mistkerl versteckt. Daher wollte ich die Rückreise von Las Vegas wiederholen und versuchen, ein paar Hinweise zu entdecken.«

»Wie das *Smokehouse*.«

»Genau. Ich konnte mich zwar nicht mehr daran erinnern, aber man hat mich dort wiedererkannt.«

Greening schüttelte den Kopf. »Und Sie haben Craig Cook angegriffen, einen unschuldigen Mann. Ist Ihnen eigentlich bewusst, wie gefährlich das gewesen ist? Diese Situation hätte sich rasch ungünstig für Sie entwickeln können.«

»Aber das ist nicht passiert.«

»Ich finde Ihre Sicht der Dinge bedenklich, denn es lief nicht gerade gut für Sie, aber das scheinen Sie nicht zu begreifen.«

Greening klang beinahe so wie Jarocki.

»Sie sorgen gern für Aufruhr, Zoë.« Er starrte auf seinen halb geleerten Teller herab und schob ihn dann zur Seite. »Haben Sie wirklich geglaubt, Cook wäre Ihr Entführer?«

»In diesem Augenblick schon. Ich habe ihn gesehen und hielt es für möglich.«

»Unser Mann ist in der Stadt und nicht hier draußen.«

»Das wissen Sie nicht. Er könnte auch viel unterwegs sein und unter verschiedenen Namen auftreten.«

»Das ist möglich, aber unwahrscheinlich. Um Laurie Hernandez auf diese Weise zu entführen, muss er sie vorher eine ganze Weile beobachtet haben. Glauben Sie mir, er ist in der Stadt. Und selbst wenn er das nicht ist, dürfen Sie nicht auf diese Weise vorgehen, sonst werden Sie noch verletzt.«

Danach schwiegen sie sich mehrere Minuten lang an.

»Ich möchte ja nicht anmaßend klingen oder so«, meinte Greening schließlich, »und es ist sogar sehr gut, dass Sie versuchen, Ihre Schritte nachzuvollziehen. Genau dasselbe habe ich auch versucht. Aber es ist natürlich viel einfacher, wenn ich Sie an meiner Seite habe. Daher möchte ich Sie zu der Stelle bringen, an der die Sheriffs Sie gefunden haben, und versuchen, von dort aus den richtigen Weg zu finden. Wie klingt das für Sie?«

»Gut.«

»Dann lassen Sie uns dorthin fahren.«

Greening bezahlte die Rechnung und sie fuhren mit seinem Wagen los. Sie bemerkte, dass er ihr immer wieder Seitenblicke zuwarf.

»Was ist los?«, wollte sie wissen.

»Ihr Gesicht. Diese Verletzungen sind nicht von letzter Nacht, richtig?«

Sie hatte sich anscheinend nicht gut genug geschminkt. »Das habe ich mir bei der Arbeit zugezogen. Ich musste einen Dieb entwaffnen und er hat mich geschlagen.«

»Sie mussten ihn entwaffnen?«

Sie erzählte ihm von dem Zwischenfall mit dem iPhone-Dieb.

»Wie haben Sie es von der Doktorandin zum Sicherheitsdienst geschafft?«, wollte Greening kopfschüttelnd wissen.

»Nach der Entführung konnte ich mein Studium nicht wieder aufnehmen. Ich musste etwas völlig anderes machen, aber ich hatte keine anderen Qualifikationen. Das war der einzige Job, den ich kriegen konnte.«

Greening runzelte die Stirn. »Ich glaube, Sie stellen Ihr Licht unter den Scheffel. Sie haben einen Collegeabschluss, da hätten Sie doch bestimmt einen besser bezahlten und sichereren Job bekommen können.«

Ihr Abschluss in Umweltwissenschaften hätte ihr zwar einiges ermöglicht, aber sie hatte nicht in diesem Bereich arbeiten wollen. »Da haben Sie vermutlich recht, aber mir gefällt dieser Job.«

Er grinste sie an.

»Nein, wirklich. Ich wollte keinen normalen Job machen. Das, was der Zähler mit mir angestellt hat, hat mich verändert. Ich ertrage keinen Bürojob mehr. Ich muss etwas tun, bei dem ich was bewirke, und genau das mache ich im Einkaufszentrum. Ich halte Taschendiebe, Ladendiebe und Vandalen auf. Ich helfe Kindern, die sich verlaufen haben, ihre Eltern wiederzufinden, und Gestürzten beim Aufstehen. Ich mache die Welt ein bisschen besser.«

Sein Grinsen wurde zu einem aufrichtigen Lächeln. »Sie klingen fast wie eine Polizistin.«

Sie erwiderte nichts.

»Habe ich etwas Falsches gesagt?«

»Nein. Dr. Jarocki hat mir schon vorgeschlagen, eine Laufbahn bei der Polizei einzuschlagen.«

»Na ja, wenn es Ihnen damit ernst ist, dass Sie etwas bewirken und Menschen helfen wollen, dann sollten Sie ernsthaft darüber nachdenken. Es ist ein guter Beruf und deutlich besser als die Arbeit beim Sicherheitsdienst.«

»Würden Sie wirklich jemanden wie mich bei der Polizei haben wollen?«

»Wenn Sie damit meinen, dass Sie sich in ein Opfer hineinversetzen können und bereit sind, das Richtige zu tun, dann kann ich das nur bejahen.«

Ja, klar, dachte sie. Sie musterte ihn und hielt Ausschau nach Anzeichen für Sarkasmus, konnte jedoch keine entdecken. Es überraschte sie, dass er tatsächlich an sie glaubte.

Sie näherten sich der Auffahrt zur US 395, dem Highway, auf dem man sie gefunden hatte, und er hielt am Straßenrand.

»Okay, ich bringe Sie jetzt zu der Stelle, an der Sie gefunden wurden. Mir ist klar, dass Sie sich an so gut wie nichts erinnern, daher werden wir ganz langsam vorgehen. Falls Ihnen irgendetwas bekannt vorkommt oder Sie sich etwas noch einmal ansehen möchten, dann sagen Sie es mir. Wir können das genau in dem Tempo machen, das Sie brauchen, okay?«

Bei dem Gedanken daran, dass sie das jetzt tatsächlich tun würde, brach ihr der kalte Schweiß aus, aber sie nickte.

Sie fuhren auf den Highway und legten ein sehr gemächliches Tempo vor. Greening schaltete sein Blaulicht ein, damit die anderen Autofahrer sie einfach überholten.

Er berichtete ihr, was er im Polizeibericht gelesen hatte. Irgendwie kam es Zoë surreal vor, aus seinem Mund von Ereignissen zu hören, die sie erlebt hatte, an die sie sich jedoch nicht erinnern konnte. Sie sehnte sich so sehr danach, dass irgendein Funke in ihrem Inneren aufflackerte, aber da war nichts.

Danach fragte er sie, wie sie alles in Erinnerung hatte, und hakte bei jedem einzelnen Detail nach. Sie wurde aus der Realität in diese Nacht zurückversetzt und sah die Straße vor sich nicht mehr. Stattdessen sah sie sich selbst, Holli und den Zähler. Es war derselbe verschwommene und unvollständige Film, den sie wieder und wieder vor ihrem inneren Auge sah. Es fiel ihr schwer, ihn sich anzusehen, aber zum ersten Mal überhaupt wollte sie wirklich alles sehen. Auf einmal wurde der Wagen langsamer.

»Was ist los?«

»Wir sind da.« Er hielt an. »Genau an dieser Stelle haben die Sheriffs Sie gefunden.«

Diese Enthüllung traf Zoë wie ein Schlag in die Magengrube. Ihre Reaktion darauf trat sofort ein und war sehr unangenehm. Sie bekam eine Gänsehaut und schien plötzlich keine Kraft mehr zu haben. Nur mit Mühe bekam sie die Tür auf, und sie musste sich dagegenwerfen, um sie ganz zu öffnen.

Greening entging ihre Veränderung, da er bereits zu einer Stelle am Straßenrand schlenderte. Er schaute in einen Aktenordner und deutete dann mit beiden Händen auf den Boden. »Sie sind hier von der Straße abgekommen und Ihr Wagen hat in diese Richtung gezeigt.« Er deutete gen Süden.

Sie stolperte auf wackligen Beinen zu ihm hinüber. Es war ihr alles viel zu real und ihr Mut war auf einen Schlag verschwunden. Sie war hierhergekommen, um die Wahrheit zu finden und einen Mörder zu fassen, aber jetzt wäre sie am liebsten weggelaufen.

Erneut konsultierte Greening die Akten. Auf der rechten

Seite waren Berichte eingeheftet und links klebten einige Fotos. Er tippte das oberste an. Darauf sah man, wie ihr VW Beetle mit der Nase voran im Straßengraben stand, während ein uniformierter Polizist mit missbilligender Miene im Hintergrund zu sehen war.

Die Erinnerungen an diese Nacht stürzten auf sie ein. *Rote und blaue Lichter vor ihren Augen, dann ein grelles Licht, das ihr ins Gesicht scheint. Silhouetten vor dem Licht. Das Knarren einer Wagentür, die geöffnet wird. Jemand fragt: »Miss, Miss, sind Sie …? Großer Gott, sie ist nackt.« Eine andere Stimme: »Die Schlampe ist besoffen.« Sie schreit und wehrt sich gegen die Hände, die sie berühren. Männer schreien und verlangen, dass sie sich wieder beruhigt. Sie ruft ein einziges Wort: »Holli!« Wieder und immer wieder. Dann ist da gar nichts mehr.*

»Geht es Ihnen gut?«, erkundigte sich Greening.

Zoë wischte sich mit einer Hand über das Gesicht. »Ja, alles bestens.«

Der Polizist sah sie skeptisch an.

Sie nahm ihm den Ordner ab und sah sich das Foto genauer an. Dann drehte sie sich so, dass die Richtung übereinstimmte.

»Erinnern Sie sich an irgendetwas?«

»Nicht wirklich«, antwortete sie kopfschüttelnd.

»Auf dem Bild sieht es so aus, als wären Sie von Mammoth Lakes gekommen und wollten nach Bishop. Das wäre aber die falsche Richtung gewesen, denn von dort sind Sie gekommen. Können Sie sich das erklären?«

Wieder schüttelte sie den Kopf.

»Wollten Sie aus irgendeinem Grund zurück nach Bishop?«

»Ich glaube, ich wollte einfach nur weg. Die Richtung war nicht weiter wichtig. Tut mir leid, ich hätte selbst gern eine Antwort darauf.«

Greening seufzte. »Das ist schon okay. Sehen wir es doch mal so: Sie sind in Richtung Süden gefahren. Klingelt da was bei Ihnen?«

»Ich stand so sehr unter dem Einfluss dieser Drogen, dass ich genauso gut im Kreis herumgefahren sein könnte, bevor ich hier umgekippt bin. Ich weiß nur noch, dass ich in den Wagen gestiegen und losgefahren bin, während ich die ganze Zeit gebetet habe, dass er mir nicht folgt.«

Er nickte. Zoë spürte, dass Greening sie innerlich anflehte, sich zu erinnern. Sie hatte das auch schon so oft getan, aber irgendwann aufgegeben, da sie mit bloßem Willen nichts ausrichten konnte. Die verlorenen Erinnerungen würden entweder irgendwann zurückkehren oder für alle Zeit ausgelöscht sein.

»Ich glaube, der Ort, an den er Sie gebracht hat, liegt irgendwo an diesem Abschnitt der Straße. Wenn man bedenkt, in welchem Zustand Sie sich befunden haben, dann müssen Ihre Angst und das Adrenalin die Wirkung der K.-o.-Tropfen abgeschwächt haben, aber eben nicht aufgehoben. Sie können nicht weit gefahren sein, bevor Sie hier im Straßengraben gelandet sind. Ich vermute, dass es höchstens zwanzig Kilometer gewesen sind. In Anbetracht der Uhrzeit, um die Sie Bishop verlassen haben, und wie lange er gebraucht haben muss, um Sie hier rauszubringen und sich an die Arbeit zu machen …«

Sie zuckte zusammen, als er das Wort »Arbeit« aussprach, das nur ein gesichtsloser Euphemismus für Folter und Mord war.

»Entschuldigung«, murmelte er.

»Schon okay.«

»Ich wollte damit nur sagen, dass wir in der Nähe sind. Ganz in der Nähe. Wollen wir zusammen versuchen, diesen Ort zu finden?«, fragte er lächelnd.

»Ja, aber das haben die Sheriffs auch schon versucht. Sie haben die Häuser in der Gegend überprüft, aber nichts gefunden, das auf meine Beschreibung gepasst hat.«

»Sie haben ihnen beim letzten Mal doch so gut wie nichts

sagen können. Die Suche basierte auf der Stelle, an der Sie gefunden wurden. Die Polizei wusste nicht, woher Sie gekommen sind und wohin Sie wollten. Sie hatten keinen Anhaltspunkt. Das ist jetzt anders. Alles, was Ihnen zugestoßen ist, muss zwischen Bishop und der Abzweigung nach Mammoth Lakes passiert sein. Daher frage ich Sie jetzt noch mal: Wollen wir zusammen versuchen, diesen Ort zu finden?«

»Ja.«

Er ging zu seinem Wagen zurück.

Sie blieb noch am Straßenrand stehen und starrte die Straße in Richtung Süden entlang. Sie wurde in der Ferne immer kleiner, und die Berge und die Hügel auf beiden Seiten schienen sie zu verschlucken. Das musste in jener Nacht ihr Ausblick gewesen sein. Sie wünschte sich, dass er ihr bekannt vorkam, dass er irgendeine Erinnerung hervorrief, aber die Straße blieb einfach nur eine Straße. Das änderte jedoch nichts an der Tatsache, dass alles, was geschehen war, hier passiert sein musste.

»Zoë? Ist alles okay?«

Sie drehte sich um. »Ja. Ich denke, wir sollten zuerst in diese Richtung fahren.«

Auf seiner Miene zeichnete sich Hoffnung ab. »Dann also in Richtung Süden.«

Sie folgten der Straße, bogen an jeder Ausfahrt ab und erkundeten jede Seitenstraße, bis sie nicht mehr weiterging. Doch sie erreichten das Ende der Straße, Bishop, ohne irgendetwas gefunden zu haben, das zu Zoës verschwommenen Erinnerungen passte.

Greening fuhr zum *Smokehouse* und parkte davor.

»Ich kann mir nicht vorstellen, dass die sich freuen werden, wenn wir hier etwas essen.«

»Vermutlich nicht.« Sein Grinsen verblasste schnell wieder. »Okay, ich möchte, dass wir die Dinge anders angehen, wenn wir es in der anderen Richtung versuchen. Ich werde Ihnen erzählen, was Sie in der Nacht getan haben, und möchte, dass Sie die Lücken füllen.«

Sie spürte, wie sich die Härchen in ihrem Nacken aufstellen. »Sie wissen wirklich, wie man mich glücklich macht.«

»Ich werde versuchen, Sie zu provozieren, und ich werde mich nicht dafür entschuldigen, weil ich denke, dass es wichtig ist, und ich glaube, das wissen Sie auch.«

»Solange Sie bereit sind, hinterher für meine Therapiesitzungen zu bezahlen.«

»Das hier ist Therapie. Eigentlich sollte ich Geld dafür bekommen.«

Sein Lächeln war wieder da. Erstaunlicherweise verlieh es ihr Zuversicht. Er gab ihr Selbstvertrauen. Hätte sie das allein tun müssen, hätte sie sich gefürchtet und vermutlich aufgegeben, sobald es zu schmerzhaft wurde. Doch mit Greening an ihrer Seite hatte sie jemanden bei sich, der sie beschützen und antreiben konnte.

»Okay, dann mal los«, meinte er. »Wo haben Sie in jener Nacht geparkt?«

»Das weiß ich nicht.«

Er fuhr langsam über den Parkplatz. »Sie wurden aus dem *Smokehouse* rausgeworfen und sind zusammen mit Holli zurück zum Wagen gegangen. Waren Sie allein? Hat Sie jemand angehalten oder Sie gebeten, ihn mitzunehmen? Hat jemand an Ihrem Wagen gewartet?«

In den Tiefen ihres Verstands flackerte etwas auf. Sie sah sich und Holli Arm in Arm und lachend durch die Dunkelheit laufen. Dann verschwand das Bild wieder in den Schatten.

»Ist Ihnen jemand gefolgt? Die Droge musste Ihnen bereits verabreicht worden sein und langsam Wirkung zeigen. Sie haben sich vermutlich betrunkener gefühlt, als Sie wirklich waren, wurden müde und benommen.«

Greening fuhr wieder auf die Straße und in Richtung Norden.

»Sie saßen in Ihrem Wagen. Sind Sie gefahren oder hat er das übernommen? Wenn er es gewesen ist, dann saßen Sie zu dritt im Wagen. Wo haben Sie gesessen? Auf dem Fahrersitz? Auf dem Beifahrersitz? Oder hinten?«

Wieder flackerte etwas in ihrem Gedächtnis auf. Das Bild war nur kurz zu sehen, aber umso klarer.

»Was ist mit Holli? Wo hat sie gesessen?«

»Warten Sie kurz, und hören Sie auf zu reden.«

Er schwieg, fuhr aber weiter.

»Ich bin gefahren. Holli saß neben mir. Er hat auf dem Rücksitz gesessen und musste sich ganz schön zusammenfalten, weil er so groß war. Holli hat ihm angeboten, die Plätze zu tauschen, aber er hat abgelehnt. Wir haben ihm einen Gefallen getan.«

Sie war verblüfft, dass sie sich plötzlich so deutlich an etwas erinnerte, nachdem so lange alles verschwommen und durcheinander gewesen war. Aber trotz der klaren Erinnerung verschwand alles, was danach kam, im Nebel.

»Dann haben Sie ihn also mitgenommen?« Greening klang aufgeregt.

»Keine Ahnung. Ich glaube schon.«

»Hat er Sie gebeten, ihn irgendwo abzusetzen?«

Sie schüttelte den Kopf.

Sie erreichten die Stadtgrenze von Bishop und Greening fuhr weiter.

»Okay, Sie sind auf der US 395 gefahren. Holli sitzt neben Ihnen. Er sitzt hinten. Die K.-o.-Tropfen zeigen langsam Wirkung. Wahrscheinlich fahren Sie Schlangenlinien.« Um seine Worte zu betonen, wackelte Greening am Lenkrad, sodass der Wagen ausbrach. »Vermutlich hat er vorgeschlagen, das Fahren zu übernehmen.«

Sie zermarterte sich das Gehirn und hoffte auf einen weiteren Geistesblitz. »Vermutlich.«

»Er fährt jetzt. Ich gehe davon aus, dass Holli noch immer vorn sitzt. Sie haben den Platz mit ihm getauscht und sitzen hinten.«

Das klang plausibel, aber sie wusste nicht, ob es stimmte.

»Sie hatten schon eine lange Fahrt hinter sich. Es ist spät und dunkel. Sie kennen die Gegend nicht. Es ist bestimmt angenehm, ihm das Fahren zu überlassen. Sind Sie sitzen geblieben oder haben Sie sich auf die Rückbank gelegt?«

Bitte, gib mir noch eine Erinnerung, flehte sie. Greening war so gut darin, diese Nacht aus dem Nichts heraufzubeschwören, und sie, die doch dabei gewesen war, konnte sich an nichts erinnern. Sie spürte, wie ihr Herz schneller schlug und ihr Blutdruck stieg, weil sie dermaßen frustriert war. »Ich weiß es nicht. Ich kann mich nicht erinnern. Verdammt.«

»Das ist schon in Ordnung, Zoë. Machen Sie sich keine Vorwürfe. Ich muss nicht alles wissen, ich brauche nur genug Teile, damit ich das Puzzle zusammensetzen kann. Helfen Sie mir, die Eckstücke zu finden.«

Während der nächsten fünf Minuten schwieg er, und sie tat es ebenfalls und versuchte, ihren Frust wieder loszuwerden. Sie wandte den Blick nicht von der Straße ab und ließ sich von der unveränderlichen Aussicht den Geist reinigen.

Wie zuvor bog Greening bei jeder Gelegenheit ab und folgte jeder noch so schmalen Seitenstraße bis zu ihrem Ende.

»Erzählen Sie mir von dem Ort, an dem er Sie festgehalten hat. Wie hat es da ausgesehen? Haben Sie irgendwelche seltsamen Geräusche gehört? Hat es komisch gerochen? Sagen Sie mir, woran Sie sich erinnern.«

Daran, dass ich Holli im Stich gelassen habe, dachte sie. *Daran erinnere ich mich.* Aber sie verdrängte ihre Schuldgefühle und beschloss, sie vorerst zu ignorieren. Damit konnte sie sich später beschäftigen. Sie würden über kurz oder lang ja doch wieder an die Oberfläche kommen.

»Ich bin in einer Hütte oder einem großen Werkzeugschuppen mit Blechdach aufgewacht. Vielleicht drei mal sechs Meter groß. Da stand überall Müll und alles sah uralt aus. Der Boden bog sich schon durch.«

»Gut. Was noch?«

Sie sah sich selbst nackt dort hocken, nachdem sie die Kabelbinder von ihren Hand und Fußgelenken gelöst hatte. Reflexartig rieb sie sich das linke Handgelenk an der Stelle, an der sich das Plastik ins Fleisch geschnitten hatte. Sie stand wieder an dem Schuppenfenster, schaute nach draußen und hatte Hollis Schreie in den Ohren.

»Gegenüber der Hütte, in der ich mich befinde, steht noch so ein heruntergekommener Schuppen. Die Werkstatt befindet sich rechts von mir. Da drin foltert er Holli. Die Gebäude sind alle völlig verwittert. Die Lampen brennen, aber die Fenster sind so dreckig, dass das Licht nur gedämpft nach draußen dringt.« Sie erinnerte sich daran, wie sie durch die kleinen Fenster geblickt hatte. »Buntglas.«

»Buntglas?«

»Lauter kleine, verdreckte Fensterscheiben. Es war wie das unheilige Buntglas an der Kirche des Teufels.«

Greening schien nicht zu wissen, was er darauf erwidern sollte.

»Okay, Sie sind aus der Hütte entkommen. Vor Ihnen steht eine zweite. Die Werkstatt mit Holli und ihm ist zu Ihrer Rechten. Sie sind nackt. Verletzt. Verwirrt. Es ist Nacht. Was können Sie noch sehen, hören, riechen oder schmecken?«

»Ich sehe die Sterne. Da sind Lichter in der Ferne, glaube ich. Zu hören ist gar nichts. Kein Verkehrslärm. Keine Flugzeuge am Himmel. Keine Stimmen. Ich rieche die Nachtluft, sie ist trocken und staubig. Aber ich rieche auch Blumen, Bäume oder etwas in der Art, ich kann den Geruch jedoch nicht einordnen und die Pflanzen auch nicht sehen. Ich schmecke gar nichts.«

»Sie sind barfuß. Worauf stehen Sie?«

»Auf Erde.«

»Nur Erde, kein Beton oder Asphalt?«

»Nein. Da war überall Erde. Die Straße war auch nicht gepflastert, es war eher ein Feldweg.«

Greening hielt an und holte ein paar Straßenkarten hervor. Er markierte einige Orte und fuhr dann wieder auf den Highway zurück.

Nun änderte er seine Taktik. Anstatt jeder gepflasterten Straße zu folgen, erkundete er alle Wald und Feldwege. Der Crown Victoria war nicht für derartige Strecken gebaut, hatte mit dem lockeren Untergrund oft Probleme und kam einige Male mit dem Unterboden auf.

»Okay, Sie sind aus der Hütte entkommen und stehen im Freien auf nackter Erde«, sagte Greening.

Sie sah die Straße vor sich nicht mehr, sondern befand sich wieder in der Vergangenheit. Die Nachtluft hatte den Schweiß auf ihrer Haut getrocknet, nachdem sie der stickigen Hütte entronnen war.

»Ja«, murmelte sie.

»Können Sie die Berge vor sich sehen?«

»Nein«, antwortete sie und fügte entschiedener hinzu: »Nein, da sind nur Berge weit entfernt am Horizont.«

»Aber der Highway war vor Ihnen.«

»Ja, ich glaube schon.«

Er lächelte sie an. »Das bedeutet, dass Sie sich westlich des Highways befunden haben.«

Wieder hielt er am Straßenrand an und ging die Karten durch, um mehrere Stellen zu markieren. »Wir kommen der Sache näher, Zoë.«

Sie fuhren die nächsten drei Feldwege entlang, die jedoch in Sackgassen endeten – auch mental. Zoë hatte keine weitere

Erinnerung und Hütten mit Blechdächern sahen sie auch keine.

Es wurde langsam dunkel. Die Sonne stand schon über den Bergen. Zoë hatte geglaubt, dass sie bis zum Einbruch der Nacht zurück in Mammoth Lakes sein würden, aber sie hatten nicht einmal die Hälfte der angepeilten Strecke geschafft.

Greening trat auf die Bremse und der Wagen kam schlitternd auf dem Standstreifen zum Stehen. Ein Sattelzug raste donnernd und hupend an ihnen vorbei.

Der Polizist griff zur Karte und breitete sie aus. Dann strich er mit dem Finger über die Orte, die er markiert hatte, und deutete auf einen holprigen Weg auf der anderen Straßenseite. Eine schwere Kette hing zwischen zwei halbmeterhohen verrosteten Pfeilern und versperrte die Durchfahrt. Nirgendwo stand ein Schild, das Unbefugte vom Betreten des Geländes abhielt. Hier herrschte nichts als Anonymität.

»Dieser Weg ist nicht auf der Karte verzeichnet.«

Zoë starrte die Kette an und folgte dem Weg mit dem Blick. »Mir kommt hier nichts bekannt vor.«

»Wir sollten lieber auf Nummer sicher gehen.«

Er raste auf die andere Straßenseite und blieb dicht vor der herunterhängenden Kette stehen. Zoë sprang aus dem Wagen und wollte sie abnehmen, stellte jedoch fest, dass sie mit einem Vorhängeschloss gesichert war.

»Abgeschlossen«, rief sie Greening zu.

»Ziehen Sie sie fest«, brüllte er zurück.

Zoë packte die Kette und zog so fest daran, wie sie nur konnte. Greening fuhr langsam vor, bis sich die Stoßstange gegen die Kette drückte. Zoë ließ los, und er ließ den Crown Victoria vorwärtsrollen, um Druck aufzubauen. Dann gab er Gas und einer der Pfeiler knickte ein, sodass die Kette auf den Boden fiel.

»Kein besonders effektives Sicherheitssystem«, meinte Zoë, als sie wieder in den Wagen stieg.

»Das war auch nicht so gedacht. Zu viel Aufwand zieht nur Aufmerksamkeit auf sich. Gibt man sich keine große Mühe, so wie hier, wird es meist ignoriert.«

Der Wagen holperte über die unebene Straße, die etwa fünfhundert Meter weit mal nach links und mal nach rechts führte, bis es leicht bergauf und dann wieder leicht bergab ging. Der Weg führte einfach immer weiter, ungefähr parallel zu den Bergen und dem Highway.

Zoë war mulmig zumute. Dieses Mal blitzte keine Erinnerung auf, aber die Entfernung zum Highway machte sie nervös. Genau so hatte sie sich gefühlt, als sie aus diesem Schuppen getreten war: als wäre sie komplett von der Welt abgeschnitten. Sie sah über Greenings Schulter auf die flache Landschaft hinaus, die sich bis zum Horizont erstreckte. *Ist es das?*

Sie fuhren um eine weitere Kurve und Greening nahm den Fuß vom Gas. »Sehen Sie nur, Zoë.«

»Großer Gott.«

Die Nebengebäude waren nicht mehr da. Sie sah nur noch die flach gedrückten Überreste von dem, was einst drei Gebäude gewesen waren, die mit Gewalt dem Erdboden gleichgemacht und dann den Elementen ausgesetzt worden waren, damit sie zu Rost zerfielen und mit der Umgebung verschmolzen.

Zoë sprang aus dem Wagen, bevor Greening überhaupt angehalten hatte, und rannte zu den Überresten hinüber. Da waren die Blechdächer und die zertrümmerten Fensterscheiben. Die Gebäude hatten genau so gestanden wie in ihrer Erinnerung. Dies konnten zwar auch drei völlig andere Gebäude gewesen sein, aber ihr rasendes Herz sagte ihr, dass sie sich nicht irrte. Als sie sich umdrehte, sah sie Greening auf sich zurennen. Sie deutete auf den Boden, über den sie einst barfuß hatte laufen müssen. »Das ist der Ort.«

Kapitel 18

»Ich glaube, wir haben hier was.« Mehr hatte Greening nicht sagen müssen, um die Kavallerie herbeizurufen.

Mehr als ein Dutzend Sheriff-Deputys, Detectives und Kriminaltechniker aus Bishop und dem umliegenden Inyo County untersuchten die Überreste des Tatorts, an dem der Zähler Holli ermordet hatte. Greg Solis vom Sheriff's Department im Mono County war ebenfalls vor Ort. Zoë hatte ihn seit der Entführung nicht mehr gesehen. Er schien nicht erfreut über dieses Wiedersehen. Sie kannte auch den Grund dafür – es war nicht sein Zuständigkeitsbereich. Sie war zwar im Mono County gefunden worden, aber der Zähler hatte im Inyo County gemordet. Da war es kein Wunder, dass sie diesen Ort nie gefunden hatten. Über die Grenze hinaus hatte niemand gesucht. Sie hätte ihnen jetzt zwar Vorwürfe machen können, aber eigentlich interessierte sie nur eine Sache: Waren Holli und die anderen Opfer hier vergraben worden?

Im schwächer werdenden Licht errichteten die Polizisten eine Absperrung um die drei Gebäude und bauten eilig Scheinwerfer auf. Greening war mit dem Sheriff und zwei anderen Männern ins Gespräch vertieft, doch es hatte sich niemand die Mühe gemacht, diese Zoë vorzustellen. Stattdessen hatte er sie in seinen Wagen verfrachtet, als wäre sie ein unfähiges Kind, während er seine Erwachsenenpolizeiarbeit machte.

Während sie den Polizisten bei der Arbeit zusah, fragte sie sich, was sie wohl unter dem Schutt finden würden. Sie konnte nur hoffen, dass sie es sich nicht ansehen musste.

Greening schien die Besprechung beendet zu haben und setzte sich auf den Fahrersitz. »Okay, ich lasse Sie jetzt von einem der Deputys zum Motel zurückbringen. Wahrscheinlich werde ich noch ein oder zwei Tage hierbleiben, aber Sie können natürlich gern schon nach Hause fahren.«

»Warum schließen Sie mich aus?«

»Zoë, bitte. Sie wissen, dass ich Sie an den Ermittlungen nicht beteiligen kann. Sie sind eine Zeugin.«

Und eine Verdächtige, dachte sie. Viele der Deputys hatten ihr Seitenblicke zugeworfen. Schließlich waren das die Leute, die sie zuerst als betrunkenes Partygirl eingestuft hatten und danach als Frau, die ihre Freundin im Stich gelassen hatte.

»Außerdem ist das nicht meine Entscheidung. Es fällt in deren Zuständigkeitsbereich. Ich bin hier nur Beobachter.«

»Aber Sie bleiben hier.«

»Nur, weil es eine Verbindung zwischen unseren Fällen gibt. Das ist alles. Sie werden mich vermutlich auch sehr bald loswerden wollen. Wenn Sie heute Abend noch da sind, komme ich in ein paar Stunden zu Ihnen und erzähle Ihnen, so viel ich kann.«

Sie würde aber nicht bleiben. Vor ihr lag noch eine lange Fahrt, aber wenn sie jetzt aufbrach, wäre sie vor Mitternacht zu Hause. Außerdem zog Greening gerade eine unsichtbare Wand zwischen ihnen hoch, mit der er jeden aussperrte, der nicht zur Polizei gehörte.

»Ich denke, ich werde nach Hause fahren. Können Sie mir zumindest verraten, was gerade vor sich geht?«

»Das Standardverfahren. Heute Abend wird der Tatort

abgeriegelt und ab morgen nehmen sie hier alles auseinander. Sie haben noch Spezialgeräte angefordert, um die Gegend genauer untersuchen zu können.«

»Wonach suchen sie denn?«

Greenings Miene wurde zögerlich. Eigentlich wusste Zoë genau, wonach die Polizei suchte. Sie sah zu den Deputys hinüber.

»Glauben Sie, dass sie hier begraben ist? Dass er vielleicht alle hier vergraben hat?«

»Das weiß ich nicht. Sie werden alles mit dem Bodenradar und Spürhunden absuchen.«

Sie war dankbar dafür, dass er nicht »Leichenhunde« gesagt hatte. »Hoffentlich finden sie sie.«

Greening sagte einen Moment lang nichts. »Das hoffe ich auch. Dann sorge ich jetzt mal dafür, dass man Sie zurück zum Motel bringt.«

Er stieg wieder aus und beauftragte einen uniformierten Beamten damit, sie nach Mammoth Lakes zu fahren. Als er mit dem Officer zurückkam, stieg sie aus dem Wagen.

»Officer Beatty wird Sie zum Motel fahren. Ich melde mich dann morgen bei Ihnen. Die Mono-Sheriffs brauchen vielleicht noch eine weitere Aussage von Ihnen, aber die können Sie eventuell auch in San Francisco machen.«

Sie hörte sich das Blabla und die gut gemeinten Worte an. Greening schien ihre Stimmung erfasst zu haben und nahm ihre Hand.

»Sie müssen nicht das Gefühl haben, ausgeschlossen zu werden, Zoë. Sie haben uns heute sehr geholfen. Wir sind der Verhaftung dieses Kerls einen Schritt näher gekommen, und das haben wir nur Ihnen zu verdanken.«

* * *

Die behördenübergreifende Zusammenarbeit beschränkte sich darauf, dass man sich bei Greening bedankte und ihn freundlich, aber bestimmt wegschickte. Jetzt wusste er, wie sich Zoë gefühlt hatte, als er sie hatte fortschicken müssen. Wenn er seine gekränkten Gefühle außer Acht ließ, war es eigentlich gar nicht so schlimm. Der Mono-Sheriff und Deputy Solis waren freundlich und dankbar, aber sie hatten vor, sich strikt an die Vorschriften zu halten. Sie würden ihn auf dem Laufenden halten, auch wenn er nicht direkt mitspielen durfte. Trotz der ausgetauschten Nettigkeiten merkte er, dass sie verärgert waren, weil er den Tatort entdeckt hatte. Niemand mochte es, wenn seine beruflichen Fähigkeiten von jemand anderem in den Schatten gestellt wurden.

Aber er konnte sich eigentlich nicht beschweren. Sie hatten die ganze Nacht am Tatort gearbeitet, während er seinen Bericht noch zu einer vernünftigen Uhrzeit hatte schreiben können. Nachdem man ihn weggeschickt hatte, war er nach Mammoth Lakes zurückgefahren. Zoë Suttons Wagen stand nicht mehr auf dem Motelparkplatz, als er dort eintraf. Er bedauerte, dass sie gefahren war, da er gern noch einmal mit ihr gesprochen und sie beruhigt hätte. Sie war schließlich die Schlüsselfigur in diesem Fall.

Er betrat sein Zimmer, nachdem er sich das typische Dienstreisen-Abendessen aus Burger, Pommes und einer Cola geholt hatte. Zwar hätte er auch im Burgerladen essen können, aber er saß nur ungern allein in Restaurants.

Nachdem er das Essen auf dem Schreibtisch abgestellt hatte, zog er sich die Jacke und die Schuhe aus. Er nahm einen Bissen vom Burger, der erstaunlich gut schmeckte. Allerdings wusste er nicht, ob das an der Höhenlage lag oder daran, dass er seit dem Frühstück nichts mehr zu sich genommen hatte.

Er wartete, bis er die Hälfte seiner Mahlzeit verzehrt hatte, bevor er Ogawa anrief. Sein Kollege war nicht gerade begeistert davon, dass er den ganzen Tag mit Zoë verbracht hatte, aber da er Greening dazu aufgefordert hatte, in ihrer Nähe zu bleiben, durfte er sich eigentlich nicht beschweren. Es war sinnvoll, sie nicht aus den Augen zu lassen. Laut ihrer Vorgeschichte ging sie gern mal in die Luft, und sie konnte den Ermittlungen schaden, wenn sie in kämpferischer Stimmung war.

»Sie hat die Stelle gefunden, an der man sie festgehalten hat.« Da man noch keine Leichen gefunden hatte, mochte er zunächst nicht mehr hineininterpretieren.

»Nach der langen Zeit hat sie sich auf einmal an das erinnert, was passiert ist?«, hakte Ogawa nach.

Seine Skepsis war nicht zu überhören. Es würde noch einige Zeit dauern, bis Zoë ihn auf ihre Seite gezogen hatte.

»Es war eher ein Ausschlussverfahren. Wir sind in jede Seitenstraße abgebogen, bis wir zu dieser gelangt sind. Sie musste mir gar nicht erst sagen, dass es die richtige Stelle war. Ihre Beschreibung vom letzten Jahr passte haargenau.«

»Es gefällt mir nicht, dass sie da draußen war.«

»Sie sucht nach Antworten.«

»Oder sie will ihre Spuren verwischen.«

Greening drehte sich zu seinem Abendessen um und steckte sich eine Pommes in den Mund. »Dann trauen Sie ihr also nicht.«

»Es gibt zu viele unbeantwortete Fragen. Sie ist noch lange nicht von jedem Verdacht freigesprochen.«

Greening grinste. Aus genau diesem Grund arbeitete er gern mit Ogawa zusammen: Der Mann traute einfach niemandem. »Und, was halten Sie von ihr?«

»Ich habe mir noch keine Meinung gebildet, weil es einfach zu viele Möglichkeiten gibt«, erwiderte Ogawa.

»Irgendetwas ist ihr vor fünfzehn Monaten zugestoßen. Danach haben sich ihr Verhalten und ihr Leben drastisch verändert. Aber ich kann einfach keine Verbindung zu Laurie

Hernandez entdecken.«

»Miss Sutton ist meiner Meinung nach viel zu sehr darauf erpicht, sich in unsere Ermittlungen einzumischen.«

»Das mag sein, aber warum interessiert sie sich dafür? Wenn sie Holli Buckner ermordet hätte und nicht weiter auffallen wollte, dann hätte sie nur den Mund halten müssen. Wir hätten keine Verbindung zwischen Laurie Hernandez und ihr oder irgendwelchen potenziellen anderen Opfern herstellen können.«

»Und genau das gefällt mir nicht. Wir wurden an der Nase herumgeführt, seitdem diese Frau auf unseren Tatort gestürmt ist. Sie sind nur ihretwegen überhaupt da.«

Da hatte Ogawa nicht ganz unrecht.

»Wann kommen Sie wieder zurück?«

»Ich werde morgen früh noch mal mit dem Sheriff reden und verschwinde dann wieder.«

»Wie werden Sie dort behandelt?«

»Wie ein entfernter Cousin.«

»Das ist ein weiterer Grund, aus dem Sie Ihren Hintern wieder hierherbewegen sollten. Ich habe ja an sich gar nichts gegen diese Sutton. Momentan kann ich ihr nichts anlasten, sie aber auch nicht entlasten, daher stellt sie ein Problem dar, das geregelt werden muss. Um das zu tun, sollten Sie sich ihren Fall und ihre Aussage noch einmal genau ansehen und nach Ungenauigkeiten Ausschau halten.«

Greening legte einfach auf. Ogawa war manchmal ein richtiger Mistkerl. Ein gesundes Misstrauen war jedem Polizisten zu wünschen, aber Ogawa trieb es einfach zu weit. Zwar war sich Greening in Bezug auf Zoë auch nicht ganz sicher, aber er hielt sie definitiv für das Opfer und nicht die Täterin. Doch jetzt zwang ihn Ogawa dazu, in diese Richtung zu denken. Es gab zwar vieles, das auf Zoës Unschuld hindeutete, aber alles, was mit ihr zu tun hatte, war dermaßen vage, dass er selbst nicht genau wusste, was er eigentlich in der Hand hatte.

Er warf das restliche Essen weg und breitete seine Straßenkarten auf dem Tisch aus. Nachdem er die Position des Tatorts markiert hatte, kennzeichnete er mit einem grünen Marker alle Straßen, die vom *Smokehouse* in Bishop dorthin führten. Zu guter Letzt strich er Zoës Fluchtweg orange an, der bis zu der Stelle führte, an der sie in den Graben gefahren war. Dann lehnte er sich zurück und versuchte, sich einen Reim auf das Ganze zu machen.

Zoë war dem gewundenen Weg zurück auf die US 395 gefolgt, gen Norden in Richtung Mammoth Lakes gefahren und hatte irgendwann unterwegs gewendet, um dann auf der Richtung Süden führenden Fahrbahn einen Unfall zu bauen. Gut, sie war nicht in einem fahrtüchtigen Zustand gewesen, und es war nicht weiter überraschend, dass sie irgendwann gewendet hatte und von der Straße abgekommen war. Doch es war schon seltsam, dass sie dem Zähler entkommen war, nur um keine zehn Kilometer von seinem Haus entfernt im Straßengraben zu landen. Wenn Greening sich die Sache mit Ogawas Augen ansah, konnte er glatt auf den Gedanken kommen, sie hätte zum Tatort zurückfahren wollen.

* * *

Als Zoë über die Bay Bridge nach San Francisco hineinfuhr, wurde sie wieder einmal daran erinnert, wie überbevölkert und chaotisch die Bay Area war. Selbst zu dieser späten Stunde fuhren alle viel zu dicht auf und zu schnell. In den beiden Tagen, die sie jetzt weg gewesen war, hatte sie sich an die Abgeschiedenheit außerhalb der Großstädte Kaliforniens gewöhnt und mit ihren Gedanken allein sein können. Als sie jetzt zusammen mit Hunderten anderer Autofahrer die Brücke überquerte, konnte sie nur versuchen, nicht mit den Wagen zu kollidieren, die vor ihr die Spur wechselten.

Die Rückfahrt hatte ihr gutgetan. Dank der Einsamkeit hatte sie sich entspannen können und die Wut auf Greening, der sie einfach weggeschickt hatte, war ebenfalls verraucht. Er hatte ja recht. Die Sache war ihr aus den Händen genommen worden. Sie hatte ihren Teil beigetragen, indem sie den Spürhund gespielt und einen Hinweis gefunden hatte. Nun lag alles in den Händen der Polizei und sie konnte Greening nur noch daran erinnern, dass er versprochen hatte, sie auf dem Laufenden zu halten.

Die Ruhe hatte ihr auch die Gelegenheit gegeben, um sich selbst und um Holli zu trauern. Jene Nacht war immer eine Mischung aus Realität und Albtraum gewesen. War sie wirklich entführt worden? Hatte sie tatsächlich gesehen, wie Holli an einem Haken hing? War sie wirklich einem Killer entkommen? Sie hatte genau gewusst, was man im Sheriff's Department im Mono County über sie dachte: dass sie die ganze Sache in ihrem betrunkenen Zustand erfunden hatte. Doch dadurch, dass sie die Gebäude gefunden hatte, wurde alles real. Es war wirklich passiert. Und es bedeutete auch, dass sie Holli tatsächlich im Stich gelassen hatte.

Dieser Gedanke ging ihr während der Fahrt nicht aus dem Kopf und sorgte dafür, dass sie weniger gehetzt und aggressiv fuhr. Sie ließ sich von anderen Autos überholen. Sollten sie doch schneller irgendwo ankommen. Sie selbst würde auch irgendwann zu Hause sein.

Sie erreichte die Einfahrt zu ihrem Apartmentkomplex und öffnete das Tor mit der Fernbedienung. Es war zu spät, um den Mietwagen jetzt noch zurückbringen. Sie parkte neben ihrem Motorrad und trug ihre Tasche zu ihrer Wohnung, schloss die Tür auf und schaltete das Licht ein. Da sie nach der langen Fahrt und der emotionalen Achterbahn erschöpft war, merkte sie erst nach einem Augenblick, dass etwas nicht stimmte. Aber sie wusste nicht genau, was es war. Sie betrat das Wohnzimmer und stockte. Es sah alles so aus wie immer, fühlte sich aber nicht so an. Vielmehr war ihr, als wäre alles bewegt und dann wieder an die richtige Stelle geschoben worden. Erst dann fiel ihr auf, was hier nicht stimmte: Sie konnte schwach den Geruch eines Aftershaves riechen.

Es dauerte nur wenige Sekunden, bis sie ihren Fehler erkannt hatte, aber es war bereits zu spät. Die Tür war hinter ihr ins Schloss gefallen, der Fluchtweg versperrt. Sie hatte ihre Tasche noch in der Hand und war geistig nicht auf Verteidigung eingestellt. Sie hatte dem Eindringling genau den Vorteil verschafft, den er brauchte. Er kam aus dem Schlafzimmer, aus ihrem toten Winkel.

»Scheiße.«

Sie hatte noch genug Zeit, um die Tasche fallen zu lassen und herumzuwirbeln, bevor ihr eine große, schwarz gekleidete und behandschuhte Gestalt mit einer Skimaske gegenüberstand. Wieso er sich die Mühe mit dieser Ninjaverkleidung gemacht hatte, war ihr schleierhaft, da sie doch genau wusste, wer sich unter der Maske versteckte. Der Zähler hatte sie endlich gefunden. Er griff sie mit einem Taser an. Sie schlug ihm mit einer Hand auf den Unterarm, sodass der Taser in hohem Bogen durch den Raum flog.

Er landete weit von beiden entfernt auf dem Boden. Sie hätte ihn sich zu gern geholt, wusste aber auch, dass sie sich nicht darauf verlassen konnte.

Sie hatte ihn zwar entwaffnet, aber das hielt ihn nicht lange auf. Er rammte sie, legte die Arme um ihren Körper und schob sie mit Wucht gegen den Ohrensessel. Die Armlehne drückte sich in ihren Rücken und presste ihr die Luft aus der Lunge, verhinderte jedoch auch, dass sie stürzte und er so im Vorteil war.

Durch den Aufprall rutschte der Sessel über den Teppich.

Mit dem Gewicht ihres Angreifers hatte sie nicht viel Spielraum, aber er hatte das Gleichgewicht verloren, und Zoë nutzte die Gelegenheit und trat ihm fest auf den Fuß. Ihre Laufschuhe trafen auf eine Stahlkappe. Er hatte sich gut vorbereitet und sie steckte in großen Schwierigkeiten.

Er lachte.

Seine Arroganz würde noch sein Untergang sein. Sie schlug ihm den Ellbogen in die Magengrube und sein Lachen wurde zu einem Stöhnen. Er taumelte einen Schritt nach hinten.

Sie bekam wieder Luft und der Schmerz in ihrem Bauch ließ nach. Ohne zu verschnaufen, drehte sie sich herum und wollte ihm den Handballen gegen das Kinn rammen. Stattdessen traf sie seinen Handrücken. Er war so viel größer und schwerer als sie und landete problemlos einen Treffer auf ihren Kopf, sodass sie durch die Luft flog und auf den Boden knallte.

So hatte sie keine Chance. Wenn er sie jetzt auf dem Boden erwischte, war sie erledigt. Sie rappelte sich auf, kam aber nur auf alle viere, bevor er ihr in den Bauch trat. Vor ihren Augen tanzten Sterne und erneut wurde ihr die Luft aus der Lunge gepresst. Ihr gingen diverse Verteidigungsstrategien durch den Kopf, aber ihr Körper ließ sie im Stich und sie sackte in sich zusammen.

Komm schon, Zoë, schoss es ihr durch den Kopf. *Das kannst du besser.* Sie glaubte zwar an diesen Schlachtruf, aber sie konnte sich einfach nicht bewegen.

Er kam langsam auf sie zu und rieb sich den Bauch.

Soll er nur kommen, dachte sie. *Soll er doch glauben, er hätte gewonnen.* Das war die rettende Strategie. Sie hatte noch immer Optionen. Ihre Kraft kehrte mit jedem mühsamen Atemzug zurück, aber sie tat so, als wäre sie schwer verletzt. Sie hob die Beine, krümmte die Knie und stöhnte. Es sah gut aus. Es wirkte echt. Sie war bereit für ihn.

Er griff in seine Tasche und zog einen Lappen heraus. Sie

konnte sich denken, was er damit bezweckte.

Sobald er in Reichweite war, stieß sie mit einem Bein zu und erwischte ihn in der Leistengegend. Sie spürte, dass sie gegen etwas Festes traf. Also hatte sie ihn wohl nicht verletzt, aber immerhin vorübergehend abgewehrt.

Er hatte sich viel zu gut vorbereitet, war viel zu geübt, viel zu beängstigend.

Sie kroch rücklings von ihm weg, bis sich der Ohrensessel zwischen ihnen befand.

Er kam wieder auf sie zu, doch dann hämmerte jemand gegen die Tür.

»Was zum Henker ist da los? Wissen Sie, wie spät es ist?«

Ihr Angreifer drehte sich zur Tür um. Zoë wusste, dass das ihre Chance war, rollte sich herum und stürzte sich auf den Taser. »Hilfe! Rufen Sie die Polizei!«, schrie sie.

Die Tür wurde aufgerissen und im Türrahmen stand ihr Nachbar aus dem unteren Stockwerk. Sie kannte seinen Namen nicht. Sein Auftauchen brachte den Angreifer in die Bredouille – wen sollte er zuerst ausschalten, Zoë oder ihren Nachbarn?

Er entschied sich für Zoë. Es war offensichtlich, dass ihr Nachbar ihm nicht gewachsen war. Der Zähler stürzte sich auf sie, aber sie riss den Taser hoch. Doch bevor sie aufstehen konnte, trat er ihn aus ihrer ausgestreckten Hand.

»Hey«, protestierte ihr Nachbar leise.

Der Eindringling stürzte sich auf sie und drückte ihre Arme mit den Knien auf den Boden. Sie trat ihm gegen den Rücken, hatte jedoch nicht genug Kraft, um ihn auf diese Weise wirklich zu verletzen.

Er verpasste ihr einen rechten Haken, der ihren Kampfgeist erschlaffen ließ. »Du hast dich dieses Mal sehr viel besser geschlagen, Zoë«, erklärte er und in seiner Stimme schwang aufrichtige Bewunderung mit.

Dann legte er ihr die Hände um die Kehle und drückte zu. Er übte an den genau richtigen Stellen Druck aus, und sie wusste, dass sie bald das Bewusstsein verlieren würde, wenn es ihr nicht gelang, seine Hände da wegzubekommen. Sie zerrte an seinen Fingern und kratzte ihn im Gesicht, bewirkte jedoch nichts. Das Summen in ihrem Kopf wurde immer lauter und alles um sie herum versank in Schwärze.

»Es ist noch nicht vorbei. Erst muss ich dich noch von meiner Liste streichen.«

Kapitel 19

Zoë kam schlagartig wieder zu sich, als sie laute Stimmen hörte und Hände auf ihrem Körper spürte. Ein grelles Licht schien ihr ins Gesicht, sodass sie nichts erkennen konnte. Sie schrie und schlug um sich, wobei sie hin und wieder etwas Festes traf.

»Beruhigen Sie sich«, rief eine Stimme, um ihre Schreie zu übertönen. »Sie sind in Sicherheit.«

Sie hielt kurz inne. Ihre Hände waren noch immer zu Fäusten geballt und bereit, im nächsten Augenblick wieder zuzuschlagen.

»Nehmen Sie das verdammte Licht weg.«

»Verzeihung«, sagte eine Stimme und das Licht verschwand.

Als sich ihre Augen angepasst hatten, konnte sie Gesichter erkennen. Zwei Rettungssanitäter und zwei Polizisten umringten sie.

Die Sanitäterin sagte: »Wir werden Sie jetzt untersuchen, okay?«

Zoë nickte.

Während der Untersuchung stellten die Polizisten ihre Fragen. Aber zuerst wollte sie etwas wissen. »Haben Sie ihn erwischt?«

»Nein«, lautete die niederschmetternde Antwort.

»Wissen Sie, wer Sie angegriffen hat?«

Ja, ich weiß, wer er ist, aber ich kenne seinen Namen nicht. »Es war der Zähler. Sie müssen Inspector Ryan Greening informieren.«

»Der Zähler. Sind Sie sich da sicher?«, hakte der Polizist nach.

»Wir müssen sie ins Krankenhaus bringen«, schaltete sich der Rettungssanitäter ein.

»Einen Moment noch.«

»Natürlich bin ich mir sicher. Rufen Sie Inspector Greening an. Er kennt mich.«

»Gut, ich werde Sie ins Krankenhaus begleiten.«

Die Rettungssanitäter legten sie trotz ihrer Proteste auf eine Trage und fuhren sie nach draußen. An der Tür stand ein weiterer Polizist, der ihre Nachbarn draußen in Schach hielt und jetzt einen Weg für die Trage freimachen musste. Zoë konnte die Blicke und Fragen kaum ertragen.

»Geier«, murmelte die Sanitäterin, als sie den Pulk hinter sich gelassen hatten. Auf dem Parkplatz standen zwei Krankenwagen.

»Ich brauche doch keine zwei Krankenwagen.«

»Der andere ist für Ihren Nachbarn. Das Arschloch hat ihn über das Geländer geworfen.«

Zoë schloss die Augen und schüttelte den Kopf. Sie wollte nicht noch einen Menschen auf dem Gewissen haben. »Ist er …?«

»Es geht ihm gut. Er hat sich das Bein gebrochen, aber ansonsten ist ihm nichts passiert.«

Sie luden sie in den Krankenwagen, der Polizist, der ihr die Fragen gestellt hatte, stieg ebenfalls ein, und man brachte sie zum San Francisco General. Die Ärztin, die sie in der Notaufnahme untersuchte, stellte einige Prellungen und Schürfwunden fest, aber sie hatte sich nichts gebrochen und auch keine

Gehirnerschütterung. Sobald die Ärztin sie verarztet hatte, brachte man sie und den Officer in ein Krankenzimmer.

Als sie ihre Aussage gemacht hatte, kamen zwei weitere Beamte und ein Kriminaltechniker herein. Während sich die drei anderen auf dem Flur unterhielten, machte sich der Kriminaltechniker an ihr zu schaffen, als wäre er ein Gorilla und sie ein Artgenosse. Er reinigte ihre Fingernägel, untersuchte ihre Verletzungen und nahm ihre Kleidung mit. Aber sie wusste, dass das alles nur Zeitverschwendung war. Der Zähler war einfach viel zu gut in dem, was er tat. Sie hatte ihm keine DNA-Spuren entlocken können und er hatte auch keine bei ihr hinterlassen.

Die anderen kamen wieder herein.

»Ich bin Inspector Sean Dwyer und das ist Inspector Joel Arnold«, sagte einer von ihnen. »Könnten Sie uns bitte erzählen, was heute Nacht passiert ist?«

Sie war jedoch nicht in der Stimmung, erneut sinnlose Fragen zu beantworten. »Ich möchte mit Inspector Ryan Greening sprechen.«

Stattdessen wurde Ogawa geholt. Es dauerte eine Stunde, bis er im Krankenhaus eintraf, und sie musste so lange Small Talk mit Dwyer und Arnold machen. Ogawa setzte sich neben ihr Bett und die beiden anderen lehnten sich an die Wand.

»War er es wirklich?«, fragte Ogawa mit kaltem, ruhigem Tonfall, aber Zoë glaubte, auch ein wenig Wärme und Mitgefühl darin zu spüren.

»Ja.«

»Sind Sie sich sicher?«

»Absolut sicher. Er hat mich mit meinem Namen angesprochen und gesagt, ich hätte ihm einen besseren Kampf geliefert als beim letzten Mal. Wer hätte es denn sonst sein sollen? Ich glaube nicht an Zufälle, Sie etwa?«

Jemand klopfte an die Tür. Als Dwyer sie öffnete, kam David Jarocki herein.

Sein Anblick verwirrte Zoë. »Was machen Sie denn hier, Dr. Jarocki?«

Dwyer sah Ogawa fragend an, und als der nickte, durfte der Psychologe hereinkommen. Auf einmal wurde Zoë alles klar und sie starrte Ogawa wütend an.

»Ich habe Dr. Jarocki hergebeten, da ich dachte, dass Sie seine Hilfe brauchen könnten.«

Sie hatte Ogawas Lüge jedoch durchschaut. Er hatte Jarocki aus ganz eigennützigen Gründen rufen lassen: damit der Psychologe die Verrückte beruhigen konnte, falls sie durchdrehte.

»Möchten Sie, dass ich bleibe, Zoë?«, erkundigte sich Jarocki.

Sie nickte.

Er lächelte, zog sich den letzten freien Stuhl heran und setzte sich neben Ogawa ans Bett.

Dann musterte er sie. Sie spürte, wie er ihre wachsende Zahl an Verletzungen zur Kenntnis nahm. Sie schien in letzter Zeit zum Sandsack des Universums mutiert zu sein.

»Geht es Ihnen gut?«

»Ja. Ich habe mich gewehrt.«

Er lächelte gequält und nahm ihre Hand. »Das ist gut, auch wenn ich es vorgezogen hätte, dass das nie passiert wäre.«

Ogawa räusperte sich. »Ich habe da noch ein paar Fragen.«

Jarocki ließ ihre Hand los.

»Sie sagten, dass er es gewesen ist, aber woher hat er gewusst, wo Sie wohnen? Ist das noch dieselbe Wohnung, in der Sie vor der Entführung gewohnt haben?«

Sie schüttelte den Kopf. Nach der Entführung war sie sehr schnell umgezogen und hatte versucht, sich vor ihm zu verstecken. Sie hatte sich vor allen verstecken wollen. »Ich habe noch an der Davis studiert, als er uns entführt hat, und ich habe immer darauf geachtet, dass möglichst wenig Informationen über mich bekannt sind.«

»Aber wie hat er Sie dann gefunden?«, warf Arnold ein.

Das fragte sie sich auch schon die ganze Zeit. Er wusste, wer sie war und wo sie wohnte. Unwillkürlich berührte sie die Stelle an ihrer Hüfte, an der er sie markiert hatte. Dieser Mann war der Ansicht, dass sie ihm gehörte, und er wollte sich holen, was sein war.

»Das weiß ich nicht.«

»Vermutlich auch durch das Fernsehen«, meinte Jarocki. »Wir haben doch alle in den Nachrichten gesehen, wie Zoë den Tatort, an dem Laurie Hernandez ermordet wurde, gestürmt hat. Wahrscheinlich hat er das auch gesehen, sie erkannt und sie dann aufgespürt.«

»Wir haben Zoës Namen nie an die Presse weitergegeben.«

Sie erinnerte sich an ein Zitat von Benjamin Franklin über Geheimnisse, die nur sicher waren, wenn alle Beteiligten unter der Erde lagen. So etwas wie völlige Verschwiegenheit gab es schlichtweg nicht.

»Da müssen Sie wohl vor Ihrer eigenen Tür kehren, Inspector«, erklärte sie.

Ogawa runzelte die Stirn.

»Ich muss Sie korrigieren, Inspector«, sagte Jarocki. »Sie haben ein viel größeres Problem als die Frage, wie der Zähler Zoë gefunden hat.«

Ogawa zuckte zusammen. »Ich würde es vorziehen, wenn Sie diesen Namen nicht benutzen würden.«

»Sobald Sie ihn hinter Gitter haben, muss ich das nicht mehr tun«, entgegnete Jarocki augenzwinkernd.

»Was ist denn das größere Problem, Doktor?«

»Dass Sie Zoë vor ihm beschützen müssen.«

Zoë wusste nicht, ob das überhaupt möglich war. Dieser Mann hatte doch bewiesen, dass er jederzeit an sie herankommen konnte.

»Die Ärzte möchten Sie über Nacht zur Beobachtung hierbehalten«, sagte Ogawa zu Zoë. »Wir werden einen Beamten vor Ihrer Tür postieren.«

»Und danach?«, wollte Jarocki wissen.

Ogawa machte ein betretenes Gesicht. Sie wusste, was er gleich sagen würde.

»Sie können mich nicht beschützen, oder?«

»Die grausame Realität sieht leider so aus, dass die Polizei nicht in der Lage ist, Sie rund um die Uhr zu schützen. Wir können eine kurzfristige Lösung finden, aber auf lange Sicht …«

In Filmen läuft das immer ganz anders, dachte sie und sah den Polizisten nacheinander in die Augen. Sie rechnete es ihnen hoch an, dass keiner von ihnen den Blick abwandte. Aber sie hatten ihr nichts als Mitleid zu bieten.

»Und was soll ich jetzt tun? Soll er es einfach noch einmal versuchen?«

»Nein«, antwortete Ogawa mit finsterer Miene. »Sie müssen Vorsichtsmaßnahmen treffen.«

»Vorsichtsmaßnahmen«, stieß Jarocki aus. »Sie sind doch die Polizei und sollten sich um so etwas kümmern. Die Bürger zu schützen ist Ihr Job, um Himmels willen.«

Es gefiel Zoë, mit anzusehen, wie Jarocki die Fassung verlor. Sie hätte nicht geglaubt, dass er zu so etwas fähig wäre. Anscheinend war er trotz allem noch ein Mensch.

Ogawa hob kapitulierend die Hände. »Mir ist klar, dass das nicht gut genug ist, aber uns sind die Hände gebunden. Das bedeutet aber nicht, dass wir Ihnen nicht helfen werden.«

»Und was soll ich jetzt tun?«

»Sie können selbstverständlich nicht mehr in Ihre Wohnung zurückkehren. Wie Sie selbst gesagt haben, weiß er, wo Sie leben, und er hat bewiesen, dass er Schlösser knacken kann. Wir werden Sie vorübergehend in einem Motel einquartieren.«

»Was heißt vorübergehend?«

»Für ein paar Tage.«

»Ein paar Tage? Großer Gott«, stieß Jarocki aus.

»Wir können den Kontakt zu Stiftungen und Privatpersonen herstellen, die in solchen Situationen Unterstützung anbieten können, und sie werden vermutlich auch für eine Woche die Motelmiete übernehmen.«

»Das ist ja gut und schön, aber werden Sie den Kerl auch innerhalb dieser Woche verhaften können?«, wollte Zoë wissen.

Sie bekam keine Antwort.

»Sie müssen mir keinen Gefallen tun. Ihnen ist schon klar, dass dieser Kerl es darauf abgesehen hat, mich umzubringen, oder nicht?«

»Zoë, bitte. Ich kann Ihre Frustration ja verstehen.«

Das konnte er nicht, aber sie sprach ihren Gedanken nicht aus. Wie Jarocki ihr schon so oft eingetrichtert hatte, erreichte sie mit Aggression überhaupt nichts. Ogawa wusste, dass sie in einer schrecklichen Lage steckte, konnte jedoch nicht viel dagegen unternehmen. Sie musste ihren Zorn vorerst herunterschlucken und ihn bei einer besseren Gelegenheit herauslassen.

»Was schlagen Sie vor?«

»Verlassen Sie die Stadt. Haben Sie Freunde oder Familienangehörige, bei denen Sie unterkommen können?«

»Etwas Besseres fällt Ihnen nicht ein? Ich soll mich bei jemandem einnisten und denjenigen auch noch in Gefahr bringen?«

»Sie wären überrascht, wie effektiv das ist«, meinte Arnold.

Das bezweifelte sie. »Dann verlasse ich also die Stadt. Was ist mit meinem Job?«

»Wenn er weiß, wo Sie wohnen, wird er auch wissen, wo Sie arbeiten«, stellte Ogawa fest. »Ich würde vorschlagen, dass Sie sich vorerst beurlauben lassen.«

»Sie wissen, wo ich arbeite. Das ist kein Job, bei dem man sich beurlauben lassen kann.«

»Ich rede mit der Verwaltung und versuche, die Sache

zu regeln. Man wird bestimmt Verständnis für Ihre Situation haben.«

»Sie haben doch keine Ahnung, wie es beim Sicherheitsdienst läuft.«

»Dann verlieren Sie eben Ihren Job. Das ist immer noch besser, als Ihr Leben zu verlieren«, schaltete sich Dwyer ein.

Da hatte er recht, aber sie hätte ihm am liebsten trotzdem eine gescheuert. Was für ein Arschloch!

»Dann ist das Fazit des Ganzen also, dass ich die Stadt verlasse, meinen Job verliere und noch einmal von vorn anfange, während er so weitermachen kann wie bisher. Das ist doch genau das, was jedes Opfer gern hören möchte.«

Ogawa seufzte. »Es tut mir sehr leid, aber so läuft es leider manchmal. Doch das muss kein Dauerzustand sein. Sie können wieder zurückkommen, wenn wir ihn gefasst haben.«

»Falls Sie ihn jemals fassen. Er macht das schon sehr lange. Das bedeutet, dass er sehr gut darin ist und ich möglicherweise den Rest meines Lebens auf der Hut sein muss.«

»Das ist möglich. Ich kann Ihnen nichts versprechen, sondern mich momentan nur auf realistische Ziele konzentrieren, und das bedeutet fürs Erste, dass wir ein sicheres Versteck für Sie finden müssen. Können Sie bei Ihren Eltern oder Ihren Geschwistern unterkommen?«

Als er ihre Familie erwähnte, erlosch ihr Kampfgeist. Sie hatte sich nach der Entführung von allen abgewandt. Vielleicht war dies der richtige Zeitpunkt, um wieder Kontakt aufzunehmen, aber sie wollte sie nicht in Gefahr bringen. Er hatte sie einmal gefunden und konnte es wieder tun. Das wollte sie ihren Eltern nicht antun.

»Wir stehen nicht in Kontakt.«

Sie sah, dass Ogawa etwas sagen wollte, dann jedoch seine Meinung änderte. »Okay, und was ist mit Freunden?«

Die Frage war ihr schrecklich peinlich. Sie hatte keine

Freunde. Nicht mehr. Ebenso wie ihre Eltern hatte sie auch ihre Freunde ignoriert. Sie kämpfte ganz allein gegen die ganze Welt. Ihr war durchaus bewusst, dass sie sich das selbst zuzuschreiben hatte, und auf einmal machte sie ihr armseliges kleines Leben ganz traurig. Der Zähler war nicht der Einzige gewesen, der ihr Leben ruiniert hatte. Mit einem Mal war sie es, die keinem im Raum in die Augen sehen konnte.

»Nein, da gibt es niemanden.«

Ogawa seufzte. »Gut, dann werde ich mich an die Gruppen wenden, die uns in solchen Situationen aushelfen. Ich bin mir sicher, dass man dort einen Platz für Sie finden wird.«

»Das ist nicht nötig«, schaltete sich Jarocki ein. »Meine Familie hat ein Haus in Napa, in dem Zoë für eine Weile wohnen kann.«

Sie drehte sich zu ihm um und war ihm unendlich dankbar.

»Es ist nicht groß, aber da sind Sie in Sicherheit. Dort wird bestimmt niemand nach Ihnen suchen.«

»Das ist sehr großzügig von Ihnen«, meinte Ogawa. »Wir werden Sie über Nacht hierbehalten und morgen früh dorthin bringen lassen. Mir ist klar, dass es nicht den Anschein macht, aber wir werden auf Sie aufpassen, Zoë.«

* * *

Marshall Beck betrat das Gebäude von Urban Paws. Nach der misslungenen Entführung von Zoë sehnte er sich nach der Ruhe und dem Frieden im Tierheim. Er betrat den Beurteilungstrakt, öffnete Brandos Käfigtür und lehnte sich wie üblich dem Hund gegenüber an die Wand. Brando blieb sitzen und wirkte stark und stoisch.

»Es hat nicht geklappt«, teilte er dem Hund mit. »Sie hat sich verändert und ist jetzt weitaus fähiger als früher. Aber ich hatte die Oberhand – das Überraschungsmoment, mehr Kraft und bessere Fähigkeiten. Doch ihr Nachbar hat mir heute die Tour vermasselt. Das sind die kleinen Dinge, die man nicht kontrollieren kann und die dann alles ruinieren. Genau das ist das Problem in der Stadt. Hier gibt es zu viele Menschen. Zu viele Variablen. Aus diesem Grund sind ländliche Gegenden besser. Da kann ich die Umgebung kontrollieren.«

Er sah Brando an und wartete auf eine Reaktion, aber es kam keine. Oder hatte er sich da geirrt? War da nicht ein Aufflackern von Enttäuschung in den Augen des Hundes? Hatte Brando den Geruch des Versagens an ihm wahrgenommen? Er selbst roch ihn ebenfalls.

»Ja, das sind alles nur Ausreden. Beim nächsten Mal wird es besser laufen. Und es wird auf jeden Fall ein nächstes Mal geben.«

Brando ermutigte ihn nicht. Er wackelte nicht mit dem Schwanz. Wimmerte oder bellte nicht. Das gefiel Beck. Der Hund war ein ernster Freund. Da gab es kein Mitleid, nur stillschweigendes Vertrauen.

Beck richtete sich auf. »Sollen wir einen Spaziergang machen?«

Er nahm eine Leine von der Wand. Brando kam erwartungsvoll auf ihn zu und Beck leinte den Hund an. Auf der Straße waren noch eine Handvoll Menschen unterwegs, die allesamt einen großen Bogen um den Pitbull machten. Dabei mussten sie sich keine Sorgen machen. Brando war nicht gefährlich. Er ließ sich von seiner Umgebung bloß nicht einschüchtern. Der Hund trottete neben ihm her, sodass die Leine, die er schlaff in der Hand hielt, eigentlich gar nicht notwendig war. Brando war dominant, aber nicht aggressiv. Er würde nur zubeißen, wenn man ihn provozierte, und so etwas hätte nur ein Narr getan.

Beck ging mit Brando zum Union Square, dann hinüber nach Chinatown und den Nob Hill hinauf, bevor er zum Tierheim zurückkehrte. Es war ein schöner Spaziergang. Brando benahm sich gut und war wie immer ein angenehmer Begleiter. Doch als Beck gerade den Schlüssel ins Schloss stecken wollte, hielt er inne. Er war unzufrieden. Das, was er eigentlich für diese Nacht geplant hatte, war gescheitert. Noch war er nicht bereit, ins Bett zu gehen. Aber er konnte es kein weiteres Mal bei Zoë versuchen. Sie war in den Händen der Ärzte und der Polizei und somit für kurze Zeit unerreichbar. Dennoch war er nicht zufrieden. Er musste diesen Tag mit einem Erfolg beenden.

Er blickte auf Brando herab und wusste auf einmal genau, wo er diesen finden konnte.

* * *

Beck setzte Brando in seinen Honda Pilot und fuhr hinüber zu Javier Muñoz' Haus in Hayward. Die Lampen brannten, aber Muñoz' Challenger stand nicht vor der Tür. Beck fuhr zu den anderen Gebäuden des Mannes weiter, der noch mehrere Häuser in Hayward, eine Bar in Union City und einen Stripklub in San Francisco besaß, doch auch dort war er nicht zu finden. Schließlich entdeckte er den Challenger in Fremont vor dem Lagerhaus, in dem die Hundekämpfe stattgefunden hatten.

Er konnte es nicht fassen, dass Muñoz hierher zurückgekehrt war. Einmal ein Arschloch, immer ein Arschloch, galt anscheinend für diesen Mann.

Es standen keine anderen Autos vor dem Haus, daher fanden wohl gerade keine Kämpfe statt. Beck fragte sich, was Muñoz hier zu suchen hatte, wendete und parkte ein paar Blocks vom Eingang entfernt.

»Warte kurz hier«, sagte er und tätschelte Brandos Hals. Er spürte die verkrampften Muskeln und die Anspannung des Hundes. »Du erinnerst dich an diesen Ort, nicht wahr? Ich weiß, es sind verdammt schlechte Erinnerungen. Aber keine

Sorge, niemand schickt dich wieder zurück.«

Er stieg aus dem Wagen und ging auf den Challenger zu. Die Gegend war wie ausgestorben. Hier und da stand ein verlassener, halb verfallener Wagen am Straßenrand, aber ansonsten gab es wenig zu sehen. Die Straßen waren so ruhig, dass er das Summen der Straßenlaternen hören konnte. Die Abgeschiedenheit war auch der Grund dafür, warum sich Muñoz mit seinem Hundekampfring hier angesiedelt hatte. Aber an diesem Abend spielte sie Beck in die Hände.

Neben Muñoz' Wagen blieb er stehen. Er lauschte kurz und verschmierte dann den Inhalt der Hundekottüte auf dem Türgriff an der Fahrerseite, den er während des Spaziergangs mit Brando eingesammelt hatte.

Nachdem er die Tüte wieder verschlossen und weggesteckt hatte, machte er sich auf die Suche nach Muñoz. Er verschaffte sich durch eine zugenagelte Tür Zutritt zum Gebäude. Früher hatte das Gebäude dem Anschein nach eine Fabrik beherbergt. Beck fand sich im Bürobereich wieder, in dem die Überreste der ehemaligen Einrichtung vor sich hinrotteten. Es stank nach Pisse, und Beck vermutete, das Muñoz die Hunde hier früher untergebracht hatte. Er leuchtete den Boden mit seiner Stablampe ab, aber von den Käfigen oder Zwingern war nichts mehr zu sehen. Vermutlich hatte die Polizei alles als Beweismittel mitgenommen, sodass nur noch der Gestank übrig geblieben war.

Er lauschte auf Geräusche und hörte, dass sich jemand in einiger Entfernung im Gebäude bewegte. Langsam ging er weiter in die Fabrik hinein, bis sich eine etwa fünftausend Quadratmeter große leere Fläche vor ihm erstreckte, in der in gleichmäßigen Abständen Stahlträger aufragten. Hier mussten sie die Kämpfe abgehalten und die Hunde trainiert haben. Doch jetzt gab es keine Hinweise mehr auf das, was sich hier abgespielt hatte, und auf dem rissigen Boden war nichts als Müll und Schutt zu sehen.

Beck entdeckte Muñoz, der mit einer Taschenlampe herumsuchte. Das Licht erhellte das, was von seinem Unternehmen übrig geblieben war: nichts. Der Mann wühlte in dem Chaos herum und murmelte etwas auf Spanisch.

Es war nicht genau zu erkennen, ob Muñoz etwas Bestimmtes suchte oder herausfinden wollte, ob sich sein ruiniertes Geschäft wiederbeleben ließ. Doch das war eigentlich auch egal, denn es würde keinen Neuanfang mehr geben. Vielmehr würde es in dieser Nacht endgültig zu Ende gehen.

Beck hatte genug gesehen. Er wusste jetzt, was er wissen wollte. Muñoz war allein und hielt sich an einem abgeschiedenen Ort auf. Er ging leise zum Fabrikeingang, versteckte sich hinter einem Betonpfeiler und wartete auf Muñoz.

Zwanzig Minuten später tauchte der Mann endlich auf. Er hatte einen merkwürdigen Gang, mit gesenktem Kopf und weit schwingenden Armen. Sein kleiner, stämmiger Körper erinnerte Beck an einen Feuerhydranten.

Muñoz ging zu seinem Wagen und legte die Hand auf den mit Hundekot beschmierten Türgriff. Sofort riss er die Hand wieder weg und richtete den Lichtstrahl seiner Taschenlampe darauf.

»*Que la chingada*«, schnaubte er.

Beck lachte laut.

Muñoz schwenkte die Taschenlampe in seine Richtung und Beck trat hinter dem Pfeiler hervor.

»Hältst du das etwa für witzig, du Arschloch?«, rief Muñoz und hielt seine Hand hoch.

»Für sehr witzig sogar«, erwiderte Beck lachend.

»Wirst du auch noch lachen, wenn ich dich zwinge, das abzulecken?«

Beck machte einen Schritt nach hinten und rannte dann in Richtung seines Wagens. Als er Muñoz' Schritte hinter sich hörte, drehte er sich wieder um. Der Mistkerl lief unbeholfen und träge und war seinen längeren, geschmeidigeren Schritten, die er sich als jahrelanger Läufer antrainiert hatte, nicht gewachsen. Beck wusste, dass er Muñoz bei einem Rennen jederzeit schlagen würde, und aus genau diesem Grund hatte er auch vier Blocks entfernt geparkt.

»Glaub ja nicht, du könntest mir entkommen, du Wichser.«

»Das habe ich auch gar nicht vor«, murmelte Beck grinsend, als er seinen Wagen erreichte.

»Jetzt hab ich dich.«

Doch das stimmte nicht. Muñoz war noch über einen Block von Beck entfernt.

»Nein, jetzt habe ich dich«, entgegnete Beck. Er riss die Fahrertür auf und sagte bloß: »Schnapp ihn dir.«

Brando stürmte heraus und rannte mit seinen kräftigen Beinen über den Asphalt. Der Sprint, mit dem er auf Muñoz zuraste, war wundervoll anzusehen.

Muñoz kam schlitternd zum Stillstand und drehte auf dem Absatz um. Beck grinste. Er hätte zu gern gewusst, ob dem Mann klar war, dass er ausgetrickst worden war. Hatte er begriffen, dass er ins Freie und fort von seinem sicheren Wagen gelockt worden war, damit sich Brando an ihm rächen konnte? Beck bezweifelte es. Derartige Schlussfolgerungen überforderten ihn bestimmt.

Brando erreichte seinen ehemaligen Peiniger, bevor dieser zwanzig Meter weit gekommen war. Der Hund sprang Muñoz in den Rücken und warf ihn zu Boden. Dann stürzte sich Brando auch schon auf sein Opfer.

Muñoz schrie um Hilfe. Er hob die Arme, um sich zu schützen, aber Brando biss einfach in die Hände, die ihn vor Kurzem noch dazu gezwungen hatten, um sein Leben zu kämpfen. Die Nacht war erfüllt von Gejaule und Gewimmer, die unbeantwortet blieben.

Beck holte sein Markiermesser aus dem Handschuhfach. Mit Brandos Leine in der Hand ging er dann gemächlich auf den sehr einseitigen Kampf zu.

Als er bei dem Blutbad ankam, waren Muñoz' Arme völlig zerfetzt. Der Mann konnte sie längst nicht mehr zum Schutz anheben und Brando hatte sich in seiner Kehle verbissen. Blut spritzte aus einer Wunde am Hals des Mannes auf die Straße, auf die der Hund ihn gezerrt hatte.

Muñoz blickte panisch zu Beck hinauf, aber Beck hatte kein Mitleid mit ihm.

»Es ist nicht mehr so unterhaltsam, zwei Tiere zu sehen, die um ihr Leben kämpfen, wenn man eins davon ist, was?«

Muñoz erwiderte nichts. Er konnte auch nicht mehr sprechen. Sein Tod würde nicht mehr lange auf sich warten lassen.

Brando ließ erst von seinem Opfer ab, als Muñoz schon lange tot war. Der Hund machte schlicht einen Schritt zurück und Beck konnte ihm die Leine umlegen. Brando ließ es ohne Gegenwehr geschehen.

Beck zog sein Messer hervor, um Muñoz zu markieren, hielt dann jedoch inne. Das wäre nicht richtig – dies war Brandos Opfer und nicht das seine.

Er blickte auf den Hund herab und tätschelte seinen Kopf. »Ich weiß, dass damit noch lange nicht alles wiedergutgemacht ist, was er dir angetan hat, aber wenigstens hat er den Preis für seine Verbrechen bezahlt.«

Kapitel 20

Zoë frühstückte am folgenden Morgen gerade im Krankenhaus, als ihr Polizeischutz eintraf. Das dynamische Duo bestand aus Officer Martinez, der zur Abwechslung mal keine Uniform trug, und Ryan Greening. Greening sah in etwa so aus, wie sie sich fühlte. Er musste die Nacht von Bishop hierher durchgefahren sein, und sie hätte schwören können, dass er noch immer dieselbe Kleidung trug wie gestern bei ihrer Suche nach der Werkstatt des Zählers. Bei Martinez' Anblick schämte sie sich. Er war immer so gut zu ihr gewesen, hatte sie während des vergangenen Jahres jedoch bei zu vielen Sauftouren retten müssen. Sie vermutete, dass die beiden ihr ein gutes Gefühl vermitteln sollten, weil sie Polizisten waren, die sie kannte und denen sie vertraute.

»Wie geht es Ihnen, Zoë?«, erkundigte sich Martinez.

Total kaputt, wäre die einfache Antwort gewesen. Nachdem das Adrenalin abgeflaut war, gab ihr ihr Körper zu verstehen, wie sehr sie sich gewehrt und wie viel sie eingesteckt hatte. Sie spürte jede Prellung, Kratzwunde und gerissene Muskelfaser. An diesem Morgen schmerzte sie jede Bewegung.

»Ich denke, es geht mir noch etwas besser als ihm«, antwortete sie und deutete mit dem Kinn auf Greening.

»Das sieht schlimmer aus, als es ist. Es geht mir gut. Ich müsste mich nur mal umziehen«, meinte dieser. »Und wo wir gerade dabei sind: Ich habe Ihnen was zum Anziehen mitgebracht.«

Er hatte ihre Reisetasche in der Hand. »Eine meiner Kolleginnen hat Ihnen ein paar Sachen eingepackt, die für die nächsten Tage reichen dürften. Sie wusste allerdings nicht, was Sie mitnehmen wollen, falls also irgendetwas fehlt, lassen Sie es uns wissen und wir bringen es Ihnen.«

Zoë war froh darüber, dass jemand daran gedacht hatte, denn Ogawas Kriminaltechniker hatte ihr letzte Nacht alles bis auf die Unterwäsche weggenommen.

»Und, wie lautet der Plan?«

»Wir fahren zu Dr. Jarockis Haus in Napa, sobald Sie aufbruchbereit sind.«

»Wo steckt er denn?«

»Er ist schon im Haus«, erwiderte Martinez.

»Haben Sie den Zähler noch nicht erwischt?«

Greening verzog das Gesicht und schüttelte den Kopf. »Leider nicht.«

Sie würde sich also eine Weile vor der Welt verstecken müssen. »Gut, dann werde ich mich mal umziehen.«

Greening und Martinez warteten vor der Tür, zusammen mit dem dort stationierten uniformierten Beamten. Zoë hätte zu gern geduscht, bevor sie sich saubere Kleidung anzog, aber sie konnte es auch kaum erwarten, das Krankenhaus zu verlassen.

Sie sprang aus dem Bett und sah sich die Sachen an, die man für sie eingepackt hatte. Die Polizistin hatte anscheinend mitgedacht und neben den grundlegenden Dingen sogar an ein Kleid, hochhackige Schuhe, ihr Shampoo, einen Föhn und Make-up gedacht. Das alles würde ihr dabei helfen, sich wieder wie sie selbst zu fühlen und nicht wie ein verängstigtes Tier, das sich verstecken musste.

Vorsichtshalber zog sie sich eine Yogahose, ein TShirt und Laufschuhe an. Falls sie wegrennen oder kämpfen musste, behinderte sie diese Kleidung nicht. Dann setzte sie sich noch eine Baseballkappe auf, um nicht erkannt zu werden.

Als sie in den Spiegel sah, erschrak sie beim Anblick ihrer Verletzungen. Sie musterte ihren Unterkiefer, wo der Zähler sie erwischt hatte. Da war keine Schwellung, nur eine riesige lilafarbene Prellung, die sich bis auf ihre Wange erstreckte. Sie passte auf aparte Weise zu den Würgemalen an ihrer Kehle. Sie hob ihr TShirt an und seufzte, als sie die vielen blauen Flecken auf ihrem Bauch sah, die von seinen Tritten und dem Sessel stammten. Rasch ließ sie den Stoff wieder fallen, sodass man wenigstens nicht mehr das ganze Dilemma sehen konnte.

»Na, wenigstens bist du noch am Leben«, sagte sie zu ihrem Spiegelbild.

Sie öffnete die Zimmertür und Greening und Martinez drehten sich zu ihr um.

»Kann's losgehen?«, fragte Martinez lächelnd.

Sie war sich nicht sicher, ob ihr das Lächeln gefiel. Es sah gezwungen optimistisch aus. Nach der letzten Nacht gab es ihrer Meinung nach keinen Grund mehr für Optimismus, aber sie zwang sich, freundlich zu antworten: »Ja.«

»Hier entlang«, meinte Greening.

Er nahm ihr die Tasche ab und sie folgte den beiden Polizisten durch den Flur zu einem Mitarbeiterfahrstuhl.

»Draußen wartet ein Wagen«, berichtete Greening. »Ich gehe eigentlich nicht davon aus, dass es Probleme geben wird, aber sollte irgendetwas passieren, befolgen Sie einfach unsere Anweisungen, okay?«

»Okay.«

Obwohl Greening und Martinez unscheinbar gekleidet waren, fand Zoë, dass sie auffällig aussahen, und das musste auch jeder andere denken, der ihnen genug Aufmerksamkeit schenkte. Ihre Jacken beulten sich an den Stellen, an denen sich ihre Waffen befanden, merklich aus. Sie hatten beide einen zielsicheren Gang und wirkten nicht wie Besucher, die sich hier nicht auskannten. Man sah ihnen genau an, dass sie ein Sicherheitsteam waren, das versuchte, nicht weiter aufzufallen. Zoë ließ sich davon nicht allzu sehr stören. Dieses Mal war sie nicht allein. Sie waren zu dritt, während der Zähler allein war.

Sie fuhren mit dem Fahrstuhl ins Erdgeschoss und verließen das Krankenhaus auf der Rückseite, um zu einem grünen Ford Expedition zu gehen, der im Parkverbot stand, während ein Polizist am Hinterausgang Wache hielt.

»Ist alles okay?«, erkundigte sich Greening.

»Es war niemand zu sehen.«

Martinez ging voraus, entriegelte den SUV, warf Zoës Tasche in den Kofferraum und hielt ihr die hintere Beifahrertür auf. Sie stieg ein, und Greening und Martinez nahmen vorn Platz, wobei sich Letzterer ans Steuer setzte.

Sobald sie sich in Bewegung gesetzt hatten, verfielen Greening und Martinez in einen Polizistenjargon und schlossen Zoë von der Unterhaltung aus. Greening behielt die ganze Zeit die Fahrzeuge um sie herum im Auge. Martinez fuhr einige Male im Kreis und drehte mehrere Schleifen, um dann zu verkünden: »Wir werden nicht verfolgt.«

»Okay, dann verschwinden wir von hier«, meinte Greening.

Martinez bog auf die US 101 in Richtung der Golden-Gate-Brücke ab, und Greening hielt weiterhin Ausschau, bis sie die Brücke passiert hatten. Erst dann entspannte er sich.

Es dauerte nicht lange, bis sie Napa erreicht hatten. Als Jarocki von dem Haus seiner Familie gesprochen hatte, war Zoë von einem idyllischen Häuschen inmitten von Weinbergen ausgegangen. Stattdessen landeten sie in einem Wohnviertel, das an einen Park angrenzte. Martinez fuhr die Auffahrt hoch und parkte den Wagen vor einem großen Haus im Ranchstil.

Jarocki kam lächelnd und winkend aus der Haustür. Er umarmte Zoë und schüttelte Greening und Martinez die Hand. Obwohl die Straße ruhig und niemand zu sehen war, meinte er: »Gehen wir lieber rein. Ich möchte kein Aufsehen erregen.«

Im Haus war es kühl, da die Klimaanlage lief. Zoë schätzte Jarocki auf ungefähr fünfzig, aber die Einrichtung ließ auf deutlich ältere Bewohner schließen. Überall waren Blumenmuster zu sehen und Möbel aus einer Zeit, zu der Ikea noch jahrzehntelang auf sich warten ließ.

»Ich zeige Ihnen Ihr Zimmer«, meinte Jarocki und führte sie zum Schlafzimmer. »Sie haben ein eigenes Bad und somit Ihre Privatsphäre.«

»Ich möchte Ihnen nicht das Schlafzimmer wegnehmen. Ich kann auch irgendwo anders schlafen.«

»Das ist nicht mein Zimmer«, erwiderte er. »Es war das Schlafzimmer meiner Eltern und ist jetzt das Gästezimmer.«

Martinez stellte Zoës Tasche aufs Bett.

»Dr. Jarocki, Officer Martinez möchte mit Ihnen einige Sicherheitsmaßnahmen für das Grundstück durchgehen, und ich muss noch ein paar Dinge mit Zoë besprechen.«

Jarocki nickte und verließ zusammen mit Martinez das Zimmer. Greening stellte sich ans Fenster und blickte auf einen verlassenen Garten hinaus.

»Okay, das hier ist nicht das Zeugenschutzprogramm, und Sie können tun, was Sie wollen, aber es gibt ein paar Grundregeln«, begann er. »Bleiben Sie im Haus. Gehen Sie nicht an die Tür, wenn es klingelt. Wenn Sie irgendetwas brauchen, dann bitten Sie Dr. Jarocki, es für Sie zu besorgen, oder schreiben Sie mir eine SMS. Meine Nummer haben Sie ja. Wenn Sie diese Vorsichtsmaßnahmen beherzigen, dann wird Ihnen auch nichts passieren.«

Zoë seufzte. »Das klingt nicht gerade vergnüglich.«

»Das soll es auch nicht. Mir ist klar, dass Sie keine Lust darauf haben und vermutlich wahnsinnig werden, aber seien Sie bitte vernünftig. Ich möchte nicht, dass Sie zu Schaden kommen.«

Sie ließ sich auf das Bett sinken. »Bleiben Sie oder Officer Martinez hier?«

Er schüttelte den Kopf. »Sie werden nicht in Schutzhaft genommen.«

»Ich muss mich nur verstecken.«

»Ja«, erwiderte er und runzelte die Stirn. »Ich wünschte, ich könnte jemanden hier bei Ihnen postieren, aber ehrlich gesagt ist Ihnen besser gedient, wenn alle verfügbaren Kräfte an diesem Fall arbeiten. Ich habe die hiesige Polizei gebeten, hin und wieder hier vorbeizufahren, und ich werde mich tagsüber immer mal wieder nach Ihnen erkundigen, um sicherzustellen, dass es Ihnen gut geht.«

»Was denken Sie, wie lange ich hierbleiben muss?«

»Darauf kann ich Ihnen im Moment keine realistische Antwort geben. Es gibt einfach zu viele unbekannte Variablen. Vielleicht sieht es in zwei Wochen ja schon anders aus.«

Zoë sah sich in dem Zimmer um, das mit den Besitztümern anderer Menschen angefüllt war. Dies war jetzt ihr neues Zuhause. Ihr neues Gefängnis. Sie wollte das alles nicht. Vielleicht war es doch besser, Ogawas Ratschlag von letzter Nacht zu befolgen und irgendwo ganz von vorn anzufangen.

»Mir ist klar, dass es zu meinem Besten ist, aber ich brauche irgendetwas, das mich nach vorn blicken lässt«, erklärte sie. »Haben die Sheriffs irgendetwas Hilfreiches auf dem Grundstück des Zählers gefunden?«

Greening schüttelte den Kopf. »Sie durchkämmen das Gebiet noch und suchen nach Spuren, aber sie haben bisher keine Leichen gefunden.«

»Glauben Sie, dass sie sie noch finden werden?« Sie brachte

es nicht über sich, Hollis Namen auszusprechen.

»Mein Bauchgefühl sagt Nein.«

»Dann hat er sie irgendwo anders vergraben?«

»Oder sie ist entkommen, genau wie Sie.«

»Lassen Sie das«, fauchte sie ihn an. »Verarschen Sie mich nicht. Wenn Holli noch am Leben wäre, dann wäre sie nach Hause gekommen. Sie ist tot, und dieses kranke Schwein hat irgendwas mit ihrer Leiche gemacht. Tun Sie nicht so, als wäre es anders.«

Greening hob die Hände. »Ist ja schon gut. Tut mir leid.«

Jarocki und Martinez tauchten im Türrahmen auf.

»Stimmt was nicht?«, fragte Jarocki irritiert.

»Nein, alles okay«, erwiderte Greening.

»Zoë?«, hakte Jarocki nach.

»Alles gut.«

»Der Doktor und ich sind fertig«, berichtete Martinez.

»Dann akklimatisieren Sie sich jetzt erst einmal«, meinte Greening. »Haben Sie alles, was Sie brauchen?«

»Es gibt da ein paar Dinge, die mir fehlen.«

»Schreiben Sie sie auf, dann lasse ich Ihnen später alles vorbeibringen. Ich rufe Sie heute Abend noch mal an.«

Jarocki brachte die beiden nach draußen. Zoë blieb im Schlafzimmer. Vermutlich hatte dieses Haus für Jarocki eine besondere Bedeutung, aber auf sie wirkte es kalt und ungemütlich. Sie war müde und einsam. Der Zähler zerstörte ihr Leben gerade ein zweites Mal. *Vielleicht sollte ich ihn einfach gewähren lassen, dann wäre es endlich vorbei.*

Jarocki erschien in der Tür. »Ich wollte mir gerade einen Kaffee kochen. Möchten Sie auch einen?«

»Gern.«

Sie folgte ihm in die Küche. Er stellte einen Topf mit Wasser auf den Herd und tat Kaffeepulver in eine French-Press-Kanne.

»Das ist also Ihr Familiensitz.«

Er sah sich kurz lächelnd um. »Nicht ganz. Das ist mein Elternhaus. Meine beiden Brüder und ich haben es geerbt. Wir haben es bisher nicht übers Herz gebracht, es zu verkaufen, weil daran einfach zu viele Erinnerungen hängen, an Weihnachtsfeiern und wie Dad erfolglos versucht hat, uns das Baseballspielen beizubringen. Daher haben wir es behalten. Manchmal lassen wir Freunde hier übernachten, und meine Brüder schlafen hier, wenn sie zu Besuch kommen. Außerdem komme ich manchmal hier raus, um zu arbeiten, wenn ich Ruhe brauche.«

Sie versuchte, sich seine Kindheit vorzustellen. Seinen Worten zufolge und wenn sie den 50er-Jahre-Retrolook des Hauses in Betracht zog, klang es wie eine Norman-Rockwell-Idylle. Sie missgönnte es ihm nicht. Er schien so ähnlich aufgewachsen zu sein wie sie – bis sie dem Zähler über den Weg gelaufen war. Auf sie wartete ein ebensolches Zuhause, mit Eltern, denen etwas an ihr lag, doch sie hatte ihnen den Rücken zugewandt. Sie verdrängte dieses Bild schnell wieder.

Jarocki bereitete den Kaffee zu und sie gingen ins Wohnzimmer. Zoë legte sich aufs Sofa, da sich ihre Verletzungen wieder schmerzhaft bemerkbar machten. Der Arzt hatte ihr zwar Schmerzmittel mitgegeben, aber sie wollte sie nicht nehmen. Sie wollte bei klarem Verstand sein. Jarocki setzte sich schräg gegenüber in einen Sessel, mit dem Rücken zum Fenster.

»Was passiert jetzt?«, wollte sie wissen.

»Was immer Sie wollen. Ich stehe zu Ihrer Verfügung.«

»Ich brauche keinen Babysitter.«

»Das ist auch in Ordnung. Wenn Sie allein sein möchten, gehört das Haus Ihnen, solange Sie wollen, aber wenn Ihnen der Sinn nach Gesellschaft steht, kann ich auch gern hierbleiben. Ich habe alle Termine für heute abgesagt und kann auch hier ein bisschen arbeiten. Ich muss zwar regelmäßig in mein Büro, um meine Patienten zu empfangen, doch die restliche Zeit kann ich hier verbringen. Möchten Sie denn, dass ich bleibe?«

Sie wusste selbst nicht mehr, was sie wollte, daher schwieg sie.

»Sie müssen sich jetzt noch nicht entscheiden. Denken Sie darüber nach.«

»Warum machen Sie sich diese Mühe?«

Er stellte seine Kaffeetasse auf den Tisch und verschränkte die Finger. »Sie sind meine Patientin. Sie brauchen Hilfe und Unterstützung, und ich bin in der Lage, Ihnen das zu geben.«

Sie hätte sich eigentlich bei ihm bedanken müssen, tat es aber nicht, weil sie es verabscheute, in der Schuld anderer Menschen zu stehen und auf ihre Hilfe angewiesen zu sein. Wahrscheinlich mochte sie deshalb auch das Haus nicht. Es erinnerte sie nur daran, dass sie die Sache nicht allein durchstehen konnte.

»Wie fühlen Sie sich?«

»Wund.« Ihr Körper war nach der Prügelei so steif, wie sie es sonst nur von den Morgen nach einem harten Training beim Selbstverteidigungskurs kannte. Der Schmerz an ihrer Kehle war jedoch eine ganz andere Sache. Wann immer sie ihren Hals berührte, wurde sie daran erinnert, wie der Zähler seine Finger tief in ihre Haut bohrte – und auch in ihre Seele.

»Möchten Sie über das reden, was letzte Nacht passiert ist?«

Die Frage klang, als wäre sie aus reinem Interesse gestellt worden, aber sie wusste, dass mehr dahintersteckte. Jarocki erkundigte sich nicht nur nach ihrem Befinden. »Wollen Sie hier etwa eine Sitzung abhalten?«

Der Doktor hob die Hände und lächelte. »Wo wir doch schon mal hier sind.«

* * *

Marshall Beck kehrte an den Tatort zurück: Zoës Apartmenthaus. War es überhaupt ein Tatort? Ihm kam es irgendwie gar nicht so vor. Das einzige Verbrechen war für ihn, dass es ihm nicht gelungen war, Zoë zu entführen. Nun war sie ihm schon zum zweiten Mal entkommen. Beim nächsten Mal musste er wirklich alles richtig machen. Sie musste endlich bestraft werden.

Er war auf dem Weg zur Arbeit hier vorbeigekommen, am Morgen nach dem gescheiterten Versuch, und hatte festgestellt, dass die Polizei noch immer vor Ort war. Auch gegen Mittag, als er erneut hier hielt, stand immerhin noch ein einzelner Streifenwagen am Straßenrand. Jetzt war es kurz nach fünf und der Streifenwagen war verschwunden, aber sein Instinkt verriet ihm, dass der alte Intrepid, der jetzt an genau derselben Stelle parkte, mit Polizisten besetzt war.

Als er an dem Wagen vorbeifuhr, bemerkte er, dass der Mann auf dem Beifahrersitz einen gelangweilten Eindruck machte. Wartete er vielleicht wirklich nur auf jemanden? Das würde die Zeit zeigen. Wie lange blieb man auf dem Beifahrersitz eines geparkten Wagens sitzen? Dreißig Minuten? Eine Stunde? Zwei? Nein, wenn man auf einen Freund wartete, dann blieb man nicht länger als eine halbe Stunde dort sitzen, danach machte man sich auf die Suche.

Beck war sehr geduldig. Wenn man wie er Präzisionsarbeit leistete, dann lernte man das. Auch nach neunzig Minuten saß der Mann in dem Intrepid noch genauso da wie zuvor.

»Du bist ein Polizist, mein Freund«, murmelte Beck in seinem Honda.

Dann beobachteten sie also beide Zoës Wohnung. Das ergab Sinn. Bei dem Debakel der letzten Nacht wäre er beinahe aufgeflogen. Jetzt war es umso wichtiger, dass er sie beim nächsten Mal wirklich erwischte.

Er spürte, wie sein Blutdruck stieg, und starrte seine Hände an. Die Fingerknöchel traten weiß hervor, so fest umklammerte er das Lenkrad. Aber er musste die Ruhe bewahren. Nur, wenn er ruhig und entspannt war, konnte er Zoë wieder in seine

Gewalt bringen. Und so ließ er die Anspannung entweichen.

Wie lange die Polizei Zoës Wohnung wohl bewachen würde? Einen Tag? Eine Woche? Noch länger? Er bedauerte es ungemein, letzte Nacht derart versagt zu haben. Jetzt waren ihm die Hände gebunden. Solange die Polizei derart an Zoë interessiert war, musste er seine Pläne ändern. Für die Gesetzeshüter war er noch immer ein Phantom. Sie hatten ihm einen albernen Namen gegeben, aber das war auch schon alles. Er konnte vorerst untertauchen und Zoë nur beobachten, um sie sich dann zu schnappen, wenn die Polizei das Interesse an ihr verloren hatte.

Aber es nagte doch sehr an ihm, dass er hier ein offenes Ende zurücklassen musste. Weglaufen war immer ein Versagen. Versagen war Feigheit. Und wenn er eines definitiv nicht war, dann ein Feigling.

Außerdem: Wenn er die Stadt verließ, was hinderte sie daran, dasselbe zu tun? Er konnte die Vorstellung nicht ertragen, zurückzukommen und festzustellen, dass sie untergetaucht war. Gut, er kannte ihren Namen, aber nichts hinderte sie ja daran, ihn zu ändern.

Das war alles sehr frustrierend, bewies ihm jedoch auch, dass er in Zukunft aufmerksamer sein musste. Er durfte keine Fehler mehr machen. Nicht noch einmal scheitern. Und er dufte sich vor allem nicht erwischen lassen.

Er stieg aus seinem Wagen. Auch wenn die Polizei vor Ort war, er musste nach Zoë sehen. Wenn vor der Tür ein Polizist stand, hielt sich dann auch einer in ihrer Wohnung auf?

Da die Polizei keine Beschreibung von ihm hatte, konnte er einfach zum Tor gehen, aber der Polizist im Wagen notierte sich vermutlich, wer das Gebäude betrat und verließ. Glücklicherweise war es gar nicht nötig, den Komplex zu betreten, um Zoës Wohnung zu observieren. Dafür musste er nur auf das Dach eines Nachbargebäudes steigen.

Er überquerte die Straße und betrat das Gebäude direkt

nebenan. Eine Sicherheitstür versperrte ihm den Zugang zur Treppe, hielt ihn aber nicht davon ab, die Feuerleiter auf der Rückseite zu erreichen. Er kletterte auf das Dach, zog ein kleines Fernglas aus der Tasche und schaute zu Zoës Wohnung hinüber. Die Vorhänge waren zugezogen und es brannte kein Licht.

War sie überhaupt zu Hause? Falls nicht, warum bewachte die Polizei dann das Gebäude? Wenn sie nicht auf Zoë aufpassten, warteten sie auf ihn. Er musste wissen, wie der Stand der Dinge war.

Daher stieg er wieder nach unten, ging auf die Straße und umkreiste den Block, während er über seinen nächsten Schritt nachdachte. Er musste sich Zoës Wohnung aus der Nähe ansehen und herausfinden, ob sie überhaupt da war. Wenn das bedeutete, dass er vor den Augen des Polizisten das Gebäude betrat, dann ließ sich das eben nicht ändern.

Er ließ sich Zeit und wartete, bis jemand mit dem Wagen kam und das Tor öffnete. Dann huschte er ebenfalls hinein und ging über den Parkplatz auf das Haus zu. Er musste gar nicht erst die Treppe in den ersten Stock hochgehen, da er schon von unten das Absperrband der Polizei vor ihrer Wohnungstür sehen konnte.

Das war allerdings interessant. Wenn Zoës Wohnung als Tatort angesehen wurde, wo steckte sie dann? Wohnte sie vorübergehend bei einer Freundin? Das war durchaus möglich, allerdings hatte er sie nie mit einer gesehen. Sie hatte auf ihn wie eine Einzelgängerin gewirkt. Hatte Zoë die Stadt verlassen, ohne die Polizei darüber zu informieren? Vielleicht warteten die Polizisten hier gar nicht auf ihn, sondern darauf, dass sie zurückkehrte.

Er sah sich auf dem Parkplatz um und entdeckte Zoës Motorrad. Es war natürlich durchaus möglich, dass sie es zurückgelassen hatte, aber sehr unwahrscheinlich. Zoë musste irgendwo sein, und zwar ganz in der Nähe.

Es war Zeit zu gehen. Er hatte alles in Erfahrung gebracht, was er hier herausfinden konnte.

Eine junge Frau mit langem, lockigem Haar fuhr mit ihrem Honda Civic auf die Auffahrt und öffnete das Tor. Beck schlüpfte hinaus, als sie hereinfuhr.

Er wandte sich von dem Wache schiebenden Polizisten ab, während er die Straße überquerte, und ging zurück zu seinem Wagen, bevor er einen Blick über die Schulter wagte. Die Frau aus dem Honda stand jetzt im ersten Stock vor Zoës Wohnungstür.

Beck beobachtete sie aus der Entfernung. *Wer bist du, junge Dame? Eine Freundin, eine neugierige Nachbarin oder jemand ganz anderes?*

Die Frau ignorierte das polizeiliche Siegel und betrat Zoës Wohnung.

Tja, wer hätte das gedacht? Zoë hat doch eine Freundin. Er lächelte.

Er stieg in seinen Wagen und blieb sitzen. Es dauerte eine halbe Stunde, bis die Frau mit einer vollgepackten Sporttasche in der Hand wieder herauskam.

»Ja, Zoë sollte auch alles haben, was sie braucht«, sagte er leise.

Er ließ den Motor an und wartete darauf, dass der Honda Civic wieder herauskam, um ihm hinterherzufahren. Der Polizist im Intrepid reagierte nicht, er wusste also von Zoës kleiner Helferin.

Beck folgte dem Honda auf der US 101 durch die Stadt und über die Golden-Gate-Brücke bis nach Marin, wobei er immer auf Abstand blieb. Die Fahrerin schien nicht zu bemerken, dass sie verfolgt wurde, und sie fuhr auch nicht so, als würde sie damit rechnen.

»Was für eine Freundin bist du, Miss Civic?«, fragte er. »Wie weit fährst du, um deiner Freundin Zoë zu helfen?«

Er hoffte, dass es nicht allzu weit war, da er in absehbarer Zeit tanken musste. Aber er hätte sich keine Sorgen machen müssen, denn die Fahrt endete in Napa.

Als Miss Civic vor einem Haus anhielt, parkte er seinen SUV am Straßenrand. Sie ging mit der Sporttasche in der Hand zur Tür, klingelte und betrat das Haus.

Auch wenn Beck sie nicht sah, wusste er, dass er Zoës Versteck gefunden hatte.

Kapitel 21

Als es an der Tür klingelte, sprang Zoë instinktiv vom Sofa auf, aber sofort kam Jarocki aus seinem Arbeitszimmer gestürzt.

»Ich gehe an die Tür, schon vergessen?«, ermahnte er sie.

Sie hatte tatsächlich nicht mehr daran gedacht und dieser erzwungene Hausarrest ging ihr mächtig auf die Nerven. Normalerweise konnte sie kommen und gehen, wie sie wollte, und es fiel ihr schwer, nicht zu vergessen, dass sie das Haus auf einmal nicht mehr verlassen durfte.

»Gehen Sie auf Ihr Zimmer«, verlangte der Therapeut.

Trotz der momentanen Situation musste sie grinsen. Er klang wie ihre Eltern früher. Aber sie tat, was er sagte, da Greening festgelegt hatte, dass niemand sie sehen durfte.

Einen Augenblick später rief Jarocki: »Ist okay. Es ist Inspector Greening.«

Als sie das Wohnzimmer betrat, sah sie, wie Greening mit einem halben Dutzend Einkaufstüten und einer Nudelmaschine durch die Tür kam. Jarocki nahm ihm einen Teil seiner Last ab und führte ihn in die Küche.

»Schön, dass Sie sich an die Regeln halten«, meinte Greening.

Die Nachmittagshitze drang ins Haus, und sie ging zur Tür

und schloss sie wieder. »Dr. Jarocki sorgt schon dafür.«

Greening stellte seine Tüten auf die Arbeitsplatte. »Ich denke, ich habe alles, worum Sie gebeten haben. Das dürfte Sie eine Weile beschäftigen.«

Genau das war ihr Plan. Sie hatte nur vierundzwanzig Stunden gebraucht, um festzustellen, dass dieser Zeugenschutz ihr auf die Nerven ging. Wenn sie das Haus nicht verlassen durfte, konnte sie nicht zu ihrem Selbstverteidigungskurs, nicht ins Fitnessstudio, nicht joggen oder einkaufen gehen, nicht arbeiten und auch keine Bars besuchen. Dass ihr alles, was sie bisher ausgemacht hatte und womit sie sich die Zeit vertrieben hatte, verwehrt blieb, trieb sie fast in den Wahnsinn. Sogar Gefängnisinsassen durften eine Stunde am Tag auf den Hof. Sie hatte ihr Leben immer für leer gehalten, bis sie gezwungen war, in diesem Haus zu bleiben. Aus diesem Grund hatte sie beschlossen, sich dem Kochen zu widmen, um wenigstens einen Zeitvertreib zu haben.

»Können wir kurz über ein paar Dinge reden?«, wollte Greening wissen.

»Ich habe nicht nur kurz Zeit«, erwiderte Zoë.

»Soll ich Sie allein lassen?«, fragte Jarocki.

»Wenn es Ihnen nichts ausmacht.«

»Kein Problem.«

Als der Therapeut in sein Arbeitszimmer zurückgekehrt war, nahm Greening Zoë gegenüber auf dem Sofa Platz.

»Wie geht es Ihnen?«, erkundigte er sich.

»Ich habe herausgefunden, dass man nicht unendlich viele DVDs am Stück gucken kann.«

Der Inspector grinste und deutete mit einem Daumen auf die Einkäufe. »Daher der Einkaufszettel.«

Sie grinste zurück. »Genau.«

»Ich weiß, dass es hart ist, aber da müssen Sie jetzt leider durch. Verzagen Sie nicht. Halten Sie sich an die Regeln, werden Sie nicht unvernünftig, dann wird Ihnen nichts passieren.«

Die Quetschung an ihrer Kehle, die sie bei jedem Schlucken spürte, sorgte schon dafür, dass sie keine Dummheiten machte. Sie konnte nur hoffen, dass Greening und seine Kollegen ebenfalls ihren Teil erfüllten und den Zähler schnappten.

»Haben Sie vorerst alles, was Sie brauchen?«

»Ja, Ihr Officer hat mir gestern Abend noch ein paar Sachen gebracht. Was gibt es Neues bei den Ermittlungen?«

Greening wurde wieder ernst, und sie wusste schon, was er sagen würde, bevor er den Mund aufmachte.

»Wir haben vor Ihrem Haus ein paar Leute postiert, falls er noch einmal zurückkehrt. Unsere Techniker haben Ihre Wohnung nach Spuren durchsucht, aber nichts Hilfreiches gefunden.«

»Das hätte ich Ihnen gleich sagen können. Er ist vorsichtig und macht keine Fehler.«

»Das tut er sehr wohl, sonst wären Sie jetzt nicht hier.«

Seine Worte nahmen ihr den Wind aus den Segeln. »Was ist mit den Ermittlungen in Mono County?«

»Da ist leider nichts Neues herausgekommen. Was immer er auch in diesen Hütten getan hat, die Leichen waren nicht dort vergraben. Die Hunde haben nichts gefunden. Die Techniker haben zwar Blutrückstände entdeckt, aber die sind so zersetzt, dass sie nicht mehr viel damit anfangen können. Die Detectives arbeiten mit den Leuten vom *Smokehouse* zusammen und versuchen herauszufinden, wer in jener Nacht mit Ihnen und Holli da gewesen ist. Wenn er dort etwas gegessen hat, wird es einen Kreditkartenbeleg geben, der uns zu ihm führen kann. Aber vielleicht finden wir ja auch einen Zeugen, der etwas gesehen hat.«

Sie wollte das alles gar nicht hören. Diese ganzen Unwägbarkeiten und Wenns und Vielleichts machten sie so unglaublich wütend.

»Das klingt alles nicht so, als wären Sie ihm auch nur einen Schritt näher gekommen.«

»Ich weiß, dass das hart für Sie ist, aber so läuft unsere Polizeiarbeit nun mal. Wenn man hinter die Kulissen blickt, sieht die raue Realität nun einmal so aus. Man tritt nicht alle fünf Minuten Türen ein. Es kommt nur selten vor, dass die Mühe sofort belohnt wird. Polizeiarbeit ist lang, hart und auf Genauigkeit bedacht. Wir tun, was wir können, aber es geht nur langsam voran.«

Wenn dem wirklich so war, dann sollte sie besser doch nicht darüber nachdenken, in den Polizeidienst zu gehen. Genau das war es doch, was sie an ihrem Job im Einkaufszentrum so mochte: Es geschah etwas oder es blieb ruhig. Wenn etwas passierte, kümmerten sie sich sofort um den Übeltäter. Das Verbrechen wurde ebenso schnell aufgeklärt, wie es begangen worden war.

»Können Sie mir denn gar nichts Positives berichten?«

»Doch, und das ist auch der Hauptgrund, aus dem ich hergekommen bin. Ich glaube, wir haben eine Verbindung zwischen Ihnen, Holli und Laurie Hernandez gefunden – oder zumindest den Grund dafür, dass es der Zähler auf Sie abgesehen hatte.«

Ihr lief es eiskalt den Rücken herunter. Zumindest kühlte das ihren wachsenden Ärger auf Greening etwas ab.

»Ich sage das nur ungern und ich möchte Sie damit auch nicht beleidigen, aber es macht ganz den Anschein, als hätte er es auf Frauen abgesehen, die sich schlecht benehmen.«

Zoë wurde rot.

»Tut mir leid, aber das ist unsere momentane Theorie.«

Sie tat seine Entschuldigung mit einer Handbewegung ab. »Was genau meinen Sie mit schlechtem Benehmen?«

»Als wir Laurie Hernandez überprüft haben, fanden wir heraus, dass sie schon mehrfach unangenehm aufgefallen ist:

wegen Diebstahl, Ruhestörung, Trunkenheit in der Öffentlichkeit. Und laut der Zeugen, mit denen wir gesprochen haben, war sie nicht gerade sehr umgänglich. So etwas meine ich.«

Laurie Hernandez' Vergehen kamen ihr auf unangenehme Weise bekannt vor, aber sie sah in der Theorie ein Problem. »Das trifft auf Holli und mich aber nicht wirklich zu. Vor der Entführung habe ich mir nichts zuschulden kommen lassen.«

»Das mag sein, aber denken Sie doch mal an die Nacht im *Smokehouse*. Sie waren dort sehr laut und aufdringlich. Sie sollen beide mit Craig Cook geflirtet haben, und vielleicht hat der Zähler das mit angesehen und Ihr Benehmen als unanständig empfunden. Sie haben seine Regeln gebrochen.«

Sie sackte unter dem Gewicht der Scham, der Verlegenheit und der Schuldgefühle in sich zusammen. Sie waren nur nach Las Vegas gefahren, um ein wenig Dampf abzulassen. Gut, im *Smokehouse* hatten sie sich danebenbenommen, aber dafür verdienten sie doch nicht gleich den Tod.

»Wir waren doch nur auf der Durchreise. Wieso hatte er es auf uns abgesehen?«

»Möglicherweise war er auch in Las Vegas, aber das kann ich mir nicht vorstellen, schließlich hatte er ein Grundstück, wo er Sie hinbringen konnte. Ich vermute eher, dass es eine spontane Entscheidung gewesen ist. Er war im *Smokehouse* und hat einfach reagiert.«

Impulskontrolle. Das war anscheinend nicht nur ein Problem bei Menschen, die unter posttraumatischen Belastungsstörungen litten. Schon schossen ihr unzählige Fragen durch den Kopf. Wenn Holli und sie sich an dem Abend benommen hätten, hätte der Zähler sie dann in Ruhe gelassen? Wenn sie eine andere Route genommen hätten oder zu einer anderen Zeit losgefahren wären, wären sie einander dann nie begegnet? Wenn sie geflogen wären … Irgendwo anders als am *Smokehouse* angehalten hätten … Die Gedanken waren schwer zu ertragen.

»Wenn der Zähler es nur wegen unseres Verhaltens im *Smokehouse* auf uns abgesehen hatte, dann wären wir ihm ein paar Stunden früher oder später nie begegnet und all das wäre nie passiert.«

Sie dachte darüber nach, wie ihr Leben in den letzten fünfzehn Monaten verlaufen war und dass aus der Doktorandin eine Sicherheitsdienstmitarbeiterin geworden war, aus einer zufriedenen eine unglückliche und aus einer geselligen eine einsame Frau. Und all das beruhte auf einer zufälligen Begegnung. Tragisch beschrieb nicht einmal ansatzweise, was geschehen war.

»Leider passieren solche Dinge häufig genau auf diese Weise«, erwiderte Greening. »Zur falschen Zeit am falschen Ort, das trifft auf sehr viele Verbrechensopfer zu. Es ist nicht fair, aber so ist das Leben nun einmal.«

»Denken Sie, dass er sich Laurie Hernandez auch so ausgesucht hat?«

»Vielleicht. Momentan sieht es so aus, als hätte er Laurie auf dem Heimweg nach der Arbeit entführt. An diesem Tag hat es dort keinen besonderen Zwischenfall gegeben, was uns vermuten lässt, dass er sie ausgewählt und beobachtet hat, bevor er sie schließlich entführt hat. Unsere Theorie ist, dass er Laurie irgendwann begegnet ist, sie sein Missfallen erregt hat und er somit sein nächstes Opfer gefunden hatte. Nachdem Ihnen die Flucht gelungen war, muss er beschlossen haben, nicht mehr so impulsiv vorzugehen.«

»Schön, dass ich ihm dabei behilflich sein konnte.«

»Tja, Raubtiere wie er werden nicht perfekt erschaffen. Sie verfeinern ihre Methoden anhand der Fehler, die sie begehen.«

»Was bedeutet diese bahnbrechende Entdeckung?«

»Wir wissen ja schon, dass es noch andere Opfer gegeben hat, und jetzt haben wir ein Opferprofil. Wir werden vermisste Frauen ermitteln, die aufgrund kleinerer Vergehen und schlechten Benehmens aufgefallen sind, und die Punkte verbinden, bis sie uns zu einem Verdächtigen führen.«

»Das klingt nach einer nicht besonders genauen Suche.«

»Das stimmt, und sie ist noch dazu breit gefächert. Der Zähler scheint sich nicht auf einen Ort festgelegt zu haben, wie uns die Tatsache zeigt, dass er Sie in Bishop und Laurie Hernandez hier in der Stadt entführt hat. Wir wissen nicht einmal, ob er überhaupt aus Kalifornien stammt. Aber wie gesagt, so ist die Polizeiarbeit nun mal.«

»Was mir nicht in den Kopf will, ist, wie ziellos das alles ist«, meinte Zoë.

»Ja, da haben Sie recht, es ist ziellos, aber das ist nicht überraschend. Nennen Sie mir doch einen Psychopathen, der einen noblen, überzeugenden oder verständlichen Grund dafür hatte, andere Menschen umzubringen. Das sind kranke Menschen, die Unschuldigen wehtun, und das werden wir niemals nachvollziehen können.«

Nichts von dem, was Greening ihr erzählt hatte, ließ sie zuversichtlich nach vorn blicken. Der Zähler schien die Polizei in Schach zu halten. Also stellte sie die Frage, die ihr am meisten Kopfzerbrechen bereitete. »Wie lange muss ich mich hier verstecken?«

»Eine Woche. Einen Monat. Ich weiß es beim besten Willen nicht.«

Sie schüttelte den Kopf.

»Sie bleiben so lange hier, bis wir einen Durchbruch erzielen.«

»Dann kann ich nur hoffen, dass das bald passiert.«

Kapitel 22

Marshall Beck schloss zum vermutlich letzten Mal die Tür von Urban Paws auf. Nach dem, was er vorhatte, würde er nicht mehr zurückkehren können. Die Arbeit hier würde ihm fehlen. Von allen Jobs, die er in seinem Leben gemacht hatte, war dies der angenehmste gewesen. Die Mitarbeiter des Tierheims arbeiteten selbstlos dafür, das Leben der Tiere zu verbessern, die sich nicht selbst helfen konnten. Aber trotz seiner Liebe zu diesem Ort war ihm hier heute das Herz gebrochen worden.

An diesem Morgen hatte Kristi Thomas sein Büro mit nachdenklichem Gesichtsausdruck betreten und die Tür hinter sich geschlossen.

»Ich muss mit dir reden, Marshall.«

Sie setzte sich auf den Stuhl vor seinem Schreibtisch und verschränkte so fest die Finger in ihrem Schoß, dass die Knöchel weiß hervortraten.

»Ich habe schlechte Neuigkeiten. Wir haben heute die letzten Verhaltenstests mit den Kampfhunden durchgeführt.«

Er wusste schon, was kommen würde, bevor sie es aussprach.

»Nur drei der zwölf Hunde haben bestanden. Brando gehört nicht dazu. Tom und Judy sagten, er hätte mit dir bei den Rehabilitationssitzungen gut zusammengearbeitet, aber er hat beim Wesenstest kein sicheres Verhalten an den Tag gelegt. Ich weiß, dass dir etwas an dem Hund liegt und du darauf gehofft hast, ihn aufnehmen zu können, aber das wird nicht möglich sein. Es tut mir sehr leid, Marshall.«

Er hatte die ganze Zeit gewusst, dass es so kommen konnte, aber dennoch damit gerechnet, dass Brando die Fassung bewahren würde. Vermutlich war der Hund zu stolz, um sich an die Regeln zu halten. Beck verstand das und respektierte ihn dafür.

»Was bedeutet das jetzt genau?«, fragte er.

»Brando und die anderen Hunde werden Ende der Woche eingeschläfert, wie es der Gerichtsbeschluss vorschreibt.«

»Kann man den Test denn nicht wiederholen? Kann ich ihn mit ihm durchführen? Kann ich das Urteil anfechten?«

»Nein, die Hunde können kein zweites Mal getestet werden. Du kannst versuchen, das Urteil anzufechten, aber ich bezweifle, dass die Erfolgsaussichten besonders gut sind.«

»Verstehe.«

»Ich weiß, dass du dich auf Brando versteift hast, aber es gibt noch so viele andere Hunde, die ebenfalls ein gutes Zuhause und einen liebevollen Besitzer brauchen. Vielleicht möchtest du ja einen von ihnen bei dir aufnehmen.«

»Ich werde es mir überlegen«, meinte er, auch wenn er das nicht vorhatte. »Kann ich trotzdem noch mit Brando arbeiten, solange er hier ist?«

Kristi lächelte ihn an. »Aber natürlich.«

Auch wenn er das wollte, konnte er einfach nicht wütend auf Kristi sein. Sie hielt sich nur an die Regeln. Das alles war die Schuld des kürzlich verstorbenen Javier Muñoz und des engstirnigen Richters. »Danke, dass du mir Bescheid gesagt hast.«

»Ich weiß, dass es nur ein geringer Trost ist, aber du sollst wissen, dass du Brando in seinen letzten Tagen noch gezeigt hast, was Menschlichkeit ist.«

Diese Unterhaltung war ihm den ganzen Tag nicht aus dem Kopf gegangen. Aber Brando würde noch sehr lange Zeit leben, dafür würde Beck sorgen. Er betrat den Beurteilungstrakt. Die Hunde starrten ihn im Mondlicht an. War ihnen bewusst, dass sie ihre letzte Woche auf Erden erlebten?

»Ich wünschte, ich könnte euch alle retten«, sagte er.

Er öffnete Brandos Käfig und der Hund kam heraus. Nachdem er ihm die Leine umgelegt hatte, führte er ihn zu seinem Honda Pilot.

»Du bist in Sicherheit«, sagte er, nachdem er Brando in den Wagen gesetzt hatte. »Jetzt müssen wir noch eine Person abholen und dann können wir verschwinden.«

* * *

Dr. Jarockis Haus in Napa lag direkt am Alston Park, was sehr schön, für die Sicherheit aber desaströs war. Auf diesem Weg konnte man problemlos auf die Rückseite des Hauses gelangen. Marshall Beck hatte das in der vergangenen Nacht bereits ausprobiert.

Er parkte seinen Honda mit Brando darin vor dem Haus, denn er würde sich zwar von hinten Zutritt verschaffen, aber durch die Haustür wieder herauskommen. Zoë war so klein, dass er sie die achthundert Meter durch den Park tragen konnte, aber er würde sie nur schwer über den Zaun schaffen können. Daher musste er einfach dreist vorgehen. Er würde sie in ein Bettlaken wickeln, zu seinem SUV tragen und in den Kofferraum werfen, als wäre sie ein Trainingsgerät. Wenn er sich so benahm, als wäre alles ganz normal, würde niemand auch nur den geringsten Verdacht schöpfen.

Er musste gezwungenermaßen eine Stunde warten, bevor er loslegen konnte. Ein Streifenwagen des Napa Police Department stand vor dem Haus, als er um die Ecke bog. Er hatte nicht den Eindruck, dass der Wagen länger dort stehen bleiben würde. Der Polizist ging nicht ins Haus und schien sich um irgendwelchen Papierkram zu kümmern. Das war alles nur Show. Die Polizei hatte Zoë nicht unter Polizeischutz gestellt, sondern sah nur gelegentlich hier vorbei. Sein Verdacht stellte sich als korrekt heraus, als der Officer kurze Zeit später wegfuhr.

Beck wartete noch weitere zwanzig Minuten, um zu sehen, ob ein anderer eintreffen würde. Nachdem er sich vergewissert hatte, dass es offenbar keinen Wachwechsel gab, stieg er aus seinem SUV, ließ Brando im Wagen sitzen und ging in den Park.

Er lief über den frisch gemähten Rasen, und als er zum Zaun kam, suchte er nach dem X, das er bei seiner Aufklärungsmission mit Sprühfarbe angebracht hatte, um den richtigen Garten zu markieren. Das Letzte, was er wollte, war, im Dunkeln im falschen Garten zu landen.

Als er das X entdeckte, drückte er sich an den Zaun, der nur einen Meter achtzig hoch war, sodass er problemlos darüberschauen konnte. Er musterte die beiden benachbarten Häuser. Dort brannte kein Licht. Erst drei Häuser weiter war in einem Fenster Licht zu sehen. Anscheinend gingen hier alle früh ins Bett, und das kam ihm sehr gelegen.

In Jarockis Haus war mehr los. Zoë stand in der Küche und schien etwas zu kochen. In einem der Zimmer brannte Licht, aber die Vorhänge waren zugezogen. Da Zoë in der Küche zugange war, musste er sich möglichst lange auf der rechten Seite des Hauses aufhalten, um nicht bemerkt zu werden.

Er wusste schon, dass es keine Lampen mit Bewegungsmeldern gab, die ihm Sorgen bereiten mussten, weder in dem Haus, in dem Zoë untergebracht war, noch bei den Nachbarn. Das hatte er bereits am Vorabend überprüft. Er hatte mit einem Ast an mehreren Stellen herumgewedelt und so die Reichweite der Sensoren herausgefunden, daher wusste er genau, in welchen Bereichen er sich aufhalten musste, um diese nicht auszulösen.

Beck sprang mit einer schnellen, geschmeidigen Bewegung auf der rechten Seite des Zauns und dicht am Nachbargrundstück in den Garten. Dort verharrte er gehockt und beobachtete Zoë. Sie stand am Spülbecken vor dem Fenster, das auf den Garten hinausging. Wenn sie den Kopf hob oder eine Bewegung bemerkte, würde er auffliegen. So wartete er, bis sie sich wieder abwandte, und rannte los.

Er lief zu der Schiebetür, durch die er sich Zugang verschaffen würde, und ging auf die Knie. Dahinter lag das Schlafzimmer. Er liebte Schiebetüren, denn die Schließmechanismen waren unglaublich leicht zu knacken. Mit seinem Dietrich hatte er die Tür im Nullkommanichts geöffnet und betrat lächelnd das Haus.

Kapitel 23

Eigentlich gehörte das Kochen überhaupt nicht zu Zoës Hobbys. Sie war keine schlechte Köchin, aber es machte ihr einfach keinen besonderen Spaß. Ihre Mahlzeiten waren schon immer recht anspruchslos gewesen, hauptsächlich Salate und Fertiggerichte. Das hatte sich auf dem College so eingebürgert, da sie bei den vielen Kursen und Praktika nie genug Zeit zum Kochen gefunden hatte, und mit den langen Schichten im Einkaufszentrum war es das Gleiche gewesen. Doch aufgrund ihres erzwungenen Hausarrests hatte sie einfach zu viel Zeit, und da ihr Jarocki schon ein Dach über dem Kopf bot, konnte sie wenigstens etwas Anständiges zu essen kochen.

Momentan bereitete sie mit Rind und Schweinefleisch gefüllte Ravioli in Wodkasoße zu. Das war kein besonders aufwendiges Gericht, aber sie machte alles selbst. Sie hatte das Rezept aus dem Internet herausgesucht und Greening gebeten, ihr die Zutaten zu besorgen. Eigentlich hatte sie geglaubt, die Nudelherstellung wäre eine einfache und schnelle Angelegenheit, aber es stellte sich als deutlich komplizierter heraus, als sie es nach dem Lesen des Rezepts vermutet hatte. Ihre ersten Versuche bei der Zubereitung des Teigs und erst recht beim Zusammensetzen der Ravioli waren nicht von Erfolg gekrönt gewesen, aber sie hatte nicht aufgegeben, bis sie etwas vorweisen konnte, das durchaus ansehnlich war. Das hatte jedoch einige Zeit in Anspruch genommen, und inzwischen war es beinahe Mitternacht. Der Salat und die Sauce waren fertig, jetzt musste sie nur noch die Ravioli kochen.

Sie drehte die Platte unter der Wodkasoße herunter und ging zu Jarockis Arbeitszimmer. Es war das kleinste Zimmer im ganzen Haus. Er hätte sich irgendeines der Zimmer nehmen können, hatte sich jedoch für sein ehemaliges Kinderzimmer entschieden. Als sie hereinkam, arbeitete er an seinem Laptop.

»Das Essen ist in fünf Minuten fertig«, verkündete sie und lehnte sich an den Türrahmen.

Jarocki sah auf die Uhr. »Das wird ja ein Mitternachtsschmaus.«

»Tut mir leid. Ich hätte nicht gedacht, dass es so lange dauert, Nudeln selber zu machen.«

»Das ist schon okay, ich hatte sowieso noch zu arbeiten. Perfektes Timing, ich bin gerade fertig geworden.«

Sie kehrte in die Küche zurück und gab die Ravioli in das kochende Wasser. Die Nudeln sanken zu Boden, würden aber, wenn sie gar waren, oben schwimmen. Diese Kommunikationsmethode zwischen Gericht und Koch gefiel ihr sehr.

Irgendwie war das schon nett. Sie hatte festgestellt, dass das Kochen entspannend wirkte. Ihre ganze Welt war in Aufruhr, aber sie konnte dennoch Frieden finden. Jarocki hatte ihr schon vor Monaten gesagt, sie müsse sich Hobbys und Interessen suchen, die ihr Freude bereiteten und emotional etwas gaben, aber sie hatte sich widersetzt und keinen Sinn darin gesehen. Wenn sie darüber nachdachte, dann hatte sie sich nie die Zeit für derartige entspannende Dinge genommen. Ihre Selbstverteidigungskurse gaben ihr das Gefühl, etwas zu erreichen, entspannten sie jedoch nicht. Sie hatte immer behauptet, es wäre ihre Art, Dampf abzulassen, wenn sie ausging, sich betrank und sich anbaggern ließ, aber da hatte sie sich nur etwas vorgemacht. Auszugehen ohne zu wissen, wie die Nacht enden würde, war nur eine andere Form von Stress.

Sie lächelte, als die Ravioli wie erwartet an die Oberfläche stiegen. Vielleicht würde sie demnächst viel öfter kochen.

»Noch zwei Minuten«, rief sie und erhielt ein Brummeln als Antwort.

Sie goss die Nudeln ab und schwenkte sie noch kurz in der Wodkasoße, bevor sie sie auf den Tellern anrichtete.

»Jetzt müssen Sie aber kommen, Doktor. Das Essen steht auf dem Tisch.«

Sie hörte einen Knall, der klang, als wäre eine Schublade zugeschoben worden. *Wenigstens macht er jetzt Feierabend*, dachte sie und trug die Teller zum Esstisch.

Dann noch ein Rumms. Es hörte sich an, als wäre etwas zu Boden gefallen. Auf einmal war ein ersticktes Geräusch aus dem Flur zu hören.

Zoë erstarrte kurz, während ihre Instinkte das Kommando übernahmen, und dann setzte sie sich in Bewegung, bevor sie auch nur mitbekam, zu welchem Schluss ihr Verstand gekommen war.

Sie ließ die Teller auf den Tisch fallen, sodass sich die pinkfarbene Sauce auf das Tischtuch und ihr TShirt ergoss, rannte zurück in die Küche und zog das Fleischmesser aus dem Messerblock. Es lag schwer in ihrer Hand, was zwar gut für den Schwung, aber schlecht für die Beweglichkeit war. Doch jetzt war es zu spät, sich noch einmal umzuentscheiden.

Aus dem Augenwinkel nahm sie eine Bewegung im dunklen Flur wahr. Eine große, schwarz gekleidete Gestalt hatte den sich wehrenden Jarocki in den einarmigen Schwitzkasten genommen und schleifte ihn mit sich. Mit der anderen Hand presste der Mann Jarocki ein Bowiemesser an die Kehle. Zoë hatte dieses Messer schon einmal gesehen.

Der Zähler blieb an der Wohnzimmertür stehen und sah Zoë an. Er war genauso gekleidet wie an dem Abend, als er sie in ihrer Wohnung angegriffen hatte: ganz in Schwarz und mit einer Skimaske, um seine Identität zu verbergen.

Das knapp neun Meter lange Wohnzimmer trennte sie noch voneinander, aber Zoë war keine sechs Meter mehr von der Haustür entfernt. Sie hatte einige Meter Vorsprung und keinen Mann im Würgegriff. Sie konnte es bis auf die Straße schaffen, bevor der Zähler sie einholte, und die Nachbarschaft wecken, sodass er zu einer Entscheidung gezwungen war: Entweder ermordete er sie und wurde gefasst oder er ließ sie gehen und flüchtete.

Doch Jarocki war der springende Punkt in ihrem Plan. Wenn sie weglief, würde der Zähler ihn ohne zu zögern umbringen. Sie hatte schon Holli im Stich gelassen und die Schuldgefühle hatten ihr Leben zerstört. Wenn Jarocki ihretwegen sterben musste, würde sie sich das niemals verzeihen.

Sie spürte den Blick des Psychologen, in dessen Augen Panik lag. Sonst beschäftigte er sich immer nur mit den Ängsten anderer Menschen, erlebte sie aber nie selbst. Sie konnte ihn nicht im Stich lassen, und sie würde es auch nicht tun.

»Tu ihm nicht weh.«

»Lass das Messer fallen, Zoë.« Der Zähler wartete darauf, dass sie ihm gehorchte. Er war gute fünfzehn Zentimeter größer als Jarocki und hob den Therapeuten so hoch, dass ihm die Luft wegblieb. »Oder ich bringe ihn um.«

Wie üblich glaubte der Zähler, alle Trümpfe in der Hand zu haben, aber da irrte er sich. Sie war ihm schließlich schon zweimal entkommen. Dass er Jarocki als Geisel hatte, war ein Vorteil, aber auch eine Behinderung. Er konnte sie nicht gleichzeitig angreifen und Jarocki festhalten. Wenn er Jarocki tötete, vergeudete er kostbare Sekunden, und in dieser Zeit konnte sie sich auf ihn stürzen. Was der Zähler nicht bedacht hatte, war, dass es eigentlich zwei gegen einen hieß, falls sie Jarocki dazu bringen konnte, in den Kampf einzugreifen.

»Du wirst uns doch sowieso beide umbringen«, stellte sie fest.

Unter der Skimaske drang ein zustimmendes Grunzen hervor.

Zoë tauschte einen schnellen Blick mit Jarocki aus. Sie konnte nur hoffen, dass er ihre Botschaft verstanden hatte. Er musste den Zähler irgendwie ablenken.

Sie ging seitwärts zum Esstisch, nahm einen der Teller und schleuderte ihn wie eine Frisbeescheibe in Richtung des Zählers. Der hob reflexartig den Arm mit dem Messer, um sich zu schützen.

In diesem Augenblick riss Jarocki an dem Arm, der um seinen Hals lag. Der Zähler verlor das Gleichgewicht, taumelte nach vorn und musste Jarocki loslassen. Der Psychologe hastete auf Zoë zu, während der Teller den Zähler an der Brust traf.

Zoë rannte auf ihn zu, sobald sie den Teller losgelassen hatte. Da so vieles auf einmal passierte, war er angreifbar, und eine solche Chance würde sie kein zweites Mal bekommen. Also stürzte sie los.

Sie warf sich auf ihn, doch der Zähler drehte sich noch zur Seite, um den Aufprall abzumildern. Anstatt ihn voll zu treffen, streifte sie ihn nur und segelte über ihn hinweg. Sie landete auf dem Rücken im Flur und ließ unwillkürlich das Messer los.

Doch im nächsten Augenblick drehte sie sich auch schon um und sprang wieder auf. Sie rechnete damit, dass der Zähler auf sie losgehen würde, aber er jagte Jarocki hinterher, der auf die Haustür zurannte. Er schaffte es nicht. Der Zähler rammte Jarocki mit einer Schulter und presste ihn gegen die geschlossene Tür. Jarocki schrie auf und brach auf dem Boden zusammen.

Zoë lief durch das Wohnzimmer, doch da hatte der Zähler Jarocki auch schon wieder gepackt. Der Therapeut keuchte auf, als ihm erneut das Messer an die Kehle gepresst wurde.

»Das hättest du nicht tun dürfen.«

Zoë blieb auf der Stelle stehen und hob kapitulierend die Hände. Jetzt zweifelte sie nicht mehr daran, dass der Zähler Jarocki umbringen würde. Das Bowiemesser war fest gegen den Hals des Doktors gedrückt. Vorher hatte der Zähler es nur in die Nähe gehalten. Er spielte nicht länger mit ihr.

»Jetzt muss ich ihn umbringen.«

»Nein. Tu das nicht. Bitte.«

Der Zähler erstarrte. »Nenn mir einen Grund, warum ich es nicht tun sollte.«

»Es wäre nicht richtig.«

»Was weißt du denn schon über richtig und falsch?«, fragte er voller Abscheu.

Sie musste Jarocki unbedingt retten. Ihre einzige Chance bestand darin, den Zähler mit seinen eigenen Regeln zu bekämpfen. »Es geht nicht um das, was ich für richtig oder falsch halte, sondern du. Du hast Laurie Hernandez, Holli und mich aus gutem Grund ausgewählt.«

»Tun Sie das nicht, Zoë«, flehte Jarocki, doch der Zähler drückte noch fester zu.

»Wir haben die Regeln gebrochen, deine Regeln, und den Preis dafür bezahlt. Aber Dr. Jarocki hat keine deiner Regeln gebrochen. Er ist ein guter Mann, der anderen Menschen hilft, und hat es nicht verdient zu sterben. Wenn du ihn umbringst, wird alles, was du bisher getan hast, bedeutungslos. Dann bist du ebenso schlecht wie ich und all die anderen.«

Der Zähler stutzte. Es war hinter der Skimaske unmöglich zu erkennen, was ihm durch den Kopf ging, anders als bei Jarocki. Der Psychologe starrte sie in fassungslosem Staunen an.

»Was willst du?«, fragte der Zähler.

»Machen wir einen Deal: Du lässt ihn los und ich gehe mit dir. Keine Fragen. Keine Spielchen. Kein Kampf mehr. Es wird Zeit, dass wir diese Sache zu Ende bringen. Ich bin es leid, ständig auf der Hut zu sein. Ich ertrage es nicht mehr, von dir verfolgt zu werden. Ich will einfach nur noch, dass es vorbei ist.«

Ihr Vorschlag hatte als simple Verhandlungsstrategie begonnen, aber in ihren Worten steckte auch sehr viel Wahrheit. Ihr Leben war völlig ruiniert, und das schon seit über einem Jahr. Sie war einer furchtbaren Situation entkommen, nur um in einer anderen weiterzuleben, die noch dazu viel schlimmer geworden war, seitdem der Zähler sie wiedergefunden hatte. Wie lange sollte sie noch so leben, ohne zu wissen, wann er auftauchen würde oder ob die Polizei ihn endlich schnappte? Wenn sie sich ihm jetzt auslieferte, hatte er vielleicht für einige Zeit nicht mehr das Verlangen, eine andere Frau zu quälen. Ihr Opfer sorgte vielleicht dafür, dass er gefasst wurde, und dann würde er endlich zur Rechenschaft gezogen. Etwas, das fast schon an Erleichterung grenzte, wallte in ihr auf.

»Okay«, entgegnete der Zähler. »Aber wenn du mich betrügst, wird er den Preis dafür bezahlen.«

Sie wollte nicht noch einen Menschen auf dem Gewissen haben. »Das werde ich nicht tun.«

»Zoë, tun Sie das nicht.«

Der Zähler griff in seine Tasche und warf ihr einen Plastikbeutel zu, in dem sich ein Lappen befand. Sie fing ihn auf und stellte fest, dass sich im Inneren des Beutels Feuchtigkeit gesammelt hatte.

»Das ist Chloroform. Hol den Lappen raus und halt ihn dir vor Mund und Nase.«

»Lass ihn erst gehen.«

»Hier wird nicht verhandelt, Zoë. Wir machen das nach meinen Regeln.«

»Ich muss wissen, dass ihm nichts passiert.«

»Du hast ganz richtig erkannt, dass er keine Regeln gebrochen hat, daher werde ich ihm nichts tun, aber ich kann auch nicht zulassen, dass er schreiend die Straße entlangläuft und um Hilfe ruft. Wir müssen die Sache zwischen uns zu Ende bringen.«

Sie wollte ihm glauben. So seltsam es auch sein mochte, sie tat es auch. Er hatte einen Kodex, der zwar verdreht war, aber er hielt sich daran. Jarocki fiel nicht in sein Beuteschema. Der Doktor war sicher, solange sie dem Zähler gab, was er verlangte.

»Bitte tun Sie das nicht, Zoë. Nicht für mich«, flehte Jarocki.

Der Zähler zog den Arm zurück und schlug Jarocki mit dem Messergriff gegen die Schläfe. Der Doktor sackte keuchend zu Boden.

»Okay, okay, ich mache es.« Zoë öffnete den Beutel und holte den feuchten Lappen heraus.

Mit rasendem Herzen starrte sie das Tuch an. Wollte sie das wirklich tun? Sie war nicht bereit dazu, aber das würde sie auch niemals sein, daher hob sie den Lappen vor das Gesicht und atmete tief ein.

Sie hatte mit einem stechenden, chemischen Geruch gerechnet, aber das Chloroform roch süßlich, fast schon blumig. Es erinnerte sie an frisch gewaschene Handtücher, bis sie bemerkte, dass ihre Hände und Füße langsam taub wurden.

Sie atmete weiter ein. Die Taubheit breitete sich in ihren Armen und Beinen aus, und in ihrem Inneren machte sich ein seltsames Gefühl breit.

Der Zähler nahm die Maske ab und lächelte sie an.

Zoë erkannte ihn sofort und konnte es einfach nicht glauben. Es war Brad Ellis, der Mann aus dem Einkaufszentrum. Sie hatte dafür gesorgt, dass er sein iPhone zurückbekam, und einen messerschwingenden Dieb für ihn entwaffnet. Sie hatte diesem Mann schon gegenübergestanden und ihn nicht erkannt. *Wie konnte ich nur so dumm sein?* Sie versuchte, ihm ihre Erkenntnis mitzuteilen, konnte aber kaum noch einen klaren Gedanken fassen. Alles, was ihr noch über die Lippen kam, war: »Du. Job. Handydieb.«

Während sein grinsendes Gesicht verschwamm, ließ sie den Lappen sinken. Dann fiel sie.

Kapitel 24

Greening parkte einen halben Block von David Jarockis Haus entfernt. Die zahlreichen Streifenwagen und ein Krankenwagen verhinderten, dass er näher herankam. Der Bericht der Polizei von Napa war kurz gewesen. Jarocki hatte vierzig Minuten zuvor den Notruf gewählt. Der Zähler war ins Haus eingebrochen, hatte den Therapeuten bewusstlos geschlagen und sich Zoë geschnappt. Greening konnte es nicht fassen, dass die Sache derart schiefgelaufen war, und wollte sich lieber gar nicht erst ausmalen, was passieren würde, falls Zoë ihr Leben verlor. Falls es wirklich so weit kam, dann hatten sie auch jegliche Konsequenzen verdient. Sie hätten einfach mehr tun müssen, um ihre Sicherheit zu garantieren. Genau dafür gab es doch die Polizei. Während er durch den Vorgarten lief, versuchte er, die Selbstvorwürfe zu unterdrücken. Zoë brauchte ihn jetzt mehr denn je. Er wies sich aus und die Beamten an der Tür ließen ihn ins Haus.

Die Rettungssanitäter hatten Jarocki aufs Sofa gelegt und zwei Polizisten befragten ihn gerade.

Greening stellte sich vor, doch mehr Rücksicht würde er in dieser Nacht nicht auf die Vorschriften nehmen. Er hatte keine Zeit für Nettigkeiten. Der Zähler hatte bereits einen Vorsprung.

Jarocki schob den Sanitäter, der die Wunde an seiner Schläfe verarztete, zur Seite. »Inspector, ich muss mit Ihnen reden.«

Der Psychologe setzte sich auf, aber Greening drückte ihn wieder nach unten. Er kniete sich vor das Sofa und ließ den Sanitätern genug Platz, damit sie ihre Arbeit fortsetzen konnten.

»Erzählen Sie mir, was passiert ist.«

»Der Zähler ist ins Haus eingebrochen. Er wollte mich umbringen, aber Zoë hat ihn davon abgehalten.«

»Wie?«

»Sie hat sich ihm ausgeliefert. Ihr Leben gegen meins.«

»Warum überrascht mich das jetzt nicht? Sie scheint wirklich Sehnsucht nach dem Tod zu haben. Hören Sie, Doktor, Sie müssen uns alle Einzelheiten erzählen. Wann genau ist es passiert? Um wie viel Uhr? Uns läuft die Zeit davon.«

»Das weiß ich nicht genau.«

»Der Notruf ging vor einer Dreiviertelstunde ein«, berichtete einer der Polizisten.

»Er hat Zoë gezwungen, sich selbst mit Chloroform zu betäuben, und mich dann bewusstlos geschlagen. Ich weiß nicht, wie lange ich weggetreten war, aber ich hatte gerade eine Datei auf meinem Laptop gespeichert. Daran müssten wir die Zeit ablesen können.«

»Wo ist der Laptop?«, wollte der andere Polizist wissen.

»Im Arbeitszimmer«, antwortete Jarocki und deutete in den hinteren Teil des Hauses.

Der Polizist lief sofort los.

»Haben Sie einen Wagen gesehen?«, fragte Greening.

»Nein. Er ist hinten reingekommen.«

Der Polizist kehrte mit Jarockis Laptop zurück, fuhr den Computer hoch und las den Zeitstempel der Datei ab. Greening sah auf die Uhr. Der Zähler hatte einen Vorsprung von fünfundachtzig Minuten. Das bedeutete, dass der Mistkerl schon halb in Tahoe oder San José sein konnte.

Würde er so weit fahren? Bei Laurie Hernandez hatte er das nicht gemacht. Er hatte sie einfach entführt und in San Francisco ermordet. Als er Zoë das erste Mal entführt hatte, war er mit ihr und Holli keine Stunde bis zu seinem Gelände gefahren. Es war wahrscheinlicher, dass er längst dort war, wo er mit Zoë hinwollte.

»Der Kerl bleibt gern in der Nähe«, teilte Greening den anderen Polizisten mit. »Es besteht die Chance, dass er noch in der Gegend ist. Wir müssen alle Industriegebiete, Farmen, Bahngelände und anderen abgelegenen und schlecht gesicherten Grundstücke unter die Lupe nehmen. Er hat gern viel Platz und sucht sich Orte, an denen man die Schreie nicht hören kann.«

Der Polizist, der den Laptop geholt hatte, zog sein Handy aus der Tasche und ging ins Nebenzimmer.

Greening reichte dem anderen eine von Ogawas Visitenkarten. »Rufen Sie bitte meinen Kollegen an. Sagen Sie ihm, der Zähler bringt sie vielleicht wieder nach San Francisco und dass sie dort nach einem möglichen Tatort Ausschau halten sollen.«

»Geht klar«, erwiderte der Mann und ging ebenfalls hinaus.

»Was können Sie mir noch erzählen?«, wollte Greening von Jarocki wissen. »Wie hat er ausgesehen?«

»Ich konnte nicht viel erkennen. Er trug eine Skimaske, daher habe ich sein Gesicht nicht sehen können, aber er war groß, locker über eins fünfundachtzig. Und er war kräftig. Kein Bodybuilder, aber wirklich stark. Aber es ist auch noch etwas Seltsames passiert, das für mich keinen Sinn ergibt.«

»Und das wäre?«

»Nachdem sie den Deal abgeschlossen hatten, dass sie ihn begleitet, wenn er mich am Leben lässt, hat er ihr einen in Chloroform getränkten Lappen zugeworfen, mit dem sie sich selbst betäuben sollte. Und dann hat er seine Maske abgenommen.«

»Haben Sie sein Gesicht gesehen?«

»Nein, das hat er verhindert, aber er wollte, dass Zoë ihn sehen kann. Und sie hat ihn erkannt, Inspector Greening. Das konnte ich ihr deutlich ansehen, und das ist auch das Einzige, womit ich mir ihre letzten Worte erklären kann. Sie sagte: ›Du. Job. Handydieb.‹«

Greenings Herz setzte einen Schlag aus. Sie musste den Dieb meinen, den sie im Einkaufszentrum geschnappt hatte. Anscheinend hatte der Mistkerl das Handy gestohlen, weil er Zoë gegenübertreten und herausfinden wollte, ob sie sich an ihn erinnerte. Der Kerl hatte vielleicht Nerven.

»Danke, Doktor. Sie haben mir sehr geholfen.«

Er stand auf und lief durch das Haus, bis er den Polizisten fand, der gerade mit Ogawa telefonierte. Er riss dem Mann das Handy aus der Hand.

»Edward, sie hat sein Gesicht gesehen. Es ist ein Handydieb, den sie in der Golden Gate Mall geschnappt hat. Ich fahre auf der Stelle dort hin. Sie müssen für mich die Leute vom Sicherheitsdienst zusammentrommeln.«

»Wir treffen uns dann da.«

»Das ist unser Durchbruch. Ich glaube, wir haben ihn.«

Kapitel 25

Zoë kam langsam wieder zu sich. Es war wieder passiert. Ihre Vergangenheit war zur Gegenwart geworden. Sie befand sich in einem engen dunklen Raum und ihre Hände und Füße waren gefesselt, allerdings hatte sie die Arme dieses Mal auf dem Rücken und lag unter einer Decke.

Sie befand sich erneut in seiner Gewalt. Es hatte sich wie die richtige Entscheidung angefühlt, sich dem Zähler auszuliefern, aber jetzt kam es ihr dumm und impulsiv vor. Sie konnte sich gut vorstellen, was Jarocki zu ihr sagen würde, falls sie ihn jemals wiedersah. »Wer seine Impulse kontrolliert, der kontrolliert auch sein Leben.« Doch das hatte sie nicht getan, und jetzt kontrollierte der Zähler sie. Vor ihrem inneren Auge blitzte das Bild von Holli auf, die in dieser Werkstatt an einem Haken hing, und es wollte auch nicht weggehen, als sie die Augen schloss. Damals war sie ihm entkommen, aber das würde ihr dieses Mal nicht gelingen. Sie würde genauso enden wie Holli, Laurie Hernandez und all die anderen Frauen. Beinahe hätte sie laut geschrien.

Reiß dich zusammen, ermahnte sie sich. *Du bist nicht mehr derselbe Mensch wie damals. Er hat schon zweimal versucht, dich umzubringen, und ist zweimal gescheitert. Du hast den Zähler zweimal überlebt und kannst das auch ein drittes Mal schaffen.*

Der Drang zu schreien ließ langsam nach, aber nicht ihre Angst. Es hing alles in der Schwebe. Sie war noch lange nicht in Sicherheit. Gut, er hatte bei den vorherigen Versuchen versagt, aber vielleicht hatte er dieses Mal Erfolg. Wenn sie überleben wollte, dann musste sie sich zusammenreißen. Solange sie stark und entschlossen blieb und an sich glaubte, konnte sie es schaffen. Falls ihr das jedoch nicht gelang, war sie verloren.

Ihre Atmung war schnell und flach, aber sie konzentrierte sich darauf, bis sie sich wieder normalisiert hatte. Die Atemtechnik zeigte Wirkung, mit jedem Atemzug gelangte mehr Sauerstoff an ihr Gehirn. Sie wurde wacher und konnte klarer denken.

Als sie sich beruhigt hatte, sagte sie sich: »Mal sehen, wie schlimm es ist.«

Sie bewegte den Kopf, bis die Decke heruntergerutscht war.

Zwei Dinge waren anders als beim letzten Mal. Sie befand sich im Heck eines fahrenden Wagens statt in einer Hütte und er hatte sie nicht unter Drogen gesetzt. Das Chloroform hatte sie zwar bewusstlos werden lassen, aber nicht langfristig benommen gemacht. Sie war noch immer bei Sinnen. Sie hatte noch eine Chance.

Wie lange war sie bewusstlos gewesen? Minuten? Stunden? Sie richtete sich so weit auf, wie es ging, und sah durch die Fenster. Die Scheiben waren getönt, aber sie konnte erkennen, dass es noch immer Nacht war.

Wir können nicht weit gekommen sein, dachte und hoffte sie.

Sie hörte ein Knurren, und ein Pitbull drehte sich auf dem Beifahrersitz nach ihr um. Sie zuckte zurück.

»Ganz ruhig, Brando«, sagte der Zähler besänftigend. »Hey, bist du da hinten aufgewacht?«

Sie überlegte, ob sie schweigen sollte, um sich einen Vorteil zu verschaffen, doch ihr war nicht klar, was ihr das bringen sollte. »Ja.«

»Sehr schön. Brando wird dir nichts tun, solange du dich benimmst.«

Der Hund starrte sie an.

Weiß der Hund das auch?

»Wir haben noch einen längeren Weg vor uns, also mach es dir einfach da hinten bequem.«

Ich soll es mir bequem machen?, dachte Zoë. Er hatte sie entführt und wollte sie umbringen, und jetzt redete er mit ihr, als machten sie einen Ausflug. Vielleicht sah er das ja auch so. Seiner Meinung nach war an dem, was er tat, nichts falsch. *Wie wehrt man sich gegen so einen Irren?*

Der Hund verschwand aus ihrem Blickfeld.

Sie hatte ganz bestimmt nicht vor, sich zurückzulehnen und die Fahrt zu genießen. Vielmehr musste sie die Zeit nutzen, um ihre Flucht zu planen, und dafür brauchte sie Informationen.

»Geht es Dr. Jarocki gut, Brad?« Sie benutzte absichtlich seinen Namen, um eine Verbindung zwischen ihnen herzustellen.

»Nenn mich nicht so. Das ist nicht mein Name.«

»Soll ich dich dann etwa den Zähler nennen?«

Er schnaubte. »Das ist ein alberner Spitzname, den die Medien erfunden haben. Diese Idioten. Ich brauche keine dämliche Identität, hinter der ich mich verstecken kann. Ich bin, wer ich bin, und niemand sonst.«

»Wie soll ich dich denn dann nennen? Wie ist dein Name?«

»Marshall Beck. Und jetzt halt den Mund.«

»Ich muss es aber wissen. Geht es ihm gut, Marshall?«

»Dr. Jarocki?«

»Dem Mann, der mich beschützt hat. Du hast gesagt, du würdest ihm nichts tun.«

»Ja, dem geht es gut.«

Sie konnte nur hoffen, dass er sie nicht anlog, da sie sich

nicht vergewissern konnte.

Als hätte er ihre Gedanken gelesen, meinte er: »Ich habe dir versprochen, ihm nichts zu tun, und daran habe ich mich gehalten. Ich bin ein Mann, der sein Wort hält.«

Der ehrenwerte Killer, dachte sie. *Wie erbärmlich.*

»Ich schade keinem guten Menschen.«

Diese Bemerkung verwirrte sie. *Dann schadet er nur den Schlechten?* Wollte er damit etwa sagen, dass Holli und sie schlecht waren? Wie hatte er das denn herausgefunden? Das bestätigte Greenings Meinung, dass der Zähler nach einem verdrehten Moralkodex vorging und jene bestrafte, die seinen Standards nicht entsprachen. Vielleicht konnte sie das gegen ihn einsetzen oder sich dadurch mehr Zeit verschaffen.

»Heißt das etwa, du hältst mich nicht für einen guten Menschen?«

»Darüber wird nicht diskutiert, Zoë.«

»Du willst mich umbringen und ich weiß nicht einmal, warum.«

»Das ist wirklich enttäuschend. Ich dachte, du hättest dich geändert. Ich habe gesehen, wie du jetzt lebst und wie du dein Leben gegen das deines Freundes eingetauscht hast. Es sah alles so vielversprechend aus, aber wenn du nicht weißt, warum du hier bist, dann hast du dich vielleicht doch nicht geändert«, sagte er und schien es aufrichtig zu bereuen. »Und jetzt sei bitte still.«

Ja, still sein war gut. Sie brauchte Zeit, um sich eine Angriffs- und Verteidigungsstrategie zu überlegen.

Sie konnte nur hoffen, dass Beck in Bezug auf Jarocki die Wahrheit gesagt hatte. Wenn der Psychologe überlebt hatte, dann konnte er Alarm schlagen. Das wäre ihre magere Verbindung zur Polizei und die würde nach ihr suchen, was ja schon mal ein Anfang wäre. Aber sie brauchte mehr Punkte, die zu ihren Gunsten sprachen.

Sie wusste nicht, wohin er fuhr, aber sie musste dafür sorgen, dass sie unterwegs blieben. Sobald sie seine Folterkammer erreicht hatten, wären sie abgeschieden und versteckt. Wenn er sie erst einmal dort hingebracht hatte, war sie geliefert. Doch wenn sie ihn dazu bringen konnte, länger als geplant durch die Gegend zu fahren, stiegen die Chancen, dass sie von einem Streifenwagen angehalten wurden oder zu einer Straßensperre kamen. Ihr wollte jedoch nur ein Weg einfallen, auf dem sich das bewerkstelligen ließ.

»Marshall.«

»Ich sagte doch, du sollst den Mund halten.«

»Ich weiß, aber ich möchte einen Deal mit dir machen«, sagte sie.

»Das hatten wir doch schon. Ich habe deinen Freund, den Doktor, nicht getötet.«

»Ich weiß, aber jetzt geht es um was anderes. Du weißt doch, dass es gegen deinen Kodex gewesen wäre, Dr. Jarocki umzubringen. Ich habe dir diesen Fehler erspart. Das muss dir etwas wert sein.«

»Du hast nichts, was du mir anbieten könntest, Zoë.«

»Dann betrachte es eben als Bitte. Hör mich einfach an. Es ist wichtig.«

Beck schwieg einen langen Augenblick. »Worum geht es?«

»Ist Holli tot?«

Ein noch längeres Schweigen. »Ja.«

Die Bestätigung schmerzte sie sehr. Sie spürte, wie sich ihr Innerstes verknotete. Ihre Freundin war wirklich tot. Zoë schloss die Augen und ihr liefen die Tränen über die Wangen.

»Ich möchte, dass du mich zu der Stelle bringst, an der du sie begraben hast.«

»Wie kommst du auf die Idee, dass ich sie begraben hätte?«

»Ich weiß nicht, was du mit ihr gemacht hast. Es ist mir eigentlich auch egal. Ich möchte nur ihre letzte Ruhestätte sehen.«

»Achte auf deine Wortwahl, Zoë.«

»Entschuldige. Aber das ist mir sehr wichtig.«

Das Motorgeräusch veränderte sich, und Zoë spürte, wie der SUV langsamer wurde. Beck fuhr von der Straße und hielt an. Sie wusste nicht, ob sie das als gutes oder als schlechtes Zeichen einstufen sollte.

Ohne die Fahrgeräusche war die Welt auf einmal unheimlich ruhig. Sie lauschte auf andere Fahrzeuge, hörte aber nur den Klang des Motors, der sich im Leerlauf befand. Die Route, die sie nahmen, würde sie in den Tod führen.

Sie hörte, wie er sich auf seinem Sitz umdrehte. »Warum ist das so wichtig für dich?«

»Ich habe meine Freundin im Stich gelassen, als ich geflohen bin, und ich habe mich selbst enttäuscht, indem ich nicht einmal versucht habe, sie zu retten. Das frisst mich seitdem innerlich auf. Es vergiftet mich und zerstört mein Leben. Nichts macht mir mehr Freude. Ich kann mich nicht daran erinnern, wann ich das letzte Mal glücklich gewesen bin. Du willst zu Ende bringen, was du begonnen hast, und das geht für mich in Ordnung. Ich bin mir nicht sicher, ob ich jemals mit dem im Reinen sein werde, was ich getan habe, aber ich muss wenigstens das Grab meiner Freundin besuchen, damit ich mich bei ihr entschuldigen kann. Ich muss Buße tun.«

Das war nicht nur eine Ausrede, die sie benutzte, um sich mehr Zeit zu verschaffen. Sie meinte jedes Wort davon ernst. Gut, sie hoffte natürlich schon darauf, seine Pläne lange genug aufhalten zu können, damit sie gerettet werden konnte, aber es gab nur zwei Möglichkeiten, wie diese Sache zu Ende gehen würde: Entweder brachte Beck sie um oder er wurde von der Polizei getötet. Was auch immer passierte, sie würde nicht mehr die Gelegenheit bekommen, sich bei Holli zu entschuldigen, und das war inakzeptabel.

»Ich muss dich loben, Zoë. Ich bin hin und hergerissen, was dich angeht. Du hast dich sehr ehrenhaft verhalten, aber ich werde dir deine Bestrafung trotzdem nicht ersparen können. Allerdings hast du dir dadurch einen Gefallen verdient. Ja, ich habe deine Freundin begraben, und ja, ich kann dich dort hinbringen.«

»Danke«, murmelte sie.

»Das bedeutet aber auch, dass wir viel länger unterwegs sein werden.«

Damit hatte sie nicht das geringste Problem.

* * *

Im Einkaufszentrum war alles dunkel. Greening hielt den Wagen am Straßenrand vor dem Nordeingang an. Ein Mitarbeiter des Sicherheitsdienstes wartete dort bereits auf ihn.

»Inspector Greening?«, rief der Mann.

»Ja.«

»Ich bin Jared Mills. Ihr Kollege sagte, dass Sie herkommen würden.«

Ogawa hatte seinen Teil erledigt. Er war ein wahrer Türöffner. Was immer es auch war, eine Absperrung, ein störrischer Zeuge oder eine konkurrierende Behörde, er schaffte es immer, dass andere taten, was er wollte. Bevor Greening auch nur die Carquinez Bridge erreicht hatte, hatte Ogawa ihn bereits telefonisch darüber informiert, dass vor dem Einkaufszentrum jemand auf ihn warten würde.

Er ging hinein und Jared schloss hinter ihm wieder ab.

»Hier entlang. Ich habe schon alles für Sie vorbereitet«, sagte Jared und führte Greening durch die Gänge. »Es geht um Zoë, nicht wahr? Wir sind befreundet. Geht es ihr gut?«

»Es geht um den Handydieb, den sie vor etwa einer Woche erwischt hat. Wissen Sie irgendetwas darüber?«

»Ich weiß alles darüber. Der Kerl hat mich verletzt.« Er berührte seine Brust. »Solange ich nicht wieder ganz gesund bin, muss ich die Nachtschicht übernehmen.«

»Dann wissen Sie, wer dieser Kerl ist?«

»Oh ja, wir haben seinen Namen und seine Adresse. Ich habe Ihrem Partner schon alle Informationen durchgegeben, aber ich kann Ihnen auch noch die Aufnahmen der Überwachungskamera zeigen.«

Jared führte Greening zu einem kleinen, überfüllten Sicherheitsbüro im obersten Stockwerk. Auf einem Dutzend Bildschirmen waren Liveaufnahmen aus dem Einkaufszentrum zu sehen. Da alle Geschäfte geschlossen waren und kein Kundenverkehr herrschte, sah es so aus, als würden überall Standbilder angezeigt. Greening setzte sich neben Jared, der ihm den Bericht reichte, und sein Blick wanderte sofort zu der Zeile, in der der Name des Verhafteten stand. Der Mann hieß Leroy Porter. Endlich hatte der Zähler einen Namen.

Jared deutete auf den Bildschirm vor sich. »Da sehen Sie, wie Zoë den Kerl erwischt hat.«

Er spielte die Aufnahme ab. Der Kamerawinkel war nicht perfekt, aber gut genug, damit man zumindest das Geschehen, wenn auch nicht die Gesichter erkennen konnte. Zoë hatte den Dieb schnell, effizient und rücksichtslos bezwungen.

»Wow«, murmelte Greening.

Jared lachte. »Ja, nicht wahr? Diese Selbstverteidigungskurse scheinen ihr Geld wirklich wert zu sein.«

Greening sah sich den Bericht und danach erneut die Aufnahme an. Zwar konnte er Porters Gesicht nicht erkennen, aber er sah, dass der Mann sehr dünn und nicht viel größer als Zoë war. Das passte nicht zu Jarockis Beschreibung, dass der Mann wenigstens einen Meter fünfundachtzig groß sein musste.

»Wie groß war der Dieb?«

»Er war nicht sehr groß. Vielleicht eins zweiundsiebzig.«

»Verdammt.«

»Was ist?«

»Das ist nicht unser Mann. Er ist zu klein. Scheiße!« Greening warf den Bericht beiseite.

»Was ist denn los?«

»Der Zähler hat Zoë in seiner Gewalt.«

»Großer Gott«, rief Jared. »Das ist ja nicht zu fassen.«

»Wir haben einen Zeugen, und er sagt, der Zähler wäre ein kräftiger Kerl und mindestens eins fünfundachtzig groß. Außerdem hat er uns berichtet, Zoës letzte Worte, bevor er sie mitgenommen hat, waren: ›Du. Job. Handydieb.‹«

Jared griff nach dem Bericht, überflog ihn und deutete dann auf eine Zeile. »Dieser Kerl hier, der Bestohlene, der war über eins fünfundachtzig groß.«

Greening nahm den Bericht wieder an sich. Darin wurde ein Brad Ellis als Opfer aufgeführt, wohnhaft in Walnut Creek.

Jared spulte die Aufnahme vor und tippte auf den Bildschirm. »Das ist er. Brad Ellis.«

»Können Sie das Bild verbessern oder haben Sie noch eine andere Aufnahme von ihm? Vielleicht sogar eine Nahaufnahme?«

»An dem Bild kann ich nicht viel machen, aber vielleicht hat ihn noch eine andere Kamera aufgezeichnet. Sie sollten sich auch mal mit den Lokalnachrichten unterhalten, denn von denen war jemand hier. Ich glaube, es war ABC. Sie haben einen Bericht darüber gesendet.«

Greening zog sein Handy aus der Tasche und rief Ogawa an. »Vergessen Sie Porter. Das ist nicht unser Mann. Es ist nicht der Dieb, sondern der Bestohlene. Sein Name ist Brad Ellis und ich habe seine Adresse.«

* * *

Zoë hatte bekommen, was sie wollte: einen Hinrichtungsaufschub. Sie schätzte, dass sie jetzt schon seit einigen Stunden unterwegs waren. Jede weitere Minute kam ihr zugute. Dennoch musste sie sich noch immer ganz auf ihr Glück verlassen. Auf das Glück, dass ein Streifenwagen sie zufällig anhielt. Auf das Glück, dass sie einem anderen Auto oder Lkw-Fahrer begegneten. Auf das Glück, dass sie einen Platten hatten und jemand sie beim Reifenwechsel beobachtete. Aber das Glück erwies sich nicht als besonders zuverlässig.

Sie lauschte auf die vorbeifahrenden Autos und Lkws, es waren jedoch nicht besonders viele. Aber es war ja auch mitten in der Nacht, sodass sie sich eigentlich ausrechnen konnte, wie es um ihr Glück bestellt war. Sie überlegte, ob sie schreien sollte, wenn ein anderer Wagen vorbeikam, sah dann aber davon ab. Wahrscheinlich würde man sie aufgrund der Motorengeräusche, der geschlossenen Fenster und der Geschwindigkeit sowieso nicht hören. Außerdem hatte sie nur einen Versuch, wenn sie schrie, und sie musste sich ganz sicher sein, dass sie dadurch auch Hilfe bekam. Sobald sie diese Chance vergab, würde Beck sie erneut mit Chloroform betäuben oder sein Versprechen, sie zu Hollis Grab zu bringen, zurückziehen, und das durfte sie beides nicht riskieren.

Auch wenn sie darauf hoffte, dass ihr das Glück bei ihrer Rettung hold war, wusste sie, dass sie selbst etwas dafür tun musste. Das Glück spielte nur mit, wenn man es auch einlud.

Beck drosselte das Tempo und Zoë schoss das Adrenalin durch die Adern. Dies war entweder die Gelegenheit, auf die sie gewartet hatte, oder sie hatten ihr Ziel erreicht und ihre Hoffnung war zerschlagen.

»Sind wir da?«

»Nein.« Er hielt den SUV an, stieg aus und öffnete die Heckklappe.

Die plötzlich eindringende Nachtluft belebte sie. Sie

schaute an ihm vorbei und stellte fest, dass sie sich in einer Stadt befanden. Das Licht der Straßenlaternen erhellte die Bürgersteige und Geschäftsfronten. Sie hielt nach Menschen Ausschau, konnte jedoch niemanden sehen.

»Ich muss tanken, und du musst jetzt leise sein.«

Er hatte den mit Chloroform getränkten Lappen in der Hand. Zoë schlug und trat um sich. Brando bellte und knurrte.

Ja, bell du nur, du Misttöle, dachte sie. *Weck ruhig die Nachbarn.*

Beck stemmte ihr eine Hand gegen die Brust und hielt sie fest, und als Zoë den Mund aufmachte, um zu schreien, erstickte er ihren Schrei mit dem Lappen. Sie schnappte unwillkürlich nach Luft und verlor das Bewusstsein.

Als sie wieder zu sich kam, hatten sie sich längst wieder in Bewegung gesetzt. Sie trat frustriert gegen die Heckklappe, weil sie ihre Chance vertan hatte.

»Sei doch nicht dumm, Zoë. Vor allem nicht jetzt, wo wir uns geeinigt haben.«

Fick dich, dachte sie. Sie konnte es einfach nicht fassen, dass er tatsächlich an alles gedacht hatte. Aber vielleicht irrte sie sich. Endlich hatte sie mal ein bisschen Glück. Ein Zipfel der Decke, unter der sie lag, hatte sich in der Heckklappe verfangen, sodass sie nicht ganz geschlossen war, sondern bei jeder Bodenwelle wackelte.

Sie drehte sich vorsichtig herum, sodass sie mit dem Kopf nach unten lag. Konnte sie die Heckklappe öffnen? Ja. Mit etwas Geschick würde es ihr gelingen, sie hochzuklappen und sich auf die Straße zu rollen. Dabei würde sie sich vermutlich einige Knochen brechen und eine Gehirnerschütterung holen, aber das wäre die Sache wert, wenn sie dadurch andere Autofahrer auf sich aufmerksam machte.

Aber würde es auch funktionieren? Wenn sie das hohe Tempo und die fehlenden Ampelstopps richtig deutete, befanden sie sich auf einer Schnellstraße, aber es war kein Freeway, sonst hätte sie viel mehr Verkehrslärm gehört. Als sie genauer darüber nachdachte, stellte sie fest, dass sie eigentlich schon seit dem Aufwachen kein anderes Fahrzeug mehr gehört hatte. Wenn sie jetzt raussprang, würde er einfach anhalten und sie wieder einladen.

Sie versuchte, sich nicht von der Verzweiflung niederschmettern zu lassen. Dann würde sie eben warten, bis sie wieder auf einer Straße mit mehr Verkehr waren. Sie verbrachte zwanzig Minuten damit, sich vorsichtig umzupositionieren, ohne dass Beck oder sein Hund etwas davon mitbekamen. Wenn sich die Gelegenheit ergab, wollte sie bereit sein.

Aber Beck fuhr immer weiter, wurde nie langsamer und hielt auch nicht an. Zoë hatte das ungute Gefühl, dass er nie mehr anhalten würde. Dass es ihr Schicksal war, bis ans Ende aller Ewigkeit in seinem verdammten Wagen zu liegen.

Doch mit einem Mal rollte sie ein Stück nach vorn, als er den SUV abbremste. Das war ihre Chance. Sie robbte vorsichtig zurück zur Heckklappe, packte die Decke mit beiden noch immer gefesselten Händen und zog daran. Die Decke bewegte sich spürbar unter dem Schloss. Der Riegel war also tatsächlich nicht richtig eingerastet. Als der SUV abbog, zog sie fest an der Decke und warf sich mit dem Rücken gegen die Heckklappe – und sie sprang auf.

Bitte, bitte, lass mich weich landen, dachte sie, schloss die Augen, schickte ein Stoßgebet zum Himmel und rollte sich hinaus. Sie kam hart auf der Straße auf und krachte auf die rechte Schulter. Der Schwung schleuderte sie weiter, als sie erwartet hatte. Sie machte sich so klein, wie es nur ging, um ihren Kopf zu schützen, aber der Rest ihres Körpers war dem Aufprall schutzlos ausgeliefert.

Benommen blieb sie auf der Straße liegen. Ihre Hände und Füße waren noch immer gefesselt. Sie hatte gehofft, dass die

Kabelbinder durch den Sturz zerreißen würden, doch so viel Glück war ihr nicht beschieden. Es hatten auch keine anderen Autofahrer ihren Sturz aus dem fahrenden Wagen mit angesehen. Sie war allein auf einer von Bäumen gesäumten zweispurigen Straße. Allein bis auf den Zähler.

Er hielt noch in der Kurve an, stieg aus und stürmte auf sie zu. Zoë versuchte gar nicht erst, ihm zu entfliehen. Solange sie noch gefesselt war, würde ihr das ohnehin nicht gelingen. Daher kapitulierte sie, und während sie auf ihn wartete, nahm sie den klaren Himmel und die frische Nachtluft in sich auf. Wahrscheinlich war es das letzte Mal, dass sie die Sterne am Nachthimmel sah.

»Das war sehr dumm von dir, Zoë.« Er hob sie hoch und trug sie zurück zum Wagen. »Wie lange hast du diese kleine Showeinlage schon geplant? Dabei hatte ich gerade geglaubt, ich könnte dir vertrauen.«

Er warf sie wieder in den SUV, in dem Brando ohrenbetäubend laut bellte.

»Du hast mich zum letzten Mal beleidigt.«

Alles, was Zoë denken konnte, war, dass sie großen Mist gebaut hatte. »Es tut mir leid. Es tut mir leid. Du bringst mich doch noch immer zu Holli, oder? Bitte.«

»Oh ja, dieses Vergnügen möchte ich keinem von uns beiden versagen.«

Er holte eine Spritze aus der Tasche und rammte sie ihr in die Schulter. Die Wirkung trat sofort ein. Zoë versuchte noch, ihn anzusehen, aber ihr fielen bereits die Augen zu.

»Schlaf schön, Zoë.«

Kapitel 26

Greening stand vor dem Haus in Walnut Creek, während das SWAT-Team und die hier zuständigen Polizisten überall herumliefen. Das Ganze war ein riesiger Reinfall gewesen, sie hatten die ganze Nachbarschaft völlig umsonst aufgeweckt.

Ogawa kam mit dem Leiter des SWAT-Teams aus dem Haus, ließ den Mann stehen und ging durch den Vorgarten auf Greening zu.

»Das Haus ist leer und steht schon seit Monaten zum Verkauf«, berichtete er.

Greening schüttelte den Kopf. Er hätte eigentlich damit rechnen müssen, als sich das Handy als Prepaidhandy ohne Vertrag und Nutzerdaten herausgestellt hatte. Selbst der Name Brad Ellis war erfunden. Es gab keinen Mann dieses Namens in der Bay Area, zumindest keinen, auf den die Beschreibung passte.

Ogawa hatte zwei Briefe in der Hand. »Die haben wir im Briefkasten gefunden.«

Greening nahm sie entgegen. Sie kamen beide vom Richmond Police Department und waren nach dem Handydiebstahl im Einkaufszentrum verschickt worden. Das war ja die Krönung.

»Er hat das alles eingefädelt, um an Zoë heranzukommen«, erkannte Greening.

»Aber es hat sich für uns gelohnt. Bisher wussten wir nicht das Geringste über ihn, aber dadurch hat er sich verraten. Jetzt haben wir eine Beschreibung und einen Decknamen. Damit können wir weiter ermitteln. Es mag jetzt nicht so aussehen, aber wir rücken dem Kerl auf die Pelle, und wir werden ihn zu fassen kriegen.«

Das waren optimistische Worte, aber Ogawa hatte recht. Nachdem sie wochenlang im Dunkeln getappt waren, wussten sie nun endlich, mit wem sie es zu tun hatten. Unter normalen Umständen wäre er aufgeregt gewesen, doch jetzt sah das anders aus.

»Aber werden wir ihn auch finden, bevor er Zoë umgebracht hat?«, fragte Greening.

Darauf hatte Ogawa keine Antwort.

Greenings Handy klingelte. Es war der Sender ABC7.

»Inspector Greening, hier ist Thom Futrell. Wir haben vorhin schon einmal telefoniert. Wir sind die fraglichen Aufnahmen durchgegangen und haben eine Großaufnahme des Mannes, dessen Handy gestohlen wurde. Damals haben wir sie nicht verwendet, da er nicht interviewt werden wollte. Ich schicke Ihnen das Bild.«

Greening brauchte dringend etwas, das ihn neue Hoffnung schöpfen ließ, und jetzt hatte er etwas gefunden. Einige Sekunden später piepte sein Handy und er öffnete den Bildanhang. Es war kein perfektes Foto, da der Mann den Kopf abgewandt hatte, aber man konnte immerhin drei Viertel seines Gesichts erkennen. Wenn ihn jemand gesehen hatte, dann würde er ihn darauf wiedererkennen. Er schien Ende dreißig zu sein und blondes Haar zu haben. Sein Gesicht war eckig und er hatte ein fliehendes Kinn. Das also war das Gesicht des Zählers.

»Mit wem muss ich reden, damit das veröffentlicht wird?«, wollte er wissen.

* * *

Zoë wurde von einem plötzlichen Ruck geweckt. Der SUV fuhr über eine unebene Strecke. Sie setzte sich mühsam auf und konnte durch das Heckfenster den Highway sehen. Vor ihnen befand sich eine ungepflasterte Straße.

»Du bist gerade rechtzeitig wach geworden«, erklärte Marshall Beck. »Wir sind da.«

Er hatte nicht gelogen, sie hatten ihr Ziel tatsächlich erreicht. Der Wagen fuhr noch einige Minuten in geringem Tempo weiter. Zoë vermutete, dass sie keinen Kilometer gefahren waren, als er schließlich anhielt. Sie merkte sich die Entfernung. Falls es ihr gelang, ihm irgendwie zu entkommen, war sie nicht sehr weit vom Rest der Welt entfernt.

Er öffnete die Heckklappe und hievte sie sich auf die Schulter. Es dämmerte schon und der Himmel verfärbte sich blau. Sie waren also mehrere Stunden lang gefahren und befanden sich nicht mehr in der Bay Area. Wie weit waren sie im Lauf der Nacht gekommen? Bis nach Oregon, Nevada, Südkalifornien? Sie suchte den Horizont ab und hoffte darauf, irgendeinen Berg oder Hügel zu entdecken, den sie wiedererkannte, aber hier sah alles unbekannt aus.

Sie hatte darum gebeten, hergebracht zu werden, aber so hatte sie sich den Ort nicht vorgestellt. Im frühen Morgenlicht konnte sie eine Art Stall erkennen. Daneben befanden sich zwei Koppeln und ein Haus. Man sah sofort, dass hier schon seit Langem niemand mehr lebte, aber die Gebäude waren nicht verfallen, nur verwaist. Das Gras auf den Koppeln stand hoch und der Stall war leer. Sie vermutete, dass es hier früher mal ganz schön gewesen war, und wenn man etwas Arbeit hineinsteckte, wäre es das auch wieder. Es war idyllisch und schien fast eine andere Welt zu sein. Dann verfinsterten sich ihre Gedanken. Hier lag Holli begraben.

Brando sprang aus dem SUV und rannte aufgeregt im Kreis herum.

»Wo sind wir hier?«

»Hier bin ich aufgewachsen und habe den Unterschied zwischen richtig und falsch gelernt. Und hier hat man mir Respekt beigebracht.«

Beck trug sie zum Stall. Zoës Herz schlug schneller. Sie wusste, wie diese Geschichte enden würde. Die Zahl, die in ihre Haut eingeritzt worden war, verriet es ihr. Sie bäumte sich auf.

»Das reicht jetzt, Zoë«, knurrte er und ging weiter. »Du wusstest, dass das passieren würde. Du hast diesen Handel mit mir geschlossen.«

»Ja, und du musst deinen Teil einhalten.«

Er blieb stehen und stellte sie auf die Füße. Ihr wurde bewusst, dass er fast dreißig Zentimeter größer war als sie. Brando umkreiste sie langsam.

»Das habe ich getan. Wir sind hier.«

»Du hast versprochen, mich zu der Stelle zu bringen, an der du Holli begraben hast.«

»Sie liegt hier begraben.«

»Wo?«

Er deutete zur größeren der beiden Koppeln, aber das war ihr zu vage.

»Ich muss die genaue Stelle sehen.«

Beck starrte sie mit durchdringendem Blick an. Sie konnte nur hoffen, dass er begriff, wie wichtig das für sie war.

»Bitte.«

Er schüttelte den Kopf. »Wenn das eine Verzögerungstaktik sein soll, dann bringt dir das gar nichts.«

»Das ist es nicht.«

»Warte hier.«

Beck lief zurück zum Wagen, während Brando sie bewachte. Sie beäugte den Hund. Das war kein normales Haustier, sondern ein Killer. Das Tier hatte Narben rings um das Maul und auch am ganzen Körper. Der kalte Blick, mit dem der Hund sie anstarrte, gab ihr zu verstehen, dass er sie bei der ersten falschen Bewegung angreifen würde. Beck kam mit einer Handvoll Kabelbindern und seinem Messer wieder zurück.

Zoë konnte den Blick nicht von seinem Messer abwenden. Es war alt, schien aber über die Jahre immer wieder per Hand geschärft worden zu sein. Es war *das* Messer. Das Messer, mit dem er all seine Opfer markiert hatte.

»Ich vertraue dir und kann dir nur raten, mein Vertrauen nicht zu missbrauchen«, warnte er sie. »Und jetzt setz dich.«

Beck half ihr, sich auf den Boden zu setzen. Der Hund hockte sich ebenfalls hin, viel zu dicht neben ihr. Beck verband ein halbes Dutzend Kabelbinder miteinander, und sie fragte sich schon, was er damit vorhatte, bis er die beiden äußeren Ringe um ihre Fußknöchel legte und zuzog. Er hatte eine behelfsmäßige Fußfessel gebastelt.

»Jetzt hast du ein bisschen mehr Bewegungsfreiheit.«

Mit »ein bisschen mehr« lag er ganz richtig, denn sie konnte nur etwa halb so große Schritte machen wie normal. Weglaufen stand somit außer Frage.

»Na, dann komm. Hier lang.«

Er führte sie zu einer Lücke im Zaun. Es fiel ihr schwer, sich durch das hohe Gras zu bewegen, und sie kam nur mühsam und langsam voran. Das Gras reichte ihr bis zur Hüfte und die Fesseln schienen an jedem Halm hängen zu bleiben. Selbst der Hund hatte Mühe und musste eher über das Gras springen, anstatt sich einen Weg hindurch zu bahnen. Auch ohne die Fesseln wäre sie nicht gut vorangekommen. Ihre Knie und ihr Rücken hatten beim Sturz aus dem Kofferraum am meisten abbekommen und schmerzten bei jedem Schritt. Sie fragte sich, ob er ihr das mit Absicht antat. Vielleicht glaubte er, der Marsch durch das hohe Gras würde sie ermüden und gefügiger machen.

»Ist Holli die Einzige, die du hier begraben hast?«

»Nein.«

»Dann liegen alle deine Opfer hier?«

»Nicht alle. Laurie Hernandez nicht und du auch nicht.«

Zoë schluckte schwer.

»Aber sie sind keine Opfer«, fuhr er fort. »Die Gesellschaft ist das Opfer. Sie sind die Täter, ebenso wie du.«

Anscheinend hatte sie einen Nerv getroffen. »Was haben wir denn getan?«

»Ihr habt euch schlecht benommen. Ihr denkt, es wäre in Ordnung, Regeln zu brechen, andere Menschen zu ignorieren, Chaos zu verbreiten und zu erwarten, dass jemand anderes hinter euch herräumt.«

Das war alles? Das war das Verbrechen, dessen sie, Holli, Laurie Hernandez und all die anderen sich schuldig gemacht hatten? Schlechtes Benehmen? Hatte er überhaupt eine Ahnung, wie verrückt sich das anhörte?

»Schlechtes Benehmen? Ich weiß noch immer nicht, was Holli dir angetan hat, und ich kann mich noch nicht einmal an dich erinnern.«

»Genau das ist euer Problem. Ihr wisst nie, was ihr falsch macht, aber ich werde es dir schon beibringen. Du wirst bald wissen, was du getan hast und welchen Preis du dafür bezahlen musst.«

Die Drohung ließ sie erschaudern, was sie aus dem Gleichgewicht brachte. Sie taumelte und fiel zu Boden. Er half ihr auf und wartete darauf, dass sie sich wieder in Bewegung setzte, aber sie blieb wie erstarrt stehen.

»Warum hast du sie hierhergebracht?«

»Weil …«, begann er, sprach jedoch nicht weiter.

Und wieder habe ich einen Nerv getroffen, dachte sie. *Das heißt, dass ihm dieser Ort etwas bedeutet. Hält er ihn etwa für heilig?*

Er legte ihr eine Hand in den Nacken und schubste sie weiter. »Jetzt geh schon. Wir sind gleich da.«

Als sie an der anderen Seite der Koppel ankamen, hob er sie über den Zaun und deutete auf einen Hain mit einigen Bäumen.

»Da.«

Sie gingen zu einer Stelle unter den Bäumen. Das Gras war hier kürzer und reichte ihr nur bis zu den Knöcheln, da es im Schatten anscheinend nicht genug Licht bekam. Nichts ließ vermuten, dass sich an dieser Stelle ein Grab befand. Es gab keine Anzeichen dafür, dass hier irgendwann einmal jemand gegraben hatte. Die Stelle sah völlig unspektakulär aus.

Zoë ging ein paar Schritte und achtete darauf, die Stelle nicht zu betreten, falls sich das Grab wirklich dort befand. »Wo genau?«

Dann sah sie den Grabstein. Er war unscheinbar, aber passte zu einem Killer. Der Zähler konnte für seine Opfer keine Monumente errichten, das würde Aufmerksamkeit erregen. Der Stein war groß und glatt, als hätte er jahrhundertelang in einem Fluss gelegen. Die römische Zahl III, die darauf gemalt worden war, wies ihn als Hollis Grabstein aus.

Bei diesem Anblick brach ihr das Herz. Bis zu diesem Augenblick hatte sie die winzige Hoffnung gehegt, dass Holli noch immer am Leben war und sich irgendwo unter falschem Namen vor dem Zähler versteckte. Doch jetzt hatte sie alle Beweise, die sie brauchte. Holli war tot.

Bei dieser Erkenntnis zerbrach etwas in Zoë. Sie hatte über ein Jahr lang mit der Gewissheit gelebt, dass sie ihre Freundin im Stich gelassen hatte. Schlimmer noch, sie hatte geglaubt, sie habe Holli sterben lassen. Doch ohne die Gewissheit, dass Holli wirklich tot war, hatte Zoë noch immer einen Funken

Hoffnung gehabt. So unwahrscheinlich es war – vielleicht hatte Holli ja genau wie sie entkommen können. Es war ein dummer Gedanke gewesen, der nur dazu diente, den Schmerz fernzuhalten. Eine Illusion, um sich vor diesem Moment zu schützen, vor der endgültigen Bestätigung und den Schuldgefühlen, die sie mit sich brachte. Die Wahrheit war: Holli war tot und Zoë war schuld daran. Ihre Beine wollten sie nicht länger tragen, sie brach auf Hollis Grab zusammen.

»Es tut mir so leid, Holli. Ich hätte dich nie allein lassen dürfen. Ich hätte kämpfen und dich retten müssen. Ich habe dich im Stich gelassen.«

Sie presste die Wange auf den Boden und spürte die vom Tau feuchte Erde an ihrer Haut. Ein Schluchzen entrang sich ihrer Kehle, und sie fühlte sich, als müsste ihr Brustkorb bei jedem Atemzug zerspringen.

Der Zähler trat hinter sie und zerrte sie auf die Knie. »Das reicht jetzt. Du hast bekommen, was du wolltest.«

Auf einmal traf sie die Erkenntnis. Wenn Hollis Grabstein hier stand, dann mussten die der anderen ebenfalls hier ein. Als wäre ein Schleier vor ihren Augen weggezogen worden, entdeckte sie auf einmal alle Steine. Nahezu identische Steine bildeten einen Halbkreis um die Bäume zu ihrer Linken und Rechten. Es waren insgesamt fünf. Jeder war mit einer römischen Ziffer gekennzeichnet. Ihr Blick verharrte auf der IV, ihrem Stein.

»Großer Gott«, murmelte sie.

»Dein Stein wartet schon seit langer Zeit auf dich«, erklärte der Zähler. Er trat hinter sie und drückte ihr den Chloroformlappen auf den Mund. »Ich habe meinen Teil des Handels eingehalten. Jetzt bist du an der Reihe.«

Kapitel 27

Es war sechs Uhr früh und das Büro der Ermittlungsabteilung lag nahezu verlassen da. Nur Greening und Ogawa saßen noch an ihren Schreibtischen. Sie hatten das Büro seit ihrer Rückkehr aus Walnut Creek nicht mehr verlassen. Alle anderen, die ebenfalls die halbe Nacht gearbeitet hatten, waren nach Hause gefahren, um zu duschen und sich umzuziehen. Das Team hatte jede Spur verfolgt, aber kaum etwas Handfestes herausgefunden. Sie hatten nicht einmal einen Fingerabdruck, geschweige denn eine Identität, die ihnen weiterhelfen konnten. Alles, was sie vorweisen konnten, war der Screenshot eines Mannes, der behauptet hatte, sein Name wäre Brad Ellis.

Sie hatten das Foto des Zählers zusammen mit einem von Zoë an sämtliche Medien rausgeschickt. Jede Polizeidienststelle in Kalifornien, Oregon und Nevada war informiert und hielt nach den beiden Ausschau. Polizisten aus über einem Dutzend Städte in der Bay Area durchkämmten alle leeren Gebäude, die dem Zähler möglicherweise als Versteck dienten. Alle waren auf der Suche, aber keiner wusste, wo er suchen musste. Greening musste an Ogawas Bemerkung denken, dass manche Fälle schlecht endeten. Diese Ermittlungen hätten kaum noch schlechter laufen können. Er hatte sich in seiner ganzen Laufbahn noch nie so unfähig gefühlt.

Während sie alles taten, um das Foto des Zählers zu verbreiten, arbeitete die Zeit gegen sie. Es war drei Uhr morgens, als die Presseerklärung an die Nachrichtenagenturen ging. Um diese Uhrzeit schaute kaum jemand die Nachrichten, außer Nachtarbeitern und Truckern. Sie waren gezwungen zu warten, bis die Westküste aufwachte und sich beim Frühstück oder auf dem Weg zur Arbeit mit den Morgennachrichten beschäftigte.

»Wir haben sie verloren«, stellte Greening fest. »Dieser Mistkerl kann endlich seine Nummer vier abhaken.«

»Hey, tun Sie das nicht«, erwiderte Ogawa.

»Ich weiß, aber es sieht einfach nicht gut aus. Dieser Bastard hat die Frauen immer in seiner näheren Umgebung umgebracht. Das hat er sowohl bei Laurie Hernandez als auch bei Holli Buckner in Bishop getan, und wahrscheinlich ist er bei den anderen Opfern ebenso vorgegangen.«

»Sie ist noch nicht tot, solange wir sie nicht gefunden haben.«

»Was soll das werden, die Schrödingers-Katze-Taktik?«

»Nein«, knurrte Ogawa. »Das nennt man professionelles Arbeiten. Diese Frau ist da draußen, sie steckt in Schwierigkeiten und fürchtet um ihr Leben, und wir gehen so lange davon aus, dass sie noch lebt, bis uns das Gegenteil bewiesen wurde. Und jetzt reißen Sie sich zusammen und benehmen sich wie ein Polizist.«

Sie starrten einander wütend an, aber Greenings Zorn verrauchte schnell. Ogawa hatte ja recht. Er musste Zoë zuliebe optimistisch bleiben, konnte seine schwindende Hoffnung allerdings auch nicht ignorieren. Der Zähler hatte jetzt einen Vorsprung von sechs Stunden. Er konnte Hunderte Meilen weit weg und längst dabei sein, Zoë zu Tode zu peitschen. Da war es nicht leicht, optimistisch zu bleiben.

»Ich habe Sie gewarnt, dass wir es mit einem Serienmörder

zu tun haben und es schlimm werden könnte«, sagte Ogawa sachlich.

»Ich weiß, aber ich habe Mist gebaut. Ich habe nicht genug getan. Wir wussten genau, dass es dieser Kerl auf sie abgesehen hat, und was habe ich getan? Ich habe sie von ihrem Psychologen beschützen lassen. Dabei hätte ich bei ihr bleiben oder einen Polizisten zu ihrem Schutz abstellen müssen.«

»Und wenn dieser Psychologe jetzt hier wäre, dann würde er Ihnen was erzählen.«

»Was denn?«

»Hören Sie sich doch mal reden. ›Ich habe nicht genug getan.‹ ›Ich hätte da sein müssen.‹ All diese Aussagen beginnen mit ›ich‹. Aber Sie arbeiten nicht für eine Organisation, bei der es nur um Sie geht. Wir ziehen alle an einem Strang. Und wir haben getan, was uns möglich war. Wir werden auch gemeinsam alles daransetzen, Zoë zu finden. Und letzten Endes tragen wir alle die Schuld daran, falls etwas schieflaufen sollte. Haben Sie das verstanden?«

Es war leicht, es so auszudrücken, wenn sie Zoë noch rechtzeitig retten konnten, aber er war sich nicht sicher, was passieren würde, falls ihnen das nicht gelang. Er wollte ihren Tod nicht auf dem Gewissen haben. Zum ersten Mal konnte er wirklich nachvollziehen, wie sich Zoë gefühlt haben musste, nachdem sie ihre Freundin hatte sterben lassen. Die letzten Stunden waren die reinste Hölle für ihn gewesen. Er konnte sich nicht vorstellen, wie es sein musste, das fünfzehn Monate lang auszuhalten.

»Ich werde mir das zu Herzen nehmen, mir jetzt erst mal das Gesicht waschen gehen und mir ein sauberes Hemd anziehen. Das hier fängt bald an zu stinken.«

»Da haben Sie allerdings recht. Es ist kein Wunder, dass die Fenster schon beschlagen.«

Greening grinste und nahm ein sauberes Hemd aus der Schreibtischschublade, das er für solche Gelegenheiten darin aufbewahrte. Er ging in die Herrentoilette und zog sich das schmutzige Hemd und die Krawatte aus. Da es keinen Stöpsel gab, presste er einige Papierhandtücher in den Abfluss, ließ das Waschbecken mit kaltem Wasser vollllaufen und tauchte das Gesicht hinein. Er ließ die Kälte in seine Haut eindringen und sich ausbreiten. Mit sinkender Körpertemperatur kehrte auch seine Ausgeglichenheit zurück. Ihm war klar, dass er sowohl körperlich als auch mental fast am Ende seiner Kräfte war. Die Kälte erfrischte ihn und ließ ihn wieder zum Polizisten werden. Denn nur so konnte er Zoë helfen. Er hob den Kopf und trocknete sich das Gesicht ab.

Danach ließ er das kalte Wasser ab und heißes einlaufen und wusch sich mit der Handseife das Gesicht, die Brust und die Achseln. Jetzt fühlte er sich wieder wie ein Mensch. Er war erstaunt, was der simple Akt des Waschens bewirken konnte. Nachdem er sich abgetrocknet hatte, zog er das saubere Hemd an und band sich die Krawatte wieder um. Ja, jetzt war er wieder Polizist, zwar ein müder, aber nichtsdestoweniger ein Polizist.

»Halten Sie durch, Zoë. Wir werden Sie retten.«

Als er sein schmutziges Hemd zurück ins Büro trug, warf Ogawa ihm sein Jackett zu.

»Wir haben da was. Eben hat jemand angerufen, der ihn erkannt hat. Sein Name ist Marshall Beck.«

Wenige Minuten später klammerte sich Greening an der Beifahrertür fest, während Ogawa mit Blaulicht und Sirene durch die Stadt raste. Er fuhr über eine rote Ampel und parkte den Crown Victoria vor dem Urban-Paws-Tierheim im Parkverbot. Eine schlanke Frau mittleren Alters stand vor dem Eingang und bat sie hinein.

»Kristi Thomas?«, erkundigte sich Ogawa.

»Ja. Sie können ruhig Kristi sagen.«

»Ich bin Inspector Ogawa und das ist Inspector Greening. Sind Sie sich sicher, dass es sich bei der gesuchten Person um

Ihren Angestellten handelt?«

»Ja, ich kann es Ihnen auch beweisen.«

Kristi drückte die Tür auf und Greening und Ogawa folgten ihr ins Gebäude. Sie blieb im Eingangsbereich stehen und deutete auf eine Wand, an der etwa zwanzig gerahmte Fotos hingen.

»Das sind unsere Mitarbeiter, und das hier ist Marshall.« Sie deutete auf ein Foto in der zweiten Reihe.

Greening musste sein Handy nicht aus der Tasche holen, um die Fotos zu vergleichen. Das Bild des Zählers hatte sich in sein Gehirn eingebrannt, und Marshall Beck und er waren eindeutig dieselbe Person.

»Was hat er hier für eine Aufgabe?«, wollte Greening wissen.

»Er ist unser Buchhalter. Er kümmert sich um die Finanzen und Förderanträge. Ich verstehe das alles nicht. Marshall ist ein netter Kerl, vielleicht ein bisschen steif und unbeholfen, aber ein guter Mensch. Hat er wirklich diese Frau entführt?«

»Können Sie uns Marshall Becks Daten geben, seine Adresse, Telefonnummer, alles, was Sie haben?«, bat Ogawa sie.

»Ja, natürlich. Das habe ich alles in meinem Büro.«

»Welches Büro ist seins?«, fragte Ogawa.

»Das gegenüber von meinem.«

»Habe ich Ihre Erlaubnis, es zu durchsuchen und mir auch seinen Computer anzusehen?«

»Ja, natürlich.«

»Danke. Ich sage auf der Wache Bescheid. Gehen Sie schon mal mit Kristi mit, Greening.«

Kristi führte Greening in ihr Büro, fuhr ihren Computer hoch und rief Becks Personalakte auf. Greening notierte sich seine Adresse in San Francisco.

»Edward, ich habe seine Adresse.«

Ogawa kam mit dem Handy am Ohr herein, nahm Greening den Zettel aus der Hand und ging wieder auf den Flur, um ein SWAT-Team anzufordern.

Kristi machte ein erschrockenes Gesicht, als sie das hörte. »Brauchen Sie wirklich ein Sondereinsatzkommando?«

»Sie glauben, Sie kennen Mr Beck, aber er hat Ihnen nur gezeigt, was Sie sehen sollten. Wir haben ein ganz anderes Bild von ihm. Haben Sie ihn angerufen? Falls Sie ihn gewarnt haben, sagen Sie es lieber gleich.«

Kristi runzelte die Stirn. »Ich habe ihn angerufen, aber nicht deswegen. Hier ist gestern etwas vorgefallen.«

»Was denn?«

»Vor ein paar Wochen hat die Polizei von Fremont einen professionellen Hundekampfring auffliegen lassen. Wir haben die Hunde hier aufgenommen. Marshall hat an einem der Hunde Gefallen gefunden. Er wollte ihn aufnehmen, aber das Tier hat den Wesenstest nicht bestanden. Laut Gerichtsbeschluss hätten wir ihn Ende der Woche einschläfern lassen müssen. Marshall hat die Nachricht nicht gerade gut aufgenommen, und ich glaube, er hat den Hund gestohlen. Ich habe bei ihm angerufen und bin auch bei ihm vorbeigefahren, aber er war nicht da. Ich habe nicht die geringste Ahnung, wo er jetzt sein könnte.«

Er mag Hunde und hasst Menschen, schoss es Greening durch den Kopf. Dieser Kerl war ihm ein Rätsel.

Er sah sich die Adresse an, die Kristi ihm gegeben hatte. Es war ein Wohnviertel in Noe Valley, kein Ort, wo man unbemerkt Leute zu Tode foltern konnte.

»Kennen Sie außer seiner Adresse noch einen Ort, an dem er sich aufhalten könnte? Wir suchen nach einem abgelegenen Ort, an dem er ungestört wäre.«

»Ich glaube, ihm gehört irgendwo ein Grundstück, eine alte Farm oder etwas in der Art. Er hat das irgendwann mal erwähnt. Noch hinter Redding, glaube ich. Aber ich weiß nicht genau, wo.«

Das muss doch irgendwo verzeichnet sein, dachte er. Er musste diesen Kerl dringend durch die Datenbanken jagen. Beck war ganz bestimmt nicht zu Hause, und er wusste, dass die Polizei längst nach ihm suchte. Wenn er verschwinden wollte, dann würde er sich außerhalb ihres Radars aufhalten.

»Danke für Ihre Hilfe. Ich würde mich auch gern mit Ihren Angestellten über Mr Beck unterhalten. Wann kommen sie zur Arbeit?«

»Vermutlich innerhalb der nächsten halben Stunde.«

»Vielen Dank für Ihre Kooperation. Und ich muss Sie noch einmal daran erinnern, dass Sie keinen Kontakt mehr zu Mr Beck aufnehmen dürfen.«

Kristi war verdächtig ruhig.

»Ist da sonst noch was?«

»Laurie Hernandez. In den Nachrichten klang es so, als könnte es da eine Verbindung geben.«

»Ja. Kennen Sie sie?«

»Sie ist einige Male hier gewesen. Wir mussten sie mehrmals rauswerfen, weil sie Tiere gequält hat. Sie ist auch am Tag vor ihrem Tod hier gewesen. Marshall hat sie aus dem Gebäude geführt. Er kann sie doch nicht ermordet haben, oder?«

»Edward«, rief Greening. »Wir haben ein mögliches Motiv für Laurie Hernandez.«

Innerhalb einer Stunde hatte die Polizei das Tierheim übernommen. Greening und einige Polizisten verhörten die Mitarbeiter. Ogawa leitete die Kriminaltechniker an, die Becks Büro und Computer durchsuchten. Jetzt, wo sie einen Namen, eine Sozialversicherungsnummer und ein Bankkonto hatten, auf das sein Gehalt überwiesen wurde, gab es genug Spuren, denen sie folgen konnten. Um herauszufinden, wer Marshall Beck war, mussten sie nur die Datenbanken befragen. Rasch fanden sie heraus, dass auf seinen Namen ein Honda Pilot zugelassen war, und schrieben den Wagen zur Fahndung aus. Nun war es nur noch eine Frage der Zeit. Aber genau das war Greenings Problem. Die Ermittlungen machten schnell Fortschritte, aber nicht schnell genug für Zoë.

Greening dankte einer der Tierpflegerinnen für ihre Hilfe und ging seine Notizen durch. Er führte die Befragungen in einem der Büros durch und hatte bisher von allen dasselbe gehört: Beck war ruhig, ungelenk im Umgang mit anderen Menschen und ein Einzelgänger.

Als die Frau hinausging, kam Ogawa herein. »Das SWAT-Team hat gerade das Haus gestürmt. Es war niemand da.«

Das hatte sich Greening schon gedacht.

»Sie durchkämmen jetzt das Haus. Es scheint sauber zu sein. Es gibt nichts, das ihn mit Zoë oder Laurie Hernandez in Verbindung bringt.«

Greening hasste Marshall Beck. Der Mistkerl war waghalsig, aber auch vorsichtig und hatte sich gut versteckt. »Was machen wir jetzt?«

»Wir durchforsten jeden Quadratzentimeter dieser Stadt, bis wir ihn gefunden haben. Genau nach Vorschrift.«

Das Problem war nur, dass das zu lange dauern würde.

Greenings Handy klingelte. Es war Rogerson aus dem Büro, daher stellte er ihn auf Lautsprecher. »Rufen Sie Ihre E-Mails ab. Ich habe Ihnen alles geschickt, was ich über Beck finden konnte.«

Sofort klappte Greening seinen Laptop auf, den seine Kollegen ihm mitgebracht hatten. »Wissen Sie inzwischen, wo sich sein anderes Grundstück befindet?«

»Ja, ich glaube, wir haben es gefunden. Es liegt in der Nähe von Burnt Ranch. Es ist eine Farm oder etwas in der Art, wurde aber früher als Kinderheim genutzt. Er hat das Anwesen vor fünf Jahren bei einer Auktion gekauft, mit der die Steuerschulden gedeckt werden sollten, und es einem Fonds überschrieben, daher sind wir nicht sofort darauf gestoßen.«

Nachdem Rogerson ihnen die Adresse durchgegeben hatte, legte Greening auf und sah sich seine EMails an. Ogawa kam um den Schreibtisch herum und schaute ihm über die Schulter. Die Mailanhänge enthielten einiges an interessantem Lesestoff. Beck war nie verhaftet worden, er hatte noch nicht einmal einen Strafzettel für zu schnelles Fahren bekommen. Seine vorherigen Adressen befanden sich in Bishop, Stockton, Redding und Sacramento.

»Wenn die Sache vorbei ist, müssen wir herausfinden, ob es in den Gebieten, in denen Beck früher gelebt hat, Fälle mit vermissten Frauen gibt«, meinte Ogawa.

Ja, aber das kann warten, dachte Greening.

Er klickte auf einen Link, neben dem stand: *Das müssen Sie sich ansehen.* Der Link führte zu einem Artikel der LA Times aus den späten 80er-Jahren. Darin ging es um die Palomino Ranch, ein Kinderheim im Trinity County. Mehr als ein Dutzend Kinder waren der Obhut von Jessica Wagner entzogen worden, die man wegen Kindesmissbrauchs verhaftet hatte. Wagner hatte die Kinder körperlich gezüchtigt und mit einer Rute geschlagen, bis sie bluteten. Das war über ein Jahrzehnt so gegangen, bis die Behörden endlich eingeschritten waren. Siebenundvierzig von geschätzt achtzig Kindern hatten gegen sie ausgesagt. Die Sache war überhaupt nur ans Licht gekommen, weil eines der Kinder nach einer brutalen Züchtigung weggelaufen war.

»Wie groß ist die Wahrscheinlichkeit, dass Beck eines dieser Kinder gewesen ist?«, fragte Greening.

Ogawa schüttelte den Kopf. »Großer Gott. Kein Wunder, dass er völlig durchgedreht ist.«

So werden Monster geschaffen, dachte Greening.

Ein weiterer Link führte zu einem späteren Artikel, der berichtete, dass Jessica Wagner Selbstmord begangen hatte, nachdem sie auf Kaution freigelassen worden war.

»Das Weib ist noch glimpflich davongekommen«, meinte Ogawa.

Eine Frage ging Greening einfach nicht aus dem Kopf: Hatte Beck Zoë zu der Ranch gebracht? Das war durchaus denkbar. Hier in San Francisco hielt ihn nichts mehr. Ihm standen zwei Optionen offen: Zoë schnell zu töten und zu verschwinden oder sie irgendwo hinzubringen, wo er sich verschanzen und sich Zeit mit ihr lassen konnte. Greening hoffte auf Letzteres. Von Napa bis zu diesem Pflegeheim im Trinity County brauchte man mit dem Wagen sechs Stunden. Falls er wirklich dort war, dann konnte Zoë durchaus noch am Leben sein.

»Glauben Sie, er ist mit ihr dorthin gefahren?«

»Gut möglich, aber das ist eine lange Fahrt, wenn man auf der Flucht ist. Ich vermute eher, dass er hier in der Nähe ist, aber ich werde mal die Sheriffs dort anrufen und sie bitten, sich auf der Ranch umzusehen.«

Kapitel 28

Als Zoë aufwachte, war sie nackt und an den Handgelenken aufgehängt. Das Chloroform, mit dem er sie betäubt hatte, machte sie noch ein wenig benommen, aber die Wirkung ließ langsam nach. Sie nahm ihre Umgebung in Augenschein. Sie befand sich in einem Stall und hing an einem Haken, der in einem der hölzernen Dachbalken steckte. Der Stahlring zwischen den Handschellen war an dem Haken befestigt. Ihre Füße standen gute sechzig Zentimeter über dem Boden auf einem Stuhl. Er hatte ihre Handgelenke mit Lederhandschellen gefesselt, die mit Schaffell gefüttert waren. Das sagte ihr, dass er vorhatte, sie eine ganze Weile hier hängen zu lassen.

Ihre zerfetzte Kleidung lag auf dem schmutzigen Fußboden. Bei der Vorstellung, dass ihr Beck die Sachen vom Leib geschnitten hatte, erschauderte sie. Aber sie bezweifelte, dass er irgendwelche sexuellen Motive hatte. Er hatte nie den Eindruck erweckt, dass es ihm um Sex ginge. Trotzdem war es verletzend, dass er sie nackt sah.

Er tauchte vor ihr auf und sie zuckte zusammen. In seinem Gürtel entdeckte sie etwas, vor dem sie sich sehr fürchtete: das verdammte Bowiemesser. Er hielt die zusammengerollte Peitsche mit beiden Händen vor den Hüften. Ihr Herz schlug schneller. Die Peitsche konnte nur bedeuten, dass das Ende nahe war. An diesem Punkt war sie noch nie zuvor gewesen. Er hatte sie schon früher entführt und ausgezogen, aber sie war ihm vor dem Auspeitschen entwischt. Holli, Laurie Hernandez und die anderen Frauen waren ausgepeitscht worden, aber Zoë war diesem Schicksal bisher entkommen.

Ihm entging nicht, dass sie die Peitsche anstarrte. Er hielt sie hoch und nahm sie genauer in Augenschein. »Ich habe sie selbst hergestellt. Es hat über ein Jahr gedauert, bis sie fertig war. Dabei bin ich genauso vorgegangen wie früher die Seefahrer, die ihre Mannschaft in Schach halten wollten. In den richtigen Händen ist sie ein effektives Werkzeug … und damit meine ich natürlich in meinen.«

»Warum tust du das?«, fragte sie.

»Das ist die falsche Frage. Du solltest mich lieber fragen, was du getan hast, um das zu verdienen.«

Nichts, dachte sie und schluchzte auf. Sie verabscheute sich dafür. Als sie sich ihm ausgeliefert hatte, hatte sie sich fest vorgenommen, keine Schwäche zu zeigen, um ihm die Befriedigung zu verwehren. Aber als sie jetzt erniedrigt und verängstigt an dem Balken hing, spürte sie, wie sich ihre Entschlossenheit in Luft auflöste.

»Dein Unvermögen, deine Fehler einzusehen, ist der Grund dafür, dass du hier bist.«

»Meine Fehler?«, brüllte sie ihn an. »Was genau habe ich denn getan? Bin ich in einem Restaurant zu laut gewesen? Was haben sich die anderen Frauen zuschulden kommen lassen? Haben sie in einer Bücherei Lärm gemacht? Sind sie bei Rot über die Straße gegangen? Großer Gott, wie kann man nur so verdammt kleinlich sein!«

Sie rechnete damit, als Antwort eine Tirade zu hören zu bekommen, aber ihre Schmähworte prallten einfach an ihm ab.

Er seufzte. »Ich dachte, wenigstens du hättest dich geändert.

Du hattest immerhin einen zeitlichen Vorteil, der deiner Freundin und den anderen verwehrt geblieben ist. Sie mussten es verarbeiten, während sie ihre Bestrafung hingenommen haben. Du hattest die Chance, über die Situation nachzudenken, und ich hätte eigentlich gedacht, dass du etwas daraus lernst.«

Gelernt hatte sie anscheinend nichts, aber geändert hatte sie sich durchaus. Sie hatte ihr ganzes Leben umgekrempelt, nachdem sie ihm entkommen war. Jarocki hatte ein Jahr lang versucht, ihre Entscheidung und den Grund dafür zu verstehen. Sie war der Meinung, dass der Zähler sie durchaus verändert hatte – er hatte sie gebrochen.

»Im Verlauf der letzten Wochen«, fuhr er fort, »habe ich dich beobachtet. Du bist nicht mehr die Frau, die mir damals über den Weg gelaufen ist. Du bist erwachsen geworden und kennst deinen Platz in der Welt. Die Art, wie du mir mein Handy wiederbeschafft hast, ohne auf deine eigene Sicherheit zu achten, war wirklich erstaunlich. Beinahe hätte ich dir in diesem Augenblick deine früheren Vergehen durchgehen lassen und dir die Freiheit geschenkt.«

Ihr das jetzt zu erzählen, war überaus grausam. Die Vorstellung, dass sie ihn beinahe losgeworden wäre, war schwerer zu ertragen als die Tatsache, dass er sie beobachtet hatte. »Und warum hast du es nicht getan?«

»Ich habe erkannt, dass du dich nicht wirklich geändert hast, als ich mich mit Rick Sobona unterhalten habe. Erinnerst du dich an ihn? Du hast ihm beinahe die Nase gebrochen, nachdem du ihm falsche Hoffnungen gemacht hast. Trotz der Dinge, die du erlebt hast, und der Chance, die dir gewährt wurde, hast du dich weiterhin wie eine Schlampe verhalten. Und das hast du jetzt davon.«

Sie konnte ihm beim besten Willen nicht folgen. Seine Begründung hätte für niemanden außer ihm selbst einen Sinn ergeben. Sie schüttelte den Kopf.

»Du und all die anderen, ihr habt euch derselben Sache schuldig gemacht: mangelnder Respekt vor euren Mitbürgern.«

»Das ist alles? Mein Verbrechen ist mangelnder Respekt? Habe ich wirklich den Tod verdient, weil ich schlechte Manieren habe?«

»Ja.«

Seine Antwort kam derart prompt und entschieden, dass es ihr kurz die Sprache verschlug. »Warum gehst du nicht auf Mörder, Vergewaltiger oder Drogendealer los? Diese Menschen schaden der Gesellschaft wirklich.«

»Für die gibt es Gesetze«, erwiderte er. »Dummerweise ist schlechtes Benehmen jedoch keine Straftat, und mangelnder Respekt wird nicht bestraft. Man kann sich einfach so verhalten, ohne mit Konsequenzen rechnen zu müssen, und alle anderen müssen es ertragen.«

Sie schüttelte den Kopf. Das klang so kindisch, und seine Logik war einfach nicht nachvollziehbar. Er entführte Frauen, schnitt ihnen eine Zahl in die Haut und peitschte sie aus, um sie für ihr schlechtes Benehmen zu bestrafen. Wie ließ sich das auch nur ansatzweise rechtfertigen?

»Hast du schon mal von der chinesischen Wasserfolter gehört? Dabei lässt man einen Menschen nicht etwa beinahe ertrinken. Vielmehr wird der Person wieder und wieder ein Wassertropfen genau zwischen die Augen getropft, bis sie irgendwann wahnsinnig wird. Und genau das seid ihr: Wassertropfen, die der Gesellschaft ins Gesicht fallen. Allein bist du bedeutungslos und erzeugst kaum eine Wirkung, aber in der Masse und durch die tägliche tausendfache Wiederholung werdet ihr zur Qual. Ihr verärgert andere Menschen, die sich dann ebenfalls schlecht benehmen, sodass der Kreislauf der Respektlosigkeit immer weiter fortgesetzt wird. Erkennst du es jetzt? Begreifst du es endlich?«

Sie begriff auf jeden Fall eines: Dieser Mann war vollkommen verrückt und keiner Logik mehr zugänglich. »Wer hat dir das angetan?«

»Mir hat niemand etwas angetan. Eine gute Frau hat mich vor langer Zeit den Unterschied zwischen richtig und falsch gelehrt. Eine gute Frau, die den Preis für ihre Überzeugungen zahlen musste. Und jetzt haben wir genug geredet.«

Er zog den Stuhl unter ihren Füßen weg. Sie fiel einige Zentimeter nach unten, aber nicht weit. Auf einmal hing ihr ganzes Gewicht an ihren Handgelenken und ihren Schultern. Obwohl die Handschellen weich gefüttert waren, konnten sie den Druck, der auf ihren Handgelenken lastete, nicht ganz abfangen, und ihre Haut begann an den Stellen zu brennen. Ihre Schultergelenke schmerzten höllisch. Ihr war fast so, als würde die Schwerkraft ihre Beine mit aller Gewalt nach unten ziehen. Ihre Arme fühlten sich an, als würden sie gleich abreißen. Er musste sie nicht mehr auspeitschen, das war schon schlimm genug. Wie hatten Holli und die anderen das nur ertragen?

»Es ist Zeit für deine Bestrafung, Zoë.«

Nein, dachte sie. Sie wollte nicht sterben. Sie wollte nicht dasselbe wie Holli durchstehen müssen. Sie hatte das Gesicht ihrer Freundin in der Werkstatt gesehen und es hatte sie an eine lebende Tote erinnert. Zoë wollte nicht so enden. Sie bäumte sich auf und zerrte an ihren Fesseln. »Nein, bitte. Du musst das nicht tun. Du musst mich nicht umbringen. Ich habe meine Lektion gelernt.«

Sie trat zu. Er ließ die Peitsche fallen und umklammerte ihre Beine mit beiden Armen, bis sie endlich stillhielt.

»Das ist unter deiner Würde, Zoë. Es ist Zeit, dass du die Konsequenzen für deine Vergehen trägst.«

»Ich will nicht sterben.« Sie hatte in ihrem ganzen Leben noch nie etwas so ernst gemeint.

Er blickte zu ihr auf. »Vielleicht musst du das auch nicht, aber du musst deine Bestrafung ertragen.«

Seine Antwort klang ebenso aufrichtig. Sie wusste nicht, ob er sie nur anlog, um ihr falsche Hoffnungen zu machen. Sie wollte daran glauben, dass es noch Hoffnung gab, aber wem machte sie denn etwas vor? Dies wäre ihr letzter Tag auf Erden, wenn sie ihn gewähren ließ.

Er ließ ihre Beine los und ging auf ein Knie, um die Peitsche aufzuheben. Sein Kopf befand sich genau in ihrer Reichweite und sie trat fest zu. Sie verfehlte seinen Kopf, aber sie traf seine Schulter, und ihre nackten Zehen schmerzten beim Aufprall. Derart in der Luft hängend war es schwer, Kraft in den Tritt zu legen, aber er hatte nicht damit gerechnet, daher reichte es aus, dass er zu Boden stürzte.

Er blickte angewidert zu ihr auf und schüttelte den Kopf. »Du bist wirklich nicht mehr zu retten, was?«

Sie hatte ihre Chance gehabt und vertan. Jetzt musste sie ihn nicht mehr anbetteln, über diesen Punkt waren sie längst hinaus.

Er stand mit der Peitsche in der Hand auf. Der dreckige Boden war feucht und sein Hemd war nass geworden. Er betrachtete das schmutzige Kleidungsstück, durchquerte den Stall und ging zu der Stelle, an der eine Reisetasche zwischen zwei Boxen an einem Haken hing, um ein sauberes Poloshirt herauszunehmen.

Ordnung ist das halbe Leben, schoss es ihr durch den Kopf.

Beck wandte ihr den Rücken zu und zog sich das Hemd aus. Sein Rücken war sehr muskulös und von einer Vielzahl an Narben übersät. Er hatte gesagt, dass ihn eine Frau den Unterschied zwischen richtig und falsch gelehrt und den Preis dafür bezahlt habe. Als sie jetzt seine nackte Haut sah, wusste sie, was er damit gemeint hatte. Er zog sich das Polohemd über den Kopf.

Dann drehte er sich noch einmal zu der Tasche um und nahm einen kleinen Gegenstand heraus. Er kam zurück zu Zoë und hielt ihr den Gegenstand unter die Nase.

»Den wirst du brauchen.«

Es war ein Gummiknebel, auf dem sich bereits Bissspuren abzeichneten.

Zoë liefen die Tränen über die Wangen, als er ihn ihr in den Mund steckte.

Er trat hinter sie, und sie hörte, wie er die Peitsche ausrollte. Er ließ sie einige Male durch die Luft schnalzen. Sie zischte durch die Luft und ließ das typische Knallen ertönen. Das Geräusch ging ihr durch Mark und Bein.

Dass sie ihn nicht sehen konnte, war noch schlimmer, als ihn anschauen zu müssen. Nicht zu wissen, was er gerade tat, steigerte ihre Angst ins Unermessliche. Sie konnte nicht erkennen, ob er Freude an seiner Arbeit empfand. Sie würde nicht wissen, wann die Peitsche sie treffen würde. Wusste er, dass er es dadurch noch viel schlimmer machte? Sie bezweifelte es. Er war kein Sadist, nur ichbezogen und zu sehr in seine eigenen Vorstellungen verstrickt, um noch an jemand anderen denken zu können.

»Ich werde jetzt anfangen, Zoë. Am besten wappnest du dich körperlich und mental für den Schmerz.«

Es würde tatsächlich passieren. Für Zoë gab es kein Entrinnen mehr. Sie versuchte, sich auf das vorzubereiten, was gleich geschehen würde, aber es gelang ihr einfach nicht. Ihr Verstand wollte es einfach nicht begreifen. Sie atmete schnell und flach und schwitzte am ganzen Körper.

»Und vergiss nicht, dass du es dir selbst zuzuschreiben hast.«

Sie biss fest auf den Knebel, ballte die Hände zu Fäusten und presste die Beine gegeneinander.

Das Zischen der Peitsche durch die Luft war das einzige Geräusch, das sie außer ihrem rasenden Herzen hören konnte.

»Eins.«

Ein Zischen, ein Knall und dann der Schmerz. Es geschah

so schnell, dass sie eine verwirrte Sekunde, die ihr wie eine Ewigkeit vorkam, brauchte, bis sie begriff, dass er sie getroffen hatte. Die Wirkung war brutal. Wie konnte etwas, das so ungemein biegsam war wie eine Peitsche, sich wie ein Stahlrohr anfühlen? Sie spürte einen sengenden, explosiven Schmerz. Zuerst war es nur ein schmaler brennender Strich, aber es breitete sich rasch über ihren ganzen Rücken aus, und die Qual reichte bis in ihr Innerstes.

Sie spannte jeden Muskel an, um die Reizüberlastung zu verkraften. Ihr Körper schien sich in Stein zu verwandeln.

»Zwei.«

Wieder das Schnalzen, gefolgt vom unerträglichen Brennen.

Ihr Verstand war erfüllt vom Lärm ihrer Schmerzen. Er betäubte sie. Falls sie schrie, so konnte sie es nicht hören.

»Drei.«

Es fühlte sich an, als hätte er dieselbe Stelle noch einmal getroffen. Einen Augenblick später war sie sich da nicht mehr so sicher. Die Nervenenden in ihrem Rücken konnten sie auch trügen, sie flammten alle gleichzeitig auf.

»Vier.«

Erneut das Schnalzen und der Schmerz.

Ihr Körper schwang hin und her. Doch der Luftzug kühlte sie nicht, ihre Haut brannte nur noch mehr. Schweiß drang ihr aus jeder Pore, lief in die Wunden und versengte sie.

»Fünf.«

Etwas lief ihr langsam den Rücken herunter und eine neue Panikwelle erfasste sie. *Blute ich?*, schrie ihr Verstand. Sie wusste nicht, ob es echt oder Einbildung war.

Irgendwo in weiter Ferne rief jemand ihren Namen. Sie schlug die Augen auf. Der Zähler stand vor ihr. Er nahm ihr den Knebel aus dem Mund und stellte den Stuhl wieder unter ihre Füße. Sie sackte in sich zusammen, sobald sie sich abstützen konnte.

»Das ist erst der Anfang«, erklärte er. »Wir haben noch einen weiten Weg vor uns. Ich möchte, dass du verinnerlichst, was gerade passiert ist, bevor wir weitermachen.«

Vor ihrem inneren Auge sah sie, wie Holli in der Werkstatt gehangen hatte. Ihr Körper war schlaff und mit Schweiß, Schmutz und Blut bedeckt gewesen. Sie hatte so schlimm ausgesehen, dass Zoë schon geglaubt hatte, sie wäre tot. Wie viele Peitschenhiebe hatte ihre Freundin da schon ertragen müssen? Eine niedrige Zahl war ebenso erschreckend wie eine hohe. Eine niedrige bedeutete, dass die Peitsche eine verheerende Macht ausübte, während ihr eine hohe Zahl sagte, dass sie noch lange durchhalten musste.

»Tut es dir leid, Zoë?«

»Ja.« Sie musste ihre ganze Kraft aufbringen, um das Wort auszusprechen.

»Wirklich? Deine Sorglosigkeit hat dafür gesorgt, dass andere Menschen Schmerz und Frustration erleiden mussten. Hast du das begriffen?«

Welche Menschen?, hätte sie am liebsten gefragt. *Wem genau habe ich wehgetan?* Aber die Fragen waren es nicht wert, gestellt zu werden. Es gab keine Antworten darauf. Sie konnte es nicht wiedergutmachen. Nichts von alldem machte für ihn einen Unterschied. Er wollte nur eine Erklärung abgeben, und nichts, was sie sagen konnte, würde seine Meinung ändern.

Er griff nach einer Wasserflasche, stieg auf den Stuhl und hielt sie ihr an den Mund. Sie trank gierig und verschüttete ebenso viel Wasser, wie sie herunterschluckte. Doch das war egal. Das Wasser kühlte das Feuer, das in ihrem Inneren brannte, und linderte das weiße Rauschen in ihrem Kopf.

»Es tut mir leid«, murmelte sie.

Er lächelte sie mitfühlend an. »Das ist gut. Machen wir weiter.«

Wieder schob er ihr den Knebel in den Mund und zog den Stuhl unter ihren Füßen weg.

Zoë schloss die Augen, riss sie aber sofort wieder auf. Sie hatte genau gehört, dass draußen ein Wagen vorgefahren war.

Kapitel 29

»Trinity County Sheriff's Department«, rief der Officer. »Ist hier jemand?«

Scheiße, dachte Marshall Beck. Zoë schrie, aber da sie schon den Knebel im Mund hatte, war nur ein Knurren zu hören. Er wirbelte herum und schlug ihr mit einer Faust in die Magengrube. Der Schrei erstarb ihr in der Kehle, während sie nach Luft rang.

»Sei ja schön still, Zoë. Du darfst mir das hier auf keinen Fall vermasseln.«

»Hallo?«, rief der Officer und hupte einmal.

Beck sprang vom Stuhl, griff nach dem Lappen und tränkte ihn erneut mit Chloroform. »Entschuldige die Störung, aber die Unterbrechung dürfte nicht lange dauern.«

Wieder schrie sie gegen den Knebel an, aber er drückte ihr den Lappen ins Gesicht. Dann sah er zu, wie das Chloroform wirkte und Zoës Körper erschlaffte.

Beck stieg vom Stuhl und warf den Lappen auf eine Bank. »Ja, ich bin hier.«

Er musste bei diesem Deputy vorsichtig sein. Konfrontation war hier nicht die Lösung. Er hatte mit dem Mann kein Problem, denn der machte nur seinen Job. Aber er konnte dem

Revier mitteilen, dass Beck hier war. Die größte Frage war allerdings, was der Officer überhaupt hier wollte. Die Farm lag so abgelegen, dass hier nur jemand vorbeikam, der einen guten Grund dafür hatte – und möglicherweise wusste, dass er ein Verdächtiger war, was wiederum problematisch wäre. Beck schob sich das Bowiemesser hinten in den Hosenbund.

»Ich komme!«, rief er.

Mit Brando an seiner Seite verließ er die Scheune. Ein breitschultriger Deputy von Mitte vierzig stand neben seinem Streifenwagen und schaute in Richtung Haus. Beck wertete den Anblick des einzelnen Polizisten als gutes Zeichen. Dies war eine Ermittlung ins Blaue hinein. Wenn sie wirklich einen Verdacht gehabt hätten, dann wäre ein SWAT-Team hier aufgetaucht.

»Hallo«, begrüßte Beck den Mann. »Kann ich Ihnen irgendwie helfen?«

Der Officer wirbelte herum. Seine Hand fuhr an seine rechte Hüfte und er zog seine Waffe.

In diesem Augenblick wusste Beck, dass sein Geheimversteck nicht länger geheim war. Das war nicht das Ende, sondern bedeutete nur, dass er von vorn anfangen musste. Er konnte problemlos verschwinden und unter einem anderen Namen irgendwo wieder auftauchen. Schließlich hatte er ja gewusst, dass dieser Tag kommen würde. Jetzt musste er bloß noch diesen Officer loswerden.

Er blieb stehen und hob die Hände. »Hey, was ist denn los?«

»Bleiben Sie da stehen, wo Sie sind.«

»Sie richten eine Waffe auf mich. Ich bin stehen geblieben. Sagen Sie mir einfach, wo das Problem liegt.«

»Sind Sie der Besitzer dieses Grundstücks?«

»Ja.«

»Sind Sie Marshall Beck?«

»Ja.«

»Sind Sie allein?«, wollte der Deputy wissen.

Die Stimme des Mannes klang angespannt, aber nicht ängstlich. Der Polizist war ein Profi in einer kritischen Situation.

»Ja, hier sind nur ich und der Hund. Ich bin dabei, hier alles wieder aufzubauen.«

»Sir, ich muss Sie in Gewahrsam nehmen.«

»Was? Warum?«

»Im Zusammenhang mit einer polizeilichen Angelegenheit in San Francisco.«

»Welcher Angelegenheit?«

»Das müssen Sie schon mit den zuständigen Beamten besprechen. Ich soll Sie nur in Gewahrsam nehmen. Legen Sie sich jetzt bitte auf den Bauch und verschränken Sie die Hände hinter dem Kopf.«

Beck machte sich keine Sorgen. Der Deputy hatte keine Ahnung, womit er es zu tun hatte. Vielleicht konnte man mit dem Mann reden.

»Ach, das ist doch verrückt. Sie müssen das nicht tun. Wenn ich Sie begleiten soll, dann komme ich freiwillig mit. Sie müssen hier nicht den Helden spielen.«

»Sir, befolgen Sie einfach meine Anweisungen.«

Der Deputy griff nach dem Funkgerät an seiner Schulter. Beck konnte nicht zulassen, dass der Mann seine Pläne ruinierte, indem er auf dem Revier Bescheid gab, damit die Beamten hier einfallen konnten. Er musste zuerst beenden, was er angefangen hatte. Er musste die Sache mit Zoë beenden. Langsam ging er auf den Deputy zu.

Der nahm die Hand vom Funkgerät. »Bleiben Sie auf der Stelle stehen, Sir.«

»Okay, okay, ich hab's verstanden«, sagte Beck und blieb stehen.

Doch das galt nicht für Brando. Der Hund rannte an ihm

vorbei und auf den Deputy zu.

»Sir, Sie müssen den Hund an die Leine nehmen.«

»Ich dachte, ich soll mich auf den Boden legen. Ich kann doch nicht beides gleichzeitig machen.«

»Sir, bitte.«

Jetzt hörte Beck einen Anflug von Angst in der Stimme des Deputys. Er ließ den Hund einfach weiter auf den Mann zulaufen. »Das ist schon okay. Sie sind ein Fremder. Er will Sie nur mal beschnüffeln. Wir können die Sache auch vereinfachen. Lassen Sie ihn zu sich kommen und eine Nase voll nehmen, danach wird er ganz brav sein.«

Der Deputy zielte mit der Waffe auf Brando. Beck war zwar erleichtert, dass die Pistole nicht mehr auf ihn gerichtet war, wollte aber auch nicht Brandos Leben riskieren.

»Nehmen Sie einfach Ihren Hund an die Leine, sonst sehe ich mich gezwungen, ihn zu erschießen.«

Beck kämpfte gegen die Wut an, die in ihm aufstieg. »Das ist doch nicht nötig.«

»Dann halten Sie Ihren Hund fest.«

Brando hatte die halbe Strecke der vierzig Meter, die Beck und den Deputy voneinander trennten, bereits hinter sich gelassen.

Beck streckte die Hände aus. »Die Leine liegt im Wagen, daher muss ich zu Ihnen kommen, um sie zu holen.« Er machte vorsichtig einen Schritt auf den Deputy zu. »Ist es in Ordnung, wenn ich zu Ihnen rüberkomme?«

Der Deputy richtete die Waffe wieder auf Beck. »Bleiben Sie, wo Sie sind.«

Beck kam der Aufforderung nach. Er sah dem Deputy an, dass er gedanklich seine Optionen durchging. Dabei hatte er eigentlich gar keine. Es stand zwei gegen einen. Es gab keine Lösung, die für ihn vorteilhaft war.

»Ich hole die Leine und werfe sie Ihnen zu. Sagen Sie mir

einfach, wo ich sie finde.«

»Auf dem Beifahrer oder dem Rücksitz. Sie müssten sie sofort sehen. Der Wagen ist nicht abgeschlossen.«

»Sie bleiben stehen.«

Beck hob zur Bestätigung die Hände.

Der Deputy ging langsam auf Becks Honda zu, wobei sein Blick zwischen Brando und Beck hin und her wanderte. Brando war keine zehn Meter mehr vom Streifenwagen entfernt.

»Sagen Sie dem Hund, er soll stehen bleiben.«

»Brando, halt.«

Brando ignorierte Beck, womit er gerechnet hatte.

»Ich sagte ja schon, dass er neugierig ist.«

Der Deputy musste den Blick abwenden, um im Wagen nach der Leine zu suchen. In dem Augenblick, in dem er den Kopf drehte, um die Tür zu öffnen, stürmte Brando los.

Beck grinste. Der Hund war ein wahrer Freund. Der beste, den er je gehabt hatte.

Brando rannte schnell und leise. Der Deputy hatte den Kopf in den SUV gesteckt und noch nicht einmal mitbekommen, dass der Hund auf ihn zuraste, bis er sich auf ihn stürzte. Er hatte noch etwa eine Sekunde, um zu registrieren, was gerade geschah, bevor der Hund ihn gegen die Seite des Wagens rammte. Der Polizist brach unter dem vierzig Kilogramm schweren heranstürmenden Kampfgewicht zusammen und schrie auf, als ihm Brando in den Waffenarm biss.

Beck sah den Schrei als sein Stichwort an und rannte los. Brando biss weiter auf den Arm des Mannes ein, zerrte an ihm und stieß ihn gegen den SUV. Der Deputy schlug immer wieder mit dem anderen Arm auf Brando ein, ohne irgendeine Wirkung zu erzielen. Er versuchte es mit Tritten, die ebenso wenig ausrichteten. Der Deputy kämpfte gegen ein Tier, das nur eines gelernt hatte: das Töten.

Brando änderte seine Taktik und zerrte an dem Deputy, um

ihn vom Wagen weg auf die freie Fläche zu schleifen. Damit zog er ihn auch weg von seiner Waffe. Der Deputy versuchte noch, nach der Pistole zu greifen, aber es gelang ihm nicht.

Stattdessen nahm er den Taser aus seinem Gürtel, presste ihn gegen Brandos Hals und aktivierte das Gerät. Der Hund zuckte jaulend vor dem Elektroschock zurück und wirkte verwirrt und gepeinigt. Er blieb stehen und starrte den Deputy an. Darauf hatte der Mann nur gewartet.

Beck wusste schon, was passieren würde, bevor es geschah. »Nein!«, schrie er.

Der Deputy stürzte sich auf seine Waffe. Er griff danach, zielte auf Brando und schoss dem Hund zweimal in die Brust. Brando sackte in sich zusammen.

Als er sah, dass von dem Hund keine Gefahr mehr drohte, erschlaffte der Deputy, legte sich auf den Rücken und rang nach Atem.

Noch im Laufen zog Beck das Messer. »Du Arschloch.«

Der Deputy richtete sich mit schussbereiter Waffe wieder auf, aber Beck stand schon über ihm und trat ihm die Pistole aus der Hand, bevor er sich auf ihn fallen ließ. Der Deputy schrie etwas, das Beck nicht verstand. Alles, was er noch hören konnte, war das Rauschen des Blutes in seinen Ohren, das vor Wut und Hass kochte. Er rammte dem Officer das Messer in den Bauch, unterhalb der kugelsicheren Weste, und zog es dann nach oben, um die lebenswichtigen Organe zu verletzen.

Der Deputy schrie auf, verzog panisch das Gesicht und erstarrte. Sein Körper wurde steif und er drückte den Rücken durch. Beck verstärkt den Druck auf das Messer, drehte es und bohrte es noch tiefer in den Körper des Mannes hinein.

»Du hättest meinen Hund nicht erschießen dürfen«, sagte er und zog das Messer wieder heraus. Blut sprudelte aus der tödlichen Wunde, aber weder der Deputy noch Beck versuchten, die Blutung zu stoppen.

Beck rappelte sich wieder auf und lief zu Brando. Der Hund lag ganz still da. Beck ging auf die Knie und drückte ein Ohr auf die Brust des Pitbulls, konnte aber keinen Herzschlag hören.

Er weinte so heftig, dass sein ganzer Körper vom Schluchzen erschüttert wurde. Dabei konnte er sich nicht daran erinnern, wann er das letzte Mal um jemanden geweint hatte. Selbst in den schlimmsten Momenten hatte er um sich selbst keine Träne vergossen.

Am liebsten hätte er seinen Freund noch länger in den Armen gehalten, aber ihm kam bald wieder zu Bewusstsein, in welcher Lage er sich befand. Er hatte keine Zeit mehr, die Dinge hier zu Ende zu bringen. Wenn sich dieser Deputy nicht auf dem Revier meldete, würden sie jemand anderen herschicken. Er schätzte, dass ihm noch etwa eine Stunde blieb, bevor der nächste Streifenwagen hier auftauchte. Das Trinity County war groß, der Polizeiapparat jedoch nicht. Er hatte noch Zeit.

»Es tut mir leid, Brando. Du hattest etwas Besseres verdient.«

Er stand auf und blickte auf den Hund herab, der zwar tot, aber nicht vergessen war. Dann wanderte sein Blick zu dem Deputy. Der Mann hatte das Bewusstsein verloren, war jedoch noch am Leben. Die Blutlache unter ihm wurde immer größer. Er war nicht mehr zu retten. Es war nur noch eine Frage der Zeit, bis er starb.

Es gab nur noch eines zu tun, bevor er aufbrechen konnte. Beck ging zurück zum Stall. Zoë trug keine Schuld an dem, was hier draußen passiert war, aber sie würde dennoch den Preis dafür bezahlen.

Doch als er den Stall betrat, war Zoë nirgendwo zu sehen.

Kapitel 30

Die Schüsse rissen Zoë aus ihrem benommenen Zustand. Schüsse waren ein gutes Zeichen. Beck hatte keine Pistole. Das musste die Polizei sein.

Ich bin in Sicherheit, dachte sie, aber der Schrei, der kurz darauf zu hören war, ließ sie diese Hoffnung vergessen. Sie konnte niemanden außerhalb des Stalls sehen, aber sie wusste einfach, aus welchem Grund auch immer, dass es der Polizist war, der gerade geschrien hatte.

Beinahe hätte sie die Hoffnung verloren, aber das Eintreffen des Polizisten hatte alles verändert. Man wusste, dass sie hier festgehalten wurde, und wenn der Mann sich nicht zurückmeldete, würden noch mehr Polizisten herkommen. Wie lange würde sie darauf warten müssen? Zwanzig Minuten? Eine Stunde? Es brachte nichts, darüber nachzudenken. Sie musste sich darauf konzentrieren, Beck einen Schritt voraus zu sein, und jetzt hatte sie die Gelegenheit dazu.

Er war nachlässig gewesen, als er nach draußen gegangen war, und hatte den Stuhl vor ihr stehen lassen. Er befand sich zwar nicht direkt unter ihr, aber immerhin in Reichweite. Ihre Arme und Schultern brannten vor Schmerz, trotzdem streckte sie ein Bein aus, hakte den großen Zeh unter die Sitzfläche und zog den Stuhl zu sich heran. Sie musste vorsichtig sein. Der Boden war weich und uneben. Wenn der Stuhl umfiel, war alles vorbei. Dann war sie dem Tode geweiht. Langsam zog sie den Stuhl Zentimeter für Zentimeter zu sich heran. Die Stuhlbeine sanken in den weichen Boden ein, sodass er sich zu einer Seite neigte. Zoë erstarrte und verhinderte mit dem anderen Fuß, dass er umkippte.

»Bitte bleib stehen«, murmelte sie.

Der Stuhl tat ihr den Gefallen und dann stand er unter ihr. Das war ein kleiner Sieg. Zwar konnte sie die Füße flach auf den Stuhl stellen, aber er war nicht hoch genug, damit sie die Handschellen vom Haken nehmen konnte. Sie stellte sich auf den Zehenspitzen und war noch immer zu klein.

Nur ein kleiner Sprung in die Freiheit, versuchte sie, sich anzustacheln.

Sie legte ihre ganze Kraft in den Sprung, schwang dabei die bleischweren Arme nach vorn und konnte sich tatsächlich vom Haken befreien. Bei der Landung kam sie ungelenk auf, fiel nach vorn und landete mit lautem Knall auf dem Boden.

Als ihr mit einem Mal wieder das Blut durch die Arme schoss, fühlte sich das gleichzeitig wundervoll und furchtbar an, sodass sie die schmerzhafte Landung gar nicht richtig registrierte. Sie hätte den Augenblick zu gern genossen, aber dafür war keine Zeit. Mit ihren gefesselten Händen rappelte sie sich auf und rannte zur Stalltür.

Vorsichtig warf sie einen Blick nach draußen. Der Polizist lag auf dem Rücken in einer riesigen Blutlache und bewegte sich nicht, während sich Beck über seinen verdammten Hund beugte und schluchzte. Ihre Rettung war gescheitert. Jetzt musste sie die Sache selbst in die Hand nehmen.

Beck hatte großen Mist gebaut, indem er den Polizisten getötet hatte – aber das hatte ihr womöglich auch das Leben gerettet. Man hatte den Polizisten aus gutem Grund hierhergeschickt. Wenn er sich nicht zurückmeldete, würden noch mehr kommen. Mit etwas Glück sogar sehr bald. Sie musste es nur schaffen, sich bis dahin nicht von Beck erwischen zu lassen.

Aber das würde nicht leicht werden. Sie war nackt und allein, doch sie hatte noch Hoffnung. Die Retter würden vermutlich in einer halben Stunde hier sein und so lange konnte sie überleben.

»Du schaffst das«, machte sie sich Mut. »Du wirst heute nicht sterben.«

Sie blickte zu dem Feldweg hinüber, der in die Freiheit führte. Das Einfachste wäre, direkt darauf zuzulaufen, aber das würde sie niemals schaffen. Ihre Rettung lag nicht in der Flucht. Sie musste sich verstecken, bis die Polizei hier eintraf. Und eines gab es hier im Überfluss: Stellen, an denen man sich verstecken konnte.

Beck stand auf und wischte sich die Tränen von den Wangen. Zoë musste jetzt handeln, sonst wäre alles vorbei. Sie ging von der Tür weg, rannte durch den Stall und durch den Hintereingang hinaus. Überall stand hohes Gras, nur nicht auf einem Reitweg, der auf die andere Seite des Geländes führte. Wenn sie auf dem Weg blieb, würde Beck sie sehen, doch sie konnte im hohen Gras Deckung suchen.

Sie rannte nach links auf die Koppel zu, über die Beck sie früher an diesem Tag geführt hatte. Im Rennen drückte sie sich die gefesselten Hände an die Brust. So lief sie nicht Gefahr, das Gleichgewicht zu verlieren, und schützte ihren nackten Körper gleichzeitig ein wenig von den scharfen trockenen Grashalmen.

»Zoë!«, hallte Becks Schrei aus dem Stall heraus.

Sie blieb stehen und ging auf die Knie, sodass sie im hohen Gras verschwand. Als sie zum Stall blickte, trat Beck gerade mit dem Messer in der Hand heraus.

»Du glaubst doch nicht etwa, du könntest mir noch einmal entkommen, Zoë.« Er stand da und sah aus, als würde er auf eine Antwort warten.

Ihr lief der Schweiß über den Rücken in die offenen Wunden. Sie zuckte zusammen, schaffte es aber, ein Stöhnen zu unterdrücken.

Beck sah sich um. Zoës Atem ging schnell und abgehackt, aber sie blieb so still sitzen, wie es ihr nur möglich war. Das Gras war ihr bester Freund und ihr größter Feind. Nur eine Bewegung und es würde sie verraten.

Sein Blick wanderte über ihre Position hinweg. Er hatte keine Ahnung, wo sie war. Gut. Sie musste nur noch ein bisschen länger durchhalten.

Beck ging zurück in den Stall. Sofort rannte Zoë wieder los. Sie lief geduckt, sodass sie vom Gras verdeckt wurde, und schlug einen Zickzackkurs ein, der sie weiter vom Stall wegführte.

»Ach, Zoë«, rief Beck.

Wieder ging sie auf die Knie und verharrte. Sie sah ihn aus dem Stall kommen. Er hielt etwas in der Hand und ging auf den toten Polizisten zu.

»Weißt du, wie man eine Nadel im Heuhaufen findet?«

Diese zusammenhangslose Frage verwirrte sie.

»Nicht? Dann werde ich es dir sagen. Man zündet das Heu an.«

Da bekam sie es mit der Angst zu tun. Er wollte sie ausräuchern. Sie starrte das Ding in seiner Hand an. Es war ein Benzinkanister, in dem ein Schlauch steckte. Er blieb neben dem Streifenwagen stehen, und ihr wurde klar, dass er Benzin absaugen wollte.

Um ein Feuer zu legen, brauchte er nicht viel. Wenn es erst einmal brannte, würde die knochentrockene Vegetation im Nu in Flammen aufgehen. Sie brauchte ein neues Versteck. Das Haus schien ihre beste Chance zu sein. Sie war nicht so weit davon entfernt wie er. Möglicherweise gab es da drin alles, was sie brauchte – ein Telefon, Kleidung, Wasser –, und sie wäre geschützt. Sie konnte sich darin verbarrikadieren und darauf hoffen, dass das Haus dem Feuer eine Zeit lang widerstand. Das wäre zumindest eine kurzfristige Lösung, und mehr brauchte sie nicht. Sie musste nur lange genug am Leben bleiben, bis die Polizei hier eintraf.

Sie schaute zu Beck hinüber. Er schob gerade den Schlauch in den Tank und achtete nicht auf seine Umgebung. Zoë rannte los und hielt direkt auf das Haus zu.

Das Gras reichte nicht bis ans Haus heran, also ließ sie sich auf den Bauch fallen, als sie den Grasrand erreichte. Sie warf noch mal einen Blick auf das Haus, da sie auf keinen Fall in eine Falle tappen wollte. Aber es machte ganz den Anschein, als wäre es nichts weiter als ein verlassenes Haus. Sie würde erst wissen, ob etwas nicht stimmte, wenn sie es betreten hatte.

Sie stieß sich vom Boden ab und sah zu Beck. Er war noch immer mit dem Tank beschäftigt. Zoë lief gebückt los und blieb erst stehen, als sie die Terrasse erreicht hatte. Dort setzte sie sich auf den Hintern und lehnte sich mit einer Schulter an die Wand.

Es wurde Zeit, die Fesseln loszuwerden. Für die Kabelbinder, die er zuvor genutzt hatte, hätte sie ein Messer gebraucht, aber die Lederhandschellen waren mit einem Stahlring verbunden. Ein mit einer Schnalle verschlossener Riemen hielt die Handschellen zusammen. Zoë zog den Riemen mit den Zähnen heraus, biss fest darauf und zerrte daran, bis der Dorn herausrutschte. Mit der befreiten Hand löste sie auch die andere Fessel.

Sie stand auf und massierte sich vorsichtig die schmerzenden Handgelenke, während sie zur Hintertür ging. Sie drehte den Türknauf, aber die Tür war verriegelt. Das Türfenster zu zerschlagen, würde nicht schwer sein, aber Zoë durfte keinen Krach machen. Sie entdeckte einen uralten Futtersack und drückte ihn gegen die Glasscheibe. In ihrem Selbstverteidigungskurs hatte sie gelernt, dass der Ellbogen der stärkste Knochen im Körper war. Jetzt würde sich zeigen, ob das stimmte. Der Aufprall jagte einen stechenden Schmerz durch ihren Arm und bis in ihre Finger, aber es funktionierte. Die Scheibe zersprang in drei Scherben, die ins Haus fielen. Zoë konnte hineingreifen und die Tür von innen öffnen.

Die Luft in der Küche roch schal und abgestanden. Hier war seit Jahren, wenn nicht gar Jahrzehnten niemand mehr gewesen. Überall lag eine dicke Staubschicht. Ihre Füße waren die ersten, die seit langer Zeit über diesen Boden liefen. Der Stall mochte Becks Lieblingsort gewesen sein, aber das Haus hatte er anscheinend seit einer Ewigkeit nicht mehr betreten.

Sie ging ins Wohnzimmer. Die Möbel waren schon fast vollständig verrottet. Sie hob den Hörer eines uralten Wählscheibentelefons hoch, war jedoch nicht überrascht, dass sie kein Freizeichen hörte.

»Keine Sorge, die Polizei ist unterwegs«, sagte sie sich.

Wenn hier alles so hinterlassen worden war, wie es vor Jahren ausgesehen hatte, dann musste auch irgendwo Kleidung zu finden sein. Sie ging zurück in die Küche und in Richtung der Schlafzimmer. Als sie die erste Tür auf der linken Seite öffnete, stockte ihr der Atem.

Anders als die Küche und das Wohnzimmer war dieser Raum leer. Hier standen keine Möbel, keine Besitztümer, hier war gar nichts. Es gab nicht einmal einen Teppich oder Holzboden, sondern nur die nackten Bodenbretter. Das Einzige, was sie sah, waren Graffitis an den Wänden und etwas, das nur ein Pranger sein konnte.

Das Ding sah schlicht aus und war offenbar selbst gebaut. Es hatte eine TForm, Riemen für die Hände an den Enden der Querstange und eine Stütze für das Kinn an der Stelle, an der die beiden Stangen aufeinandertrafen. Der Pranger war so klein, dass man hinknien müsste, um daran festgebunden zu werden.

Dann traf sie die schreckliche Erkenntnis wie ein Schlag: Der Pranger hatte die richtige Größe für Kinder. Bei diesem Anblick wurde ihr speiübel, sie musste in der widerlichen abgestandenen Luft würgen.

Der naheliegende Gedanke war, dass dies Marshall Becks Werk war, aber die Graffiti an den Wänden bewiesen seine Unschuld. Da stand in dicken, krakeligen Buchstaben: HIER WIRD UNGEZOGENEN KINDERN RESPEKT EINGEBLÄUT. Die Schrift war krumm und schief, fast so, als hätte jemand auf einem Gipsarm unterschrieben. Außerdem standen noch unzählige Namen an den Wänden, darunter auch Becks. Neben jedem Namen stand noch etwas anderes. Wenn er sie nicht markiert hätte, dann wären ihr diese Zeichen vermutlich bedeutungslos erschienen, aber so wusste sie es besser. Es waren römische Zahlen. Jedem Kind war eine Zahl zugeordnet worden. Neben Marshall Becks Namen stand XX.

Die Zahl stand jedoch nicht für die Reihenfolge, in der die Bestrafungen durchgeführt wurden. Zoë konnte deutlich sehen, das viele der Zahlen mehrfach übermalt worden waren. Beck war nicht das zwanzigste Kind, er war zwanzig Mal in diesem Raum bestraft worden.

Hier hatte ein Monster ein anderes Monster geschaffen. In diesem Raum war der Zähler geboren worden.

»Zoë!«, rief Beck erneut, doch seine Stimme klang nur gedämpft zu ihr herein. »Es ist Zeit zu brennen.«

Kapitel 31

Marshall Beck hielt das Feuerzeug an die schmale Benzinspur. Sie brannte sofort, und die orangefarbene Flamme jagte über den Boden bis ins Gras. Die knochentrockenen Pflanzen fingen sofort Feuer. Die Grashalme verdorrten innerhalb von Sekunden und wurden schwarz. Das Feuer breitete sich immer schneller aus, so schnell, dass er zufrieden lächelte.

Er wusste, dass er sich leichtsinnig verhielt. Eigentlich musste er fliehen und nicht Feuer legen, aber er hatte zu viel in Zoë investiert, um jetzt aufzugeben. Er konnte nicht zulassen, dass sie sich der Bestrafung schon wieder entzog. Sie musste jetzt sterben, selbst wenn ihn das alles kostete.

Im Abstand von ungefähr zehn Metern legte er auf beiden Seiten des Feldwegs weitere Benzinspuren, um sie nacheinander anzuzünden und eine immer größer werdende Feuerschneise zu erschaffen.

»Davor kannst du dich nicht verstecken, Zoë«, murmelte er.

Sobald es an mehreren Stellen brannte, warf er den noch nicht geleerten Benzinkanister in die Koppel. Wenn die Flammen dorthin gelangten, würde auch die Koppel im Nullkommanichts in Brand stehen.

Das Feuer breitete sich immer weiter aus und hatte innerhalb weniger Minuten beide Koppeln erreicht. Die Hitze, die davon ausging, zwang ihn, in die Straßenmitte zurückzuweichen.

Er hatte keine Angst vor dem Inferno. Das Gras würde nicht sehr lange brennen. Der angerichtete Schaden wäre rein oberflächlich und das Feuer würde bald erlöschen. Er wollte nichts zerstören. Es sollte nur so lange brennen, dass Zoë aus ihrem Versteck kommen musste. Clever, dass sie sich im Gras versteckte. Er hätte sie den ganzen Tag vergeblich suchen können. Aber die Flammen würden ihr Wiedersehen beschleunigen. Er konnte nur hoffen, dass sie nicht darin gefangen wurde und verbrannte. Sie musste nach seinen Bedingungen sterben und erst nachdem sie für ihre Vergehen bezahlt hatte.

Beck lief auf der Straße auf und ab, vom Stall zu seinem Honda und wieder zurück. Er achtete auf Bewegungen und lauschte auf Schreie, doch die Flammen und der Rauch erschwerten ihm die Sache. Sie gewährten Zoë nur zusätzliche Deckung.

Dann wurde ihm sein Fehler bewusst. Er hatte sich verrechnet. Anstatt dass das Feuer Zoë zu ihm trieb, lief sie immer weiter weg. Schlimmer noch, es drängte sie unter die schützenden Bäume. Er hätte außen Feuer legen sollen, damit sie gezwungen war, in die Mitte zu fliehen. Doch er tröstete sich mit dem Gedanken, dass sie zur Straße zurückkehren musste, wenn sie in die Zivilisation zurückwollte. Solange er hier stehen blieb, konnte sie nicht entkommen. Wenn sie hier wegwollte, musste sie an ihm vorbei.

* * *

Beck verschwand hinter einer Wand aus Rauch und flackernden Flammen, und Zoë wurde immer nervöser. Sie wollte ihn sehen können, tröstete sich jedoch mit der Gewissheit, dass er sie im Moment auch nicht sehen konnte. Das wiederum bedeutete, dass sie sich ebenso frei bewegen konnte wie er.

Das Feuer raste über die Koppel auf sie zu. Sie schätzte, dass es noch zwanzig Minuten dauern würde, bis rings um das Haus alles brannte.

Kommt schon, ihr Polizisten. Lasst euch nicht so viel Zeit.

Sie konnte es hier einfach aussitzen. Das Haus war weit genug vom Brandherd entfernt und robust genug gebaut, um dem Feuer für einige Zeit Widerstand zu leisten. Aber sie bezweifelte, dass Beck so viel Geduld haben würde.

Auf die Polizei konnte sie nicht warten. Wer wusste denn schon, ob sie gleich um die Ecke oder noch fünfzig Kilometer weit entfernt war? Sie musste irgendwie zu Becks SUV gelangen und damit flüchten. Aber Beck war nicht dumm. Er würde damit rechnen, dass sie so etwas versuchte, daher musste sie ihn ablenken. In diesem Haus musste es doch irgendetwas geben, das sich dafür eignete.

Das Haus war riesig und verfügte über sechs Schlaf und mehrere Badezimmer. Sie ging von Raum zu Raum und suchte nach etwas, irgendetwas, womit sie Beck ablenken konnte. Nach der Entdeckung im Bestrafungsraum fürchtete sie sich vor dem, was sie in den anderen Schlafzimmern finden würde. Es hätte sie nicht überrascht, Norman Bates' mumifizierte Leiche in einem Schaukelstuhl zu entdecken, und falls sie darauf gestoßen wäre, hätte sie sie glatt mitgenommen. Damit hätte sie etwas anfangen können. Aber sie betrat nur ein langweiliges Schlafzimmer nach dem anderem. In jedem lagen zwei bis drei Matratzen auf dem Boden. Karge Wände begrüßten sie, wo Poster von Teenie-Idolen den Zimmern Persönlichkeit und Leben hätten verleihen sollen. Nirgendwo war Kleidung oder Spielzeug zu sehen. Es war unmöglich zu sagen, ob man alles weggebracht hatte oder ob es nie hier gewesen war. Das größte Schlafzimmer sah allerdings anders aus. Es war ein richtiges Zimmer mit einem breiten Bett mit Bettzeug, einem Nachttisch, einer Kommode, Fotografien, Bildern und Vorhängen. Nur eines zerstörte das idyllische Bild: die rostfarbenen Flecken an einer Wand und der Decke. Zoë musste sie sich nicht genauer ansehen, um zu wissen, dass sich hier jemand mit einer Schrotflinte den Schädel weggeschossen hatte. Was hatte sich hier bloß abgespielt?

Sie hoffte verzweifelt darauf, dass die Schrotflinte noch immer da war, ignorierte die Blutflecken und lief zum Kleiderschrank. Darin entdeckte sie Frauenkleidung, aber keine Waffe. Das bestätigte ihre Vermutung, dass dies das Haus einer Frau gewesen war. Trotz der kargen Einrichtung hatte es auf sie feminin gewirkt. Sie hatte hier nirgendwo den Einfluss eines Mannes gespürt. Zoë zerrte ein Kleid vom Bügel und streifte es sich über. Es war geblümt und viel zu groß, aber sie hätte alles angezogen, um nicht mehr nackt zu sein.

Das Kleid war zwar ein angenehmer Bonus, aber noch hatte sie nichts entdeckt, was sich als Ablenkung nutzen ließ. Hier gab es einfach nichts. Dieses Haus war ein gottverdammter Schrein. Es war alles so nutzlos. Aber das stimmte nicht. Sie dachte noch einmal genauer darüber nach. Ja, das hier war ein Schrein. Sie wusste zwar nicht, warum, Beck musste hier schließlich Schreckliches erlebt haben, aber aus irgendeinem Grund hatte er hier nichts verändert. Wenn sie seinen Schrein zerstörte, würde er zweifellos hergerannt kommen.

Sie lief in eines der Schlafzimmer und sah aus dem Fenster. Direkt davor stand ein Propangastank, den sie vorhin schon im Vorbeilaufen gesehen hatte. Sie konnte nur hoffen, dass er noch nicht ganz leer war. Viel brauchte sie nicht, um ein Feuer zu legen.

Zoë rannte zurück in die Küche und schaltete eine Herdplatte an. Sofort hing Gasgeruch in der Luft.

»Danke, lieber Gott«, sagte sie und schaltete die Platte wieder aus.

Sie zog den nächsten Holzstuhl heran und zertrümmerte ihn mit zwei festen Schlägen auf dem Boden. Mit einem Stuhlbein in der Hand lief sie ins Wohnzimmer, schnappte sich ein Deckchen und wickelte es darum. Nun hatte sie eine Fackel. Fehlte nur noch eine Flamme.

Zoë rannte mit der Fackel in der Hand aus dem Haus und durch das Gras auf das Feuer zu. Die Hitze war kaum zu ertragen. Sie spürte, wie sämtliche Feuchtigkeit in ihrem Gesicht verdampfte und ihre Haut austrocknete, als sie sich den lodernden Flammen näherte. Als sie die Fackel ins Feuer hielt, wurde das Deckchen schwarz, brannte jedoch nicht. Das Feuer versengte ihr die Hand, aber sie zog sie nicht weg. Ihr Plan musste funktionieren und war viel wichtiger als jeder Schmerz.

»Brenn endlich, gottverdammt!«

Ihre Blasphemie wurde belohnt und die Fackel brannte.

Sie rannte zurück zum Haus und schirmte die Flamme mit einer Hand ab. Die provisorische Fackel brannte, allerdings nur schwach.

Zoë erreichte das Haus, als die Flamme gerade ausging. Sie lief ins Wohnzimmer und hielt die Fackel an das Sofa. Der billige Synthetikstoff fing sofort Feuer. Dann warf sie die Fackel auf einen Sessel und rannte in die Küche, wo sie alle Herdplatten einschaltete. Auf dem Weg nach draußen schloss sie die Tür hinter sich und ließ das Propangas und das Feuer ihr Werk verrichten.

Sie nutzte das Gras als Deckung und rannte parallel zum näher kommenden Feuer vom Haus weg. So entfernte sie sich zwar vom alles entscheidenden Weg zurück zur Straße, aber das ließ sich vorerst nicht ändern. Sie wollte sich nicht in der Nähe des Hauses aufhalten, wenn es in die Luft flog. Da sie keine Ahnung hatte, wie sich eine Propangasexplosion auswirken würde, legte sie es darauf an, möglichst weit vom Haus weg zu kommen. Sie hoffte nur, dass die Explosion gewaltig genug war, um die Polizei anzulocken.

Sie vermutete, dass sie am besten zur Straße zurückgelangen konnte, wenn sie zurück zum Stall lief. Zwar brannte es auf der Strecke, die sie auf dem Hinweg genommen hatte, aber da das Feuer schnell wieder erlosch, ging sie davon aus, dass sie irgendwie durchkommen würde. Die Koppel hinter dem Stall war noch fast unberührt. Von dort aus führte ein Reitweg zurück zum Stall, den sie nehmen konnte, wenn sie sich beeilte. Der kürzeste Weg in die Freiheit wäre eine direkte Linie, aber die würde sie näher an das Feuer heranbringen. Sie konnte nicht länger darüber nachdenken, sie musste sich jetzt für einen Weg entscheiden.

Zoë bewegte sich schnell und lief entweder geduckt oder auf allen vieren. Wie sie vorankam, war egal, es kam nur auf Geschwindigkeit an. Sie hielt sich so dicht am Feuer, wie es die Hitze und der erstickende Rauch erlaubten.

Als sie sich gerade dem Reitweg näherte, wurde sie von einer ohrenbetäubenden Explosion zu Boden gedrückt. Selbst in hundert Metern Entfernung war die Druckwelle enorm. Der Knall war so laut, als hätte sie direkt neben dem Haus gestanden. Aber sie rappelte sich auf und lief weiter. Dies war ihre einzige Chance, den Zähler von ihrem Plan abzulenken.

* * *

Marshall Beck stand mit dem Rücken zur Explosion, er hatte auf der südlichen Koppel nach Zoë Ausschau gehalten. Er wirbelte herum und sah, wie Glassplitter und Holzspäne in alle Richtungen stoben. Zwar war ihm bewusst gewesen, dass das Haus ebenfalls Feuer fangen konnte, aber die Flammen waren noch nicht einmal bis dorthin vorgedrungen.

»Zoë«, murmelte er. Das war ihr Werk. »Du bist clever, aber

nicht clever genug.«

Indem sie das Haus in die Luft jagte, hatte sie ihm verraten, wo sie zu finden war.

Er rannte zurück zu seinem SUV und fuhr über den Feldweg bis zum Haus. Flammen leckten aus den zersplitterten Fenstern im Erdgeschoss. Die Vorhänge flatterten und brennende Fetzen flogen in alle Richtungen. Er konnte es nicht fassen, dass Zoë so dreist war, Jessicas Haus in die Luft zu jagen.

War sie hineingegangen und hatte sich alle Räume angesehen? Er konnte es nur hoffen. Auf diese Weise würde sie endlich begreifen, was er zu tun versuchte und warum es so wichtig war. Jetzt erst wurde ihm bewusst, dass es klüger gewesen wäre, sie zuerst in Jessicas Haus und danach in den Stall zu bringen. Dann wäre dieser ganze Schlamassel gar nicht erst passiert.

Er hielt den Wagen an, sprang heraus, rannte zur Haustür und blieb davor stehen, als er sah, dass die Farbe darauf vor Hitze schon Blasen schlug. Widersprüchliche Gefühle erfassten ihn und er stand still da. Das Haus war eigentlich nichts Besonderes. Es war nur Holz. Es hätte ihm nichts bedeuten dürfen, aber das tat es doch. Erst Jessicas Lektionen und Bestrafungen hatten ihn zu dem Mann gemacht, der er heute war. Das Haus war ein Symbol für das, was er geworden war.

»Mach's gut«, sagte er zu dem Haus.

Nachdem er sich verabschiedet hatte, ging er um das Haus herum und suchte nach Zoë. Fast rechnete er schon damit, dass die Explosion sie herausgeschleudert hatte, aber sie war nirgendwo zu sehen. Er suchte auch zwischen den Bäumen und auf den Koppeln nach ihr, konnte sie aber nicht entdecken.

»Wo steckst du?«, murmelte er. Sie war nicht in der Nähe. Sie hatte ihn ausgetrickst und von der Straße weggelockt. Seit ihrer ersten Begegnung hatte sie wirklich eine Menge gelernt. Sie war kein betrunkenes Flittchen mehr, sondern klug und erfinderisch – eine geborene Überlebende. Dafür hätte sie ihm danken müssen, falls sie mutig genug war, sich das einzugestehen.

Er entdeckte seine Beute schließlich auf der Straße. Zoë kniete neben dem Deputy.

»Er kann dir nicht mehr helfen, Zoë. Dir kann niemand mehr helfen«, sagte er und lief zurück zu seinem SUV.

* * *

Zoë hatte gerade den Reitweg erreicht, als sie einen Motor aufjaulen hörte. Es war Becks Wagen, dessen Reifen durchdrehten, bevor er auf das Haus zujagte.

Die Ablenkung hatte funktioniert, aber nicht ganz so, wie sie gehofft hatte. Sie hatte eigentlich darauf spekuliert, dass sie den Honda nehmen konnte. Jetzt musste sie mit dem Streifenwagen vorliebnehmen und darauf hoffen, dass Beck noch genug Benzin im Tank gelassen hatte. Sie rannte durch den Korridor aus Flammen, die auf beiden Seiten der Straße aufragten. Die Steine und Stöcke, die sich in ihre nackten Füße bohrten, ignorierte sie. Einmal stolperte sie und fiel, aber sie stand sofort wieder auf. Sie sog die verbrannte und rauchgeschwängerte Luft ein und hustete sie wieder aus. All das tat weh, aber sie sagte sich, dass der Schmerz vergehen würde. Auf die eine oder andere Weise wäre alles bald vorbei.

Während sie auf den am Boden liegenden Polizisten zurannte, warf sie einen Blick zum Haus hinüber. Beck war aus seinem Wagen ausgestiegen und starrte das Haus an.

»Bleib schön da, du Mistkerl«, murmelte sie.

Sie ging neben dem Officer auf die Knie, musste aber nicht erst überprüfen, ob der Mann tot war. Er starrte mit leerem Blick gen Himmel.

»Es tut mir leid«, sagte sie.

Das Funkgerät auf seiner Schulter rauschte und eine Frauenstimme bat um einen Lagebericht.

Zoë zerrte es aus der Halterung und schaltete das Mikrofon ein. »Hallo. Hallo. Ich bin an einem Ort mit einem Stall. Ich weiß nicht, wo genau. Ein Mann namens Marshall Beck hat mich entführt und den Officer ermordet, den Sie hierhergeschickt haben. Hallo?«

»Haben Sie gerade gesagt, dass unser Officer tot ist?«

»Ja. Ich sitze neben seiner Leiche.«

»Wie ist Ihr Name, Ma'am?«

»Zoë Sutton. Aber das ist unwichtig. Er brennt hier alles nieder und will mich umbringen.«

»Sie müssen sich beruhigen, Ma'am.«

»Einen Scheiß muss ich! Wissen Sie, wo ich bin? Schicken Sie jemanden her?«

»Ja, wir wissen, wo Sie sich befinden. Ich schicke sofort ein paar Einheiten los. Bringen Sie sich in Sicherheit.«

Gibt es hier denn einen sicheren Ort?, fragte sie sich.

Das Aufheulen eines Motors holte sie in die Realität zurück. Ihr Ablenkungsmanöver hatte sein Ende erreicht. Beck kam wieder zurück.

»Sie sollten sich lieber beeilen. Er kommt.«

Sie ließ das Funkgerät fallen und hob die Pistole des Polizisten auf. Es war eine halb automatische Waffe, und sie hatte keine Ahnung, wie die funktionierten. Bei ihrem Selbstverteidigungskurs hatte sie nur Nahkampfübungen absolviert und sich nie mit Waffen beschäftigt. Anvisieren und abdrücken, hoffte sie.

Als sie aufblickte, stellte sie fest, dass Beck nicht auf dem Weg geblieben war, sondern in gerader Linie über die Koppel und durch die Flammen auf sie zukam. Der Wagen wackelte und ruckelte auf dem unebenen Boden. Die Flammen leckten daran, aber er fuhr einfach weiter.

Zoë setzte sich hinter das Lenkrad des Streifenwagens. Der

Schlüssel steckte im Zündschloss. Sie drehte ihn herum und der Motor jaulte auf, ging aber nicht an. Die Tankanzeige bewegte sich kaum.

»Geh an, verdammt.« Irgendetwas musste doch mal so laufen, wie sie es wollte. Endlich sprang der Wagen an.

Sie schnallte sich an und legte den Rückwärtsgang ein. Dann sah sie über die Schulter zu dem Feldweg hinüber, der sie in die Freiheit führen würde. War das wirklich die Freiheit? Sie war schon einmal weggelaufen und doch nicht entkommen. Wenn sie jetzt floh, würde er sie trotzdem irgendwann aufspüren. Er war wie besessen von ihr. Eine Flucht wäre nur ein weiterer Hinrichtungsaufschub. Selbst wenn die Polizei ihn einsperrte, bestand immer die Möglichkeit, dass er irgendwie wieder rauskam. Das durfte sie nicht zulassen. Es wurde Zeit, dass diese Sache ein für alle Mal beendet wurde. Sie legte den Vorwärtsgang ein und trat das Gaspedal durch.

Der Streifenwagen jagte vorwärts in die Flammen. Sie durchbrach den brennenden Koppelzaun und fuhr direkt auf Beck zu. Flammen und Glut flogen über die Motorhaube und die Windschutzscheibe. Der Wagen wurde schneller. Die Tachonadel stand jetzt schon bei fünfundsechzig Stundenkilometern. Es fiel Zoë schwer, den Wagen auf Kurs zu halten. Bei jedem Schlagloch kam er mit dem Unterboden auf oder das Heck brach aus.

Beck hatte mit seinem SUV weniger Probleme und raste weiterhin auf sie zu. Sie wollte ihn eigentlich frontal rammen, aber sie konnte das Lenkrad kaum noch festhalten und die Entfernung zwischen ihnen wurde immer geringer. Sie waren einander jetzt schon so nahe, dass sie ihn durch die Flammen hindurch sehen konnte. Seine Miene spiegelte völlige Konzentration wider. Er ließ sich nicht von seinen Gefühlen kontrollieren. Für ihn gab es nur noch ein Ziel, und das würde er erreichen. Dieses schlichte Getriebensein ängstigte sie. Wie konnte sie da noch mithalten?

Sie fuhr in eine Senke und ihr wurde das Lenkrad aus den Händen gerissen. Der Wagen scherte nach rechts aus, sodass die Flanke für Beck offen war. Er rammte mit dem SUV die hintere Beifahrerseite des Streifenwagens, der sich daraufhin drehte, Erde aufwirbelte und sich durch brennendes Gras pflügte. Für Zoë ging die Welt in einer Explosion aus Lärm und Glut unter. Auf einmal kam der Wagen im rechten Winkel zu Becks SUV abrupt zum Stillstand.

Sein Wagen war völlig hinüber. Bei dem Aufprall war die Front eingedrückt worden, sodass er nicht mehr fahrtüchtig war. Aber was war mit ihr? Der Motor des Streifenwagens war ausgegangen. Sie drehte den Schlüssel im Zündschloss, aber es tat sich nichts. Wieder und wieder versuchte sie es, aber der Motor jaulte nur auf, sprang jedoch nicht an. Das konnte so viele Ursachen haben: die Hitze, die das Benzin verdampfen ließ, Rauch, der die Lüfter verstopfte, oder sie hatte einfach kein Glück mehr.

Dann sah sie im Augenwinkel eine Bewegung. Beck öffnete seine Wagentür. Zoë klappte die Kinnlade herunter, als er ins Feuer hinaustrat, das Messer fest umklammert. Die Flammen reichten ihm nur bis zu den Knien, aber die Hitze musste unerträglich sein. Sein krankhaftes Verhalten machte sie fassungslos. »Du kannst deiner Bestrafung nicht entgehen, Zoë«, sagte er und taumelte auf sie zu.

Sie wollte ihren Augen nicht trauen. Der Anblick war wahnwitzig. Aber der Irrsinn würde ein Ende haben. Sie konnte Sirenengeheul hören, das immer lauter wurde. Die Polizei war unterwegs. Doch sie konnte nicht zulassen, dass es so endete. Dieser Weg ließ zu viel Raum für Fehler. Es musste jetzt enden, zwischen Opfer und Täter geklärt werden. Beim nächsten Versuch sprang der Motor an. Er stotterte, aber er lief, und das Geräusch war Musik in ihren Ohren. Sie trat das Gaspedal durch. Das Heck des Wagens schepperte laut, als er sich in Bewegung setzte. Irgendetwas war da hinten kaputt gegangen, aber noch fuhr der Wagen.

Sie hielt direkt auf Beck zu und fuhr ihn um. Der Aufprall war so heftig, dass er halb auf der Motorhaube des Streifenwagens hängen blieb. Zoë ging nicht vom Gaspedal, sondern rammte den SUV ihres Quälers, sodass Beck zwischen beiden Fahrzeugen eingeklemmt wurde. Er schrie vor Schmerzen auf und stieß das Messer in die Motorhaube des Polizeiwagens, als könnte ihm das irgendwie helfen. Sein Verhalten erinnerte sie an ein Kleinkind, das einen Trotzanfall hatte. Beck rächte sich an der Welt, weil sie nicht das tat, was er wollte. Das war traurig und erbärmlich. Genau wie er.

Zoë genoss seinen Schmerz. Das hatte er verdient. Trotz seiner schlimmen Kindheit war es nur fair und eine Rache für das, was er getan hatte. Aber es war nicht genug. Noch nicht.

Sie nahm die Pistole des toten Polizisten in die Hand und zielte durch die Windschutzscheibe auf Beck. Er schlug immer noch mit schmerzverzerrtem Gesicht um sich und nahm Zoë gar nicht zur Kenntnis. Das war für sie inakzeptabel. Sie wollte, dass er sehen konnte, was sie vorhatte.

»Zähler!«, schrie sie.

Er stockte und sah sie an. Dann entdeckte er die Waffe.

Das war gut. Sie wollte Angst und Schrecken in seinen Augen sehen, dasselbe, was sie und seine anderen Opfer durch ihn erlitten hatten. Er sollte dasselbe Leid spüren wie sie.

»Wie fühlt sich das an? Hast du Angst? Ich hoffe, das tut dir so weh, wie du uns wehgetan hast.«

»Du begreifst es noch immer nicht, oder? Ich hatte recht. Ich habe dich verändert. Ich habe dich zu einem besseren Menschen gemacht. Gib es zu.«

Das hätte er wohl gern. Es ekelte sie an, dass er auch nur auf diesen Gedanken gekommen war. »Ich habe mich selbst verändert.«

Er grinste. »Zoë Sutton, meine Erfolgsgeschichte.«

Sie vergeudete nur ihre Zeit. Er würde es nie verstehen. »Du hast überhaupt nichts erreicht. Es ist Zeit für deine Bestrafung. Das ist für alle Frauen, denen du Schmerzen zugefügt hast.«

Zoë drückte den Abzug. Es knallte in der Enge des Wagens so laut, dass ihre Ohren klingelten. Die Windschutzscheibe ließ die ersten beiden Kugeln abprallen, aber das Loch, das sie im Glas entstehen ließen, sorgte dafür, dass die folgenden eine freie Schussbahn hatten. Sie hörte erst auf zu feuern, als Beck nach vorn auf die Motorhaube des Streifenwagens sackte.

In diesem Augenblick zerbrach irgendetwas in Zoë. Ihr Leben hatte so lange auf Eis gelegen und war von der unsichtbaren Präsenz dieses Monsters belastet worden, und jetzt war dieser Mann tot. Es war vorbei. Sie war frei. Es war erstaunlich, dass die Lösung derart einfach umzusetzen war. Um den Zähler aufzuhalten, hatte sie ihm nur ein paar Kugeln in die Brust jagen müssen. In ihrem Kopf war er mehr als ein Mensch gewesen, größer und mächtiger, aber die Kugeln hatten bewiesen, dass sie sich geirrt hatte. Es kam ihr unwirklich vor, dass es jetzt vorbei sein sollte. Alles, was sie tun konnte, war, Marshall Becks Leiche anzustarren – und all die Verachtung und der Hass schienen mit ihm gestorben zu sein.

Der Motor des Streifenwagens jaulte auf, fing sich dann jedoch wieder. Zoë war fest entschlossen, nicht hier in den Flammen zu sterben. Sie legte den Rückwärtsgang ein und der Wagen ruckelte nach hinten. Marshall Beck, der Zähler, rutschte von der Motorhaube in die Flammen. Zoë wendete und fuhr aus dem Feuer heraus.

Kapitel 32

Zoës Vater erschien im Türrahmen ihres Zimmers, zusammen mit ihrem jüngeren Bruder. »Was kommt als Nächstes?«, wollte er wissen.

Sie hatte gerade »Schlafzimmer« auf die drei Kartons vor sich geschrieben. »Diese Kartons, die Matratze und das Bettgestell.«

Während die beiden das Bett anhoben, quetschte sich Zoë an ihnen vorbei, um ihrer Mutter zu helfen, das Geschirr einzupacken. Obwohl sie eigentlich nicht besonders viel besaß, schien alles eine Ewigkeit zu dauern.

»Ich bin so froh, dass du wieder nach Hause kommst«, sagte ihre Mutter und schenkte ihr ein Lächeln.

»Nur so lange, bis ich wieder auf eigenen Beinen stehe.«

»Du kannst bleiben, solange du möchtest, Schatz.«

Seit dem Showdown mit Marshall Beck in Burnt Ranch waren drei lange Wochen vergangen. Während Greening und Ogawa sie nicht aus den Augen ließen, hatte sie zwei Tage auf dem Polizeirevier des Trinity County verbracht, ihre Aussage gemacht und den Polizisten dabei geholfen, die Gräber der Opfer des Zählers zu finden. Sie hatten die Frauen exhumiert, und DNA-Tests hatten bestätigt, dass das Grab, das Marshall

Beck als Hollis ausgegeben hatte, auch wirklich ihre Überreste enthielt. Nachdem die Staatsanwaltschaft bestätigt hatte, dass sie Zoë nicht wegen Mordes an Marshall Beck anklagen wollte, hatten Greening und Ogawa sie zurück nach San Francisco gebracht.

Falls sie geglaubt hatte, sie könnte in ihr ruhiges Leben zurückkehren, hatte sie sich allerdings geirrt. Die Medien stürzten sich förmlich auf sie. Jarocki quartierte sie in seinem Haus in Napa ein, bis sich der größte Trubel gelegt hatte, aber selbst danach war es ihr unmöglich, in ihre Wohnung oder zu ihrem Job zurückzukehren. Es gab einfach zu viele Menschen, die mit dem einzigen überlebenden Opfer des Zählers reden wollten. Sie kündigte ihren Job im Einkaufszentrum und ihre Wohnung. Jarocki bot ihr an, noch länger bei ihm zu wohnen, schlug aber auch vor, dass es Zeit wäre, sich mit ihrer Familie zu versöhnen. Der Anruf war ihr nicht gerade leichtgefallen, da sie sie so lange Zeit aus ihrem Leben verbannt hatte, aber sie wurde mit offenen Armen aufgenommen. Dadurch schmerzten sie ihre Schuldgefühle, weil sie sie zuvor weggestoßen hatte, nur noch mehr. Und jetzt waren sie hier und halfen ihr beim Umzug. Sie wusste nicht, wie es sein würde, nach Hause zurückzukehren, aber eigentlich wusste sie auch sonst nicht, was die Zukunft bringen würde. Alles stand in den Sternen. »Es ist alles offen«, so hatte Jarocki es ausgedrückt. Der Geist des Zählers engte sie nicht länger ein. Auf sie wirkte diese Art der Freiheit fast schon beängstigend.

»Hallo?« Greening stand in der Tür. »Darf ich reinkommen?«

»Ja, natürlich. Kommen Sie rein.«

Er betrat die Küche.

Sie musterte ihn in seiner Jeans und dem T-Shirt. »Sind Sie hier, um uns beim Einladen zu helfen?«

Er grinste. »Eigentlich nicht. Ich bin zwar im öffentlichen

Dienst, aber mein Einsatz hat auch Grenzen.«

»Hätte ich mir denken können. Das ist übrigens meine Mom.« Sie stellte ihn ihren Eltern und ihrem Bruder vor, als die beiden Männer gerade die Matratze raustrugen.

»Ich weiß, dass Sie mit dem Umzug alle Hände voll zu tun haben, aber können wir uns vielleicht kurz unterhalten?«

Zoë drehte sich zu ihrer Mutter um.

»Ich packe weiter ein«, meinte sie. »Geh du nur.«

Um ungestört reden zu können, gingen Zoë und Greening ein Stück in den Flur. Dabei beobachteten sie ihren Vater und ihren Bruder, die sich mit der Matratze abmühten.

»Wie geht es Ihnen?«, erkundigte sich Greening.

Die vergangenen Wochen waren nicht einfach gewesen. Ihre Gefühle hatten eine Achterbahnfahrt hingelegt, sie hatte zahlreiche Höhen und Tiefen durchlebt. Zu den guten Dingen gehörte die Tatsache, dass sie wieder in den Schoß ihrer Familie aufgenommen worden war und dass sie sich endlich nicht mehr vor dem Zähler fürchten musste. Schlimm war es vor allem gewesen, Hollis Tod zu akzeptieren. Marshall Beck zu erschießen hätte ihr eigentlich keine Gewissensbisse bereiten dürfen, aber ein Leben zu nehmen war nicht gerade leicht zu verarbeiten, selbst wenn die Tat noch so gerechtfertigt war.

»Ganz gut. Dr. Jarocki hilft mir, mit den ganzen Nachwirkungen fertigzuwerden.«

»Das höre ich gern«, erwiderte er. »Freuen Sie sich, dass Sie hier wegziehen?«

»Ich bin froh, dem ganzen Trubel entfliehen zu können.«

»Das kann ich verstehen«, meinte er nickend. »Wo geht es denn hin?«

»Zuerst mal nach Hause zu meinen Eltern. Nach San José.«

»Waren Sie bei Hollis Beerdigung?«

Zoë nickte. Hollis Eltern hatten sie eingeladen. »Sie wurde Dienstag in Sacramento, ihrer Heimatstadt, beerdigt.«

»Das muss hart gewesen sein.«

Das war es auch, vor allem, als Hollis Mutter sie nach dem Gottesdienst umarmt und ihr ins Ohr geflüstert hatte: »Danke, dass du uns unsere Tochter zurückgegeben hast.«

»Meine Eltern haben mich begleitet. Das hat es ein bisschen leichter gemacht.«

»Es freut mich, dass Sie sich wieder versöhnt haben.«

Es war ihr zwar nicht leichtgefallen, aber sie war auch sehr froh darüber. Sie hatte ihre Familie sehr vermisst.

»Gibt es Neuigkeiten über die anderen Opfer?«

Greening schüttelte den Kopf.

Holli war das einzige Opfer des Zählers, das die Polizei hatte identifizieren können. Die Identitäten der Opfer I, II und V waren noch immer ein Rätsel. Beck hatte keine Aufzeichnungen über sie angelegt, daher war sein Wissen über sie zusammen mit ihm gestorben. Auch wenn viele der Polizisten froh darüber waren, dass sie den Zähler erschossen hatte, gab es auch einige, die ihn lieber lebend gefasst hätten, um von ihm zu erfahren, wen er auf der Palomino Ranch vergraben hatte.

»Was geschieht jetzt?«

»Die Überreste werden vorerst als Beweisstücke behandelt. Wir wissen, wo Beck in den letzten Jahren gelebt und gearbeitet hat, daher werden wir vergleichen, wo es vermisste Frauen gibt, die in sein Opferprofil passen, und damit weiterarbeiten.«

»Das ist aber alles ziemlich vage.«

»Ja, da haben Sie recht.«

»Und was ist, wenn Sie nichts finden?«

»Dann werden die Leichen zum Begräbnis freigegeben.«

»Als Unbekannte?«

»Ja, als Unbekannte.«

Das war für sie das Schlimmste, was passieren konnte. Beck hatte diesen drei Frauen nicht nur ihr Leben, sondern auch ihre Identität genommen, sodass ihre Familien ihr Leben lang in quälender Ungewissheit leben mussten. Vielleicht war es doch falsch gewesen, ihn zu töten. Dadurch hatte er einen letzten Sieg errungen.

»Sagen Sie mir Bescheid, wenn das passiert? Irgendjemand sollte doch da sein und um diese Frauen trauern.«

»Selbstverständlich.«

Zoës Mutter kam mit einem Karton, auf dem »Küche« stand, aus der Wohnung und sah lächelnd zu ihnen herüber.

»Ich muss wieder zurück. Wir wollen bald los.«

»Aber natürlich. Eine Sache wäre da allerdings noch. Wie sieht Zoë Suttons Zukunft aus? Beendet sie ihr Studium oder nimmt sie wieder einen Job beim Sicherheitsdienst an?«

Zoë lächelte. »Mit dem Studium kann ich mich nicht mehr anfreunden, denn so bin ich nicht mehr. Aber ich werde ganz bestimmt nicht wieder beim Sicherheitsdienst arbeiten.«

»Dann haben Sie noch nichts geplant?«

»Momentan nicht, aber mir wird schon was einfallen.«

»Davon bin ich überzeugt.« Er zog einen zusammengefalteten Brief aus der Gesäßtasche und reichte ihn ihr. »Vielleicht hilft das dabei.«

»Was ist das?«, wollte sie wissen und warf einen Blick hinein.

»Die Bewerbungsunterlagen für das San Francisco Police Department.«

Sie sah ihn überrascht an.

»Sie haben zu mir gesagt, Sie wollen etwas bewirken und Menschen vor dem nächsten Zähler beschützen. Das ist Ihre Chance, genau das zu tun. Zoë, Sie können alles sein, was Sie sich in den Kopf setzen, und wenn Sie das wirklich tun wollen, dann ist jetzt der richtige Zeitpunkt dafür.«

Zoë staunte über seine Überzeugtheit und sein Vertrauen in sie. Sie hatte so wenig Vertrauen in sich selbst, dass es ihr schwerfiel, es von anderen anzunehmen. »Denken Sie nicht, dass meine bisherigen Vergehen mir dabei im Weg stehen werden?«

»Nein. Sie werden schließlich die einzige Bewerberin sein, die von sich behaupten kann, den Zähler aufgehalten zu haben.«

Sie lächelte, schüttelte aber gleichzeitig den Kopf.

Er schaute sie ernst an. »Es gibt einige Menschen, die Sie dabei unterstützen werden.«

»Menschen wie Sie?«

»Ich bin einer davon, Officer Martinez ein anderer, und die Führungsriege der Polizei von San Francisco steht auch hinter Ihnen. Aber vergessen Sie mich und alle anderen.« Er tippte den Umschlag an. »Beantworten Sie mir einfach eine simple Frage: Wollen Sie das tun?«

Die Antwort darauf war einfach und lautete schlicht: »Ja.«

Danksagung

Ich möchte mich bei Jerry Boriskin, PhD, von der Veteranenverwaltung für all seine Zeit und Hilfe beim Verstehen der Probleme der posttraumatischen Belastungsstörung bedanken. Wie immer gilt mein Dank auch Special Agent George Fong (im Ruhestand) vom FBI für seine Hilfe bei den polizeitechnischen Fragen. Außerdem geht ein besonderer Dank an Thom Futrell für all die Kampflektionen. Ohne sie hätte Zoë niemals gewinnen können. Mein unendlicher Dank gilt Joel Arnold, Bonnie Moebeck, Kristi Thomas, Jeff Hall, Mick Tolley, Brad Ellis, Laurie Hernandez, Rick Sobona, Gregory Solis, Karen Haldane, Judy King, Tom Fisher, Seán Dwyer, Dinah Ortiz, Michaela Shannon-Sank und Craig Cook, die mir gestattet haben, ihre Namen in diesem Buch zu verwenden. Und zu guter Letzt bedanke ich mich bei meiner Frau Juli, Jenna und »den Mädchen« sowie Anh Schluep für ihre kritischen Blicke, ihre Unterstützung und ihre Geduld während der Entstehung dieses Buches.

14849075R00206

Printed in Poland
by Amazon Fulfillment
Poland Sp. z o.o., Wrocław